绽放爱情

蔡晓苏 ◎ 著

北方文艺出版社

图书在版编目（CIP）数据

绽放爱情 / 蔡晓苏著. —— 哈尔滨：北方文艺出版社，2020.1
ISBN 978-7-5317-4599-0

Ⅰ.①绽… Ⅱ.①蔡… Ⅲ.①长篇小说 – 中国 – 当代 Ⅳ.① I247.5

中国版本图书馆 CIP 数据核字 (2019) 第 140261 号

绽 放 爱 情
ZHANFANG AIQING

作　　者 / 蔡晓苏	
责任编辑 / 路　嵩	装帧设计 / 树上微出版
出版发行 / 北方文艺出版社	邮　编 / 150080
发行电话 / (0451) 85951921　85951915	经　销 / 新华书店
地　　址 / 哈尔滨市南岗区林兴街 3 号	网　址 / www.bfwy.com
印　　刷 / 武汉市卓源印务有限公司	开　本 / 880×1230　1/32
字　　数 / 258 千	印　张 / 11.5
版　　次 / 2020 年 1 月第 1 版	印　次 / 2020 年 1 月第 1 次印刷
书　　号 / ISBN 978-7-5317-4599-0	定　价 / 48.00 元

序 言

12年前，我应中国社会出版社邀约，写了一部《赢在转折点》的书，被评为一本"改变退役军人命运的励志经典之作"。这之后，我虽长期环球旅行，但一直在关注中国的退伍军人。

这一次，树上微出版的廖丽娟编辑发给我一部书稿，邀我作序。我展开一看，一股清新而熟悉的气息扑面而来。这部小说的男主人公梁伟麒就是退伍军人。

近些年，反映官场的小说出版得不少，但大多严肃、灰暗、血腥、硬邦邦。而这部小说另辟蹊径，所反映的主题就是爱情，所渲染的场景和谐明快，所使用的语言直接明了。

官场上的主人公，这次不再是肃穆的老者，而是俊男靓女。故事的脉络，不再是一大堆的潜规则和阴谋阳谋，而是活脱脱的、实在在的、万古长新的爱情故事。

事实也是如此。中国的精英阶层、才子佳人、情商智商俱佳的人群，很多就在官场政坛，在默默地奉献着自己，在悄悄地绽放着自己。而反映他们的爱情故事的书籍却异常稀缺，这部书就填补了这方面的空白。

本书作者蔡晓苏虽未谋面，但文如其人，从这部22万字的小说就能感受到蔡晓苏的风采和幽默。

作者是人物描绘高手，无论是长得帅气、又有才华，男中音特别有磁力,又有人格魅力的梁伟麒;还是唯爱主义"只要我心中有了真正的爱情,我的心中就有了信仰!心中有对爱情的信仰,我的心中就有了依靠,就有了希望,就有了精神"的谌芯卬,都能在寥寥几笔中生动活脱地展现出独特的魅力,让你不得不喜欢,无形中就被带入到这种情致里。

这部小说也是一个很好、很有时尚感的 IP,或许出版后,别具慧眼的制片人、导演一眼相中,拍出大热的电影也未可知。

石向前

2018 年 12 月 27 日于香港

目 录

第一章　　　　　　　　　　1

第二章　　　　　　　　　　43

第三章　　　　　　　　　　81

第四章　　　　　　　　　　147

第五章　　　　　　　　　　187

第六章　　　　　　　　　　249

第七章　　　　　　　　　　275

第八章　　　　　　　　　　307

第一章

一

课桌上手机的屏幕突然一亮,随即,手机在课桌上被振动得欢快地抖动起来。

梁伟麒连忙拿起手机,看了一眼正在授课的老师。还好,没有惊动老师,梁伟麒这才放下心来。手机屏幕上显出了"张逸民"三个字。张逸民这时候打电话给自己有什么事吗?梁伟麒看着屏幕,犹豫接还是不接。梁伟麒最终没有接,掐断了电话,决定继续听课。

这个张逸民是个性情中人,待人很诚恳,遇事有时也很强硬,了解他的人对他也没什么不满。

梁伟麒刚把电话掐断,还没来得及放回到课桌上,手机又在他手上抖起来了。梁伟麒掐断手机,手机再振,再掐断……终于无法拗过那小子的倔劲儿,梁伟麒只好投降。

梁伟麒把头钻到课桌底下,对着话筒,不耐烦地说:"你小子烦不烦啊?我正在上课哪!"

"你小子敢掐我电话?有胆量。还想不想听最新的好消息了?你掐呀!你再敢掐呀!掐呀!"张逸民看梁伟麒接了他的电话,开口连珠炮似的吼起来。

"不关我的好消息我不想听!"梁伟麒还在不高兴的头上,回话也不甘示弱。

"如果就是关于你的呢？"张逸民的语气稍许淡了点儿，口气里满是得意地说。

"是关于我的？别烦我了老哥，我哪会有什么最新的好消息呀！"梁伟麒不耐烦地回道。

"就是你的最新的好消息哩。"张逸民越说越得意，话都越有点儿透明了。

"我的张哥哥啊，您可得记好喽，今天是2017年2月24号，可不是4月1号！"梁伟麒被张逸民调戏得来了气，心里边特憋屈。

"老弟你真拿今天当四月一号我也没办法。"这时的张逸民反倒很镇定地说。

"老兄你也太无聊了吧？我挂了。"说完，梁伟麒就要挂电话。

"好你个梁伟麒，你当你自己真'为奇'了啊？信不信我不让任何人将这好消息告诉你？" 张逸民站在第一批沿海开放城市——黄海市的地盘上，不紧不慢地对着话筒叫喊着。

梁伟麒一听这老兄还真认真了，连忙认输，哭丧着脸对着手机说："老哥，我这不是在上课吗？您又不是不懂，这次是全国性的文学创作培训，对我来说是多重要啊！来授课的，可全是我国当代的名家巨匠！我一节课也不敢落下呀。"

"现在认识我是你老哥了？刚才掐电话时怎么没想到呢？还什么我国当代的名家巨匠哩，你老弟不要以为发了几篇豆腐块就有饭吃了，还不如来点实惠的呢！"张逸民见梁伟麒的语气缓和了，把"你"改称为"您"了，自己的火气也跟着小了点儿，但这小子的胃口还是要吊的。

"我的好老哥呀，有关我的好消息您就赶紧告诉我吧，就别在我的心头上挠痒痒了好吧？我被您……"梁伟麒见张逸民还在吊着自己，便无可奈何地说着。但没说完就被张逸民打断了。

"隔着千山万水，我也能在你的心上挠痒痒？我的手可没那么长。你可别把今天当成了四月一号。"张逸民很幽默地回道。

"您老哥就是隔着万山千水也能啊。快说吧，现在您可知道是谁在给我们上课吗？"既然你在吊我梁伟麒的胃口，那我梁伟麒也吊吊你张逸民的胃口。

"我才不管是谁在给你上课呢！你也少来吊我张逸民的胃口，我才不吃你那一套！"张逸民哪里管是谁在讲课呀，他可没这方面的爱好，所以也就无动于衷。

梁伟麒只觉得，自己使了九牛二虎之力出拳，却一拳打在了海绵上，没起一点作用。但炫耀的气势还是要有的。梁伟麒说："说出来吓您一大跳，是刚获全球大奖的那个……"

又没等梁伟麒把话说完，张逸民就回话了："他那个破小说还能获奖？净在丑化为我们献身的英烈们！再说，我又不吃他的饭，和我有毛关系？我只知道，我最关心的就是我的好老弟仕途的发展！我管那些干吗？神经病吧！"

"您得了！还最关心好老弟的仕途发展，还神经病呢，您别忽悠我，少来吊我胃口，我现在不吃您这一套。我还担心有我的好事没人会告诉我吗？真是岂有此理。"本就有点来火的梁伟麒，被张逸民激活了某种细胞，差一点在课桌下蹦起来。

"我就吊你胃口了怎么啦？你不吃我这一套，那今天就非让你吃吃这一套。你当这样的好事人人都会知道啊？再说了，你现在在南方多舒服啊，最低也就十五六度，而我们这儿都在摄氏五度左右。" 张逸民不甘示弱，但该说的话还是要说的。

"你也来呀！"梁伟麒得意地说着，他的言下之意就是你有本事也来呀。

"你别耀武扬威的,那地方叫我去我还不去呢!"张逸民不受梁伟麒的刺激,反倒将了他一军。

"好了,我的好哥哥,您就别说我耀武扬威了,也甭吊你这小老弟的胃口了。刚才只是和老哥你说着玩儿的,如果老哥对我有意见等我回来再提可好?何必在电话里打这嘴皮官司呢。"梁伟麒听张逸民那口气是在将自己的军,只好自己先示弱,"老哥,请讲,我洗耳恭听。如再不说,我可真要挂电话了。"

"好啊,你挂呀!"张逸民听到梁伟麒前一段话还是蛮舒服的,可最后一句话又激起了他那好斗的劲儿。

"我靠!你狠!难怪你说我上这课与你没毛关系哦。反正我也快到而立之年了,和你一样,什么'长'也没当上。按照当下的年龄条件,我虽不带'长',但从部队以副营转业回来的,在工资单上,我最起码也是副科长的标准。我自从爱上了文学之后,热情不减、淡泊名利,只好靠自己奋力拼搏,有所发展喽。要想在文学上有所发展,就必然去和这些授课的文学巨匠们多请教。看在你我是兄弟的分上,请告诉我吧!"说到这儿,梁伟麒戛然而止,话筒里突然静了足有十秒钟。梁伟麒知道张逸民这小子刚才是被自己激怒了,但如何让他激怒的心情慢慢平复,梁伟麒还是有点把握的,否则俩人也不会友好到现在。

梁伟麒起身看了看正在授课的老师,发现老师正在全神贯注地讲"所谓的长篇小说就是要显出它的长来,否则,还能叫长篇小说吗……"梁伟麒感到这一段话他在哪儿看到过,觉得不是创作的重点,就又钻到桌子底下去了,准备迎接新的挑战,反正电话费是那老兄出,又不要自己出。

"你还有五天就要回来了吧?"张逸民终于说话了,话音里也根本听不出他刚才生气的语气，满嘴都是跳动着的喜悦。张逸民本想再吊吊梁伟麒这小子的胃口，可回头一想，刚才他讲的那些话也在情理之中，现在这样的局面也只有靠他自己拼搏。再说自己不告诉他，他立马一个电话打给王明珺或什么人，一切便知晓，何不自己做个大好人呢？"回来后，我为你接风，你买单。"

"为什么你为我接风要让我来买单呢？传出去我梁伟麒不要给人笑到死呀！"梁伟麒说道。

梁伟麒那口气，好像有点轻视张逸民，但张逸民心里知道，梁伟麒还是很愉快的，这一点，他身为老兄还是懂的。说："你还是小弟哩，太伤我的心了！我跨江越海地从空中飞来，想告诉你一件大大的喜事儿，没让你花一个钢镚儿，你却这样对我！"张逸民微笑着说，心想：现在局机关都已传遍了，我再不告诉那臭小子，必然有人会告诉他。说不定，这时候就有好多个电话在往这臭小子那儿打哩。好歹我占了先，否则，这人情不知道他会欠谁的，欠别人的，还不如欠我的。让他欠别人的，我到时日子也不好过。局政治处是全局的要害部门，局里上上下下的好事坏事都要经过我们这儿。像这样的好事我不第一时间告诉他，这个臭小子回来肯定要治我于死地。梁伟麒啊梁伟麒，我知道你嘴里镇定自若，不显山不露水的，可这心急得快要跳出来了吧？说你阴险吧你又不会阴险，还偏要在我面前装出个阴险的样子来，这又何苦来呀。梁伟麒，就这会儿工夫，你要死多少脑细胞啊？说不定还要短命几分钟哪！别以为我在自作多情，就是多情了又怎么样啊？谁让我是你的老哥！张逸民想到这儿摇了摇头，长长地叹了口气，说道，"小梁啊小梁，我要不是你老哥我才不会被你这样吓唬，被你这样看不起呢。

7

当下的国人哪,一说到当官心里就像喝了蜜似的,可脸上却要生出些无所谓那样的作态来。看来在这社会上,除了一把手,都他妈的一样无聊。"

梁伟麒一听这话,晓得自己还有点伤了这位老哥的自尊,连忙讨好地说:"我的好老哥啊,既然晓得我梁伟麒是什么样的人,那为何还要吊小弟的胃口呢?我掐断了你的电话,你还锲而不舍地打过来,这不是摆明在吓唬小弟吗?你想啊,这大白天的,红太阳正照在大地上,你打来电话像是突然出了什么大事,又是报喜,又是你请客我买单的,我这小心脏哪受得了你这样的摧残啊!可你这话都把天说破了,我到现在还没从你嘴里听到一丁点儿什么好事、喜事来呢。除了我,还有谁能这样宠辱不惊呢?再说,从你的嘴巴里能吐出来的肯定是好事、喜事嘛!等我过几天回去了,我就是愿意你请客我买单,那你也得把个理由讲出来呀。"梁伟麒想用这样恭维的话,让张逸民高兴点,这小子一高兴就会把什么都倒出来的。梁伟麒继续说,"我还以为老哥你也新潮了,戏弄起老弟来了。可这话又说回来,你和我谁跟谁呀?是兄弟,是哥们儿,彼此都一目了然!所以,您在这个要害部门,原则性是很强的,一般我也不会向你打听什么秘密。"

梁伟麒说到这儿,蹲在桌底下,悠闲地用目光四下扫描。这一扫描不要紧,一下子就令梁伟麒瞪大了双眼,一幅美丽的画卷映入他的眼帘:在他位置的后排左方,有位女学员穿着一步裙,双脚竟毫无防备地分开了,将洁白的内裤里黑白分明的内容全部展露在了梁伟麒的眼前。梁伟麒长这么大还从来没看到过这样的情景,他情不自禁地咽着唾沫,喉节上下滚动,心里一时无法平静下来。

张逸民见梁伟麒突然收口,还把他放到了一边,只听到电话里传来咽唾沫的声音,就连忙放出声音来,说:"你在干吗?哇靠,咽唾沫也能咽这么大的声音出来啊!"

梁伟麒听到了,但没吭声。他在想,我现在就是看也没人知道,更何况千里之外的张逸民呢。但一种做人的道德品行占据了他的大脑,控制自己不去刺激身上的荷尔蒙。梁伟麒心里渐渐地平静下来,松了口气,急忙说:"老哥,你就甭吊俺胃口了,有啥好事就说吧,我蹲在桌子底下多累呀!"

"我还当你死翘翘了!"张逸民被梁伟麒激怒了。

梁伟麒想,这个张逸民还真是好笑,看来心直口快的人还是好应付的,便换成另一种口吻对张逸民说:"不就是买单嘛,多大的事儿呀。一到六星级酒店,随你点哪个都行?这够哥们儿吧?"

"不够哥们儿谁还做你老哥呀?"张逸民的火气降了下来。

"谢谢你了!"梁伟麒突然想到报到那一天,张逸民对自己说的那番话,就特别感激。

二

　　2015年底,梁伟麒转业到黄海市交管局。报到那天,接待梁伟麒的就是张逸民。梁伟麒的身材、着装、谈吐和英俊、洒脱、干练、持重的气质,深深地吸引了张逸民。两人一见如故、相识恨晚。手续办好后,两人又胡侃了好多本地的事。

　　张逸民身高一米七二,长得胖乎乎的,一双不大不小的眼睛安在不白不黑的国字脸上,说起话来还算沉稳。张逸民比梁伟麒大两岁,已成家,还有个三岁的儿子。张逸民热心地提醒梁伟麒,说:"地方上和部队可不一样啊,错综复杂又复杂错综,特别是人与人之间的关系特微妙,稍一疏忽就会葬送自己的锦绣前程。"

　　"谢谢您,张逸民!"梁伟麒没想到,这个张逸民也是个性情中人,他把部队和地方的关系这样一说,令自己茅塞顿开,从心里向他表示感谢!

　　"谢就免了,那样我们就变得生疏了。"张逸民说着,搓搓手,显出不好意思的样子。

　　"对对,我们以后再也不这样生疏了。以后有什么事还得请你多多指教。"梁伟麒很虔诚地向张逸民表示。

　　"哈哈,不生疏了,但指教咱也谈不上,最多相互帮助,相互帮助。"张逸民说着,站起来又给梁伟麒续了茶,接着说,"你看这社会上,现在真的是比较复杂的。比如说我局有位特别实在、成熟的副主任科员，名字叫邹荣卿，和你一样也是从部队回来的，只不过是当了两年班长退伍回来的，进了我们这个交管局。那是上世纪八十年代初的事了。邹荣卿这个人写了一手好软笔、硬笔字，又能写文章，所以，就当了局里的秘书。在那个年代，我们市局在办公室等重要部门才配有电脑。平时发发文、写写总结什么的都是靠打字机，内部通讯、表彰先进、发放奖状等，这些都是由他刻蜡纸油印出来或写出来的。这样一来，反而把邹荣卿逼成了全市交管系统上上下下无人不知、无人不晓的名人。"张逸民说到这儿，看了眼梁伟麒，顿了顿接着说，"你不知道，邹荣卿的知名度比个别局领导还高，领导和同事们对他也很尊重。这个别局领导就有些想法了，认为你邹荣卿知名度再高，也不能不把局领导放在眼里啊。1989年秋，国务院发出通知，要求'为了贯彻治理经济环境、整顿经济秩序、全面深化改革的方针，进一步调整经济结构，筹集经济建设所需的资金，国务院决定发行保值公债'。邹荣卿看到了新闻的时效性和重要性，立即写了一篇题为《母亲有困难，儿女该分担》的新闻报道。报道的内容大意是：'今天，黄海市交管局积极响应国务院认购保值公债的号召，分片包干、组织落实，广泛宣传'母亲有困难，儿女该分担'的重要性，使全系统干部职工认识到认购保值公债的重要意义，全系统干部职工当天就超额完成了上级下达的认购保值公债的任务，达百分之二百四十八。'据说，这仅仅是导语部分。邹荣卿写好马上呈给局党委分管宣传的黄副书记审阅。

"黄副书记拿到邹荣卿递给他的稿件，脸上有点不悦地说：'不能用《母亲有困难，儿女该分担》，应该用《国家有困难，我们该分担》来突出认购保值公债的重大思想主题'。

"邹荣卿说，黄副书记，我是这样想的，用'母亲'比用'国家'更贴切、更能打动人心、更能牵动大家对母亲的眷恋之情。我们的生命是母亲给予的，把祖国比作'母亲'，更能让大家感受到祖国就是生我养我的'母亲'，更能表达出儿女们对祖国母亲的无限热爱的浓厚感情。"

"黄副书记脸上的不悦演变成了愠色，也没说同意或不同意，把稿子扔给了邹荣卿，抬抬手，让邹荣卿离开了办公室。为了争取时效性，邹荣卿也没细想黄副书记的脸色，马上投给市内外三十多家新闻媒体。没想到，所投新闻媒体全部录用，有的新闻媒体还转发了。年终，这篇报道被省党报评为一等奖。这一下邹荣卿可不得了啦。然而，直到几年后，身患绝症的邹荣卿去逝，黄副书记也没有表扬过邹荣卿。"

"真是好人没好报啊！"梁伟麒不无感慨地说。

"是啊！好人没好报。"张逸民也感叹道。

"那个黄副书记现在在哪儿呀？"梁伟麒很认真地问。

"他也真是得到了报应，邹荣卿去世后的第二年，他也得了绝症死掉了。这位黄副书记是在单位体检时查出了癌症，在医院治疗了三个月左右就去世了。"张逸民很开心地说。

当看到张逸民在说那个黄副书记患绝症死了，脸上绽着对这种人的鄙视时，梁伟麒就已感到，张逸民将会成为他的好朋友、好兄弟！梁伟麒特别憎恨这些手上有权有势，且不把权力为人民所用的官老爷们。

"昨天下午，"张逸民终于说到正事上来了，"局里专门为你开了个紧急会议：提拔你为执法处副处长。你们阮处长突然被人举报，昨天上午被市纪委带走了。局里这次也不知是为什么，阮处长刚被请走，马上就召开了局党委会议。局里以迅雷不及掩耳之势，做出这样的决定。不瞒你说呀老弟，我还查了一下局里的大事记，还从未有过。今天早上，你出任的公示已张贴出来了。只要在公示时间里没人举报你什么的，这你懂的，'八字'就成了。"

梁伟麒干脆将整个人蹲到了课桌底下，将原先紧贴着耳边的手机拿开有两厘米，说："原来是这事啊。"梁伟麒的语气里没一点兴奋劲儿。而后，蹲在课桌底下半天没说一句话，脑海里却闪出许多乱七八糟的事儿。阮处长这人终于被纪委请走了，再不被请走，我们这个局机关腐败问题将会更加赤裸裸的。这个阮处长已到了没有钱就不帮你办事的地步，而且是明码标价。在"十八大"召开后，还敢这样胆大妄为、肆无忌惮，真是遭人唾弃。阮处长也真有本事，他能把局里的个别领导拉扯到一块儿，整天不是在酒桌上就是在牌桌上。

"哎，哎，怎么不吭声了？"电话那头的张逸民喊了起来。

"谢谢哥们儿的关心。回去请你吃饭，我要听课了。"梁伟麒说完关了电话。后来，张逸民也没再打电话给梁伟麒。这哥们儿在关键时候，还是能理解自己的。

三

梁伟麒1990年出生，身高一米八零，蓄一头短发，长得英俊潇洒、气宇轩昂，白皙的脸庞上双眉浓黑、双眼锐利又温柔含情，鼻梁高挺，棱角分明、厚薄适中的嘴唇，洋溢着青春的笑容。梁伟麒长得特别像老电影表演艺术家王心刚年轻时的模样。

自接到张逸民的电话之后，梁伟麒不断收到给他报喜的电话和微信。梁伟麒哼哼哈哈、慢腾腾地回复，表示了一番谢意。梁伟麒想高兴，可怎么也高兴不起来，大脑里就如放电影一样，把局里几个与阮处长来往密切的局领导重新审视了几遍，特别是在局领导班子排名第三的副局长邵剑冢，和阮处长有着不同寻常的关系。每次要执法审批码头等，按照行政执法审批的规定要求，必须要两人以上。而阮处长从不带处里的同事去，总会拉上邵副局长去现场。据说，每次去又是喝酒，又是 K 歌，又是打牌，又拿红包。红包有多有少，少则千元，多则三五千。对方是一条龙服务，丝毫没有因"十八大"之后的几项规定、禁令而收手。据说，每年全黄海市的这项工作量还是蛮大的，有二百次左右。

这一天，梁伟麒脑子里混混沌沌，也不知老师讲的什么课，不知不觉到了下课时间。晚上，梁伟麒洗好澡，上了床，盯着天花板愣神。突然，优美的《鸿雁》歌曲响起，梁伟麒心想，又是张逸民那小子的电话，他本来懒得接，但最后也没看来电显示还是拿起了手机，不耐烦地问："谁呀？"手机里老半天没应答。他再仔细看了一眼屏幕，这才发现，是王明珺打来的。梁伟麒急忙说，"王明珺，真是对不起，对不起！我刚才当是张逸民打来的，请你原谅我！"

手机里这才传来一个优美、动听、悦耳的女声："哦，原来是这样，那我打这电话也不是时候了？"

梁伟麒的脸上顿时喜笑颜开地说："怎么会呢！王明珺，我，我……"

"我什么呀？不想接我电话我就挂了。"王明珺语气里带有一种赌气的意思。

"别，别，别呀！我还在寻思着，大家都打电话来了，就你没打了，我这心里还有点想法呢。可没想到，偏偏你打电话来我又产生了误会，当又是张逸民那小子的骚扰电话哩。"梁伟麒连忙向王明珺解释着。

"你们俩不是唇齿相依、耳不离腮、抵足而眠吗？怎么又会嫌他烦了呢？"王明珺不无揶揄地说。

梁伟麒一听王明珺这么说话，什么唇齿相依之类的，搞得他和张逸民的关系太那个了。梁伟麒想了想，得改变一下自己和张逸民的形象，就将今天张逸民第一个打来电话说是报喜一直到现在的来龙去脉，向王明珺汇报了一遍。最后说："请王明珺同志给予赐教，我当洗耳恭听。"

"谁还敢赐教你呀？反正，我是不敢！哎，梁伟麒啊，您是处领导了，我倒是在等您的赐教呢。"王明珺语气中带着些欢愉。

"你这就不对了吧？还用上'您'啦！谁是处领导呀？八字还差一撇呢！哪敢赐教你呀？就连局长也没这个胆量敢赐教你。"梁伟麒躺在床上学着王明珺的口气说着。

"你也这样说？你再这样说我就不理你了！我要挂电话了。"王明珺说着就不吭声了，装着挂电话的样子。

梁伟麒知道王明珺是在逗自己玩儿，但他还是连忙装着很着急的样子，说："别、别这样啊王明珺，我不这样了好不好呀？是我的不好，惹你生气了，我、我……"

"好了啦，和你开个玩笑的啦。"王明珺急忙打断了梁伟麒的话，有点撒娇地说着。

王明珺用这样的语气和梁伟麒说话还是第一次，令梁伟麒的心里有点怦怦跳的感觉。虽然去年底，王明珺已正式回复过梁伟麒，但今天突然这样，梁伟麒还是有点接受不了。不会因为自己要提职了吧？他连忙顺着她的话说："王明珺呀，你看你一开玩笑就开这么大，让我不知如何是好，好在我躺在床上，否则就成了没命的人。"

"你不会那么脆弱吧？"说完，王明珺哈哈大笑起来。

"这不是脆弱，这是胆颤心惊！"梁伟麒带着幽默纠正了王明珺的用词。

"我知道了，你不是脆弱而是胆颤心惊。"说完，又是一阵哈哈大笑。

梁伟麒和王明珺就这样聊着、逗着，相互间说得相当默契，足有半个小时才收线。

王明珺是梁伟麒从部队转业到市交管局暂未定岗时认识的。当时，正好局人事处要调工资，人手不够，梁伟麒就被借到人事处帮忙，局工会的王明珺也被临时借来帮忙，两人就认识了。王明珺身高一米六五左右，身材苗条、皮肤白皙，鹅蛋型的脸上一双乌黑的丹凤眼，挺直的鼻梁，戴一副香奈尔半框眼镜，别有一番风情和美丽。作为刚从部队回来的梁伟麒，被眼前的这位美女吸引住了。但梁伟麒毕竟当了几年兵见过一些世面，所以，梁伟麒并没有喜形于色。

刚转业进市局的梁伟麒委实纳闷，原来地市级的局委办，级别为县处级，下设的都是科，不知何时，全改成了处。原来的科长改称为处长，而这个处长实际上级别还是科长级别，没有因为改了称谓而增加一毛钱的权力。可为什么要改成处长呢？从部队回来的梁伟麒心里边就很不舒服。这样的万变不离其宗的现象，确实是劳民伤财。全市就有好几十个局委办，都属于县处级的，单就每个科改成处的公章就要好几百个或者更多，还有其他所有的配套设施的更正，这要花多少钱啊？这到底是为什么呢？看来人的思想境界随着社会的变革也在不断地改变。头衔不是科长而是处长了，无论到什么样的环境里，被人一叫处长，要有荣耀和权威得多，那是多好听、多有脸面的事啊。这种丑陋的、为了满足虚荣心而设立的称谓，在当下的社会是越演越烈，恨不得把个处长叫成局长、厅长才好呢。梁伟麒感到地方上真的很乱，不像部队那么正规、井井有条、一目了然。

还有一种现象令梁伟麒也纳闷，他到地方才知道，这十几年来，人的工资不见涨，但物价却上涨得很快。

这次公示，王明珺的心里也对梁伟麒生出了许多的好感。自从第一次俩人一照面，王明珺就被梁伟麒的外表吸引住了。梁伟麒是副营职转业的，虽然现在还没什么职务，但像他们这样部队干部转业回来的，早晚会有的，只要一提拔就是副处长。王明珺从别人的嘴里得到了这一信息。但是心里的想法也只是想法，自己毕竟只有二十三岁，年纪还轻着呢。再说自己的爸爸在市政府任副秘书长，这些事情也用不着自己去考虑。但各方面都很优秀的梁伟麒，我要不要考虑呢？

四

在南方参加培训结束后,梁伟麒回到家的当天晚上,拒绝了所有人要为他接风洗尘的盛情邀请,赴约了张逸民的酒宴。俩人进了那家常小聚的路边小饭店,端起了酒杯。如果是王明珺今天要为他梁伟麒接风洗尘,他是绝对不会拒绝的。这梁伟麒早已想好了,不管人们怎么说他重色轻友,有异性没人性。可是,王明珺连声招呼都没打,难道梁伟麒还会上赶着找王明珺不成?

三两白酒下肚,张逸民的话也多了起来。他把头往梁伟麒的耳边拱着,说:"老弟,你听我这老哥一句话,不要总是把那个什么阮处长出事与自己挂钩,他那个王八蛋早晚要进去的。你看吧,他一进去我们局肯定还有人要跟着进去。"张逸民摇头晃脑地说着,右手已搭在了梁伟麒的肩上。

梁伟麒的酒虽然没有喝多,但也学着张逸民的样子和语气说:"我的好老哥呀,你说阮处长一出事,局领导就如此闪电般地举动,不是在告诉大家:阮处长之所以会突然出事,就是我梁伟麒趁外出培训期间,举报自己的处长吗?阮处长的那些破事儿,我梁伟麒是曾在同事们面前和少数局领导面前说过:阮处长早晚是要被纪委请去喝茶的。可我说了并不能证明就是我梁伟麒举报的呀!如我举报,必须是实名举报。我才不会做那些偷鸡摸狗的事呢!

现在突然提拔我，好像是要封我的口似的。还是其他个别领导，就如你老哥说的那样，也会跟着进去呢？至于其他的领导进不进去我也不知道。再说了，我以后还怎么在同事们面前混啊？你说，谁喜欢和一个匿名举报的人在一起呢？"

梁伟麒知道，尽管阮处长被抓起来全系统肯定有百分之九十以上的人会拍手叫好。但阮处长前面一被抓，后面就突然提拔自己，那显然说明自己在这里面所扮演的角色不是很光彩了，好像他梁伟麒盯着阮处长的那个位置好久了似的。

梁伟麒虚岁十八高中毕业就参军入伍。当兵第二年，刚下部队还没到半年，发生了"5·12"汶川大地震。本是留守的新兵蛋子梁伟麒却写下了决心书："我不怕流血牺牲！坚决请求连长批准我到抗震救灾的第一线，为被困的父老乡亲尽一份力，去实现我真正的军人价值！"梁伟麒想到抗震救灾的第一线体现一名真正军人的价值，深深地感染了连长和全连的干部、战士。全连指战员群情激奋、斗志昂扬地走上了抗震救灾的第一线。

梁伟麒在抗震救灾现场始终战斗在最前面，哪里危险他就出现在哪里。大雨泥泞中，余震不断，楼板摇摇欲坠，残存的墙体不断倒塌，身上被砖块砸得青一块紫一块，脚底被钢筋刺破了，梁伟麒全然不顾疲惫和危险，用手刨着被困的人。双手血肉模糊，嘴唇干裂，他没有叫一声苦和累。有时吃饭不方便，梁伟麒就早一顿晚一顿。十几天中，单他一人就先后抢救出近三十名群众，荣立一等功。梁伟麒在部队干了将近九年，先后荣立一、二等功各一次，三等功三次。

梁伟麒心里想，如这次能被提拔，那他就是副处长了，在部队虽然就是个副营，但他也很高兴了。梁伟麒在部队正当要被提正营的时候，就没能提起来。若这次他梁伟麒真被提拔了，就给还在部队干的几个战友们去封信或打个电话,在他们面前嘚瑟嘚瑟。当然喽,更要气气那位不让提他的师政治部主任陆建秋。就是因为这个陆主任有个亲戚也在师直单位,这个人无论从品德才华,还是遵章守纪、为人处事等方面,都远远不能和梁伟麒相提并论。可应了那句俗话:"朝中无人莫做官。"否则,梁伟麒自己也不愿意这么早脱了军装回地方。令梁伟麒没想到的是,这地方上比部队更加厉害,没有背景、没有金钱、没有权力你甭想去做点事。无奈,梁伟麒没有退路,只好在干好自己本职工作的同时,搞些文学创作之类的。

"地方上和部队可不一样啊,错综复杂又复杂错综。特别是人与人间的关系特微妙,稍一疏忽就会葬送自己的锦绣前程。"梁伟麒想起了报到那天,张逸民曾对自己所说的肺腑之言,他特别感谢!

当下,中国官场上潜规则的特色越来越明显,势不可挡地向纵深挺进,有的情妇耍大牌,颐指气使,激起民愤,也成为贪腐官员的导火索。只要手中有权,想贪、想色,就会不断调整干部职位,争取大小工程,暗箱操作招投标,将岗位明码标价,再通过身边亲信、情妇、情夫们透露出去,这些已成为公开的秘密武器。这在反腐的文学作品、影视剧里屡见不鲜。那些利欲熏心的干部,始终把官场当成市场、战场。还有甚者,为了下一代能步入仕途,在自己和朋友的周围遴选资源、攀附权力,甚至贷款跑官、买官。只要一听说哪位领导出国考察、生病住院、孩子上学等等,都要借机大送特送,拉拢关系、联络感情,像做期货交易一样,做放长线、钓大鱼的官梦。许多被抓的领导干部们异口同声地说:"谁送给我钱,送多送少我只要拿了,都会帮他们动一动。送得多的提到权力部门,送得少的就提到清水衙门。至于没有送的人我也记得清清楚楚，他们也只有原地踏步，有时我还会找一个借口让他降职或免职。"

朝中无人莫做官，是当下"政治家"们在运行中的一个痼疾；是进入官场多年的领导干部，在掠取不当财富而发出的感叹；也是他们的信条，为官位找个靠山。当自己实权在握时，首先了解，被自己手中的权力束缚住的这个单位，哪些人有什么样的背景，要把这些背景充分利用发挥起来，为我所用。这就要求手中有权的人，不但对有背景的人在工作中要多加关照，更主要的是要及时提携，也要让有背景的人，能即时看到自己已在为他工作了。对没有背景的耿直的人，面子上一定要做出一视同仁，让他们感觉到自己是很正直的，感觉到心中有一份希望！可真到了关键提拔的时刻，他们才发现，自己又被领导迷惑了、耍了，最后被提拔的仍然是有背景的人。所有贪欲成性的领导干部，实际上都在小心地维护着这个官场的利益和规则。为了维护这种潜规则，前面哪怕是再高的刀山，再深的火海，也没有过不了的坎儿。

梁伟麒的爷爷是1947年参加革命的老军人。参军那年，他的爷爷也仅有十六岁。去当兵之前，本应和本村的姑娘结婚的，可他爷爷没同意。他爷爷一直打到全国解放、新中国成立，而后，又踏上了第一批抗美援朝保家卫国的战场。梁伟麒的爷爷真是好样的，在战场上，率领全连人员，冲锋陷阵、出生入死。回国后，已是营长的梁伟麒的爷爷，坚决要求退伍回乡种地。现如今，已是八十六岁高龄的爷爷身板很硬朗，但也没怎么享受特殊待遇。上世纪八十年代，听说1949年之前参军的可享受特殊待遇到离休。梁伟麒的爸爸偷偷地到县老干部局问，老干部局的接待人员了解情况后，给予的答复是：你爸爸没有转业，而是退伍回乡种地,不能享受这一待遇。这对于梁伟麒一家的损失实在是太大了。但正如爷爷说过的一句话"我还有一条命在这儿哩,而那些牺牲了的战友们怎么办?"当然,那时还没梁伟麒。1981年,梁伟麒十八岁的爸爸也参军入伍,当了五年兵后,成为裁军一百万中的一员,只好退伍回乡务农了。

送梁伟麒去当兵的那天晚上,梁伟麒和爷爷、爸爸喝酒的时候,两位老人感慨万千地说:"当官,是需要资源的!"

梁伟麒从小就热爱部队,做过将军和元帅的梦想,特别是到了部队提了干之后,他离将军之梦越来越近了,他怎么也舍不得离开这个战友加兄弟、温暖而充实的军营。可有什么办法呢?命运被安排成这样,哪有办法和命运去抗衡呢?

别看这个张逸民似醉而醉的样子,他的大脑思维还是很正常的。他听到梁伟麒话中的苦楚,颇受感动地点了点头,说:"老弟说的倒也是。哎哟,管他是谁说的呢?反正你没说就行了。"

张逸民也晓得,自己这兄弟听到这消息肯定会有心理压力。就这两天,张逸民已听到有人在说梁伟麒想的事了,他还和那些人争论过一番,但大多数人还是拍手称赞的。实际上,人们拍手称赞的同时,心里也是不舒服的:这阮处长刚被纪委请去喝了茶,咋就那么快,把个副处长的头衔就安到了他梁伟麒的头上了呢?

"老哥啊,你在人事处,对全局上上下下的干部了如指掌,谁有能力、谁会拍马屁、谁两面三刀、谁贪、谁色,你肯定比我清楚。老哥,我们就不说外单位的。"梁伟麒也借着酒劲说着,可自己的心里却越来越不舒服。虽然张逸民也不能解决自己的事儿,但说出来,心里也是痛快的啊。现在,也就是向张逸民诉诉苦罢了,"就说工程处的史明桐,你是知道的,什么本事也没有，居然也被提了副处。局计划处的柳亚军，和我一样就喝了人家一顿酒，我梁伟麒被搁到现在，也有一年了，人家却被提拔到副处。他们凭什么那么牛呀？不就是有点背景嘛，一个是副局长的儿子，一个是局党委副书记的女婿。现在回头想想，我也蛮开心的。你老哥说说看，我虽没动窝，但我活得自在，不欠人情，不用还人情。"梁伟麒越说心里越不舒服，抬起酒杯把杯中酒干了。

"好了，老弟，你就别老想着做善事了。嘴皮子我是耍不过你……你这位未来的中国文学巨匠的，还……还是等明天，吕书记找你谈话时和他耍嘴皮子去吧，看能不能把你这个涉……涉嫌举报的事给'平反'了！"张逸民嘴里的舌头比先前大了许多，说起话来东突西突的，那只右手不知何时掉到了梁伟麒的手上，他便抓住那手劝着梁伟麒。

"你老哥也太不够意思了，我一出去二十多天，对局里情况的了解有了脱节，你也不给我出出点子，该如何应付那个思维敏捷、语速惊人的吕书记的谈话？"梁伟麒借了点酒劲儿眯着眼看着张逸民。

"这二十多天里，也……也没什么大变化。但我想……想，为了你这兄弟，又是刚转业回来的兄弟，我还是提醒你几……几句。进了吕书记的办公室，要先察……察言观色、循序渐进、捕捉信息、掌握战机。如果吕……吕书记没提举报的事儿，你千万别先提……"

张逸民还没讲完，梁伟麒就打断了他的话："得，得，得，老哥真的是酒喝多了是吧？又不是打仗，还捕捉战机什么的。我梁伟麒何许人也，他吕书记又不是不懂。他这人对上对下是什么样的我也懂点，我不和他玩那城府、深沉，顺其自然、不

23

亢不卑是我做人的原则。"梁伟麒委实有点激动了。

"哈哈，只是中肯建议而已、中肯建议而已。一切你自己掌握。"张逸民只得像晋文公那样，退避三舍。

"谢老哥，咱们走一口！"梁伟麒见张逸民说得那么诚恳，立即举杯，向张逸民致歉。

"走一口。"张逸民见梁伟麒向自己道歉，便也诚心举杯畅饮。

两人把杯中酒一饮而尽，面对面笑着又续满一杯……

五

翌日上午十点，梁伟麒接到吕书记打来的电话，让他到吕书记办公室去。梁伟麒步履轻快地朝吕书记的办公室走去。梁伟麒知道，吕书记这次召见自己实际上就是任命前的谈话。虽说这次自己的任命公示期快要过去了，也没听说有什么负面反映，胜券基本在握了，但这次谈话也很重要，看能不能从吕书记的言谈里再挖掘些对自己未来发展的前景。

梁伟麒还把自己当成一名军人，平时从没想到和领导联络联络感情，也从不低三下四，个性相当鲜明，为人处事不卑不亢，只是埋头干自己的工作，至于别人的升降对他无所谓。他的棱角是从家中带到部队，再从部队带到地方的。可一到地方，谁还吃你那一套呢？好在自己不求一官半职，只求对得起手上这份薪水，混到退休拉倒了。所以，梁伟麒一门心思只想在自己的业余爱好上有点突破。

到了吕书记办公室门前，梁伟麒敲了敲虚掩的门，听到吕书记说"进来"，梁伟麒才推门而入。一推开门，梁伟麒觉得自己走错了办公室，站在门前没敢往前挪步子，抬头看看办公室门上的牌子，牌子上是写的书记室。梁伟麒再看看办公室里面，是有个吕书记，没走错啊。只是在梁伟麒的眼前，除了吕书记之外，又多了自己从没见过的两男一女坐在沙发上，正盯着自己看呢。

正在梁伟麒进退维谷时，吕书记满脸笑容对他说："来来来，小梁，我先介绍一下。"

梁伟麒只得挺胸收腹往前走了几步，站在了吕书记的办公桌前方，看着吕书记彬彬有礼地问候道："吕书记，您好。"

"你好，小梁。培训回来了？这次收获不小吧？等有时间给我说说看。"吕书记很是热情地问道。

"回来了，是有收获。等您有时间我向您汇报。"梁伟麒回答着。

"好啊。我现在给你介绍几位省厅的领导。"吕书记说着，用手指着正朝自己看着的三位说，"这是省厅政治处的白云飞主任、人事处孙立处长和人事处谌主任。"吕书记很是热情地介绍着。

梁伟麒看到，吕书记在介绍白主任、孙处长和谌主任他们三人时，他们的脸上似笑非笑，但很有亲和力。而后，吕书记将梁伟麒介绍给了白主任、孙处长和谌主任。他们三位伸出手来和梁伟麒握了握。

梁伟麒心里感到纳闷，吕书记为何要将自己介绍给省厅的领导呢？不过这三位领导看到自己都是很亲和的样子。那个白主任身高一米七五左右，短头发，国字脸上一对双眼皮的大眼睛，鼻子直挺，薄薄的嘴唇一看就知道是个能说会道的人。孙处长身材略比白主任矮了点儿，脸比白主任长了点，也是双眼皮眼睛但没白主任大，鼻子也没白主任的好看，嘴唇有点厚，看上去是个不怎么会说话的敦厚质朴的人。那个叫什么谌主任的，在自己进门时，就上下打量过自己，现在握手时，感觉她的手特别柔软，抓住自己的手还多握了会儿，还特别朝自己笑了笑。这一笑让梁伟麒多看了眼谌主任，他顿时感觉自己的眼睛有点儿回不到原位了，脸上也感到有点发热，情不自禁地抬起手来想抓抓自己的板刷头。梁伟麒这一系列动作都没能做出来，说得更加直白点儿，就是没好意思做出来，因为谌主任是他梁伟麒见过的最漂亮的女性了。谌主任身高一米六三左右，二十四五岁的样子，漂亮的脸蛋儿上，白茸茸的汗毛在射进的阳光下泛着金色的光芒；那双清澈明亮的大眼睛下，长着小巧玲珑、直挺的鼻子；嘴唇小而不厚，给人一种爽直、坚强、乐观的感觉。对，梁伟麒想起来了，他为什么觉得这个谌主任特别漂亮，原来是像我国著名表演艺术家王晓棠年轻时的模样。如果让谌主任穿上军装，那就是王晓棠站在自己面前。此刻，谌主任正微笑地看着自己。看到那笑，梁伟麒分明感到，这不是做作的微笑，是发自内心的笑。写文章的人心理学总是要看点的吧。但梁伟麒却奇怪，自己今天是怎么了，怎样会有点忐忑不安的样子。梁伟麒想为他们续茶，却感到地心引力太强了，双脚纹丝不动，自己也手足无措。梁伟麒尽量显得沉稳、从容。还好，他发现只要不去看谌主任，就镇定了，可始终觉得谌主任在看着自己。梁伟麒决定还是先等他们领导谈好了再进来。想到这儿，便对几位领导说："那吕书记、白主任、孙处长和谌领导，你们先忙，我随时听候吕书记的召唤。"说完转身要走。

吕书记唤住了梁伟麒，说："小梁啊，你先和省里的领导坐下来一起聊聊吧，我就不参加了。来，先帮你泡杯茶。"吕书记说着站起来要为梁伟麒泡茶。梁伟麒眼明手快地从吕书记的手上拿过热水瓶，先给白主任、孙处长、吕书记还有谌主任续满了，而后，才给自己倒了杯白开水，选了个离他们远点的位置坐了下来。

梁伟麒一坐下就看到吕书记和白主任、孙处长相视一笑，而谌主任却看着梁伟麒。谌主任的脸上比梁伟麒刚进来和她握手时，多了一层不易察觉的淡淡的红晕。

吕书记和省厅的三位领导握了握手，说："那你们聊，我先出去办点事。"说完也和梁伟麒握了握手，走出了自己的办公室。

吕书记一握手再一走，更令梁伟麒有点疑惑了。这个吕书记还从来没和自己那么客气过，今天这是怎么回事呢？不会是自己的任职出现什么差错了吧？哎呀，不提拔也无所谓的啦，本来这个副处长就是捡来的，自己根本也没想到局领导会突然想到我梁伟麒。前后九年的军旅生活，梁伟麒从大风大浪里也走过来了，还在乎眼前这点小事？

吕书记的办公室里只留下了省厅来的三位领导和梁伟麒。难道是为阮处长的事想和我谈谈吗？会不会省厅也以为阮处长的事是我梁伟麒举报的呢？这真是天大的冤枉啊，梁伟麒心里哭笑不得。梁伟麒的大脑里忽然想到这么句俗话，叫"不做亏心事，还怕鬼敲门"不成，梁伟麒又转念一想，举报不举报的事与省厅不搭界吧？再说了，就是搭界也不应该只是省厅政治处和人事处来呀，应该是省厅纪委来呀。梁伟麒在自己的脑子里这样想着。看着这架势，根本不是为了阮处长的事来的。他们来的目的应该是来考察了解什么局领导的吧？否则，怎么会来找我呢？梁伟麒想到这儿，心里比先前有了点谱，可心里对吕书记还是有点抱怨的：他吕书记也真不靠谱，一句话也不说就把自己搁这儿了，这里面到底有啥玄机？梁伟麒用双眼看了看他们三人，无论从外表还是从内在来说，白主任、孙处长，还有那位姑娘谌主任，他们身上颇有一份气质——透着居高临下之气势。这气势令人望而生畏，可望而不可及，既敬而远之，又有亲和力。总之，这三人，对于梁伟麒来说，特有官威，特有气场，也亲切。

对于见过世面的梁伟麒而言，一个省厅政治处主任，是部队的正团级。听说，以前省厅级政治处都被称为政治部的，是副厅级，也不知道何时改为政治处了，属正团级了。正团算什么呀？在部队时，梁伟麒在师机关，正团职以上军官天天都能看到，就是看到师长、政委或少将、中将的，也没今天这样的感受。这难道就是部队和地方的区别吗？难道地方上这样的正团级的官儿就算大的了吗？是啊，地方上的县处级是大。远的不说，就说我们这个市局也属正县级，但转业回来的正团级，只能担任局长助理。所谓的局长助理在副局长里排在老幺，也是局党委成员中排名最后的一位。你要想升上副局长，那是难上加难。听说以前，有位驻地军分区政治部副主任，属正团职，他是直接转业任副局长的。像这样的安排至少在黄海市很少有过。梁伟麒想，看来地方是牛，否则，怎么会将部队转业干部降半级到一级使用呢。

梁伟麒迅速整理自己的思路，定下心来，遇到这样的突发事件，全靠我梁伟麒临危不惧、临场发挥了。梁伟麒这样自我安慰着，立即心神就定了下来，聆听主任、处长们的谆谆教诲。

"小梁，你今年多大了？"省厅政治处的白主任终于开口说话了。

"白主任，我今年二十七周岁。"梁伟麒坦然应答。

"当过兵？什么职务回来的？什么学历？听说你还是黄海市的作家，业余生活特别丰富。从你这位作家的眼里，如何来看当今的社会？"这一长串的问题，如滚滚江水般从白主任的嘴里奔涌而出。

"白主任,我连头连尾当了九年兵。"梁伟麒听了白主任提出的这些很俗套的问题,心里本来有的紧张也就没了。梁伟麒很佩服白主任的谈话方式,这种方式让人的紧张和胆怯全飞走了。但再一细嚼,梁伟麒总感到,这些俗套的问题从白主任嘴里说出来却是一点儿也不俗套,就像一把钥匙,很精妙地打开了梁伟麒清晰的思路。他有条有理、循序渐进,平静地一一作答,"我是副营转业回来的,本科学历。在部队和驻地的党报和刊物上发表过一些作品。"梁伟麒说着说着,就忘乎所以了,嘴里的门岗就自然而然地被自己给撤了,说起话来就像和同事聊天一样了。梁伟麒还与对方的眼神不断地交流着,不管谁问他,他都会看着别人的眼神回答问题。

"要说对当今社会的看法还是有点的。部队和地方是有很大的区别。我转业回来有一年半不到的时间,自己总感到适应不了这个社会,地方的人际关系太复杂了。书本上说,在东方的哲学里,关系就是生产力,而在西方的哲学里,关系是最稀缺的商业资源。西方人以个人为单位,东方人以家庭为单位。西方的人际关系是神本位的,东方的人际关系是人本位的。"梁伟麒回答着这些问题时,分明感到自己也因这些俗套的问题渐入佳境,从心里往外舒服出来。他暗想,省厅机关的人,就是有水平,不承认不行啊。白主任和孙处长还有那位谌主任,还不停地点着头,很认真地听着梁伟麒即兴演说。有时,他们还会在不经意间,还在笔记本上记着什么,这令梁伟麒就更加放松了,心里升起了对他们的敬佩,嘴里却还在围绕着问题在回答。"东方人认为,良好的人际关系,能为自己的事业和未来,插上成功的翅膀。中国有句老话:'一个篱笆三个桩,一个好汉三个帮'，说的就是关系学。从上到下，人际关系的生命力特别旺盛。西方人则认为人与人的矛盾是不可调和的，是不可能存在平等对话的。个人主义与整体主义在西方哲学史中的情况则比较复杂，它们对社会发展所起的作用，在不同条件下也是不同的，既有推动作用，也有阻碍作用。而我们国家则不同，如刘备是一个卖草鞋的没落皇家后裔，后来却成为了三国鼎立的一方霸主。他的成功靠什么？就是靠个人关系资源。而看看当今这个社会的关系，已演变成了权力、金钱和色诱的相互利用关系。"

梁伟麒说到这儿打住，心想，自己一口气乱七八糟讲了这许多，也不知是不是白主任他们想听的。若不是，那就麻烦了。哎呀，管他呢，反正也不知道他们找我谈话的目的，只要是围着他们的问题回答，也不会偏到哪里去的。

"讲完了？"白主任很平静地问。

"不知回答得对不对，请领导们赐教。"梁伟麒很镇定地回答。

"不错，你回答得很好。"白主任停顿了一下说，"你近期有没有写过人际关系之类的文章？"

"不是写，而是抨击！"梁伟麒被白主任这一问问出了恼恨，似乎对这个社会的发展和未来，只有靠他梁伟麒来治理整顿。

"是吗？是对现状的不满？还是对自己的不满呢？"白主任疑问中透着诙谐，诙谐中又透着疑问。

"都有不满。当今社会的发展是个大课题。但这样的大课题已是千疮百孔了，正如1949年刚解放的新中国一样，千头万绪、百废待举。当今有部分人已渐渐地丢失了信仰、理想和人生观、价值观、世界观。说一句不好听的话，叫大锅里什么都有，最后被搅成了一锅啥也不像的粥，而且既不好看也不好吃。对于自己的不满，那只有恨自己没本事！"二十七岁的梁伟麒还把自己当成了轻狂少年，问什么，他都如实回答，没有一点隐讳，也不考虑后果，只晓得为嘴上和心里赢得一时的痛快。

"你有笔名吗？"白主任突然面带笑容地问道。

"有，但偶尔用。"梁伟麒回道，心里却展开了遐想：难道说我发的文章他会去看吗？

"偶尔用？你的笔名叫叶舟？"白主任又给梁伟麒送上了个疑问。

梁伟麒没有回答，瞪着吃惊的眼神看着白主任。见白主任的眼神中没有半点戏谑，就点了点头说："是的。"梁伟麒想，用叶舟为笔名写的那篇文章就是有关人际关系的，将自己对当今社会上的不良风气淋漓尽致地狠狠抨击了一下。白主任不会是太平洋的警察吧，连这事也归他管吗？

"两个月前，我在省党报上看到一篇文章，讲的就是东西方的哲学关系，署名黄海市交管局叶舟，是你吧？文章很犀利，很有想法。像这样就人际关系单刀直入的文章，能在省级党报上发表还真不容易，难不成是党报总编冲着你是作家？"白主任直言不讳地问。

"不是的。不要说总编了，就是专栏的编辑我也不认识。我估摸他们是没稿件排版了或是正巧需要这样的稿件吧。还有，可能是要过年了，读者相对来说要少点。"梁伟麒也直言不讳地回答。

"你说的也是。当下的社会关系正在逐渐理顺，正能量的文章该有用武之地了，党的喉舌这个平台也该起作用了。"白主任冠冕堂皇地说。

梁伟麒从白主任的语气里，听出了他对自己的这篇文章好像很赞赏似的，心里也就放宽了许多，说话就更没了拘束。梁伟麒说："谢谢领导的理解！兴许，我在部队工作的时间要比在地方工作的时间长，所以，那种不良风气委实令我透不过气来。您说说看，一个党报不宣传党的先进和正能量，而是被乱七八糟的广告占满了，这成何体统？"

"小梁，你可别忘了，现在可是中国特色社会主义呀！哪有不上广告的呢？再说，这社会上的不良风气也是少数。但无论风气坏到什么地步，你作为一名共产党员，又在部队这座大熔炉中锻炼了九年，肯定有自己的鉴别思想。所谓的出淤泥而不染，才是一名称职的共产党的优秀干部应该做的。"

白主任看似在教育梁伟麒，而实质上是在为梁伟麒说话。就冲白主任那句"现在可是中国特色社会主义呀"和脸上的表情，梁伟麒就能听出和看出。

梁伟麒心中升起一股对白主任的敬意。梁伟麒没想到，这位也就比自己大了十几岁吧，却也能和自己开诚布公，谈论当下的现象，实在难得。他接着白主任的话说："也是我运气好。当时，文章在党报理论版专栏头条发表，这一下子在市局引起了轰动。但愿今后党的喉舌多发些揭露社会上丑陋现象的文章，来净化我们整个社会发展的现状！网上说，公务员在其他国家只占2%～5%左右，而在中国，却有75%以上的大学生愿意考公务员！这些公务员的心里，有多少装着全心全意为人民服务的思想？有位总统说过，'一个国家的青年，争着去当公务员，说明这个国家的腐败已严重透了'。就拿贪官来说，他们敢不敢走到阳光下应战？敢不敢在阳光下充当裁判？人们围观的不是谁赢谁输，而是阳光下的程序。有位大贪官当天中午被举报，下午就有人为他做出了神速回应：上述消息纯属污蔑造谣，我们正在向公安部门报案，将采取正式的法律手段处理此事。我有时就在想：中国的反腐大任到头了吗？现在没有哪位官员敢说一句：到头了！在国外，有总统说'我们不知道哪辆校车里的孩子，会是将来的总统'，所以校车的安全性是中国的四十倍。而中国人知道，不论哪辆校车里的孩子都不会是中国将来的主席。这几年抓了许多大贪官，我局上下也省下了几个亿的'三公经费'，但干部职工的工资待遇反而在做减法，这到底是什么原因哩？"

白主任呵呵笑道："你是在感慨世态炎凉，人心不古啊！"白主任看了看梁伟麒又说，"我前一段时间也上网看到了一些说法，觉得讲得很好。贪污腐败在当下这个社会各个行业都有显现。譬如出现了把权力寻租利益化，这样就会泛滥出来官商勾结，使之形成黑色产业链，这会给社会带来什么呢？"

"带来的是没有信仰、没有信念、没有精神支柱，有的只是空洞而乏味的自私自利。"梁伟麒对白主任的感慨颇有同感。

"我也只是顺着你刚才的话来点儿感慨罢了。"白主任说完看了看梁伟麒说，"今天没想到，还在你这儿接受了一次理想信念、反腐倡廉和军事的教育。"白主任笑了笑，然后接着说，"是啊，没有净化的社会环境，那就如靠近沿海的堤坝布满一个个化学公司，一有污水就朝大海排放。那这个海里的生存环境又会出现怎样的状况呢？像你发表的这类文章，说实在的，我也是有多少年没看到过了。当时一看，真令我耳目一新、颇为触动。那才叫理论批评文章呢，批得那么透彻有力，捅得很深，捅亮了我心底的那盏已湮灭了的灯。当下的人际关系真该到提提批评意见的时候了。"白主任也开始激动了，但他仍能收放自如。

"白主任,您过奖了,哪是我在教育您呀,倒是您在以身作则,在教育我呢。"梁伟麒这时脸上反倒有点红了,不好意思地说。

"我可没说错啊!你不信问问孙处长和谌主任,当时,他们也看了你发表的这篇文章,也是大家对你这篇文章的评论。总而言之,评价还是蛮高的。"说着,白主任站起来在办公室里踱起方步,说,"你在评述人际关系时很精彩,完全站在理性和感性这两种意识的高度。从文章里,可以看到你是个很讲原则的人。"

"谢谢白主任的抬爱。这是我到地方后写的第一篇理论文章,而且是非常有感触时写的。有些提议可能有棱有角,地方上可能也一时接受不了,但没想到还是被发表了。"梁伟麒不无感慨地说。

"不止这些,还有一种底气,一个做人的底气!对吗?"白主任看着梁伟麒说,语气里好像知道了他发表这篇文章的意义。

"谢谢您,白主任。但当时局里有规定,大小稿费一律按一比二的奖励发。我只是想到地方不但还有稿费,还可以给自己攒点知名度,何乐而不为?当然,我在写这篇文章时,还是花了不少精力的。用了一个晚上的时间,专门在那里想论点、论据、论证什么的,第二天就成稿了。还好,这篇文章布局合理,逻辑性强,特有一种代表我的心声的感觉。"梁伟麒深有感触、朴实真诚地笑着说。

"为了拿稿费和提高知名度?"孙处长插上话来微笑着问梁伟麒,"就没有其他什么的了?"

"也有。"梁伟麒看着孙处长疑问的双眼说,"有时好的想法给领导提了没有用,我只好另辟蹊径。就是想揭示这个社会人际关系的复杂性。"

"这个蹊径辟得好啊。"白主任突然有点兴奋起来了,站在那儿看着窗外说。

梁伟麒听到白主任突然说这句话,反而感到有点不踏实了。这个蹊径辟得到底好在哪里呢?梁伟麒看着白主任。

白主任语气里透着欣赏,欣赏中透着激动地说:"小梁啊,我看你的文笔在我们全厅也是屈指可数的,你的才华非常实用,很好,很好。"

连说两个"很好",使梁伟麒感到白主任挺像位哲学教授,也像个伯乐。

一想到伯乐,梁伟麒心里苦笑了下。他想起刚转业到局里和处里的同事一起聚餐的那个晚上,大家喝酒时也放得开,再加上阮处长是想测测梁伟麒的酒量。半斤白酒下肚,刚招进来的研究生徐闻问梁伟麒:"梁领导,你在部队连头连尾只干了九年,就从战士提到了副营,你这进步也太快了吧?你是不是有背景啊?"

"哈哈,我哪有什么背景啊。在部队靠的全是自己,当然,也离不开伯乐和机遇。"梁伟麒如实说。

"伯乐?"徐闻疑问道,"什么叫伯乐?"

什么叫伯乐?梁伟麒被这一问愣住了。他拿眼看了看徐闻,见徐闻的眼里一片茫然。开始,梁伟麒当是徐闻在讥讽伯乐,再一看,徐闻还真不懂伯乐到底是啥意思。梁伟麒便看着徐闻说道:"伯乐就是善于发现、推荐、培养和使用人才的人。"

"这就叫伯乐啊?现在还有谁在靠这伯乐呀?全靠的黑白

两道背景，还什么伯乐呀！"徐闻说完哈哈大笑起来，桌上的人也跟着一起笑了。

梁伟麒的心不觉一阵生痛，众人因伯乐一笑，突然令梁伟麒幡然醒悟，这伯乐还真不知何时已从人们的视野里、文章里、教材里消失了，这不，就连和自己年龄相仿的堂堂的研究生也不知道伯乐是什么了，倒对"背景"颇为感兴趣。梁伟麒从徐闻的疑问、惊讶和众人的笑声中，听到了对伯乐的一种戏谑和嘲讽。"背景"取代了"伯乐"，那就是人类的悲剧。我们现在就生活在这样的一个环境里，难道不是吗？想到这儿，梁伟麒就揶揄地问道："那你徐闻是靠的哪条道的背景进这个局机关的？"

"我嘛，肯定是靠背景来的喽。"徐闻不紧不慢很不以为然地说着。

"哦，原来是如此！"梁伟麒很蔑视地说道。就这一回复，大家都知道了梁伟麒的意思了，也就止住了笑声，看了眼梁伟麒。就从这儿，梁伟麒才真正懂得了地方上的复杂关系。梁伟麒感到一种悲哀！所谓的真诚与真诚的交换，在当今这个社会里真是相当的难！想到这儿，梁伟麒深深地叹了一口气。他看着省厅领导正想说话，却被谌主任抢先了一步。

"白主任，孙处长，这个梁伟麒呀，还真行，用奇谈怪论把我们忽悠得好惨啊！我们就这样被他忽悠了？"坐在旁边一直没开口的谌主任冒出这样一句话来，像王晓棠一样漂亮的脸蛋儿上还升起两片红晕。

谌主任这么长时间没说话，本来想说点儿恭维的话。但话一出口竟是这样，这是她自己也没想到的。但谌主任心里可明白着哩，她见过很多年轻人，也只有梁伟麒各方面相当成熟，至少从她的角度是找不出梁伟麒半点缺点的。谌主任的心里甭提有多开心了。谌主任想控制住自己激动的心情,但怎么也控制不了,身心已经完全被梁伟麒俘虏了。自从梁伟麒进了吕书记的办公室,往那儿一站,再加上谈吐和气质,便令谌主任的呼吸变得急促起来。她心里头的情感就没停止过,这也是她这么多天来遇到的第一个,也是自己长这么大以来遇到的最心仪的男人。在没到黄海市交管局之前,谌主任就想,如果到了黄海市局能看到那个在省党报发表文章的叶舟该多好啊!从他的文笔上看,感觉他年纪应该很大,所以想看看他到底什么模样,是不是和文章一样优秀?没想到,到这儿一来,吕书记首先推荐的就是梁伟麒。令谌主任没想到的是,梁伟麒就是叶舟,而且竟是这么年轻。她看到梁伟麒一走进来,就给人一种军人的威武和洒脱,那眼、那鼻子、那嘴,还有那脸蛋,长得和著名表演艺术家王心刚一样。谌主任真是一见钟情了。谌主任看到白主任和孙处长的眼睛里也透着喜欢梁伟麒的架势,她就更加喜欢了。谌主任心里暗暗地说:"一定要将梁伟麒调到省厅来。"

  谌主任大名叫谌芯印,出生在部队,生活在部队,直到2008年她的父亲转业到地方,她才离开了部队。那时,谌芯印才十六岁。当然那时她还不太知道爱情到底是什么样的。谌芯印按步就班地上完高中考上大学。在大学期间,谌芯印也没遇到能让她如此欣赏的男人,那么多的男同学,却没有一个能使自己的心里像今天这样激起浪花的。谌芯印从白主任和孙处长的表情来分析,他们对梁伟麒也是情有独钟的。这次如果选调人选能让她做主,她就非梁伟麒莫属了,其他的没有一个能上得了省厅的。你看梁伟麒从言行到举止,从语音到面部表情,从解剖当今社会的言论到奋笔所写的文章,都是个完美的人。

在此之前，她谌芯印没有对哪个男性产生过好感，更不用说什么爱情了。想到这儿，谌芯印的心里畅快多了，脸上也漾起了含羞的微笑。

谌芯印的这句话，一下子刺激到了梁伟麒的心尖尖儿上。梁伟麒怎么也没想到，自己是真诚地和领导交流的，却被这个谌主任说成是"忽悠"，这也太让人难受了吧？在吕书记的办公室里，在白主任、孙处长也在的地方，会遇到这样一位干脆利落、断章取义的，还是出自他有生以来遇到的第一个漂亮、文雅的姑娘，梁伟麒的心里不知道是什么滋味儿。他有点反感谌主任，不应该在这样的一种场合去说有点看不起人的话。梁伟麒看了眼谌主任，想说句话去分辩，但又一想，那也太小家子气了。

梁伟麒善解人意地笑了笑，很绅士地说："忽悠与被忽悠就相差一个'被'字，如果谌领导以为我是在忽悠你们的，那就权当我是在忽悠我自己好吧。不管您是什么意思，我还是想对您说一句，反正，我前面的话已出口了，再也收不回来了！"

没想到，这个谌主任不但没生气，反倒朝梁伟麒露出了甜美的微笑。这一笑，令梁伟麒不知所措，他不自觉地在谌主任的脸上多停留了一会儿。四目相对，一种强烈的情感从谌芯印的双眼里迸射出来，梁伟麒连忙低下了头，不敢再去看谌主任。梁伟麒的心里在想："这个谌领导怎么啦？我脸上虽没表现出来一点愠怒，可心里却是对你的印象不太好，不要以为你长得漂亮，长得像王晓棠我就对你另眼相看了。"

看来梁伟麒和谌芯印真是不打不成交啊！

白主任看了看谌芯印，什么也没说，调转头过来，很欣赏地看着梁伟麒，然后重新落座，很平和地问了问梁伟麒的家庭和个人问题，又饶有兴趣地问梁伟麒平时喜欢看些什么书之类的话。梁伟麒不卑不亢，一一作答。最后，白主任很满意地伸出左手，亲切地拍着梁伟麒的左肩，说："谢谢你小梁，有时间咱们再聊，如何？"

"谢谢白主任、孙处长和谌主任！"梁伟麒也很懂白主任这一套要道别的意思，边站起来边伸出手和白主任、孙处长握手。等到梁伟麒转向谌主任，看到谌主任只是看着自己，脸上露出令梁伟麒看不懂的神采，但他还是伸出手和谌主任握了握。

"这个梁伟麒还真行，口才也不错啊，有点意思。"孙处长说完脸上露出很有意味的笑。

在等吕书记时，白主任、孙处长和谌芯印三人在吕书记办公室就梁伟麒议论起来。

"有意思啊有意思，要不要让他到省厅来啊？"白主任倒也很爽快地对孙处长说，而后又转脸问谌芯印，"谌领导，这是我们梁伟麒刚才这样称谓你的，您说呢？"

"他是不知道如何叫我好吧。"没想到谌芯印为梁伟麒辩护道。她看了眼白主任和孙处长说，"到不到省厅来，那是你们领导说了算，我这个黄毛丫头说了还算啊？"谌芯印满脸戏谑地回道。

"哎呀芯印，你还记着我说过的那个黄毛丫头呀？"孙处长哈哈笑着说，"你看你，人家小梁还没进省厅哩，你倒在帮他说话了，这可不行啊。"孙处长想起了一年前，和刚进省厅的谌芯印在一起吃饭的时候，谁知天真无邪的谌芯印举起红酒就向自己敬酒。孙处长看了眼谌芯印，很疼爱地说了句"你这黄毛丫头，慢慢喝"，她竟记在了心里。当然，谌芯印今天说这句话也是对他的一种敬重。他孙处长呢,也就根本不会往心里去。

"白主任你看,孙处长在说什么呢?我,我可没帮他说话呀。"说完谌芯印涌现出满脸红晕,双眼里露出了喜悦。但她又加了一句,说,"领导说的话我可不敢忘了,这是领导无形中的教诲。"她先是看着白主任,再转向孙处长,然后她就不敢看他们俩了,低着头看着眼前的笔记本。

白主任察觉出谌芯印的心理,心想,走到今天,这是谌芯印反应最强烈的一次,也是最羞涩的一次,更是当着对方的面说过话的唯一一次。白主任想到这儿,从心底里涌上一丝笑意,便很意味深长地问道:"那好,就不调小梁,调汤拓飞如何?"

汤拓飞是另一个市局政治处的副处长,各方面也很优秀,但语言交流不太方便,有着浓厚的乡土气息。再说,外表也没梁伟麒那么有气质,使人感到有点油滑,还略有点女人气。白主任记得,那天在找汤拓飞谈话时,汤拓飞没有梁伟麒这么直率,也没引起谌芯印的任何反应。而今天,谌芯印的反应波动之大,自梁伟麒进来到离开,谌芯印的双眼始终没离开过梁伟麒,所以,白主任这样说也就是想看看谌芯印有什么反应。

"你白主任也学会欺负人了!我才不喜欢汤拓飞,说话方言太多,而且还蔫蔫的,长得也比梁伟麒差远了。"谌芯印好像在生谁的气一样。

"哎,这可不是选驸马,还要你喜欢不喜欢的?从你的话里可以听出,你是喜欢梁伟麒了?"孙处长开玩笑地说着。

"好你个孙处长,还说出选驸马来了。我说不过你,不和你说了,随你怎么说去,哼!"谌芯印的脸比刚才更红了,她心里怦怦跳个不停。谌芯印突然感到,这颗心已经拴在梁伟麒的身上了。她的心里特别想见到梁伟麒，和他再握个手说句什么的。总之，湛芯印的心里对梁伟麒有种特别的感觉。

"好了，我们这次的三人行是非常圆满的！还有两个市局就不走了，我们提前完成任务了，可以向省厅领导递交任务书了。"白主任这样一说，还和孙处长对视了一眼，然后双双盯着湛芯印，看她到底是什么反应，然后会心地一笑。

"湛主任，我们打道回府吧，怎样？"孙处长逗着湛芯印说。

"回去就回去，我还巴不得哩！"湛芯印说完，开心的笑就从脸上溢开了。

"什么事这么热闹啊？"吕书记推门进来问着。

"哈哈，没什么，只是为刚才小梁的事聊聊。"白主任嘻嘻哈哈地回应着，也没再说什么，吕书记也就没好再问。

倒是白主任问了句很特别的话："吕书记，我们刚才上电梯时，看到电梯旁贴着一张公示，怎么要任命梁伟麒为局执法处副处长？"

"对。前几天，执法处阮处长有点事，被市纪委请去了，是喝茶还是干什么，我们暂时也不太懂。那执法处没了处长，有些工作的开展就比较麻烦了，所以，经市局党委讨论研究，决定提梁伟麒同志任执法处副处长，主持工作。"吕书记说完，用疑问的眼神看着白主任。

"哦，没什么，我只是随便问一下的。"白主任微微一笑回道。

白主任这样一笑，湛芯印就已明了，这个梁伟麒肯定是要进省厅了。在之前的所有局里，白主任从来没对所考察的对象如此关心过。这对于湛芯印而言，真是太给力了。湛芯印漂亮的脸蛋儿上，又升起了开心的笑容和红霞。这个红霞的升起被白主任和孙处长看得一清二楚。

第二章

六

梁伟麒走出吕书记的办公室,对这样的道别感到心情愉悦。但一想到那个谌主任,心里就有点不舒坦。想想那个谌主任投给自己的那个眼神,有一种莫名的东西在眼里荡漾。梁伟麒回到办公室后,其他同事一个个伸出脑袋凑过来,特别是那个徐闻有点八卦。他问:"省厅领导找你谈什么话?你是不是要荣升啦?真的荣升了,梁处长可要请我们吃饭。"梁伟麒也不便说,再者,梁伟麒自己也不知道,自己还在云里雾里呢。梁伟麒只是说些无关痛痒的给他们听,也就打发了他们。

梁伟麒反复想着刚才的经历,觉得自己到底也是见过大人物的人,所以,在上级领导面前,没有紧张得说话发抖、满手心都是汗之类的。这有什么好发抖呢?问的都是他自己亲身经历过的,说的都是实话,没有一句谎言。哪有人说实话还发抖的?没听说过,除非说谎。就是那个谌主任,这位自己并不了解的长得像是王晓棠的姑娘,竟成了梁伟麒脑海里挥之不去的印象。眼睛一闭,眼前就会闪现出谌主任的容貌来。梁伟麒没工夫去细想这是怎么回事,只是种种怪念,如同若有若无的背景音乐,在他头顶漂浮。如果哪天我去省厅,我定会拜见你这个谌主任的。"怎么?是想报复我?"谌主任满脸挂着笑向梁伟麒问着,头一歪看着梁伟麒。嘿嘿,你给我悠着点吧!梁伟麒的心里还在和谐主任较真儿哩。

梁伟麒到办公室坐了有半个小时，张逸民的电话就打进了梁伟麒的办公室。来得正好，我今天遇到这样的囧事儿，哪有不找你算账的道理？看来这小子今天在监督我啊。

"老弟，快来我办公室，他们有事出去了，现在就我一个人在。"梁伟麒电话一接通，里面就传来了张逸民急切的邀请。

"我也正好要找你老兄算账哩。"梁伟麒的思想还没捋一捋，接到张逸民的电话就说。他本不想去的，但想想还是去了，俩人一起捋捋可能会顺畅些。

梁伟麒的手还没碰到张逸民办公室的门，那门就自动开了。张逸民站在门后，等梁伟麒一跨进办公室，就顺手把门关上，端上早已为梁伟麒沏好的茶，问道："咋样啊老弟？"

"老哥，你还是不是人事处的人了？"梁伟麒一见到张逸民，就把心里的牢骚全倒了出来，"昨天晚上和我说的话到今天上午十点就变了。你这是不是在忽悠我呀？"梁伟麒也突然冒出了忽悠这么个词儿。

"我怎么了？哪个地方在忽悠你呀？我不是人事处的会是哪个部门儿的？"张逸民本想幽默一下的，但说出来的还是那种夹生饭的味道。

"就你这德行，还是人事处的吗？竟然误报信息。"梁伟麒嘴里气呼呼地说着，但心底里却是热呼呼的。他知道，自己被任命执法处副处长的公示马上就到期了。这公示一揭下那就等着红头文件出来了。至于刚才省厅领导找他谈话的事儿梁伟麒就没当回事儿。

"哎呀，你这小老弟，怎么能说我误报信息呢？我……"

张逸民还没说完，就被梁伟麒抢了话："是你告诉我吕书记要找我谈话的吧？"

"我，我……"张逸民满脸的尴尬，想分辩又被梁伟麒用手势挡住了，不让他说话。

"还我……我什么呀？一进门却不是吕书记一个人在办公室，还有三位。"梁伟麒说着，用三根手指头做出个"三"，接着说，"这三位你知道是什么人吗？是省厅政治处和人事处的。"

"对呀，我知道呀。"张逸民没有一丝惊讶，反倒是一脸的平静。

梁伟麒满脸怒气地看着张逸民，说："你现在知道是省厅的了？那你昨晚怎么没和我说啊？今早怎么也不和我说哩？是不是因为我梁伟麒太棱角分明了吧？是想趁机把我赶走是吧？"梁伟麒本没想到说这些，但说着说着就顺着自己的思路说出来了。梁伟麒嘴上这样说着，心里不觉对张逸民，不仅是张逸民，还是对市局领导们升起一股被耍弄的愤恨。

"我昨晚是怎样和你老弟说的呢？我向你发誓：我张逸民心里，如果有一丁点儿想让你走的话，就天打五雷轰！"张逸民好像已忘记了昨晚上俩人说的话，但是他心里确实也没想让梁伟麒走。

"你现在还问我怎么说的是吗？还赌咒发誓，有意思吗？"梁伟麒见把张逸民唬住了，心里很痛快，想笑但忍住了。梁伟麒看到办公室的门锁上了，就背着手在张逸民的办公室里踱起了方步，说："你呀你呀，我也不知道怎么说你好了，如果换成别人，那这次肯定死定了。也就是我，一不想升官儿，二不想上调，所以呀，我应答自如，全按照你昨晚交给我的办法去应对的。"

这个张逸民一听梁伟麒这话，好像又在表扬自己呢，就连忙抢着说："是的，按照我教你的说，就没有过不了的坎儿。"说完还沾沾自喜。

"是的，按照你教我的说就行了，你呀，还真行！"梁伟麒脸上刚想露点笑容，又因张逸民抢着回答而皱紧了眉头。但一想，戏弄戏弄这位老兄也够了。梁伟麒舒展眉头，好像刚才什么也没发生过一样，"好了老哥，和你闹着玩儿的。"

"什么？什么？你和我闹着玩儿的？你……你……"

张逸民刚要数落梁伟麒，又被梁伟麒给堵回去了："你听不听我说了？如果听就少说话。"说着，停住脚步但又不说话了。

"听，听。"张逸民好像小鸡啄似的点着头说。

梁伟麒顿了顿，改用亲密的语气说："我进了吕书记的办公室，经吕书记介绍后才知道，那三位原来是省厅政治处的白主任，人事处的孙处长和谌主任。这个谌主任最多也只有二十四五岁吧，肯定还是个姑娘，长得真的很漂亮，就像著名的表演艺术家王晓棠年轻时的模样……"

"什么什么？像王晓棠？乖乖隆地咚啊，真是大美人了。这么漂亮的姑娘你肯定会怯场了。"梁伟麒一说那位姑娘像王晓棠，那可了不得啊，没等他说完，张逸民就插上话来。

"去，去。人家漂亮是人家的，关我屁事儿呀？我一点儿也不怯场。"梁伟麒本想把谌主任说的话告诉张逸民的，但一想还是不告诉为妙，省得节外生枝。

"这么漂亮的姑娘能让我一睹芳容该多好啊！"张逸民说着还把眼睛闭上了，双手向前伸去，而后紧紧地将双手环抱在胸前。

"好了老哥，别那么酸了，你可是有老婆的人。让你老婆知道，你今天回去就挨罚吧！"梁伟麒笑着说。

"这是关起门来咱兄弟俩说的，概不外传。你接着说。"张逸民睁开眼睛很认真地对梁伟麒说。

"我接着说。后来，吕书记出去了，竟然是他们仨找我谈的话，这我就有点纳闷儿了。你和大家都知道，提拔我为局执法处副处长，而和这几位政治处、人事处的人又搭什么界呢？找我谈话的主角吕书记扔下我走了，却留下了这三位与我素昧平生的领导，莫名其妙地和我聊些不搭边的事。开始我还在想，可能是为了举报的事来的吧，可后来又觉得不是那么回事。举报案子应该归属省厅纪委啊，而厅纪委没来一个人，却只有厅政治处和人事处他们三位领导来，其中竟然还有一个小姑娘，那怎么会是为举报的事来呢？谈到最后，只字没提到阮处长被举报的事。省厅领导专门找我谈话，这我们局人事处难道事先一点也不知道吗？你老哥不会是在忽悠我出我洋相吧？不提拔我也不要搞成这样嘛！我本来也没想到被提拔呀。我被这事整得一头雾水，心里特憋屈。"梁伟麒很平静地说。

张逸民首先申明，说："省厅的几位领导到我局我还真是一点也没听说。只是今天上午找你谈话时我才听说的。我怎么可能忽悠你出你洋相呢？特别是在'王晓棠'面前，我更不会出你的洋相。再说，出你洋相了对我又有什么好处呢？你升你的官与我又不冲突，我何苦要这样对待你呢？省厅领导找你谈话，现在局机关上下全都知道了，我当然也都知道了。上午我一听到省厅领导找你谈话的消息，就打电话找你的。可一直没找到你，也就只好忍着。这不，我现在得把情况摸清了再告诉你结果，也算我有错必改吧。"

梁伟麒一听张逸民是要告诉自己情况的，心里一动，梁伟麒装着生气的样子说:"我靠,那你老哥快告诉我结果呀!"

"结果别急,我倒想听一听,你说的跟后来我了解到的信息是不是一样。"张逸民很认真地问。

梁伟麒就把刚才白主任、孙处长他们和自己所谈的一切,和盘托出。

张逸民的表情相当丰富,脸上挂着笑说:"看来我认你这位老弟没认错。你刚才所说的一切,和我听到的基本上是一样的。我提醒你在回答问题时,适当地加以阐述,或是看看领导的兴趣爱好,以及领导的高兴与否,放开来谈,千万别让领导觉得你拘束。你老弟还是记到心上了。你大有前途啊老弟!"张逸民感慨地说。

"谢谢老哥的关心。但我就不明白,老兄你怎么会知道省厅领导找我谈话的结果呢?有没有前途那是领导说了算,我反正也没背景,能上则上,我也能干好;不上就不上,我依然能干好。省厅领导来到底是干啥的哩?我也捉摸不透。我就是个听天由命的人。"梁伟麒嘴里这样说,心里也是这样想的,所以,他从当兵入伍到转业回来,遇到什么不愉快的事情,常会学用阿Q精神自我安慰,事过了也就过了,从不草木皆兵、耿耿于怀。

"至于我是怎么知道你们谈话的,这你就别问了。这是绝密。我只想告诉你,不是局里要提拔你,而是省厅要重用你!"张逸民不无感叹地说。

"是吗?"梁伟麒惊讶地问着,接着说,"但我现在也不太明白,这个,他们悄悄地来,就如当年的日本鬼子进村一样,还没摸清他们的来意,留下了一大堆问号就走了,而你还给我卖关子。"

"你少来。就对你卖点关子也不行啊?凭我这做老哥的第六感，省厅领导来有他们的目的。哎，会不会把你调到省厅去？不会有这么好的事吧？说不定你这狗屎运来了，还一步登天哩。"张逸民说完看着梁伟麒哈哈大笑。

"你说我一步登天？我还没登呢，可别先把你这小子笑死了。你这只金龟的命我可赔不起啊。"梁伟麒刺激了一下张逸民。

"我可不是要你和我分世界啊，我的本意可是希望你能到省厅这个大机关去，到时我不也能沾点光。我可没你想的那样龌龊。"张逸民脸上有点不悦地说道。

"好了，咱不斗嘴了，想想到底是怎么回事吧！这吕书记不和我谈是为什么？而白主任、孙处长和那个谌领导在和我谈时，就好像和我拉家常。我现在想想，这个大机关的领导就是有谋有略。你一点都看不出他和你聊了半天，是出于什么目的。正像阿庆嫂唱的那样，胡长魁滴水不漏。"梁伟麒偃旗息鼓地岔开话说。

"说真的，你的名字起到位了，你还真'为奇'了。老弟，你真是遇上好事了。否则，这个吕书记为何不谈正事？把省厅领导介绍给你就走开，让你和他们聊家常呢？这里面也必有玄机。你呀，耐心等待，静观其变吧。"张逸民胸有成竹地回道。

"那只好听老哥你的喽。"梁伟麒说着，眉宇间透着诚恳，然后有点沮丧地走出了张逸民的办公室。

他对谌主任说不出来的那种感觉又在心底里泛起。他想，如真要忽悠你，你又能奈何得了我吗？我是在凭心而论，从来不会说谎的。如果我是那个爱在女人面前卖弄的人，我临离开部队时，师长的女儿我都没要，还能和你有什么关系？

七

当天下午，吕书记又找梁伟麒谈话。谈话的内容简明扼要，但关于梁伟麒的去向一点儿也没有透露出来。吕书记说："小梁啊，没想到你还真行啊，在省厅领导面前回答问题，阐述自己的观点依然胸有成竹、不卑不亢、表里如一，是个人才啊！"

"吕书记，您真是过奖了。"梁伟麒顿了顿接着说，"您既然知道我是表里如一的，那在回答和阐述自己的观点时，就不会吞吞吐吐了。再说，我对当下这个社会也有了更深的认识，也不像有的人那样，趋炎附势，所以，我没有一点后顾之忧。"虽然梁伟麒也特别想知道省厅领导到底是为什么来的，但话到了嘴边儿上，就是没让它跳出自己这张口。梁伟麒不想让吕书记觉得自己太小家子气了。

"没有后顾之忧？"吕书记不觉眉头一皱，认真地说，"你是对当下社会有了更深的认识了，就没后顾之忧了？还是别的？"

"也可以这样理解吧。总之，对于我来说，我知道自己有几斤几两。当然，我会对得起我所拿的薪水的。"梁伟麒很平静地看着吕书记说。

"你个小梁，说话还是有点艺术的。不会是这次参加培训学的吧？"吕书记脸上挂着微笑说。

"不是。我是从部队到地方来之后就看到了。我现在真有点后悔离开部队了！"梁伟麒露出后悔的表情说。

"哈，没想到，我们小梁也有后悔的时候啊？"吕书记哈哈一笑。

梁伟麒正要回答，见邵剑冢副局长推门进来，便站起来对吕书记和邵副局长说："那你们聊吧。"说完便走出吕书记的办公室。梁伟麒的心态还是很好的，不管省厅也好，市局也罢，有则有，无则无。

之后上下班时，梁伟麒和局领导们还有同事们相遇，就打声招呼，什么"上班了""下班了""在忙啊"之类的话。有的人看到梁伟麒就竖起大姆指，或者做个给力的动作，再或者握个手啊、拍个肩膀啊什么的。

就这样，梁伟麒平时觉得日子过得如箭似的快，而今却是度日如年。上班时要看看同事们的面部表情，行为举止，还要看看市局领导们对自己的一颦一笑。几天下来，梁伟麒感到累了。为了不让自己这么累，梁伟麒一上班就坐在电脑前搞他的创作，好打发时间。

梁伟麒被省厅找去谈话后，就再也没消息了。局里要提拔自己副处长的公示，也早已过了时间了，却没有红头文件下来，这还真把梁伟麒搞糊涂了。梁伟麒哪里知道，就在省厅三位领导走后的第三天，吕书记接到了省厅白主任的电话，让他们局里暂时不要任用梁伟麒。但最后白主任强调，要吕书记绝对保密。

梁伟麒没想到，自己本无官瘾，被这样一折腾反倒给自己带来了一种希望。但这种希望是隐藏着的。省厅不说清楚到底是什么意思，市局的吕书记也是做不了主的。

省厅领导来市局已过去十天了，一点消息也没有。梁伟麒也就不再去想它了。梁伟麒坐在办公室里静心写着小说，倒也没觉得时间过得快慢。这天上午一上班，吕书记又打电话来，请梁伟麒到他办公室去一下。梁伟麒想，是不是有什么消息来了？放下电话就来到了吕书记的办公室门前，敲响门，听到吕书记在里面轻声说着进来，梁伟麒便推门而入。

吕书记很客气地请他坐，并准备去泡茶，梁伟麒说不用了，吕书记就坐下说："请你来就是想听听你这次参加培训的情况。"

梁伟麒便把这次参加培训的情况，一五一十地汇报给了吕书记。吕书记听得很认真，还不时地在本子上记下点什么。等梁伟麒汇报完了，吕书记看着他语重心长地说："嗯，不错。小梁，今后，你不管到哪里工作，都要把所学到的，运用到实际工作中去，好好干吧！李白《将进酒》中写道：'天生我材必有用，千金散尽还复来'。"吕书记说完微微一笑。

"谢谢书记的教诲！"梁伟麒听出了吕书记的话中之意了，道着谢走出门去。梁伟麒想，这难道说我真的是要走了？

接下来的一个星期里，梁伟麒可真是没有遗憾，天天到深夜才会上床睡觉。有时，几个好同事或者好战友请梁伟麒吃饭，梁伟麒也随叫随到，从不忸怩，不像某些人。他心里想，反正我梁伟麒已经公示为副处长了，吃不吃饭都是一回事，再说，我也是要还清的。

正在梁伟麒等待的时候，没想到的事就发生了。周五上午，局里召开市纪委巡视组驻扎黄海市局动员会，出席会议的有各基层单位领导班子和局机关全体人员。参会人员陆续进入会场，当局机关安监处副处长吴晗步入会场时尤为引人瞩目，他头戴一项红色旅游帽，眼戴蛤蟆镜，颇为悠闲地进入众人的视野。

大家见状纷纷问他："吴公子，怎么了？"

"吴作家，耍酷啊？"

"肯定又有大作发表了吧？"

"好一个吴大作家！"

吴晗含蓄地笑着答道："什么公子、大作的，有什么酷好耍的呀？这不是害上了红眼病嘛。"

有人开玩笑要去摘下他的蛤蟆镜，吴晗说，"你只要不怕被传染就摘下。"那人就将伸出的手悬在了半空。

提到这个吴晗，梁伟麒心里还是有点底的，也真是很敬佩他的。这位经过战场洗礼的英雄，把什么都看得很淡。从部队正营回来进市局任副处长，至今也还是副处长，但他眼睛里是进不得沙子的。平时也和自己一样，喜欢写点东西往报刊杂志上发发，也悠哉游哉的。

在今天这样的会议上，吴晗展示出了别样的一道风景，倒还真有点黑色幽默的味道。

会场上，能容纳一百五十人的大会议室被填得满满的。巡视组和局领导们在主席台上入座。

局党委副书记许鹏主持会议，他说："尊敬的市委巡视组组长、各位领导、同志们，根据市委巡视组的统一部署，今天召开巡视工作动员会。会议有四项议程：一由局党委吕书记围绕巡视工作重点进行动员。二由市委巡视组组长某某同志讲话。三由市纪委副书记某某同志讲话。四由市局主持工作的邵副局长讲话。现在进行第一项议程，请局党委吕书记讲话，大家欢迎！"

……

"现在进行第四项议程，请局党委成员、主持工作的副局长邵剑冢同志讲话。"

噼里啪啦的掌声在会场上响了起来。

梁伟麒看到，放在会场四个角的柜式空调高速运转着，向会场内尽洒仲春的芬芳。梁伟麒看了看已进入讲话程序的邵副局长，发现他眉头紧锁，用双眼巡视着整个会场，总觉得有那么点不协调。梁伟麒从邵副局长的眼睛里，看到了那不协调的原因。原来，是吴晗的帽子和眼镜，在黑压压的会场上分外醒目刺眼。梁伟麒看得出邵副局长心里有点恼火，但又不好发泄。在会议通知上没明确帽子、蛤蟆镜不允许戴。

梁伟麒看着邵副局长的眉头还是紧锁，心里也打起鼓来。但想想那是局领导们的事，与自己有何关系呢？也就不再去多事了。

邵副局长却有他的想法了：难怪我今早一起床，左眼跳到现在，真有不祥的预兆？不会的，吴晗这人当了十几年兵，曾在"边境自卫反击战"中荣立过一等功。吴晗是位有素养、有品德的人，业余时间喜欢写些文学作品，1995年转业到局里任局安监处副处长。前几年，在重新竞聘时，他还是任副处长，但也没听说他有什么情绪呀。邵副局长在心里这样过着蒙太奇，自我安慰着，心想吴晗不会在这样的一个大会上来点儿什么吧？不会的，毕竟吴晗也是位老党员了，这一点组织原则还是有的。邵副局长收回大脑中闪过的吴晗，端起茶杯喝了口，说："刚才，我们尊敬的组长，市纪委副书记，还有我们的吕书记都作了重要指示，我在此也不重复了。我借此机会，给自己洗洗脑，也给在座的大家洗洗脑。"

邵副局长的这一系列心理动态好像没能逃过梁伟麒那双敏锐的大眼，他在台下静静地观察着。

邵副局长习惯性地扫了一眼会场，说："习近平同志说过，'批评和自我批评的武器，不仅对下级要敢用，对同级特别是对上级也要敢用。不能职务越高就越说不得、碰不得。批评和自我批评的武器要多用、常用、用够、用好，使之成为一种习惯、一种自觉、一种责任'……"邵副局长很得意地说着。但他的心里却是另外一种想法：像今天这样的场合，真是过了这村就没这店儿了。我不在这些官职比我高、权势比我大的人面前显摆一下，那就真的没机会了。

"局长就是局长。"局工程处副处长史明桐碰了碰右手边的局计划处副处长柳亚军，头朝右歪着，抬起左手捂住嘴巴轻声地说。

柳亚军连忙将头朝左歪过来，右手捂住嘴巴轻声应道："是啊，水平就是不一般！"

"像这样的领导应该被重用。"两个头压低了凑到了一起。

"提到重用，昨天听我老爸说，邵副局长可能要接朱局长的班了。"史明桐骄傲地说。

"真的啊？"柳亚军惊讶地问。

"没有特殊情况，应该是的。"史明桐肯定地说。

"应该是的。何况邵副局长和朱局长是一人！"柳亚军仿佛觉得邵局长已是局长似的。

"就是。朱老大是什么人？能和他成一人的可不是一般的人精。这不，朱局长到省委党校去学习，不让书记负责，倒把局长的重担交给了邵副局长。"史明桐像是了解所有内幕一样。

坐在梁伟麒前排的两位正低着头窃窃私语，还不时地抬起头很崇敬地看着主席台上的邵副局长。

梁伟麒也没心情去议论人，自己就这个样子还怕啥呀。他看着邵副局长欠了欠身,抽出几张餐巾纸擦了擦额头和脖子上的汗。这是邵副局长的习惯,说:"所以,我们要严格遵循习总书记的指示精神,把批评与自我批评放到一种高度,形成一种习惯、一种自觉、一种责任来……"

邵副局长摇头晃脑,肢体语言相当丰富。他端起杯喝了口茶,又习惯地环顾了整个会场。

会场上鸦雀无声。

邵剑冢副局长今年四十八岁,上过大学,身高一米七八,虎背熊腰。他蓄一头短发,长长的脸,剑眉黑而浓密,双眼有神而坚毅,鼻子高而坚挺,男人的霸气尽显无疑。参加工作以来,他从一名普通干部成长为一名副局级领导干部。邵副局长一路走来可谓光环四射。

梁伟麒总感到今天可能有事情要发生,这不,邵副局长没有将台上巡视组和市纪委副书记们放在眼里,只顾自己一吐为快。

只见邵副局长又拿眼在会场上扫了一圈,脸上顿生出严厉的神色,他接着说:"我们全局上下很不太平啊。"他喝了口茶,点着头双眼锐利地盯着一个方向,严厉地说,"我上任以来发现,我们这个局有个很不好的风气,有些人趁当前的形势写举报信,提这样那样的意见。我知道,大家的意见跟挂靠在一百五十个亿的工程建设指挥部的人员有关,给他们发了些施工补贴,有人心里不平衡了,就得'红眼病'了。这种'红眼病'不是眼红他们在工程建设上的工作如何好,如何辛苦,如何弃小家为大家的,自己与他们比有哪些不足。而是专门眼红别人的享受,眼红别人拿了多少额外补贴。我就不明白了,别人在一线那么辛苦,而你们坐在空调屋里一杯茶,一张报纸、上上网、聊聊天,天天就这样打发了，还好意思眼红别人拿补贴、享受？你们有没有把心思用到学习贯彻习总书记的指示精神和有关的法律法规上去？你们这些同志还有没有团结互爱的精神了？还有没有工作进取心了？还有没有爱岗敬业、勇于奉献的劲头了？同志们哪，这种'红眼病'万万不能得啊！"

梁伟麒看到邵副局长脸胀得通红通红的，就像婴儿的脸，额头上的汗水在灯光下亮晶晶的。邵副局长顺手抽了几张面巾纸擦了擦通红的脸，摇晃的头带动他的躯体摇摆了几下，座椅上似有针毡，将屁股像烙饼似的烙了几下，终于坐稳了，紧盯着整个会场，说："我曾提出过全局上下，心要往一处用，劲要往一处使，拧成一股绳，构建和谐局。我们做到了。这些荣誉来之不易啊同志们！在这儿，尤其值得表扬的就是那些奋战在工程建设上的干部们，他们没有辛勤汗水和奉献精神，是不可能获得这一荣誉的！"邵副局长突然打住，紧盯着一个方向怒斥道："你们听好了，那些没有在一线工作的同志们，不要因为在一线工作的人员多拿了点补贴就得了'红眼病'，你们扪心自问！请在座的都记住喽，不该你们关心的事不要去关心，不该你们知道的事不要去打听，不该你们拿的一分钱也不会给你们的。这就是我说的！有意见、有想法可以向巡视组或上面去反映、去举报，我邵剑冢不怕！"说着，他的那双大手还将桌面拍得震天响，完全忘记了自己身边还有巡视组和市纪委的领导在。梁伟麒心想：兴许他是故意的！

邵副局长正说着，突然，他紧盯着一个方向，嘴张在那说不出话了。其他领导也已看到，都将视线投给了傻愣着的邵副局长，眼神中流露出"这是怎么回事"的询问。

邵副局长像没感觉到，仍在盯着某个方向。其余坐在主席台上的领导的视线也都统一到一点上。台下看着手机或交头接耳的人们，突然听不到邵副局长的训斥，都纷纷抬起头来，看着邵副局长。看见邵副局长愣在那儿，用双眼注视着一个方向，也就随着他的视线看去。原来他盯着的是吴晗，只见先前戴在吴晗眼睛上的蛤蟆镜没了，只见他双眼通红通红；帽子也没了，已谢了顶的光洁的额头上映出三个字："红眼病"。顿时会场上一阵骚动，有闷闷的笑声；有带着兴奋的窃窃私语。

原来写举报信的是吴晗。梁伟麒对吴晗肃然起敬。梁伟麒知道吴晗今年已是五十五岁的年纪了。他身高一米七七，四肢健壮，方圆脸，眉宇间已烙下了一个川字，粗硬的胡子冲破厚实的皮肤冒了出来。那双眼睛，大而有神，鼻子挺而高，嘴唇厚而实，一看就给人一种敦厚、稳重的感觉。吴晗的老婆现在已经退休了，每月退休金一千多元，只是大专文凭的儿子，一直到现在也没找到一份安稳的工作，只好在私企打工，月工资三千元左右。吴晗本想趁局里近几年人员严重缺编，把招工的门坎放低点，招中专以上的职工子女。但事与愿违，邵剑家副局长把这条路一下子就给封死了，而他自己却招进来二十多个人，全是高中和大专生。

梁伟麒听吴晗说起过，吴晗也真的特别困惑，几次想找局领导提意见，但还是放弃了。

梁伟麒刚进局里，就曾听同事们说起过吴晗，他就对吴晗有一种敬佩。梁伟麒看到吴晗从座位上站起来，走到邵副局长面前说："邵副局长，你还好意思在这样的大会上唱高调吗？什么得'红眼病'了？我就得了！是谁让我得这种病的呢？是你！你偏要让我得这种病！你每月一两万地在指挥部里拿补贴，而我们呢，一分钱也拿不到。你倒是享受到了春天般的温暖，沐浴在春光明媚的日子里，而我们却站在大地上喝着西北风！"

吴晗拿起邵剑冢面前的软中华，说："邵剑冢副局长，这包软中华难道是你自己买的吗？你不忌讳市巡视组和市纪委的领导在吗？前年，你买了一栋七百万元的别墅，加上三百万元的装修，还给你老婆买了辆几十万的车。你哪来的这么多钱，邵副局长？"

"吴……吴晗，你……你不要血口喷……喷人。"梁伟麒看到邵副局长打起了愣。

"我有没有血口喷人你邵副局长心里最清楚！"吴晗把烟往邵副局长面前一扔，双眼鄙视地看着他说，"我活了五十五年，很欣慰，比我活得差的全国还有十亿以上的人。关于'红眼病'这个问题，曾有少数局领导还在大小会上说：指挥部的人，不可能把空调背在身上上工地吧？大家都想想，挂在指挥部的人都是些什么人？都是些有权有势有背景的人，他们会到工地上去干活吗？"

梁伟麒看到邵副局长的额头在灯光下放着光芒，只见吴晗双眼盯着邵剑冢，说："你说提拔干部、招工等等，我决不开后门。现在呢？只要有背景、有关系的你就放他们进机关。有位劳务人员，上下班迟到早退，没有你早被辞退了，就因为他妈妈在纪委书记家当保姆，你反为他转成了事业单位的正式编制。你说的是人话做的是狗事！"

会场的气氛比刚才更加紧张，只见邵副局长气得手直发抖，脸成猪肝色，豆大的汗珠在滚动。他用发抖的手指着吴晗说："你给我滚出去。史明桐，你带几个人把他给我架出去。"

史明桐带上柳亚军来到了吴晗面前却没敢动。吴晗哈哈大笑起来，说："要想人不知，除非己莫为！"

61

邵剑冢想起了吴晗第一次到自己办公室来，也是这么多年的第一次。吴晗推门进来站在自己面前说："邵副局长，你好！我是安监处的吴晗，想向你谈点儿我个人的想法。"

邵副局长想起来这个吴晗就是曾和朱局长叫板的副处长。就说："是老吴啊（这个老字就一下把他和吴晗拉远了距离），你有什么想法就说吧。"

吴晗一看这个刚提上来的副局长，连个座也不让，更不用说泡茶了，心里就有些不痛快，本想好好和他交流的心也凉了。但来了就得说啊："我是想感谢邵局长，只有你在会上提了和我相同的意见。可你的意见没有被采纳，这也是我感到可悲的。"

邵剑冢听出吴晗是为了昨天的会议，关于局机关安装监控设施被否决的事儿。因为这几年局机关总是出现失窃事件，而且失窃的全是局领导的办公室。邵剑冢知道吴晗今天来一是感谢自己的，二是想借此和自己拉拉近乎。但他又不能和吴晗拉近乎。昨天会议一散，他就被朱局长叫到办公室，被狠狠地批了一下。事后，邵局长还有点想不通，但过后他隐隐约约感到了朱局长批评自己的原因了。今天，吴晗来说这事儿，怎么能和他说呢？邵副局长马上阻止了吴晗的话，说："老吴啊，你提的建议局党委没有通过也该理解。你想想，这一投资可要上百万的，这些经费从哪里出呢？我个人作为局党委成员，也得无条件服从局党委的决议。"

吴晗瞪着一双吃惊的眼睛，脸上和额头上都有点汗珠，嘴也张得很开地看着邵副局长，半天才说出几句话："机关里的人都说你还是想做点事的，也是最有见识、最有人情味的领导。今天你真是让我长见识了，我也真为你们感到痛心！"吴晗说完，狠狠地瞪了一眼邵副局长，迈步走出了他的办公室。

看着吴晗迈步走出去的身影，当时的邵剑冢副局长的内心很不好受。但他只是内心不好受，不能让吴晗知道自己的心态。

　　梁伟麒看到邵副局长的两个鼻翼一开一合，胸脯一起一伏，气得连话都说不出来了，嘴唇不断地颤动着。

　　吴晗转过身面对台下的人说："今天，我并不是来搅局的，我是一忍再忍、忍无可忍了才出此下策的。我们这位邵副大局长自手上有权后，共收礼两千万以上。这是我知道的。现在，我把每一笔都报给你们听听，还有照片和录音，然后，我马上举报给市纪委。我倒要看看，那个市纪委书记能不能为你邵副大局长开脱罪责。"

……

八

此时的梁伟麒既兴奋又沉重。令人感到兴奋的是，吴晗到底是从枪林弹雨中走过来的军人，有股子共产党员敢于面对腐败现象做斗争的决心，有不怕上刀山下火海的坚定信念。令人感到沉重的是，当今社会上，有些领导在场面上和场面下说出的话，却是那样不堪一击。梁伟麒想想，心里很不是滋味儿。

面对吴晗的怒斥除极少部分人外，其他在场的人都特别兴奋，仿佛为大家出了一口恶气。但那天上午，邵副局长并没有被市纪委请去喝茶，而是照样当着他的副局长，围着他的人还是那么几个，都是他邵副局长最看得起的人。梁伟麒想，被纪委请去喝茶，可能也会有个过程吧，不会因你吴晗在大会上这么一说，就马上把邵副局长的官儿给免了。

会议被吴晗一搅，不得不终止，梁伟麒也随着人们回到办公室，脑子里还在想着刚才的那一幕。这时，桌上的电话响了，是吕书记打电话让自己到他办公室去一下。吕书记这时打电话给我是什么意思？是想再找我谈谈今天发生的一切吗？谈谈就谈谈。梁伟麒想着，不紧不慢地来到了吕书记的办公室。吕书记办公室的门没关，梁伟麒走到坐在办公桌前的吕书记面前说："吕书记，您找我？"

"对。我有件大喜事要告诉你一下。"吕书记脸上挂着笑，就连那双小眼里也闪着笑。

"大喜事儿？"梁伟麒首先想到的就是省厅那儿有消息了，否则，局里提升自己为副处长也不值得吕书记那么高兴，而该在今天的大会上宣布。

"难道调你到省厅不是大喜事吗？"吕书记脸上和眼里的表情还和刚才一样。

"真的？这还真是喜事！谢谢书记！"梁伟麒的脸上也显出了抑制不住的喜悦。

"关键是提升你为政治处正主任科员。你说这是不是大喜事啊？这在我们局里还从来没有过。你为我们局里增光添彩了！谢谢你呀梁伟麒同志！"吕书记说着站起来和梁伟麒握手。之后就将省厅的通知和调令拿给梁伟麒看。

梁伟麒一看到这通知，心里边儿踏实了。这主任科员虽没实职，但享受的可是局里的正处级待遇呀。调令上要求梁伟麒接到该通知后，立即到省厅报到。

梁伟麒真没想到，局里张贴的公示已过了十来天也没下发通知。那时，梁伟麒虽对官儿没怎么上瘾，但迟迟不下发通知，倒令他心里有点纠结。可没想到，原来是在等省厅的通知。更令梁伟麒惊讶的是，一下子就提拔他到正处级，就是这次局里的公示，也只是主持工作的副处长，而到省厅，却是正儿八经一下子提了正处级，这哪有不让梁伟麒激动的呢？

梁伟麒的调令到了局里，局里上下都为梁伟麒高兴。王明珺也为梁伟麒高兴，她到梁伟麒的办公室来贺喜。

"祝贺你呀，我们的省厅领导！"王明珺一进办公室，就对着梁伟麒矜持地说道。

"你这样说就有点生疏了吧？"梁伟麒看到王明珺来了，边站起来让座边嘴里回道。

"不生疏。你准备什么时候去报到呢？"王明珺看着梁伟麒的双眼问。

"调令上要求接到通知后就去报到，我准备下周一上午去。"梁伟麒也看着王明珺的双眼说。

"今晚有空吗？我想为你饯行。"说完，王明珺很真诚地看着梁伟麒。

"今晚……局办公室刚才已通知我，说晚上局领导和中层干部们一起请我吃饭。"梁伟麒说到这儿，盯着王明珺的眼睛看着。王明珺的眼神里已有着明显的遗憾。"我俩还用那么客气吗？"梁伟麒轻松地回答，语气里有明显的探询。

"看你这话说的，好像我就不应该请你似的。"说着王明珺洁白漂亮的脸上涌上了一种期待。然而，这种期待只在她的脸上一闪而过，随之而来的是一种失望。

"哎呀，我不是这意思。我是说我俩不用这么客气的。"梁伟麒仍像刚才一样，重新说了一遍。

"那我真的不管你了？我已听说明晚是你们处里，后天晚上是张逸民安排了，我也……"

梁伟麒见王明珺这样说，就连忙打断了她的话说："后天晚上，张逸民肯定会请你的，咱们可以一醉方休。"

王明珺一听这话，刚刚消退的期待又涌上了她的脸。这时，梁伟麒放在桌上的手机在闪光，王明珺知道有电话进来，就连忙站起来说："那就后天晚上见。"

"后天晚上见。"梁伟麒看着王明珺说。

王明珺脸上带着某种期待，走出了梁伟麒的办公室。

九

事物总是辩证地存在,就拿调省厅来说,梁伟麒他一个人高兴了,但至少有四个人不高兴,一是局党委副书记和他在计划处任副处长的女婿柳亚军,一个是副局长和他在工程处任副处长的儿子史明桐。

梁伟麒后来才听说,史明桐的父亲和柳亚军的岳父,在春节后一上班,就听说省厅要到全省市局考察年轻的干部。他们偷偷地分别到省厅找了分管自己部门的领导,但省厅最后还是选调了梁伟麒这个没有任何背景的人。这下可好,梁伟麒一下子得罪了两位局领导和两个公子哥儿。其实还不止得罪这四人。想想,围着他们转的人都得罪了。这当然与梁伟麒没关系,但最后是梁伟麒上调了呀,还不把冤有头债有主这个屎盆扣到他头上来了吗?那些喜欢拍马屁的人和两面三刀的人,也就跟着副书记、副局长和史明桐、柳亚军他们一起不高兴了。

实际上,这两位局领导和公子哥没有一个被选中该谢谢梁伟麒,否则,省厅在全省市局的范围内选调一个,他俩凭什么能力和本事呢?到时,拼老爹也会拼得"血流成河"。

这样一来,梁伟麒好像做了什么亏心事,陷入莫名其妙的尴尬,他冥思苦想:我梁伟麒并没有找过任何大小领导,转业回来一年半的时间,既没背景,也没本事,为了进省厅,也决不会背地里去伤害人。再说，我也是看破了红尘的人，由于在部队立了个一等功，转业回来还被安排进了市局，和那些同职务转业回来的战友相比，是相当满意和满足了，对提不提拔也没太大的欲望。我梁伟麒就只有听天由命吧，随他们怎么去了。

对年轻的梁伟麒而言，能从市局提拔到省厅，纯属偶然中生出来的一件美好的事情。就因为最终提拔的不是那些有背景的人，一下子就将平静的局机关搅得不平静起来。跟在俩公子后面的几个人，将一双双愤怒的眼睛，像一支支装满仇恨子弹的冲锋枪一样，齐刷刷地射向了梁伟麒。梁伟麒并没有淹没在血泊中，而是精神饱满，神采奕奕，周围发生的一切，似与他毫无关系，该交接的工作正常交接，没有留下丝毫的遗漏。一个声音常在耳旁响起，我梁伟麒虽不是富二代，更不是官二代，但同样和你们戴天履地，怕你个鸟啊！

也难怪梁伟麒要遭受这几个鸟人的愤怒。你想想，谁不要面子呢？你梁伟麒提了，开心了，局领导和两个公子哥儿哪里开心得起来呢？这下子，二位公子哥儿和他们的父亲、岳父都陷入了绝境。本来这个副书记和副局长关系就很紧张，还为自己的公子和女婿，暗中相互争斗着。这样一来，全部将焦点移到了梁伟麒身上。这俩人都没曾想到，鹬蚌相争，渔翁得利。而实际上，梁伟麒也不是"渔翁"。

史明桐和柳亚军见到梁伟麒仍是那样的傲然、目空一切，表现得自己不在乎进不进省厅，梁伟麒看了，按捺不住地想笑。笑他们神态上装得若无其事，实际上心里空荡荡的没有一点底气。梁伟麒又想起徐闻和处里的个别人对"伯乐"的戏谑。至少在省厅，"背景"已没"伯乐"有用了。梁伟麒想到这儿，心里不觉对白主任、孙处长、谌主任和省厅的领导们升起一股敬意来。

一想起谌主任，梁伟麒心里就有点说不出来的味道。那天自己对谌主任的话没有表示出愤怒，但也是不太友好的。但最后自己竟然会被调到省厅，这多少也得谢谢他们三位领导，到时应该有机会表示感谢的。

其实，局机关老早就知道史明桐和柳亚军两人必有一个要高升。暗中，小圈子就变成了大圈子，就如小河里的水满了，就拼命向大河里面溢流一样。两个公子哥儿喝着大小圈里为他们饯行的宴酒，香味还没散尽，已变成了梁伟麒被省厅直接提拔的消息了，就连找他们谈话的机会都没有。大小圈里的人一个个面面相觑，有的后悔不该随便听信那些人的忽悠；有的人后悔当时宴请公子哥儿的时候，也太狂妄了，现在再回头想请梁伟麒，岂不是搬起石头砸自己的脚吗？他们觉得梁伟麒这小子说不定就是一匹黑马，几年后手握大权也是很难说的。现在这些人看到梁伟麒还不好意思打招呼，满脸的尴尬。只有张逸民等几个没有背景的淳朴的人，依然如故，该说笑时说笑，该工作时工作，丝毫没有影响彼此的心情。副书记、副局长和公子哥儿们也知道，梁伟麒那人，不会在领导面前暗箭伤人的。更何况省厅这次调人只有局领导知道，连人事处都不知道，就不用说他们去省厅活动的事了。

中午吃饭，梁伟麒到了食堂发现，周副局长和王明珺、张逸民、徐方霜、荣鑫华、闫新、于世兵、万文光几人在边吃饭边讲话，还不时地笑着。梁伟麒也端着饭菜，边说着打趣的话，边走向了周副局长的饭桌："唷，我们徐大美女也在陪着周局长就餐呢，我也来凑个热闹。"

还没等周副局长说话，倒是徐方霜满脸露着灿烂，说："好呀，这下可算是我请你了。"

"这也算啊，周局长？"梁伟麒说着已落座了，还看着徐方霜会心地一笑。

周副局长看着梁伟麒笑笑说："你今天刚接到新的任命通知，也不回家休息，还和我们吃最后一顿忆苦思甜饭吗？"

"周局，这就叫忆苦思甜了？您也把省厅看得太高了吧？"梁伟麒也笑嘻嘻地回道。

"看得不高不行啊，到时，我们去了，你理也不理我们，那才叫伤心呢。"说完，爽快地哈哈一笑。

看到周副局长那样子，梁伟麒特有感触。就向着周副局长身边凑了凑，说："周局长，看您说的，别听他们编排的，我也吃不消他们了。"

"好你个梁伟麒啊，你这是在骂人呢！嫌我老了是不是啊？"周副局长嘴里嗔怪道，心里却是特别感谢梁伟麒直言不讳。

梁伟麒这样说也是为周副局长鸣不平的。他曾任省厅工程处的副处长，也是个棱角分明、坚持原则的人。可由于在一个大项目上没能按照领导的意思行事，只好下到市局来任职。"这哪敢啊周局，我是就事论事，或者随便说说。但看到您废寝忘食，真是令我佩服。"

"还真是逃不出'为奇'的猎眼啊！连我废寝忘食也能看得出来，难怪省厅要提拔你。"周副局长含蓄地大声地说，脸上有着欣赏的微笑。

张逸民也插上话来："是啊，梁伟麒，你还真行啊，连周局长在吃饭时思考问题也能看出来呀，我不得不佩服。"

这一桌人对话的声音，一下子在食堂里如雷声般响起，突然，整个食堂鸦雀无声，一双双眼睛如聚光灯似的，刷地一下子，全聚焦到了周副局长和梁伟麒等一桌人的脸上。

梁伟麒见周副局长不是在讥讽他,是故意提高声音让大家都能听到,让那几个开心的人生出妒忌来,也就把声音提高了八度,说:"我的大局长啊,您这样夸奖也不打打草稿的,让我这脸往哪搁呀?"

周副局长觉得这梁伟麒还真是聪明,一下子就理解了自己的意图。周副局长突然把声音降低了八度,头朝梁伟麒的头靠了靠,说:"伟麒呀,我也是从上面下来的。如你以后不下来就算没白提,如你以后回来任个副职,那你就没戏了。我就是个例子。去时满怀着理想,回来任副职,那理想只好成为泡影喽。"

这么低的声音只能让梁伟麒和身边这一桌人听见。梁伟麒感到,周副局长一高一低的声音,分明透着些奥妙。梁伟麒还感到如芒在背,多少双眼睛在盯着自己,多少只耳朵竖起来,因为听不见他们到底在说什么。好奇和嫉妒刺激着那些人的神经。

周副局长调任局里工作前在省厅工程处任副处长,那时的他才四十岁,可谓前途无量。谁知,因在一条高速公路招投标项目上,没有按照厅领导的意思去做,就成了周副局长。听起来,副局长比副处长大,实际上是平级的。周副局长在这个职位上一干就干了十年。

十

到了周日的晚上，张逸民请了梁伟麒、王明珺，局办公室科员徐方霜，局财务处科员荣鑫华、闫新，局安监处科员于世兵，局计划处科员万文光几人。当然，这肯定是梁伟麒最喜欢的一帮人喽。

四男四女进入了餐厅，梁伟麒一一和他们照了面，和男同胞握手、拥抱，和女同胞嘻嘻哈哈地打着招呼。

梁伟麒兴高采烈地笑着说道："我一想，就肯定有你们几个。这是我们张逸民老哥精心安排的啊！我等会儿要敬张逸民老兄一杯酒。"众人便高呼着，欢笑着，一一落座。王明珺自然是坐在梁伟麒身边的。

服务员进来要给他们泡茶，被梁伟麒谢绝了，亲自泡茶，并嘴里说着，"今天是周末，今晚大家要多喝点，请随便。"众人便将杯子放到圆桌上面，由徐方霜倒酒。

这个三十刚出头，已是一个孩子的妈妈的人，也是个能喝的人。她将酒杯放好后，说话了："谁能喝多少酒我也知道，但这第一杯必须要倒满的。"徐方霜话说完，见没人说话，就开始倒酒了。反正是第一杯，各人领取了酒，就连在单位从不喝酒的王明珺也是满满的一杯酒。

除徐方霜，其余的女性都是二十四到二十七八岁的姑娘，论身段有身段，论相貌有相貌，一个个水灵灵的，宛如一颗颗紫红色的玛瑙，脆嫩甘甜、香沁心脾。一时，梁伟麒的心境有些乱，但他提醒自己，今天不可失态，收了收自己的心。

见大家都倒好了酒，徐方霜用眼神看着张逸民，说："请我们的东道主张逸民同志讲几句吧！"

大家都喊了起来。

张逸民从主位上端起酒杯站了起来，面向梁伟麒很轻松地说道："今天，我们小规模的聚餐，不为什么，就为了能与我们的省厅领导喝杯酒。我建议，咱们男同胞把杯中酒唱掉，女同志的杯中应该下去一半儿，怎么样？"

"既然主人说了话，我们就执行。"徐方霜应和着。

大家便激动起来，张逸民首先带头，一口就喝进去了，众人纷纷按照要求喝光了。

一开喝，大家就很随意了，但要向梁伟麒敬酒那是肯定的。首先，张逸民作为今天的主人，他端起酒杯来敬梁伟麒。梁伟麒端起酒杯和张逸民碰了碰杯，就一口喝干了杯中的酒。当王明珺敬梁伟麒酒时，王明珺也要全喝了，但被梁伟麒压住了，只允许她喝了一点点，王明珺很是感激梁伟麒。随后大家在向王明珺敬酒的时候，便非得把梁伟麒拉上。梁伟麒便看着王明珺，见她没有什么反感，便和王明珺站起来，一起接受敬酒。这个王、梁二人在局机关，也是被同事们认为最有希望的一对，所以，今天梁伟麒和王明珺坐在一起，并接受大家的敬酒也是顺理成章的事。

大家一个个过来敬酒，相互说着贴心的话。有时敬酒者不让梁伟麒干了，梁伟麒只是抿嘴笑了笑说："没关系的，我有数。"梁伟麒在喝酒的场合，是从来都不会偷奸耍滑虚情假意的，也不会劝人家的酒，只会保护别人。只要是酒，倒在他杯中就必须得喝。

酒喝着，话说着，渐渐的也不知是谁说了句话："梁主任给我们讲个段子，再不讲的话，以后就很少有机会听到了。大家说好不好啊？"

"好！好！"大家一起喊着。

梁伟麒见是万文光在起哄，便对着万文光说："文光，今天啊，我也就不说了，等以后有机会再说如何？"

"这哪行啊，马上要走的人了，还不留点儿声音给我们也不像话呀！"万文光调皮地说着。

"对，今天必须得说，否则你梁主任也太不够意思了。"于世兵也跟上一步说。

梁伟麒心想，若今天不讲一个也不行，但也得要发动大家一起讲啊。如何挑头？从哪儿挑头？是单纯的段子还是幽默的，也是个难事儿。梁伟麒想了想，决定还是来点儿幽默的。他说："要不男同胞说，女同胞听。但红线定在那儿，不能超越红线，如何？"

"好好。行行。"女同胞当然是赞同的。

"那我就先讲如何？"梁伟麒征求大家的意思。

"当然你先讲。"

"反正以你为标准。"

梁伟麒看大家没什么意见，就开始讲了："一个美女在吃糖葫芦，一个帅哥想上去搭讪，搭讪之前帅哥想怎么问才能让她相信我不是来搭讪的，而是真想知道糖葫芦在哪儿买？帅哥大脑里突然有了主意，帅哥便问道：'美女，你好，你真漂亮，老远就看见你了，就想过来跟你打个招呼。那个，我想打听一下，你吃的糖葫芦是在哪儿买的?'"

梁伟麒说完了,大家拍手叫好,但意犹未尽,还想再听下去,可是没有了。大家感到很是扫兴,但定下的红线就是红线。

"那我也来说个吧。"身为东道主的张逸民也只好响应,"一对男女相识后,男的请女的吃饭,俩人边吃边聊,女的目光躲闪着不敢看男的,还不时地忸怩作态。男的见状,深情地看看女方的眼睛说:'你喜欢这么压抑自己的感情吗?'没过几日,男的拨通女的电话,默不作声。女的感到奇怪就问:'怎么不说话?'男的用深情的富于磁性的声音说:'我要静静地听你的呼吸声。'"

张逸民说完,大家都笑了。

同事们尽情地喝着、说着、聊着,嗓门儿也比先前大了点,不时还发出一两声叫好,搞得王明珺很不自在。

男男女女们的话头也在逐渐转移,最后落在梁伟麒的去向上。男人们说,伟麒,你还是到省厅去好,在我们这个局里平台就那么高,何苦来呢?女人们就明确反对的,说是到省厅有啥意思?还不如在市局好。两者引起了争议。最后,把这皮球踢到了梁伟麒的身上,还要让他表态!

梁伟麒还是和平时一样,很平静地说:"现在,我不走也得走了。我也在想,我这一走倒也是好事。第一,你们不晓得这风波的主题是什么吧?"

大家"哦,哦,哦"地答着。

梁伟麒就只好将这次风波告诉给大家,他说:"说实在的,阮处长出事时我还在南方培训。有人肯定以为是我举报的,可实际上我是一点儿也不知道阮处长被市纪委请去喝茶了。当然,我听说阮处长的事情后,心里边也不是滋味。我并不是为阮处长感到难过，所以，为了回避这个风波，我觉得到省厅去肯定比在市局好。现在省厅的文件下来了，我也只好到省厅喽。"梁伟麒说完，举起酒杯说道，"为了今天的开心干杯！当然，我是指的和我一样的男子汉们。其余的女同志们只要浅尝辄止就够了。"梁伟麒一说完，头一仰，杯中酒就见了底，男士们一个个都紧随其后，姑娘们则严格按照梁伟麒的要求，"浅尝辄止"了一下。

徐方霜则看看大家，说道："伟麒让我们女同胞们'浅尝辄止'，我们也不能就这样'浅尝辄止'呀，我们应该拿出点女性的柔美来，和他们男同志干了，如何啊？"

"就听徐大姐的，咱们也干杯。"说着，便一个个喝了个底朝天。

梁伟麒看到大家都是在兴头上，也想让他们喝个痛快，但一想到眼下什么同学、战友、同事聚餐等都已普遍了，喝醉、喝伤或者喝进了另一个世界的人也是有的，所以就不敢喝了。他使了个眼色给张逸民。

张逸民也生怕出事，连忙站起来说："各位，今天非常感谢你们，我们再倒一杯酒，祝大家健康快乐，心想事成！谢谢！"说着，张逸民先把大家的酒杯倒满，最后再倒满了自己的酒杯，举起酒杯说，"一切都在酒中。"说完和大家碰着杯一饮而尽。男女同事们还从没见过张逸民如此能喝酒，一个个都看愣在那儿了，但他们也只好如张逸民的姿势，把个酒杯喝了个底朝天。

梁伟麒从他们身上感觉出来，除了徐方霜、张逸民，其他的都是单身汉。他们沉浸在既无家庭监督又无后顾之忧的欢乐中，正在把当年上学时失去的时光找回来，享受眼下的快乐。比如计划处的万文光，每月的收入近八千元，既无孩子，又无老婆，自由得很。安监处的于世兵，家在农村，他是很少和别人在一起吃饭的。但和梁伟麒他是情愿的，每月近八千元他最多花费个一千多元吧，剩下的，他全部存入银行。徐方霜的爱人到外地出差去了，刚二十个月的孩子由她的父母带着，所以也看得出来，今天徐方霜是准备一醉方休的。荣鑫华、闫新这两位是财务处的科员，都是二十六岁了，但她俩就是没找婆家，结婚也不急，家庭条件又好，俩人就是一对好姐妹，是"月光族"。他们这些人身上和脚上都是进口货，但于世兵在穿着上就差了点，也没人和他计较，至少是现在。梁伟麒也知道，他们是严格按照招聘条件进到市局机关的。所以，在他们的身上，一眼看到的全是清纯、可爱和年轻气盛。总之，这几位男女有个共同的特点，一心想着过好每一天就行了。他们在各自岗位上全是工作了两年以上。兴许是年龄问题，他们对眼前的一切名利，也就有点不屑一顾了。梁伟麒想，假如自己不走，把这些个男女全放到自己处里来，不下半年，一个个都会像自己一样。但像自己又有什么好呢？想到这儿，梁伟麒摇了摇头，脸上显出了无奈的笑。此刻，他们窝在这间包厢里面，轻松、潇洒，相互间喋喋不休地议论、调侃，何乐而不为呢？

梁伟麒便说道："我们在座的人，最小的也已是二十四岁了，好像终于到了憧憬美好前程的年纪。眼前的一切都是美好的，即使像张逸民和徐方霜已经升级当了爸爸和妈妈了，但就像是一个分水岭，毕业时的那个蓝天早已消失不见。曾经和你在操场边或某种场合里，说着要一起走向未来的人，也早就不知道他或者她去了哪里。遥望着夕阳西下时，心里不禁翻起许多的惆怅，感觉到我们的青春，突然就到了黄昏，很是悲伤。"

梁伟麒这一说，刚才还在谈笑风生的人们不说话了，全都伸长脖子在听梁伟麒讲。倒是徐方霜说话了:"伟麒,你这个时候怎么突然来了些灰蒙蒙的情调呢?要知道,眼前这里面也只有你最有出息了。"

梁伟麒看着徐方霜,说:"也不能这么说,你们都还很年轻。我也只有在你们面前,才会流露出来一些惆怅和悲伤。"梁伟麒的双眼在每个人的脸上扫了一遍,很有些激动地说,"我们每个人,在面对挫折,不屈不挠、勇往直前时,有人会伸出援助之手,助你一臂之力,那是多么的美好啊。我愿你们健康快乐每一天!"

大家纷纷说:"谢谢你,梁主任!"

梁伟麒的脸上也露出了笑,说:"这你们也要谢啊?搞得我有点不适应。我虽然到这个单位也就那么点时间,但我对眼下的工作环境,还是颇有点想法的。如工作,我把它当成一次旅行。有时,我觉得路漫漫其修远兮;有时我会觉得路又很短,短得连我自己都难以置信。但我想好了,要在自己的人生中不留下什么遗憾,就是没有朝阳的美好和流云般的缥缈、没有高山的巍峨和湖水般的轻柔、没有大海的浩瀚和飞流直下三千尺的瀑布,我同样有水晶般的清纯与透明,有岩石般的坚毅与稳重,有泥土般的朴素与随和!我拥有了这些,我还有什么遗憾的呢?"

荣鑫华激动地说:"哦,梁主任,你现在真是诗兴大发呀!但我可不想你变得这样消沉!"

"对呀,梁主任你还说这样的话,让我们怎么过啊?" 闫新接着说。

于世兵满脸通红地说:"工作,真的很难解释清楚,它永远是个无法破译的谜。"

王文光也接着于世兵的话说:"这个谜不管能不能破译,趁我们还年轻,就得如梁主任所说的那样,不要给自己留下遗憾!"

"伟麒说得一点儿也不错,没有高山,没有大海,我们只要有泥土般的朴素和随和,那我们还有什么遗憾的呢?"张逸民满脸通红地说。实际上,张逸民喝了点酒,脸红得就像桌上的酒都被他一个人喝了去一样。

"我们在座的每个人,都要生活在自己的世界里。或许没有轰轰烈烈、如火如荼的人生,但就是那份平淡,才让我们疲惫的心得到安宁。"王明珺看着大家说。

"我们年轻人喜欢随心所欲的生活,所以总是打破常规。"荣鑫华接着说。

"对,对。我们女孩子能感受生活的细节,所以总是细致入微,你们男人能感受生活的轮廓,所以总是粗枝大叶。"闫新抢过来说。

"可是,没有人知道,这世界上,究竟有多少情属于浅相遇,深相知;更没有人知道,这世界上,究竟有多少情属于默然相伴,寂静欢喜。在茫茫的人海里和无穷无尽的时光里,一个人没有早一步,也没有晚一步,恰巧奔赴到你的人生中来,这,何尝不是一种深深的缘?但这缘也许就如同徐志摩的诗中说的'挥一挥衣袖,作别西天的云彩'。"王明珺不无惆怅地说。

"王美女,你今天怎么会有这样深刻的感想呢?"几位女士这样问着,脸上露出了惊叹。

"我呀,只是有感而发。"王明珺说着,还看了一眼梁伟麒。

原来,这次梁伟麒被调走,王明珺思前想后决定和爸爸妈妈再说一下。昨天在吃晚饭时,就和爸爸妈妈说了这事儿。谁知,她妈妈坚决反对，爸爸虽没说话，但从他的双眼里也看出了不赞成。王明珺的心里就很不舒服，今晚就借酒浇愁。

梁伟麒一听王明珺这些话，心里有了底，自己和王明珺是没希望了。梁伟麒看着王明珺很坦然地说："王明珺，不要多愁善感了，顺其自然。不要因为一些小小的羁绊而这样，那样会给自己带来无尽的伤感。你呀，该向我学习，遇事先想为什么会这样；其次，想如何解决和面对；最后去粗留精，事情就会像一盆恢复平静的水一样，这就是享受！当然，你不能只享受到它的美好、轻松，而且要学会像黄山上的那棵迎客松一样，经受漫长岁月的蹉跎和磨砺。如果一个人在这样的岁月里，还能以自己的灵魂为笔，在大自然的扉页上写下充满激情、豪放的生命之诗，毫无疑问，他便悟透了生活的真谛，成为了一个真正的享受者！我们现在想想，自己的周围或亲戚中，有喜有悲，有欢笑也有泪水，但只要有一种积极向上的精神在支撑着，那么，他的生活将充满色彩、欢乐和幸福的笑！这该多好啊？"

王明珺好像听出了梁伟麒话中的意思，心里便更加难受。但为了今晚不扫兴，王明珺主动倒满了酒杯，说："就如梁伟麒说的那样，让一切恢复平静！咱们把杯中的酒干掉。"

大家见梁伟麒也站了起来，便个个响应，喝掉了杯中的酒。

第三章

十一

周一上午,黄海市交管局大楼前,市局党委成员和各处室人员,都在向梁伟麒道别,场面倒也挺感人的。局党委成员们一个个千叮咛万嘱咐,有的握住梁伟麒的手久久不放,有的局领导握着梁伟麒的手,拍着他的肩膀,或者拍着他的头,笑哈哈地说着什么,梁伟麒也没顾上认真听,只知道满脸带笑地点头。

邵剑冢副局长和吕书记站在最前面看着梁伟麒。这个邵副局长自上周五被吴晗当众揭短后,看他今天这个时候的表现,梁伟麒总觉得邵副局长在夹着尾巴做人,他能不能逃过这一劫大家还不知道哩。所以,无论干什么他都是很低调的。他抓住梁伟麒的手说:"小梁啊,本想局里能提拔你的,但省厅看中了你,我们也只好忍痛割爱了。有我们照顾得不周的地方,还请你能理解。"

"谢谢邵局长的关心,我能理解的。但您放心,我做事做人的原则就是不卑不亢。"梁伟麒的脸上很是谦恭地说。

"小梁啊,到了省厅之后,你就得要靠自己奋斗了,一定要学会保护好自己。"吕书记握着梁伟麒的手,脸上露出很是关切的神态说着。

"谢谢吕书记的抬爱,我会照顾好自己的。"梁伟麒也同样谦恭地对着吕书记说。

周副局长过来,什么话也没说,两只手紧握着梁伟麒的手,紧紧盯着梁伟麒的双眼。梁伟麒见周局长这样,差点儿掉下眼泪来。

到吴晗了,他说:"小梁,到省厅争口气,不要被一些细小的事情所羁绊,一切向前看,不要像我这样成为老油条。总之一句话,好好干!"吴晗说着伸出手抓住了梁伟麒的手,紧紧地握着。

梁伟麒一激动,双眼里涌出了泪花儿。他就用这双被泪水模糊的眼看着吴晗,很坚定地点了点头说:"谢谢您,我的前辈,您是我心中的雄鹰!"说到这儿,梁伟麒再也说不下去了。不知为什么,梁伟麒为吴晗的命运担忧。但愿好人有好报。梁伟麒心里默默地为吴晗祈祷着。

带长的都已道别完了,之后就是不带长的。

恋恋不舍间,梁伟麒和张逸民握手拥抱,俩人有点伤感。倒是徐方霜突然站出来对他们说道:"你看看这俩人像什么来着?不要这样子,省城就几个小时的路程,想去就去,有什么大不了的?你说呢梁伟麒?"

俩人这才分开。到了最后一位王明珺了,她只是很淡然地对梁伟麒一笑,说:"梁伟麒,你是军人出身。这次去就像当兵一样。但这次当兵,可不是当义务兵,而要为长期服兵役而做准备。"说着,伸出手来握住梁伟麒的手看着他。从这双透着晶莹的眼里,梁伟麒浮想联翩,但昨晚上的那一段话还是在他的心头挥之不去。

"谢谢你王明珺,我一定会的!"梁伟麒看着王明珺说道。上了车,便对驾驶员说了声"辛苦你了陈师傅!我们走吧。"

梁伟麒倒不是想要马上离开王明珺,而是生怕赶不上火车,心里想要马上离开的是极少数的人。整个送行的人员中,梁伟麒就是没看到柳亚军和史明桐,但他已经习惯于他俩的性格:小肚鸡肠!

"好好。梁主任,今天没想到你有这么大的场面,我们局里就是领导被调走,也没你这么大的场面。"陈师傅说着,车已驶出好几米了。

"兴许我还真的沾了阮处长的光哩。没有他,我也不会有这么大的场面。"梁伟麒感慨万千。

"那个阮处长我早就看出来了,不是个好东西,他是早晚的事儿。还有那天在会上,吴晗说的那个领导也是早晚的事。不信我俩打个赌如何?"

"我已走了,就不和你打这个赌了。随他们去吧,各人有各人的命。"梁伟麒突然感到再提到邵副局长和阮处长时,自己还真有点累了。

"是啊,各人有各人的命,随他们去了,我反正也马上就要退休。"这个陈师傅是位性情中人,脾气和个性也有点像吴晗。

"陈师傅,您呀就是因为这个脾气和个性才没上去,否则的话你早就成了处长局长了。但您这脾气和个性我喜欢。"梁伟麒看了眼陈师傅不无遗憾地说。

"谢谢梁主任!可是,你喜欢也没用了,我也到站了。"陈师傅说话的语气里也显出了无奈。

"反正您是会画圆句号的。那些有权有势的能不能把个句号画圆还不知道哩!"梁伟麒就这样说着,把车座椅放平些,闭目养神起来。

陈师傅见梁伟麒已放下座椅闭目养神,也就没吭声。梁伟麒虽闭目养神，但大脑里却忘不了上周五中午，周副局长说的那句话，"伟麒呀，我也是从省厅下来的，如你以后不下来任副职就算没白提，如你几年后回来任个副职，那你就没戏了。我就是个例子。去时满怀着理想，回来任副职，那理想只好成为泡影喽。"还有刚才吴晗说的，"小梁，到省厅争口气，不要被一些细小的事情所羁绊，一切向前看，不要像我这样成为老油条。总之一句话好好干！"没想到，王明珺今天也能说出心里话，"梁伟麒，你是军人出身。这次去就像当兵一样。但这次当兵，可不是当义务兵，而要为长期服兵役而做准备。"这些话语令对梁伟麒的前景起到一种鞭策、激励的作用。但梁伟麒心想，不管起什么作用，我反正对当官没有多大兴趣，又何必自寻烦恼呢？想到这儿，梁伟麒也就释然了。

车到了火车站，梁伟麒和陈师傅打了个招呼，提上简单的行李下了车。陈师傅非要帮梁伟麒拿行李，送上车，但他没同意。梁伟麒笑着对陈师傅说："就这点行装也好意思让您送啊？我这也显得太官僚了吧？"陈师傅见梁伟麒实在不要他送也就罢了，说了几句告别的话就转身回去了。梁伟麒看着陈师傅的背影也是无奈地笑了笑。他从自己的小包里拿出车票看了看，是上午十点四十五分的。梁伟麒看了看手表，马上就该检票上车了。

动车缓缓地起步了，梁伟麒坐在靠窗的位置上，看着窗外那几条轨道下面的石子，一粒粒清清楚楚，只是一小会儿，随着车速的增快，先前的一粒粒石子，便与轨道下面的枕木和铁轨融入了一起。只见得一条稍弯的长线在后边追赶着他们的动车；再朝前看去，又见那条弯曲的长线，迎接着他们这辆飞奔的动车。

梁伟麒放眼望去，眼前铁轨的左侧，铺了一条双向八车道的高速公路。高速公路上的车如飞鱼般向前驶去。梁伟麒看着窗外不停闪过的一垄垄绿色的麦田，河沟边上，那漫无目的的鸡、鸭、鹅、羊、牛什么的，自由自在地在田埂上、河沟里戏耍。它们一会儿拍打着水面，"呱呱""咕咕"和"哞哞"的叫着，一会儿潜入水中游弋，然后再潜入水中，周而复始。昨夜里下的那白白的霜如下了一场雪一样，映现在梁伟麒的眼前。远处，村子里独门独院的小楼错落有致，好一派欣欣向荣、蒸蒸日上的景象。

仲春的阳光已到了车顶，车窗外的景象温馨而又明亮。梁伟麒这时才看出来，原来，小河里没有先前的清澈，有的只是一片浓稠的黑色的水。难道，这里的小村里，河水也被污染了吗？

梁伟麒真的赞叹大自然的魅力，呈现在眼前的景色是那样的年轻、茂盛、青葱。啊，生命是短暂的，然而，大自然却是永恒的。梁伟麒有点诗兴大发。

突然，从这节车厢的尽头传来了吵闹声。梁伟麒寻声望去，见是前面几个人正在拉扯着，其中一个年轻的小伙子手里还拿着匕首在挥舞着，周围的人见状都在避让。看到这一切，梁伟麒血液直往头上冲，一种军人的职责促使着他毫不迟疑地冲上前去，嘴里喊着："有种冲我来！"这话一出口，整个现场的人都朝梁伟麒投来了目光，就连那个手拿匕首的家伙也愣在那儿。梁伟麒见自己这样一喊竟然吓到了他们，趁着他们还没反应过来，他立马冲到那个手持匕首的家伙身边，说时迟那时快，梁伟麒用在部队学的擒拿格斗，很轻松地将匕首夺了过来。

谁知这下可引火上身了，和这家伙在一起的另外两个人连忙转身，瞪着梁伟麒。那个刚被夺下匕首的小子，退到了同伙面前，嘴里骂着："你这小子在找死啊？"三个人一起朝着梁伟麒扑来。只见梁伟麒站在那里像一棵青松，岿然不动。三个人见状，你推我我推你的谁也不敢过来。一个身材魁梧，比梁伟麒身材稍矮的人，右手握着匕首，张牙舞爪地向着梁伟麒侧身扑来，另外两人也紧随其后三人嘴里不停地叫骂着。

梁伟麒站在过道上，把刚夺来的匕首往自己的腰间一插，横眉怒目，紧盯着三人。这一个动作一下子就使那个领头的小子犹豫了一下。但他的脚已收不住了，还是冲了过来。梁伟麒早就看准了时机，在对方高高举起右手向自己扑来的时候，右拳直掏他的腋窝，只听"当啷"一声，匕首掉到了地上，而后，他双手上去，将对方的双手反转在了背后。梁伟麒的两只手，就像钳子一样，任凭对方怎么挣扎，牢牢地钳住对方的双手。他双眼怒视着跟在后面的两人。那两人见比自己魁梧的同伙都被梁伟麒轻松地搞得束手就擒，都傻呆在那儿。正在这时，列车上的乘警和列车员来了，把他们带走后，也请梁伟麒和受害者还有几个证人一起去做笔录。

梁伟麒没有告诉列车上的乘警自己是什么人，只是说在外打工的。乘警也就没细问。

原来，这三人是惯犯，经常在列车上作案。没想到这次被逮了个正着。

当梁伟麒他们一行人重新回到车厢时，车厢里的人都鼓起了掌，嘴里说着"英雄""好人""了不起"等称赞的话。梁伟麒均一笑了之。

这时，在梁伟麒前一排的座位上，一个二十来岁的姑娘，正拿着手机对着梁伟麒,还向他投来淡淡的一笑。梁伟麒连忙说:"您……请您不要拍了好吗?"说完,便坐下闭目养神。梁伟麒最讨厌被人拍照摄像。

"请问同志,您是到哪里下车?"不知何时,那个姑娘已在梁伟麒的对面坐了下来。

梁伟麒睁开眼睛,看看刚才还坐在别处的那位姑娘,此刻已坐到自己的对面,惊疑地问道:"您是问我吗?"

姑娘见梁伟麒也说一口流利的普通话,而且声音特别有磁性,她的心里更有遇到知己的感觉。"是啊。我不问你我会问谁呀?"姑娘满脸是笑地回道。

"您和我认识吗?"梁伟麒诧异地问。

"自我介绍完不就认识了?"说完,姑娘便自我介绍道,"我的大名叫华欣欣,是省电视台的主持人。你呢?"姑娘一介绍完,就用直率的目光看着梁伟麒。

梁伟麒一听姑娘说是省电视台的,说一口流利的普通话,心里就想着离她要远点儿。刚才那个举动只是出于一种军人的本能,别无其他的意思。如给她再添油加醋的话,自己不成了什么见义勇为的了?我可不想出洋相。梁伟麒便回道:"我是打工的。"

"打工的?我知道你是打工的,但也未尝不可以说出来吧?"姑娘很有点穷追不舍的味道。

"打工是居无定所的,我也不知道自己这次能在哪里落脚呢。"梁伟麒很认真地回道。

"我看你不像是打工的,倒像是坐办公室的。"华欣欣瞪着一双大眼看着梁伟麒说。

"像不像打工的您也看得出?"梁伟麒迎着她的目光揶揄

地说。

"你可别忘了,我的职业是干嘛的!"华欣欣边说边歪着头,以满脸的微笑和得意的眼神看着梁伟麒。

"哈哈,我知道。但我确实是打工的。"梁伟麒有点不愿意理她了。她那双眼睛再怎么瞪也没谌主任的眼睛漂亮,脸蛋儿再怎么看也没谌主任那么美丽。

这个华欣欣自参加工作到现在,接触过的帅气的男性不少,但像梁伟麒这样帅气的,且和自己年龄相仿的男性确实还没有见过。刚才在三个手拿匕首的歹徒面前,他那样威武地挺身而出,她更是没见到过。她心里不觉一动,便拿起手机,把梁伟麒去迎战的过程以及重新返回车厢的过程全部拍摄了下来。华欣欣一面拍摄一面心里在想。华欣欣在想什么呢?只有她自己知道。但这样的想法只限于自己明白就行了。她说:"你从哪儿上车,手上拿几样东西,而且现在在想些什么我都知道。不信我说给你听听?"说着,还将那漂亮的脸蛋儿在梁伟麒眼前晃了晃。

"您不妨说说。"梁伟麒挑战似的回道。

"首先,你肯定是到哪里出差或是旅行去的。否则,不会只带这点行李的。其次,你不是公务员之类的,或是军人或已转业退伍,也不会见义勇为的。你可能要说,只要是你所谓的人都会见义勇为。我可以告诉你,这种因素可以占到百分之九十以上。这是我们台里统计过的,你信不信?不信等我回台里马上调出来给你看,怎样?"华欣欣看着梁伟麒胸有成竹地说。

梁伟麒被华欣欣这样一说,感到自己再隐瞒也不好意思了,就说:"您这双眼睛和您的思维很匹配!我叫梁伟麒,是去省厅报到的,但也叫打工。所以,我说是打工的也不错呀。"梁伟麒也很坦诚地说。

"梁伟麒!这名字起得好。你肯定有哪些地方特别'为奇'!"华欣欣脸上绽放出灿烂的微笑。因为,她胜利了。

"我没有什么'为奇'的地方。"梁伟麒不想细说自己,也没必要让她知道得太细。

"你又卖关子了是吧?省厅可不是一般人想进就能进的,我看你的家庭也没啥背景,否则的话肯定是前呼后拥的。是不是还想让我去猜?"华欣欣刚才灿烂地笑容僵在了脸上,用疑问的口气问梁伟麒,双眼里还露出了不高兴的神色。

梁伟麒看着华欣欣,心里想这姑娘怎么得寸进尺呢?我不能再和她说这些了,就立马岔开话题说:"对,我是从农村一步一步走出来的,我的爸爸妈妈也都是农村人,所以,我正如您刚才说的那样,是没有一点儿背景的。也不用你猜了,你就是猜出来了,我不承认,你不还是猜不到?"梁伟麒脸上的表情和语气仍如开始时一样,沉稳、大气,且有男人特有的魅力。

看到梁伟麒对自己是那样的冷淡,华欣欣不觉感到自己冒失了,还是这个梁伟麒本来就这种性格呢?华欣欣就说:"好了,我也不猜了,我们就聊聊别的好吧?"

"我也没什么好聊的。"梁伟麒一边闭目养神一边说。

"我们的伟大领袖毛主席早就教导过我们,为了正确地认识敌我之间和人民内部这两类不同的矛盾,应该首先弄清楚什么是人民,什么是敌人。现在就来看看我俩之间是属于哪种矛盾。"华欣欣说完还用双眼盯着梁伟麒看。

梁伟麒怎么也没想到,这个漂亮的小姑娘华欣欣竟然会说出自己心中最敬仰的伟人，不觉很柔和地看了她一眼，说："我们当然不是敌人喽。"

"那肯定是人民内部矛盾了，人民内部矛盾有什么不好解决的呢？你看你刚才把我拒千里之外，你让我有什么感觉？"华欣欣说着，眼圈突然有点红了。

梁伟麒看到华欣欣眼眶有点红，连忙说："我没有拒你千里之外。我就是这样的个性，请你原谅我！"

"哼，我就是不原谅你！爱理不理的！我还从没遇到像你这样的男性哩！"华欣欣嘴里边说边狠狠地瞪了梁伟麒一眼。

梁伟麒见状连忙又岔开话题说："您对主席的话还那么在意吗？"

"当然！主席的话现在回头想想，真是千真万确的。比如说'在一般情况下，人民内部的矛盾不是对抗性的。但是如果处理得不适当，或者失去警觉，麻痹大意，也可能产生对抗'。这就像我们刚才一样，就差那么一点点、一丝丝就要激化了。"说完，华欣欣还用大姆指和食指表示了几乎看不到的间隙。

"没想到，你还那么幽默哈。"梁伟麒不觉笑了起来。

这一笑就如给华欣欣注入了兴奋剂似的，她马上又回到先前那种状态。她说："你才晓得啊，比如说积极的人就像太阳一样，照到哪里哪里亮；消极的人像月亮，初一十五不一样。如果想决定自己的生活，有啥样的想法就有啥样的未来。你说对不，'为奇'帅哥？"

梁伟麒听华欣欣顺着自己的思路在说，便说："是啊，你们从事新闻的人，眼观六路，耳听八方，思路开阔，想象力丰富。"

"你可别这样夸我，否则，我可要飞上天了！"华欣欣满脸开心地笑着说。

"这么个铁皮也包不了你吗?"梁伟麒边看车顶边幽默地说。

华欣欣听到梁伟麒把"您"改成了"你",内心里便喜悦地看着梁伟麒说:"不用这铁皮车顶,只要有你,我飞不上天的!"

梁伟麒听到华欣欣又把思路引到情感方面来了,便做了个甘拜下风的动作说:"有我,你要是想飞,心早已飞到了天空了。"

"天空又没有屋,我飞上去干吗?"华欣欣看见梁伟麒想金蝉脱壳,用那么优美的诗句来搪塞,心想,哪那么容易,我偏不。

梁伟麒看着华欣欣这个机灵的姑娘,竟然明白了自己的意思,只好说:"那我也不知道了。"

"不知道了?"华欣欣看见梁伟麒又要逃跑,就装着不知道地问,"你不知道还有谁会知道呀?"

"这我真的不知道了。"梁伟麒无奈地说着,便把脸扭向了车窗外,看着飞逝而过的村庄和绿色的田野。

华欣欣还真没看到过这样的帅哥,竟然把自己又晾在了那里,心里边有说不出来的懊恼。她心里想,怎样才能引起他的注意呢?华欣欣便拿出手机,把手机调到摄像模式,本想大胆地拍摄的,转而一想,脸上便露出了神秘的微笑,拿着手机偷偷地将梁伟麒看车窗的侧脸拍摄下来。华欣欣拍好后,又偷偷地看了一遍,梁伟麒那英俊的脸庞非常严肃,那双大眼正全神贯注地看着车窗外闪过的一切。看到这儿,华欣欣突然抿嘴笑了起来,陶醉在了自己的杰作中。有了这我就不担心了。华欣欣心里默默地说,嘴里却在说:"到站了,梁伟麒。"

"哦，谢谢！"梁伟麒看着窗外的轨道多了，远处，动车的轰鸣声也在不断传来。

等动车停稳，要下车的人都在收拾自己的行李，梁伟麒便也拿起自己的行李，准备下车。华欣欣见状紧跟在梁伟麒身后下车。梁伟麒便让她走到自己前面，但她就是不愿意，非要走到梁伟麒的后面，嘴里还在说："我走在你后面保护你。"她想盯着他。

梁伟麒一看华欣欣的那张顽皮的脸，也就没再说什么，随着旅客慢慢地往前走。出了火车站，梁伟麒就有点儿蒙了，不知该往哪儿走了。这时，紧跟身后的华欣欣突然走到梁伟麒面前，说："不知怎么走了吧？你还是跟我走吧。我有车来接，送你一程？"

梁伟麒下车后只顾自己往前走，还真把华欣欣给忘掉了，这时她冷不丁出现在自己面前，倒把自己吓了一跳。梁伟麒正想发火，一看只有一米六二左右的华欣欣站在自己面前，便也于心不忍。梁伟麒说："谢谢！有出租车，我打的。"

"怎么？还拿架子啊？还是怕我到你那儿蹭饭去？放心，你今天再怎么留我我也不会的。我今天回去还有一项重要的事情要做呢。"说着，还仰起头灿烂地一笑。

"我不影响你要做的重要的事情，我还是打的吧。"梁伟麒说完就准备走。

华欣欣一急，连忙抓住梁伟麒的衣服，说："我是有重要的事情要做，但送你也是我顺道的。你就不能成全我，也做件好事啊？"华欣欣很委屈地仰起脸看着梁伟麒，那眼神里透着渴望。

看到这眼神，梁伟麒突然想起了谌主任的眼神，便说："谢谢你！顺道的话就搭你的车吧。"说着，还报以感谢的一笑。

华欣欣一听到梁伟麒愿意坐自己的车了，就像获得了什么宝贝似的，双手一拍，对梁伟麒说了声"谢谢！"就对正朝着自己走来的姑娘跳着招招手，说："陈露，在这儿呢！"

等陈露走到眼前，华欣欣就向她介绍道："这位是交管厅的梁伟麒。"又指着陈露对梁伟麒说，"这位是我的同事，叫陈露。"

陈露倒也很大方地伸出手来和梁伟麒握了握。在握手的同时，陈露上下打量着这个英俊挺拔的帅小伙，满眼含着笑意地说："你好！"而后看着华欣欣说，"有什么指示，我的华美女？"

"没指示，只要把他送到交管厅就行。"华欣欣说完，便拉起梁伟麒的衣袖往车那儿走去，她的一个行李箱便交给了陈露。梁伟麒本想帮她去拿，却被华欣欣拉着走，还边走边说："这里就交给陈露了。"

梁伟麒很不好意思地看了眼陈露，而陈露的嘴里却在说："好你个重色轻友的欣欣，到时我可不饶你。"说完，脸上还露着微笑。

到了车旁，梁伟麒就把自己关进了后排座位，等到两个姑娘叽叽喳喳地说着什么上车时，华欣欣却也坐到了后排座位上。梁伟麒有些纳闷儿，但出于礼貌也就给华欣欣移出了座位。

坐在驾驶位上的陈露从后视镜里朝后面看着，眼里露出了羡慕的眼神，嘴里说："两位，请坐好，我要开车了。"说着便发动了车子。

车子朝前开着，华欣欣看到梁伟麒在看车窗外，心里不知有多少话想对他说，但又不知从何说起，不停地从侧面看着梁伟麒。梁伟麒感觉到华欣欣总是看着自己，便回头对她微微一笑。这一笑就永远印在了华欣欣的心里和脑海中。

"真不好意思，今天麻烦你们了！"梁伟麒看了一眼华欣欣说。他感到自己虽是搭了顺风车，但心里总有点儿过意不去。

"不麻烦，不麻烦。"谁知正在驾驶的陈露突然插上话来说，"你不知道，我们这位欣欣就喜欢助人为乐！"说完，还做了个鬼脸儿。

"你少来，露露姐，你才是助人为乐呢！听说你已经有三次了，而我才是第一次，也是最后一次。"说完，朝梁伟麒投去了满脸的笑容。

梁伟麒只好耸了耸肩笑了笑，没说什么。他心里在想，这个华欣欣到底是什么意思？可自己眼前全是谌主任的身影。那张就如王晓棠一样的脸庞，已经深深地烙在了自己的脑海里了，其他女性已不能入眼了。就说华欣欣吧，长得也很美，可自己的心里就是没有一点儿她的容身之处。

"梁伟麒，我想问你，你是怎么被调到省厅的呢？你既没有家庭背景，又不是富二代，你能说说吗？"华欣欣看着梁伟麒很认真地问道。

"为什么能被调到省厅连我自己也不知道。我本来是市局的……"

梁伟麒也就一五一十地把自己所经历的说了出来。华欣欣凝视着他，很认真地听着他的叙述。但梁伟麒万万没想到的是，华欣欣开了手机录音。车到了省厅大门口，梁伟麒还不知道，等车停下来了，他才知道已到了，连忙打着招呼说"对不起，对不起。"

可是，还没有讲完怎么办呢？华欣欣心里特别焦急，就连忙说:"没事,你继续说。"

"不了,家事有啥子好说的,我这是搭你们的顺风车,才讲了这些乱七八糟的东西,希望得到你们的谅解!"说着就下了车。

华欣欣看见梁伟麒就在自己的眼皮底下走了,很不情愿,她想到自己的任务已基本上完成了,也只好说:"谢谢你梁伟麒!"华欣欣叫着梁伟麒的名字,仿佛她不叫,这名字也会和他的人一样,从自己的眼中消失了。

梁伟麒下车后,和陈露再次握手,然后跑到华欣欣的面前,伸出手和她握了握,说了声:"再次感谢你!"

华欣欣的那双小手握住了梁伟麒的大手,怎么也不愿意松手,她的双眸看着梁伟麒,全是惜别时的依恋。梁伟麒想松开手,可是华欣欣就是不愿意松开。梁伟麒只好再次说:"非常感谢你的一路陪伴!有时间,欢迎你来我这儿给予指导!"

"还我来指导你呀?你不指导我就是好的了!你看在车上,那长篇大论,我连插嘴的机会都没有。我也非常感谢上帝,让我认识了你!我会好好记着我俩的这次邂逅。"说着,便依依不舍地松开手,眼含泪花儿地被陈露拉上了车。

梁伟麒看着华欣欣的那张光洁的面孔和含泪的双眼,心里不知怎的,突然有种东西跳了一下。他望着开着车窗向他脉脉含情的华欣欣,抬起手向她挥了挥,嘴里说着:"再见!"车开出去已看不见了,梁伟麒才转身,精神饱满地向省厅大门走去。

十二

眼前，一栋高大的办公楼矗立在梁伟麒的面前。

这栋楼设计简洁、有时代感，形体比例优雅宜人，整栋大楼呈弧形向内弯曲，使整个建筑造型透出蓬勃向上的朝气，好像在激励交管干部在新的一年里迈上新的台阶。

省厅的院内，车水马龙，门口的拦车杆儿上下不停地在运动着。除外面站岗的不停地指挥着来来往往的车辆，还有两位在传达室里面，一位负责登记，还有一位在休息。

这时候的梁伟麒，感到自己往这栋大楼的边儿上一站，显得不伦不类的，就像一滴水掉到了大海里一样，再也见不到那滴水到了哪里去了。难道来省厅真是一种错误吗？梁伟麒心里这样胡乱地想着，感到很不踏实。可梁伟麒看到眼前，随时有车辆进进出出，上下车的人也形形色色，从大楼里出来的人们也匆匆而去，自己又得到了一丝慰藉。是啊，谁知道自己的前途呢？就如同谁也不知道自己的生命有多长一样。人还是要善良，要真诚待人，要与人和谐相处的。

梁伟麒突然想起央视的一则公益广告：深冬，夜深人静，在北京的一条胡同里，一位刚下班的女孩围着围中，骑车穿行在胡同中。四周静悄悄的，没什么灯光，女孩骑得很快。也许在这个冬日的黑暗的夜里，她感觉到了一丝寒冷和害怕。女孩骑过胡同的转角，前面却是一片温暖的灯光，一位老大爷守着一个馄饨摊，摊位上没有一个人在吃馄饨，可灯光依旧亮着，热腾腾的水依旧烧着。

"大爷，您还没收摊啊？"女孩骑车路过摊前，微笑着与大爷打了声招呼。

"就收啦！"大爷慈祥地笑着，似乎心里放下了一块石头，看着女孩的背影，大爷把灯光照向女孩前方的路……

想起这个广告，梁伟麒心底忽然生出一种温暖，进而漫延到全身。这位守馄饨摊的老大爷直到深夜还不收摊，就是为了在黑暗寒冷的夜晚，能为他人带去一份温暖和光亮。也许只是顺便，但是，又有多少人能想到给别人搭个"顺风车"呢？就如同今天，自己也搭了顺风车。太多的人只关注自己，却忽略了他人，这也是人类发展的悲哀！

"为鼠常留饭，怜蛾不点灯"说的是为人的一种境界。常常为他人多想一些，将心比心，怀揣一颗善良而感恩的心，生活就会多一份温馨。人人为我，我为人人，倒真不失是和谐社会所需要的一种精神。

梁伟麒想着，深深地叹了口气自言自语道："如果我是那女孩该多好啊！"只可惜，自己不是那女孩，这大白天的，却像一头迷失的羔羊不知所措。梁伟麒抬头环视着省厅这扇高大宽阔的大门，还有眼前开阔的停车场，心中升起一种敬畏之感，这高大宽阔的大门和开阔场地，对自己意味着什么呢？是前景广阔，还是如周副局长所言的那种竞争的战场，或是王明珺的那种临别前的叮嘱？不管是广阔的前景也好，还是前途渺茫也罢，既然我梁伟麒来了，就必须要安之、静之、舒服之、享受之。自己既然没有政治资源，也没有腰缠万贯，那就一切听天由命去吧！梁伟麒就提着简单的行李准备进大楼。

"你找谁？"当梁伟麒走进大门时，被传达室的保安拦住了。

梁伟麒说："我找省厅人事处孙处长。"

保安用审视眼神盯着梁伟麒，而后拿起访客登记簿递给了梁伟麒，公事公办地说："请登记姓名和被访人姓名还有访客内容。"

"好的，谢谢。"梁伟麒边道谢边接过访客薄，按照访客薄上的要求，填写好姓名等，将访客薄还给了保安，然后就顺便问了一下政治处白主任的办公室在几楼。

保安指着十五层的房间说："白主任在十五层。你要找的孙处长在十六层。"

梁伟麒顺势也就看了看传达室墙上那张这栋大楼的机构分布图。梁伟麒看清了这张分布图，嘴里道声"谢谢"就走出了传达室的大门，进了省厅大院。

梁伟麒踩在坚实的地砖上，向着高高的台阶迈去。梁伟麒想走出军人坚定的步伐，兴许转业回来也不天天出操了，总觉得自己迈出的脚步，没了以前的铿锵有力。

梁伟麒拾阶而上，双眼不停地在扫视着周围的一切。突然，在来来往往的人群中，梁伟麒看到从台阶的最上面走下来一个人，准确地说是一个很美丽飘逸的美女。这位美女穿一身香槟色的蕾丝连衣裙，镂空的精美绣花，更赋予这款连衣裙几分精致时尚的感觉，对美女的肤色也有不一样的衬托效果。这不俗的穿着令梁伟麒眼前一亮：到底是省厅，来去的人也不一样，着装也颇有时代气息。

一个向上走，一个向下走，眼看着美女在直奔梁伟麒而来，梁伟麒侧了侧身，在擦肩而过时，美女看向梁伟麒一眼，并露出了很灿烂的一笑。一阵清香从美女的身上扑鼻而来。这双美丽的眼睛和脸庞让梁伟麒刻骨铭心。关键是她还朝梁伟麒大方地笑了笑,梁伟麒也回了她投过来的笑。梁伟麒想回头,但他控制了,仍然步伐不乱地一级一级地往上走去。那个美女虽令他心动了一下,但他心中已装着什么人了,具体是什么人,在他梁伟麒的大脑里,又不是相当的明了。是王明珺?还是什么人?梁伟麒心里也说不清。但就是因为王明珺或是其他的什么人,梁伟麒才没回头。

突然,梁伟麒将刚才还朝他一笑的美女又从脑海深处调出来,嘴张在那儿不动了,站在台阶上,迅速转过身来,看着正在拾阶而下的美女,想喊没喊出声来。原来,这美女正是随白主任和孙处长到市局来考察自己的那个姓谌的"王晓棠",当时她在现场还给了梁伟麒一句不太友好的话。梁伟麒想到这儿头还在不停地摇着,嘴里自言自语地说:"难怪刚才她还朝自己笑了笑。"自己虽也笑了,但总觉得自己的笑意思里少了点什么。是气愤?是感恩?不是,当时还没想起来呢。是会心的一笑?也不是啊!要不就是和平时见到陌生人一样的笑脸?要不,就像人们所说的那种谄媚的笑?哎哟,甭管我是给她什么笑了,总之,我梁伟麒是对她笑了!这个谌主任是什么反应我哪里知道呀?梁伟麒对遇上谌主任还有些缠杂不清。可又一想不对呀,这个谌主任毕竟是使自己进入这个省厅的三人之一啊?要是她不同意,我也进不来呀。梁伟麒想想是不错,看来这个谌主任还真牛!尽管自己今天才真正步入省厅这个大机关,但感恩戴德还是要有的。反正不管她了,我梁伟麒一不偷、二不抢,有什么好怕的。想到这儿,梁伟麒不觉挺了挺腰杆子,又重新健步拾阶而上。

梁伟麒按照报到的要求，来到了省厅人事处。想想刚才那个厅人事处的谌主任，从自己身边留有余香地擦肩而过，在自己的眼皮底下就这样走了，梁伟麒好一阵后悔，现在可好，只好摸着石头过河了。

"请问领导，我是黄海市局的梁伟麒，奉命到省厅报到。"梁伟麒边拿着调令给人事处靠门处的办公桌坐着的那位姑娘边问。这时梁伟麒才看清，这个姑娘的办公桌牌上的姓名一栏里写着陆桦桦，部门一栏是厅人事处，职务一栏是副主任科员。再一看姑娘本人，最多也就二十四五岁的样子，一张圆脸上，一对不大不小的眼睛忽闪忽闪的，小巧玲珑的鼻子和一只小巧玲珑的嘴巴特别吻合，是个长得很漂亮的姑娘。

这个叫陆桦桦的副主任科员，接过了梁伟麒手上的调令看了一眼，又抬头看了眼梁伟麒，站起来说："你就是梁伟麒同志？"说完，礼节性地伸出右手去和梁伟麒握手，接着说，"出门直朝前，看到上面写着'厅人事处长'，你就可以敲门了。今天孙处长正好在办公室。"

"谢谢您，陆领导。"梁伟麒点头感谢着出了门。

梁伟麒敲响了孙处长办公室的门，从里面传来了孙处长带着浓厚乡音的"请进"，梁伟麒这才推门而进。

"您好，孙处长！我是黄海市局的梁伟麒，今天前来报到。"梁伟麒见办公室里就孙处长一张办公桌，也就没绕圈子，直接把调令递给了孙处长。

"是小梁啊，请坐。"孙处长抬头一看，马上笑着接过了调令说。

"谢谢孙处长。" 梁伟麒笑着回道，但没有坐，而是站着。

孙处长见梁伟麒很大气地站在那儿，也就没说什么，拿出一本省厅人员进出登记本,请梁伟麒登记。

梁伟麒按照上面的要求,认真填写。

"没想到,小梁的字也写得那样洒脱、干练,漂亮啊。"孙处长拿着梁伟麒填写的表格,嘴里不停地赞许,右手的食指还在纸上不停地写着什么。

"孙处长您过奖了,这字还是拿不出手哩!"梁伟麒不好意思地说着。

"这个字再拿不出去,那我们的字就更拿不出手了。"孙处长边说边收起梁伟麒刚填的那份表格。

等孙处长收好表格,梁伟麒握着孙处长伸出来的手,说:"谢谢孙处长!现在我该到哪个部门去呢?"

"你到厅办公室去一下,主要是领取住宿和有关饮食等方面的东西。"孙处长仍是彬彬有礼地说着。

"好的,好的!谢谢您孙处长!"梁伟麒道过谢走出了孙处长的办公室,向省厅办公室走去。

当一切手续都办好后,梁伟麒跟着厅办公室副主任科员到了自己的住房。这是一排集体宿舍,一人一间,还带一个卫生间,每间约三十平方米。房间里有写字台、衣柜、床、被子、电视机、洗衣机等,配套到位。梁伟麒对这样的安排非常满意。他在黄海市局住的集体宿舍哪有这么好,十来平方米,上下四张床,自带床单被子,还是公共卫生间呢。一到省城就住上这么好的房子,像人家的单身公寓。不错,真不错了。梁伟麒十分感慨。

十三

梁伟麒今天报到时没见到白主任,心里感到缺少了点什么。缺少点什么呢?梁伟麒也没想出什么来。梁伟麒也在扪心自问,如果我是白主任,我会以什么样子来对待你梁伟麒?不要说在部队了,就是在地方上,一个正处级干部也不是随便想见就能见到的。更何况自己以后就是他手下的一个兵呢?想到这儿,梁伟麒心里也就平静下来了。好歹在人事处报道时,孙处长把上下班的时间和早、中、晚就餐的时间全部告诉给了梁伟麒,使他对衣食住行都明了了,心里也就不怕了。后来听说,对于这衣食住行的安排,本来是办公室的事情,他孙处长却那么认真地告诉了自己,梁伟麒为此还感动了一番,觉得孙处长这人真好。

一切收拾整理停当,梁伟麒往床上一躺就睡着了。不知是太累了还是别的因素,一会儿就进入了梦乡。那个在台阶上的飘逸的美女谌主任公然入了他的梦乡。

梁伟麒问:"你贵姓啊?"

谌主任回道:"你这人好玩儿啊,怎么不懂礼貌呢?"

"我不懂礼貌?"梁伟麒疑问道。

"怎么?不是吗?"谌主任满脸的不悦。

"不是。人际交往就是这样的。"梁伟麒耸了耸肩,很自信地对谌主任说。

"我和你交往了吗？"谌主任还真的不高兴了，说完，转身就要走，被梁伟麒顺手一拉，竟然倒进了梁伟麒的怀里。梁伟麒连忙下嘴封住了她的嘴。梁伟麒睁开眼睛，看到外面的天空无比灿烂，一下子醒了过来。

梁伟麒看了看时间，已是下午五点钟。省厅的食堂早、中、晚吃饭的时间，分别是七点到八点四十分，十二点到一点二十分，五点四十分到七点。梁伟麒想想还有时间呢，便又闭上双眼养神。梁伟麒躺了一会儿想起来，但那美梦扯着他就是不让他起床。梁伟麒便又闭上眼睛，想重新入梦，却怎么也入不了刚才的梦了。

我怎么会做这样的梦呢？我怎么会做出这种梦呢？我怎么会偏偏要做这种梦呢？这样的美女虽从未见过，但也未必要想和她成其好事儿呀？除在《英雄虎胆》《海鹰》《野火春风斗古城》等多部电影中，看到过王晓棠的表演艺术，在现实生活中还真没见到过王晓棠本人。那个师长的女儿也漂亮，却根本不能和谌主任相提并论。谌主任还曾在白主任和孙处长面前说自己是在忽悠他们。梁伟麒想到这儿，对谌主任升起了一丝愤悱。但想想自己好歹也是个男人，心眼儿也不会那么小的，再加上今后也在厅机关上班了，又成了同事，何必还耿耿于怀呢？算了算了，都是低头不见抬头见的主儿，以后，离谌主任远点好了。这样自我安慰着，梁伟麒的心情也随之好了。

梁伟麒看着床头自己带来的几本书，顺手拿起了周梅森刚出版的长篇小说《人民的名义》翻了翻。梁伟麒翻到了深爱着陈海的陆亦可，在陈海车祸后到医院探望，陆亦可潸然泪下的那一段。梁伟麒的泪也跟着下来了。

梁伟麒放下书，头枕在双手上，看着床顶上的天花板沉思。

他想起了与王明珺从相识到相互熟悉的过程。王明珺甜美真诚的笑容，常常萦绕在梁伟麒的心头。王明珺的笑能治愈梁伟麒痛苦的心灵，能化解梁伟麒遇到的所有不快。自认识王明珺后，梁伟麒的心中，就已经渐渐地注意着王明珺了。虽至今，俩人在感情上尚未有所发展，甚至连在一起交心的时间都没有，但梁伟麒和王明珺无论在哪里相遇了，常常会相对一笑，相互问候一下。那时，他不好的心情会豁然开朗，开心的时候更是锦上添花。王明珺从不搬弄是非，对人不卑不亢、坦诚真挚。自己这次被调到省厅，从王明珺的神情上可以断定，心里面好像是有我梁伟麒的。饯行宴上，王明珺说："前途似锦了，也得多关心关心你的娘家人，常想起令你开心的同事们。可别像人们说的，站在高处，展望眼下，就是分不清细小的人群里哪是男哪是女哪是他哪是我了。"

梁伟麒想到这儿，拿起电话就拨通了王明珺的手机。只响了一声，王明珺就接通了电话。梁伟麒心里咯噔了一下，莫不是王明珺就在等我的电话？自己真该死，报到了只知道睡觉，连报平安的电话也不打一个。

"梁伟麒到了吗？"王明珺的询问非常迫切。

"放心，王明珺，我到了。对不起，我没及时向你报平安。"梁伟麒不好意思地答道。

"平安就好，平安就好。"听得出，王明珺牵挂着的心终于放下了，"刚报到，肯定有好多事要办，没关系的。"

"王明珺，直到现在，这是我打的第一个电话。"梁伟麒迫切地说着。

"第一个？我相信你。"王明珺疑问中有着肯定。

"必须相信我，是第一个。"梁伟麒又加重了语气重复一遍。

"我，我很开心！我还当才过了七个半小时，你就忘了娘家人哩。"王明珺的语气里有明显的愤怪。

七个半小时？梁伟麒掐指算了算，从上午九点半送行到现在的十七点钟，正好七个半小时。梁伟麒的心底突然升起一股暖意，差点儿让他说话都哽咽。但他没表露出来。梁伟麒说："这时间过起来真快，我们分别倒有七个半小时了，让你担心了！谢谢你王明珺！"

"有人觉得快，就有人觉得慢。梁伟麒，自己多保重！再见！"王明珺说完就挂了电话。

梁伟麒知道王明珺为什么突然挂了电话。因为她不好意思了。她刚才说话时明显带有深深的牵念。七个半小时没消息给她，她何尝不感到时间的漫长呢？而自己却没觉得时间的长短。可不像以前了，以前上下班都是在一个城市里，没有想到谁会离开谁，尤其对于心中有了牵念的人。现如今，王明珺说出这样的话，就是这句话，令梁伟麒对王明珺不自信的感情，马上注入了自信。

转业到地方一年半的时间，梁伟麒还真没有几个知己，大家对他的印象都很好，王明珺是女性中最值得信赖的。在一个局机关里，梁伟麒对王明珺的好感，总觉得有点过于勉强。到今天为止，王明珺始终没有给过梁伟麒一点明示。也难怪，就因为王明珺的爸爸是黄海市政府副秘书长，梁伟麒才没敢向王明珺射出爱神之箭。梁伟麒在王明珺面前，没敢大胆表露，生怕自己和王明珺门不当户不对的，怕人家说自己是癞蛤蟆想吃天鹅肉。但聪明的王明珺已看出了梁伟麒对自己的好感。

女人在对男人有了爱意后，说话做事心里边都会怯生生地向着那男人的，仿佛心里边被男人掏空了，不见心爱的男人，她的心里就会不舒畅、不痛快。但也有种女人，她的心里有男人，却因自己身份上的差别，最后白白地将心目中深爱的男人拱手相让。

梁伟麒想到这儿，心里边就突然咯噔一下。梁伟麒想：我不能剃头挑子一头热，她没有明示，我也决不能再像去年那样，让她觉得自己是只癞蛤蟆。梁伟麒的眼前，出现了去年秋天到局图书室借书的情景。

市局的图书室就在局工会里。正巧，那天工会主席出去开会了，办公室就王明珺一个人在。梁伟麒的心就开始有点活了。他倒是无所谓，可爸爸妈妈在催他，说年纪也不小了，也该想想自己的终身大事了。梁伟麒心里面早就对王明珺有意思了，说白了，就是在王明珺和梁伟麒一起被借到人事处去调工资时，就对她有了好感。转眼近一年，也没什么进展，今天可是千载难逢的机会。梁伟麒便问："王明珺，怎么就你一个人在？"

"对呀。你是借书还是有什么事儿？"王明珺看着梁伟麒说。

"我是来借书的。"梁伟麒答道，随后装着到书架上找书的模样说。这些书他基本上都看过的，最后便拿起《这里的黎明静悄悄》，走到王明珺那儿登记。梁伟麒边在登记簿上登记，边和王明珺天南地北地聊着："你在干吗？"

"我在整理书报。"王明珺回答完后接着说，"哪像你呀大作家，整天忙着。我建议你呀，不要像小蝌蚪寻找妈妈那样，找到最后自己也变了样子。"

"你不能这样说，这样一说，那谁去做这个小蝌蚪呢？就如人们常说，历史是由胜利者书写的。但事实真相只有亲历者才知道！这话我认为是对的。"

"我看到人家是这样说的，'世界上根本无所谓的正义与邪恶，那只不过是两种不同的观点罢了'。这样说有点儿片面，但也有其深意。你说呢大作家？"王明珺说完还歪着头看着梁伟麒。

梁伟麒怎么也没想到，王明珺对正义与邪恶的理解，会是那么肤浅。两种不同的观点就能了除一切了？正义与邪恶无论在何时，都是存在的。梁伟麒看了一眼王明珺，笑嘻嘻地问道："王明珺，那你说说深意在哪里呢？"

"就在'深意'这两个字里呀！"王明珺说着还很开心地笑了起来。

"就在'深意'里？"梁伟麒有点莫名其妙地问。

"是啊，就在'深意'里。你不觉得，作为人类，莫非就是感性和理性、希望与失望、正义与邪恶？"王明珺说。

梁伟麒心想，看来，王明珺分辨是非的能力还真的有待提高！再与她争论下去也没多大意思，便说："我们还是说些贴近生活的话吧，比如说我俩……"

梁伟麒还没说出口，王明珺就打断了他的话："梁伟麒，你真的是个非常优秀的小伙子，但我的家里不同意。"

梁伟麒听王明珺终于说出了自己最不愿意听的这句话，心里终于平静了。为了不影响气氛，梁伟麒便立即岔开话题说："王明珺，就如你说的正义与邪恶一样，我们也就不谈这些了。管那么多干嘛，只要自己身体好才是真的，对吗？"

"对，不妄议，只要身体好就行了。"王明珺笑嘻嘻地说。

梁伟麒到这时才晓得，在爱情的道路上，独自前行，当一切设想和期待都趋于真实，那真是一种锥心的疼痛。好歹自己是才对她有点儿这方面的想法而已。梁伟麒嘿嘿地笑了两声，也就没把这事放在心上。曾经对王明珺的美好遐想，现如今都已不存在了，只有相对一笑的好同事的情分了。

梁伟麒想到这儿，想到自己现在到了省厅，身份也发生了些变化，难道是她王明珺开始对自己有意思了？是因为我的身份发生了变化还是她本来就有这么个意思呢？如是前者，那王明珺也不值得自己去爱了。再说，她王明珺已经说了那话，我梁伟麒还会认为她会回心转意吗？梁伟麒想，毕竟她王明珺是看到自己到省厅了，一下子还提到了主任科员，也没在副职的岗位上待着。再加上自己喜欢文学，还在报刊杂志上发些文章之类的。就拿刚才王明珺打电话来说，从那语气里，明显地让人感到她的心里比之前活泛了。对于爱情，作为我梁伟麒来说，哪能随便去单相思呢？如果王明珺不把我梁伟麒放在心里，那刚才电话里的声音，就连她的喘息声都能告诉我梁伟麒：我对你有好感的。如真是这样，我现在何不趁热打铁呢？但真是趁热打铁，不会被人说成是趁火打劫吗？再如果，要是王明珺被她的家里人逼迫着，非要嫁给门当户对的，那肯定是件好事。我也不去打扰她了吧，省得让她受夹板气了。梁伟麒想，如给她勇气，让她放弃我，会不会被王明珺说成是：你自己感到有了前途了，到了省厅工作了，想要甩我了是不是？这还令梁伟麒左右为难了。哎呦，八字还没一撇哪，你梁伟麒操得什么心啊？是我的必定是我的，不管她了。一想到这儿，梁伟麒心胸马上就开阔了。

王明珺挂了电话，心里想着刚才说话的那种绵软的语气，脸上涌上一片潮红。这次梁伟麒被调到省厅去，她的心里也确实活泛了许多。在自己看来，梁伟麒是一个不善于表达内心，但心里又藏着很深感情的人。她真不知道梁伟麒会把自己的真情给谁。有时候他说话是很严肃的，但我知道他心里的真实想法并非那样。呵呵，我王明珺喜欢梁伟麒看我的眼神，但同时也对他的眼神感到很失望，因为他看我和看别人的眼神没区别。我也喜欢跟他在一起的感觉，其实我也觉得他对人很好，但不像我那么直白而已。在某些方面他也相当保守和内向。反正，我对他的感觉真的无法用语言来形容。我王明珺应该知道，如果是我真的爱上了他，就要让他幸福和快乐，让我们这个小家庭和睦相处、相敬如宾。王明珺心想，爱是放在心里的，谁也拿不走，只有自己心里爱的人可以带走！那自己到底爱不爱梁伟麒呢？不会是因为他调到了省厅自己才会大胆去爱了吧？如真是这样的话，他梁伟麒肯定也会看不起我的，不管怎样，先这样再说吧。这样想着，王明珺的心里也就踏实了些。

梁伟麒抬手看了看表，接近下午五点半了。他转眼看向窗外，春天的夕阳，在西山头上还在不停地发挥着余热。梁伟麒想起床，但慵懒的身子像散了架般，无力对接、支撑。梁伟麒把身体费劲地放在了原来的位置上，又把眼闭上，想进入养神状态。一会儿，和谌主任在台阶上邂逅的镜头又闪现在梁伟麒的眼前。她下台阶时走出了耐人寻味的风采，飘逸的裙摆被风一吹，像跳舞的少女，风姿绰约，里边的肉色的裤子隐隐约约地在梁伟麒的眼前闪现，撩拨得梁伟麒心潮澎湃。这样的小美女，有哪个男人不会生出赞赏来？哪个男人见了她不笑嘻嘻地凑上去打招呼？这样的美女想让男人们为她办事，肯定会人到事成、一帆风顺的。梁伟麒就这样不断地折腾自己，一会儿王明珺，一会儿是台阶上的谌主任，一会儿又是省电视台的华欣欣。直到必须起床吃晚饭了，梁伟麒才不得不起来。

梁伟麒将今天所见到的几位美女调到自己的脑海中，一一回顾，除了在台阶上邂逅的飘逸的谌主任外，并没发现有谁给他留下美好的印象。反之，她们也许和自己一样，只是一面之交，还谈什么印象呢？再说，自己心中已经在拿谌主任做对比了，哪还有美女能入得了他梁伟麒的眼哩。尽管王明珺和自己还都没表示。至于其他的美女们，不管她们对自己如何看待，那都是她们的事。梁伟麒想到这儿，也就释然了，反倒勾起对谌主任的思念了。梁伟麒起床，到食堂吃饭去了。

十四

这是梁伟麒转业之后,第一次到这样有规模的食堂吃饭。这不,梁伟麒刚踏进食堂的走廊,就闻到了一阵浓浓的香味。一进大厅,就感到省厅的食堂还真像五星级餐厅一样,前排是自助区,后面是卡座,也有几张大圆桌。梁伟麒想,这几张大圆桌,也许是为了给来厅里办事的人或者是上级来的人用的吧。

梁伟麒拿碗筷走进了自助区,映入眼帘的是各种冷菜、热菜、主食、时令果、点心、饮料等,令梁伟麒眼花缭乱、目不暇接。

这个食堂可容纳两百人同时进餐,服务员们穿着整齐的服装,站在各自的位置上。一会儿工夫,梁伟麒的盘里就立起了一座小山,香味扑鼻而来。梁伟麒找了个比较偏的座位,慢慢地享用起来,嘴里不断地品尝着每一道菜。这虾煮得真不错,又香又脆,这鱼特别鲜美……

正在一人品尝美味时,一个菜盘放到了梁伟麒面前的饭桌上。梁伟麒抬起头一看,是谌主任站在那里盯着看梁伟麒。梁伟麒见状,连忙站起来,说:"你好,谌主任!"梁伟麒怎么也没想到,在台阶上遇到的还朝自己笑的谌主任,现在就和自己这么近地在一起共进晚餐了。可一想到梦中的情景,不觉脸上一红,不好意思再去看她了。

"最近又发表了什么大作呀?"谌主任大大方方地问着梁

伟麒，顺便就坐了下来。

"大作哪有这么好发，发点小东西就不错了。"见谌主任主动和自己说话，梁伟麒刚有点忐忑的心也平静了。

"学会谦虚了？"谌芯印看着梁伟麒的眼说着。

"哈哈，你何时看到我不谦虚了？"梁伟麒也盯着谌芯印，很自然风趣地反问道。

此时的谌芯印，就像王晓棠一样，笑容满面地看着梁伟麒，然后，慢慢地说："你梁伟麒不带这么幽默的。不过，你还真有本事把白主任和孙处长忽悠了。一忽悠就忽悠到省厅来了。我佩服！"

梁伟麒一听到谌主任的"忽悠"二字，心尖上那个不愉快就油然而生。梁伟麒看了看谌主任的那个笑，没有一点儿讥讽和揶揄，倒像是一种欣赏和快乐，话到嘴边的"请谌领导不要再这样说了"的话，梁伟麒咽了回去，只是说："那也得谢谢谌领导啊！如没您的话，我也不一定会被调到省厅来！我真的很感谢您和白主任、孙处长。"梁伟麒说到这儿，也顺便看了一眼谌主任，接着说，"谌领导，您也住这儿吗？"

谌主任笑着没回答梁伟麒问的话，只是很认真地说："我给你提一个要求，就是从今以后不允许你再称我谌领导和您了。我叫谌芯印，听到没？"说完，拿起筷子就吃饭。边吃还边到梁伟麒的盘子里去夹菜，还把自己菜盘子里的菜夹到梁伟麒的菜盘里。一改那天在市局里的温柔和甜美，给人一看，俩人倒像是一对恋人。

梁伟麒应着，不敢看谌芯印，低着头吃饭。至于谌芯印夹他的菜和把自己盘子里的菜夹到他的盘子里，梁伟麒一概不去管了。他想想下午还做了自己和谌主任的梦，哦，不，是谌芯印，心里就不好意思,很是尴尬,脸上也渐渐地红了起来。

谌芯叩歪着漂亮的脸蛋,紧盯着梁伟麒说:"怎么脸红了?今天,在台阶上,梁大作家很炫酷啊,好摆谱啊,在台阶上我朝你笑,你竟然理也不理我!我可帮你记好了这一笔了。哼!"谌芯叩语气中带着点怨气,但脸上却没有一点不悦。

梁伟麒听到谌芯叩没回答自己的问题,只是从喉咙里发出的"哼"带有点怨气,知道自己已得罪这位漂亮姑娘了。怎样才能化险为夷呢?一想到梦中的事,梁伟麒更加忐忑。但又一想,梦中的事儿,只有我一人知晓,只要自己不说出去有谁会晓得呢?梁伟麒心里这样想着,也渐渐恢复了平静,不觉幽默了一下,说:"这你可是冤枉我了!我朝你笑着哩,你却与我擦肩而过,头也不回。"梁伟麒满脸显出委屈,继续说,"像一阵风儿似的,还没等我回头笑哩,整个人就从我眼前闪过了。我只好冲着你的后面笑。可冲着你后面笑你又看不见,我只好不笑了。"梁伟麒也在不知不觉中,把善于动脑、幽默的一面,展现在了谌芯叩的面前。

"你怎么知道我没回头的?"谌芯叩满脸的不悦。

"我回头看了,你那么潇洒地往前走。不过,你迎面而来时,我还真没认出你。你和那天去我们局里时的气质和着装,有着明显的区别。等我想起你来时,你却像风一样从我的眼前消失了。等你过去了,我脑子里才想起来。"梁伟麒实话实说。

"梁伟麒,不带这么幽默的。"谌芯叩说完,还鼓起了两边淡红的脸颊,脸上又浮现出一丝笑容,瞪了梁伟麒一眼,说:"我还以为,你因为我那天说你忽悠了我们,在生我的气呢。我也在想,如你真是这么小肚鸡肠,那就算我们看错了你。"说到这儿,她突然停了下来,双眼死盯着梁伟麒说,"看来我长得太大众了,你早已把我忘掉了。"说到这儿,刚才还满面笑容的脸上,立刻便是阴云密布,一阵伤感涌上心头。

"不是的,你长得与众不同,特好记的。像,就像我国著名表演艺术家王晓棠!可是今天,我,我脑子里刚被一件事缠着,一时没反应过来,请你原谅。"平时说话做事干净利落的梁伟麒,今天却蔫了。当时是为了华欣欣的事,梁伟麒想起来了。平时在部队养成的雷厉风行到哪里去了?

谌芯印见梁伟麒那么为难,也就不忍心了,说:"我俩没什么原谅不原谅的。好了,不说这些了。你住处怎样?"

"很好,很好!没想到就像公寓一样,我很满意!"梁伟麒急忙说着。

"满意就好。我还担心你不满意呢。"谌芯印说着又看着梁伟麒。

"让你们费心了!"梁伟麒避开谌芯印的双眼回道。

谌芯印见梁伟麒被自己看得不好意思了,就岔开话题说:"还想吃点什么菜,我去打?"

梁伟麒被谌芯印这样一问,非常感动地说:"不用,要的话我自己会打的。谢谢你。"

"这有啥好谢的呀?不过你打的几样菜也都是我喜欢吃的。"说着,还晃了晃头,筷子就已伸到梁伟麒的菜盘子里去夹菜了。

梁伟麒见谌芯印那么随便,再回头看看大厅里的人,也没几个人在吃了,估计是因为这,她才那么随便的,就说:"你喜欢吃点儿什么?要不我再帮你去打?"

"那就太好了,你就按你菜盘子里的菜再打点过来吧。"谌芯印说着,两只小拳头撑着下巴,那样傻傻地看着梁伟麒。

梁伟麒被她看得不好意思了，连忙端起盘子去打菜。谌芯印看着梁伟麒那标准的身材，和迈着军人的步伐，心里的喜悦之情涌到了脸上。等到梁伟麒把菜打来后，谌芯印拿起筷子，轻轻地夹着菜，慢慢地就吃了起来。那个吃相和言行举止，就和王晓棠没二样，一个模子里刻出来的。"真好吃。"她等嘴里吃完了就开心地说了这三个字。

梁伟麒看着谌芯印吃得那么开心，心里边儿也热呼呼的。

俩人吃好晚饭，一同走出餐厅。谌芯印走到餐厅门口，对梁伟麒说："你是回去还是出去散步呢？"

"我想到楼下熟悉一下环境，明天早上还要晨跑。"梁伟麒如实说了。

"好啊，正好你送我下楼！我也回去了。"谌芯印很高兴地说着。

电梯来了，两人一起进了电梯。

"原来你不住在我们公寓。那你今天为什么会那么晚才来吃饭？是加班吗？"梁伟麒一连几个问号。

"向梁主任汇报，我不住在公寓，我也不是加班。我今天是专程陪你吃饭的。"谌芯印说完，双眼很专注地看着梁伟麒。

梁伟麒连忙避开谌芯印的双眼，抬头望着电梯显示板。沉默了几秒钟，电梯便到了一层，俩人一前一后地走出了电梯。

迎面扑来的春风令梁伟麒深深地呼吸了一口，他朝前看去，楼房前整齐地停着排汽车，小路两边的冬青树、松柏树形成了一条绿色通道。花圃里的花儿争奇斗艳，把大楼的四周点缀得花团锦簇，十分舒适、幽静。

梁伟麒在呼吸这清新空气时，被一直看着他的谌芯印看得一清二楚。她也跟着呼吸了一口，脸上洋溢着快乐的笑容，说：

117

"这春天的空气真的好新鲜啊!"

"是的。"梁伟麒回答着,并转脸问谌芯印,"你怎么回去?是打的还是乘公交呢?"

"我乘公交回去。"谌芯印回道。

"乘公交要注意防护好,人多车挤。"梁伟麒嘱咐道。

谌芯印听到梁伟麒这样吩咐自己,觉得一股暖流在全身奔涌。她连忙抬起头看着梁伟麒,想说什么却没能说出来,只是脸上涌出了恋恋不舍的神情,说:"放心!我现在更要保护好自己了。"

"行。一路平安!"梁伟麒说着,两人一起来到了公交站台前,看着谌芯印上了车子,还转过身向他挥了挥手,她脸上的表情还是开心的,这才转身离去。但到底是往哪里呢?自己刚刚忘记问谌芯印了。梁伟麒只好折回来,来到传达室,询问保安。

梁伟麒每天都有晨跑的习惯,他想选择一条晨跑的路线,这条路线最好要有十公里或者五公里。十公里就跑一圈,五公里就跑两圈。沿河晨跑,既清新舒畅又人少车少,往返安全可靠。

下午,梁伟麒到人事处报到后,站在二十层的宿舍楼上,对大楼周边也有所了解。看到省厅大楼的东侧就是碧水悠悠的绕城河。梁伟麒就拿起了城市地图,计算了一下,大概有十公里左右。

梁伟麒问道:"师傅,我想出去转转。"

"你想到哪里去转转?"保安问。

"我是了解一下周边环境,为明天早上起来晨跑探探路。"梁伟麒说着,还朝保安笑了笑。

"那你知道怎么走吗？"保安也笑着问梁伟麒。

"这我还真不清楚。我是初次来省厅，对周围的环境还不熟悉。"梁伟麒不好意思地回道，接着说，"您能告诉我，从这儿出去，怎么才能走到护城河吗？路线好走吗？"

保安很是热情地说："从大门一出去右拐，有两条线路，一条是上市区路面的，一条是绕护城河走的。您如果绕护城河走，走最右边就行了。"

"好，谢谢您！"梁伟麒道了谢，就顺着保安指的路走去。

梁伟麒按着保安的指点，走上了护城河的林荫道。华灯初上的护城河美丽旖旎，真是"山绕清溪水绕城"！梁伟麒脑海里闪现出苏东坡"水光潋滟晴放好，山色空蒙雨亦奇。欲把西湖比西子，淡妆浓墨总相宜"的诗句来。梁伟麒慢慢地融入这优美的环境里，感到心旷神怡、赏心悦目，越发豪气万千！梁伟麒不觉又深深地吸了一口这新鲜空气，脸上洋溢着灿烂的微笑。这正是自己以后每天晨跑的路线，且在这样优美的环境里，人的寿命也会增加。这条似天然公园的护城河，沐浴在鸟语与春风之中。梁伟麒想，从今往后，迎着晨风，听着鸟语，一路向前跑去，沐浴在朝气蓬勃的红太阳里欢歌，去贪婪地吮吸青草的芳香，感受露珠的生机，给自己的生命抹一道亮丽的风彩。梁伟麒听着鞋子摩擦地面的沙沙声，感觉细细密密的汗珠一点点沁满自己的额头，然后放任汗水在背上静静地流淌。梁伟麒抬头看见天幕上几颗星零落地挂着，春风从耳边吹过。

这正是天然的晨跑线路，里程最多也就十公里，环境好，人和车也少。

十五

梁伟麒回到宿舍后洗漱完毕,走到窗前,看着外面的夜晚灯火辉煌,突然大脑里涌上许多的美好和惆怅。梁伟麒心里对谌芯印有了一种了解。但了解她什么呢?不就是她今天来尽地主之谊吗,又有什么美好和惆怅的呢?我虽当了几年兵,不懂爱情的真谛,但情感还是有的。天底下没有谁不渴望温暖的情感相伴。

梁伟麒的思绪万千,无法平静。他泡上一杯茶,看着冉冉升起的白雾,就如同自己内心的涟漪,在慢慢地扩散。梁伟麒端起茶杯,轻啜一口浓茶,只觉得舌尖上被一种苦涩染上。这兴许就是"独守空房"的味道。梁伟麒不觉苦笑了下,便趴在窗口凝视夜空,一弯新月已爬上夜空,轻盈地映在室内的写字台上。梁伟麒没想到,今晚自己会有这许多的美好和惆怅。他笑了笑,打开自带的电脑,点开刚写了个开头的长篇小说《别了,我蓝色的海洋》:

这年仲秋的早上,苏晓偲家里里外外,人来人往,欢歌笑语,锣鼓喧天,鞭炮齐鸣,好不热闹。

"各位乡亲们,请大家静一静。今天,"大队党支部书记丁耀中在这喜庆的日子里,满脸含笑地看着眼前黑压压的人群激动地说,"是欢送我们苏晓偲当兵去。大家也听说了,我们全县只被选上了五个潜水员。大家想想,这五个潜水员的身体肯定非同一般,像苏晓偲能选上海军潜水员,那是我们全大队的光荣,也是我们全公社的光荣。"

不知是谁,带头鼓起了掌。

"下面,请苏晓偲为我们讲几句。大家欢迎!"丁书记说。

"好,叫苏晓偲讲几句!"众人拍手呼喊着。

苏晓偲身着蓝色涤卡海军服,颇有点军人样子,浑身上下整洁洒脱。此刻,他非常激动,看着这么多人在欢送自己,还要听自己说话,二十岁的大小伙子满面通红。苏晓偲搓着双手,站到丁书记刚才站的地方,看着大家说:"谢谢丁书记和大队领导,还有生产队的领导和父老乡亲们的关心、送行!丁书记让我向大伙们说说,我激动得不知道如何说好了。我就表个决心吧,我决心在部队这座大熔炉里,锤炼成钢,为伟大领袖毛主席提出的'我们一定要建立强大的海军'而尽心尽力!"

乡亲们粗糙的手掌拍得红红的,嘴里还在不停地说着:"好,好,讲得好。"

"下面,请苏晓偲的爸爸苏万录讲几句。大家欢迎!"丁书记说着。

乡亲们欢呼着。

"谢谢乡亲们!今天劳烦大家了,在这么忙的情况下,耽误大家了!"说到这儿,苏晓偲的爸爸向众乡亲们双手作揖,接着说,"晓偲马上就要去部队了,我和大伙儿也是一样的心情,希望他能在部队这个大学校里,不怕苦,不怕累,好好学习,天天向上,当一名称职的人民海军!"

"对,当一名称职的人民海军。"大队民兵营长陈元奇随着苏晓偲的爸爸说着,然后看着苏晓偲说,"小苏啊,你这样的特种兵，在我们整个公社也是第一个，你在部队千万要好好干，干出点名堂来，为我们全大队争光。"

苏晓偲听着营长的话，感到自己肩上的担子更重了。他又看了眼爸爸，心里无比激动。站在身旁的妈妈双眼红红地盯着苏晓偲，双手拉着苏晓偲的右手，不停地在手上摩挲着。一种光荣和不舍都尽情地表现出来。苏晓偲的哥哥、姐姐、妹妹们看着妈妈的样子，也跟着纠结起来。

乡亲们也看到了这一幕，有的眼都红了，欢笑声也没有刚才那么激烈了，一种别离渐渐萦绕在这个氛围中。

丁书记看到了这一切，抬手看了看表，说："乡亲们，现在已经九点了，部队要求十一点前集合，我看苏晓偲也该动身了。从这儿到县城也要一个多钟头哩。苏晓偲，祝你一路平安！在部队这所大学校干出些名堂来。"丁书记说着，伸出双手，紧紧地握着苏晓偲的手，双眼也红了。

其他的大队和小队干部们，都一一和苏晓偲握手，乡亲们也都伸出了粗糙的双手。

人们让开一条道，苏晓偲和他的家人们便走在这条道上，向县城走去……

突然"嘭，嘭，嘭"很有节奏的声音，有力地撞击着宿舍的墙壁，梁伟麒飞扬的思绪被这声音击碎。他双目莫名地瞪着，但墙壁处仍在不断发出有力的"嘭，嘭，嘭"的撞击声。梁伟麒真想举起拳头给它来个铿锵的配乐。但还没等他举起拳头，那"嘭，嘭，嘭"的声音猛烈地在加快，还不断地伴随着女人低吟着哼哼的痛苦的声音。

隔壁住着什么人呢？这都几点了？梁伟麒抬手看看手表，已是夜里十一点了。这时候为什么还要吵架？怎么办？要不要去劝劝架呢？一想到劝架，梁伟麒就站起来想拉门。就在这时，隔壁"嘭嘭嘭"的声音和低吟的哼哼声戛然而止，梁伟麒拉门的手收了回来。

梁伟麒重又坐到写字台前，仔细听听，一点声音也没了。他重新整理思路，但隐隐约约的打呼声又从隔壁传到了梁伟麒的耳里。梁伟麒盯着电脑出神，心想，这是哪一家呀？先是"嘭嘭"的声音，然后又是女人的哼哼声。要打架骂架，也不能在这个时间段来呀。这以后还有好日子过吗？明天得了解一下，隔壁到底住的是什么人，哪有那么好的精神，深更半夜还起来吵架的。

梁伟麒拿起电脑，将刚才写的那部分重新浏览了一遍。极其认真地甄别每个字、每一个段落，竭力开动脑子，展开思绪，想再注入一些新的深意。还有些地方不如意。如语气、语法、修辞及人物的刻画等等。梁伟麒的脑子里，突然闪过当时的情景，他的心顿时紧张起来，脸上却露出一种开心的笑。加上这段后，再重新细阅，就会感到像一只陶瓷，刷了最后一道釉似的，立马光洁流利。梁伟麒不停地用食指敲击着桌面，释放无比快乐的心情。

十六

　　第二天早上六点整，梁伟麒被闹钟铃声惊醒了，他穿上运动服向门外跑去。一出大楼的门，新鲜的空气迎面而来："啊，好不痛快呀！"似乎把昨晚上那"嘭嘭"的声音，全部呼出去了一样。

　　梁伟麒进省厅机关才一天时间，就感到黄海市的空气确实要比省府的空气清新多了，风儿清凉得要命，天空亲切极了。东方那一片红光，犹如一团辉煌念头，仿佛是梁伟麒从心里掏出来搁在那儿的。此刻，梁伟麒眼前的风景却再也没有在黄海市那么清美了，但还是美的。梁伟麒边跑边看着眼前的一切：尚未升起太阳的东方红乎乎的，渐渐地，东方破晓了，太阳缓缓地从地平线上升起，红红的脸庞像个蒙着面纱的含羞少女。河面上，一层薄薄的雾气随着太阳的升高，像一块乳白色的巨大的纱幔一样，缓缓地掀开。当一颗通红的太阳整个儿露出笑脸时，那万道霞光把东方的空中染得通红，将万物也披上了一件华丽的红装，惊醒了百鸟，唤醒了城市。顿时，这座城市充满了朝气、充满了活力。

　　如人类像一颗太阳该多好啊，每天早晨她很年轻，到了夕阳西下时，已是老态龙钟了，但到了翌日的早晨，她又焕发了生机！人类也能这样周而复始，那该多好！梁伟麒这样想着，心里不觉有种酸酸的感觉。

刚跑完步,梁伟麒满脸通红,气喘吁吁,鼻翼张开。梁伟麒想起网上说过这样一段话:晨跑是一种精神,一种毅力,一种锻炼,一种健康,一种习惯。是啊,网上说的一点没错,生命在于运动。

晨跑回来,梁伟麒洗漱打理好后,出门到食堂吃饭。走到隔壁的门口,正巧看到一个身高一米七五左右,长得很精神帅气的小伙子,手里端着稀饭、馒头、葱花卷、咸菜什么的,在推开隔壁的门。对方看了眼梁伟麒就笑着点了点头,嘴里说着:"早上好。"梁伟麒便也笑着回了对方。正在这时,一个二十五六岁的漂亮姑娘,从房间里探身伸手接着小伙子手里的稀饭。原来隔壁住的是一对情侣啊!难道昨晚上就是这小伙子和姑娘吵架的?梁伟麒一路走着一路想着来到了食堂。

到了食堂,梁伟麒正想拿就餐券,听到一个姑娘的声音在喊他。梁伟麒便循声看去,只见昨晚和自己一起吃晚饭的谌芯印正喊着让他过去。食堂里所有人的目光全射向了梁伟麒和谌芯印。梁伟麒便有点不好意思地走了过去,见谌芯印已打了两份早饭放在桌上。

梁伟麒说:"我得打早饭去。"

"我已经打好了。"谌芯印脸上带着点红说。

"这,这哪好意思呢?"梁伟麒局促不安地说。

"这有什么?你到这儿来第一个认识的是我,我不能不尽点儿地主之谊啊。"谌芯印很大方地说着,"不是为了你,还把你叫来干吗?"说完,那双漂亮的眼睛,使劲地向梁伟麒眨着,当然是那种带着温柔的甜蜜的眼光。

"哦,谢谢!"梁伟麒带着感激地说。

"你下次再和我说谢谢,那我就不理你了!"说着,那双眼睛就更加温柔了。

"是!"梁伟麒很是标准地像在部队一样回答着,便在谌芯印的对面坐了下来,心里很是不安地端起面前的稀饭,看见谌芯印总是在看着自己,便说,"你吃呀。"

谌芯印递给梁伟麒一个眼神,端起饭碗便吃了起来。食堂里,好多双眼睛都向他们这儿投来,看得梁伟麒不知如何是好了,满脸通红的。

谌芯印看出了食堂里人们投来的目光,更看出了梁伟麒满脸通红又有点尴尬的样子,便用筷子夹起一根油条,递给了梁伟麒。梁伟麒便也很配合地夹了过来,咬了一大口。这一咬,把谌芯印逗得笑了起来,便随口嗔怪道:"你能不能慢点吃啊?又没人和你抢着吃。"说完,还剜了梁伟麒一眼。眼神里全是笑、全是温柔、全是美好。"以后,每天早、中、晚,都要到这儿来吃饭,不来,我会打电话给你的。记得吗?"谌芯印边说边夹了个包子给梁伟麒。梁伟麒夹过包子又吃了起来,而且,吃得很香。

"谢谢你!可是我这样就有点不自在了。"梁伟麒没上次在市局那样坦然了,总感到谌芯印对自己过于热情了。

"好了,把那次在你们市局的劲头拿出来就好了。"谌芯印说着。

梁伟麒心里又在想,如这样下去,我就欠谌芯印的情太多了,这让我以后咋还呢?心里的活动没有在脸上表现出来,他闷着头吃饭,也不敢和谌芯印聊天。梁伟麒想起了昨晚隔壁房间的事,就问:"谌芯印,你知道住在我隔壁的是什么人吗?"

"你隔壁是一对年轻夫妇。男的是两年前从别的城市考进省厅的公务员,姓沈名剑波,在厅政治处任副主任科员,今年三十岁。他老婆姓赵,是南京人。"谌芯印说完,用疑问的眼神看着梁伟麒。

梁伟麒连忙说:"哦。那昨天夜里他俩好像打架了,俩人把个床铺打得'澎澎'响,我还听到女的哭声。"

"两口子打架?我倒没听说过,只知道他俩好得很。"谌芯印停了停说,"你可别搞错了,当时安排你宿舍的时候,考虑到你喜欢清静,又喜欢写文学作品,才选择了给你顶头的。这也是我们这儿最好的宿舍了。"谌芯印看着梁伟麒很认真地说着。

"哦?俩人很好?"梁伟麒用疑问的眼光,看了看谌芯印,心想,这个好肯定是表面的。哎呀,别人家的事与我有啥关系呢。便说,"我也感到了。谢谢你们的支持!"梁伟麒也大胆地看着谌芯印说着感谢的话。

"人家的家事,你我也别去管了。你看你又说谢了,以后不想听你在我面前说谢字!"谌芯印很不客气地说着。

"那我要向你表示感谢该如何表示呢?"梁伟麒也很认真地说着。

"是同事还谈什么感谢。你说呢,梁大作家?"谌芯印也看着梁伟麒笑着回答。

"哦。知道了。"梁伟麒这样回答着,心里边不知有种什么感觉在折腾着。难道真会像昨天下午的梦中那样吗?梁伟麒再一想,不对呀,昨晚吃饭她来尽地主之谊,今天难道又来尽地主之谊?若以后一天三餐都这样,那自己该咋办呢?厅里边不会传出闲言碎语?对双方都不好。想到这儿,梁伟麒抬起头来,看着谌芯印说,"以后……"

梁伟麒还没开始说，就被谌芯印打断了："我知道你要说什么。我告诉你梁伟麒，从今往后，我除了出差或有什么特殊情况不和你在一起吃饭，其余的时间我都和你吃饭，懂吗？"谌芯印边认真说边用那双清澈的大眼看着梁伟麒。

"那，那人家不会说三道四吗？你可是个姑娘，不要因为我而坏了你的名声。"梁伟麒听谌芯印这样一说，心里边并没升起半点儿开心，倒是增加了忧愁。

"人家说你就让他们去说好了，嘴长在别人的脸上，由他们去说好了。我不怕你倒怕起来了？亏你还是个军人出身呢！"谌芯印揶揄地说着。

梁伟麒一听谌芯印说他是军人出身，心里就有点不太舒服了，便很豪爽地说："你不怕我也不怕！有'王晓棠'陪着吃饭，还吃得香吃得多哩。"

"哈哈，这才像个军人出身的！你是第一个说我长得像王晓棠的，我特高兴。"谌芯印停了停，看着梁伟麒的眼睛说，"没想到，你昨天来报到，还见义勇为了，美女还采访你了，还在省电视台播了。"谌芯印说着，心里可乐开了花儿。可当一说到那位美女记者，脸上就显出了些不愉快。

"什么什么？我上了省电视台？怎么可能？"梁伟麒很有些捉摸不透。但冷静下来一想，肯定是华欣欣搞的鬼。梁伟麒不觉对华欣欣产生了一股说不出来的愤恨。梁伟麒压根儿也没想到会在省电视台露脸。自己本属于办事处事都极低调的人，昨晚这一来把自己的一世英名给毁了。这个华欣欣真是成事不足败事有余。早知道这样，昨天就不该和她聊天了。

原来，昨天在火车上的事被省电视台播出了，还有一段视频。视频中梁伟麒站在那儿稳如泰山地怒视着歹徒，而后出拳直击对方腋窝，匕首落地，最后被记者采访。采访者就是华欣欣。她在播出时说："梁伟麒同志不愿意接受采访，有可能到现在，他都不知道自己已上了电视，所以，也请梁伟麒同志能原谅，没经他同意就播出了。"从语气和言行中透着对梁伟麒的无限歉意和敬佩。

"是啊，你没看啊？我还以为你看了呢。那个女记者是谁呀？长得也蛮漂亮的，还在电视里向你表示歉意。可以听出，这个女记者对你还挺认真的。你认识她？"谌芯印的脸上有点防备。

梁伟麒见状，就将昨天的经过和盘托出。在讲这些时，梁伟麒的脸上没有一点愉悦，只是不停地说，这简直是胡闹。

谌芯印听完后，说："这个华欣欣肯定是对你有意思了，不信，今天一上班她肯定要打电话来。"谌芯印口气里还带着比较明显的不开心。

"怎么可能呢？我昨天又没和她说一句情感方面的话，她怎么可能会那样呢？人家说一见钟情，我又没对她产生一点点感情。"梁伟麒的心里本就不太舒服，被谌芯印这一说，越发不痛快。

"你呀，真不知道自己的能量有多大。还对你没意思呢，我也是女孩子，我懂的。不相信咱们走着瞧。"谌芯印盯着梁伟麒不转眼。

"走着瞧就走着瞧。反正，我和她是不可能的！"说不可能的时候，梁伟麒还特别地看了谌芯印一眼。

"真的？"

"真的！"

"这还像句话。"谌芯印说着，脸上的笑就绽放开来了。

俩人在这样的氛围里，吃好了早饭，走出了食堂。多少人用一种疑问的眼光看着他俩。谌芯印却当没事儿人似的，很洒脱地和梁伟麒并肩走出食堂。

梁伟麒和谌芯印吃好早饭后一上班，办公室里的两位姑娘汪洋、冯筱敏和一个小伙子冉博文，见到梁伟麒都围了过来："梁主任，真没想到，你昨天给我们送了个大礼。"冯筱敏说。

冯筱敏是政治处最年轻的一个小美女，今年二十四岁，本科学历，去年考进省厅的。身高一米六左右，窈窕的身材，洁白细腻的皮肤，又丰润又娇嫩又高贵，就像一朵含着朝露的花儿，小鸟依人。

"这见面礼，是给我们全厅的？"汪洋说。

汪洋美女今年二十六，三年前考进来的，比冯筱敏高点儿。她长得眉清目秀，举止言行、一笑一颦，特别讨人喜爱。

"这个礼还真不小。"冉博文这么一说，眉心倒显出了个"川"字。梁伟麒一看，想起了在网上看到的，这种人很容易生气，性格也较为急躁。

冉博文比梁伟麒大一岁，二十八，身高只有一米七三左右，长得一般。他在五年前就考进了省厅。现在，除梁伟麒是正主任科员，其余三人都是副主任科员。汪洋、冯筱敏和冉博文都是本科学历考进省厅的。

这三个人说起来就让人插不上话。等他们仨说完，梁伟麒就说："那是我也没想到的，还说什么见面礼呀，这叫'瞎猫碰上死耗子'，但我很不喜欢这样张扬。"

正说着，办公桌上的电话响了起来。冯筱敏拿起电话说："您好！我是政治处。请问您找谁？找梁伟麒同志？好，你稍等会儿。"冯筱敏手拿电话对梁伟麒说，"梁主任，你的电话。"

梁伟麒感到纳闷儿，今天刚第一天上班，就有人找我，难道正如谌芯印说的，是华欣欣吗？想到这儿，他不想接，可人家第一次打电话来就不接，对人家也不礼貌，有什么想法到时再说。梁伟麒拿起电话，说："您好！请问您是谁呀？"

"你真是贵人多忘事！昨天下午才分开的，今天就不认识我了？我是华欣欣。"听口气对方有点不高兴了。

梁伟麒也不管她高兴不高兴，就对着话筒说："哦，是您啊。有事吗？"

"没事就不能打电话给你了？你以后也不要说'您'了，用你好不好啊，听起来特别扭。"华欣欣在电话里说。

"好的，遵照执行！是不是为昨晚上的那篇报道？"梁伟麒问道。

"你看了？不好意思，我今天打电话来就是向你赔礼道歉的，没经过你同意就播出来了，我诚恳地请求你的原谅。"华欣欣语气特别诚恳地说。

"你呀，真的不应该播出来的。一，谁在那种时刻都会伸出手的。二，你最起码得让我知道吧？三，我真不喜欢张扬。所以我不会谢你的。"梁伟麒很不高兴，语气很严肃地说着。

"每个人都像你这样，做了好事不留名，那怎样才能弘扬新时期的新风尚？又怎样才能激励人民的意志？你就愿意看到躺倒在地上急需救治的人没人管吗？但有一点我承认我错了，我没经过你的同意，就擅自做主播了你的事迹。在此，我再一次地请求你的原谅。另一方面，我觉得我能为你做个主了。因为这对你影响特别好，所以，我才这样做了。该说该骂该打的你就在电话里来吧。除了打需要等我一会儿来给你打以外，其余的你就在电话里来吧。我等着！"说到这儿，华欣欣闭口缄默了。

梁伟麒被华欣欣这样一说，心中的愤懑也出来了，说："你到底是记者，我甘拜下风。只是以后要注意，再遇到这样的事情，你千万可要征求对方的意见，不得擅自做主。另外，你可不能来我单位，我今天刚上班，你来了不合适的。"

"知道了。有什么不合适的？我就来，中午我还要在你那儿吃饭呢。再说，我会为谁做主呀？除了你，我不会为谁去做主的。"华欣欣一听梁伟麒的话没刚才的硬了，心里的一块石头落了地。

"你千万别来，等以后再说。"梁伟麒一听说华欣欣要来单位，刚才的不愉快又涌上来，但又不好发火，只好这样说。"处长来了，找我有事。再见！"说完，就挂了电话。

"怎么了梁主任？那个记者要来？"冯筱敏用一种迫切想知道的语气问。

梁伟麒看了冯筱敏一眼，坐立不安地说："是的，还说要在这儿吃午饭。这可让我怎么好啊？"

"那有什么的呢？来就让她来嘛，我们这么多姑娘对付不了她呀？"汪洋劝着说。

"可问题来了，影响不好的。"梁伟麒忧虑地说。

"有什么影响不好的？不就是个女的嘛，别怕。"冉博文也这样劝着。

正在这时，白主任打来电话，让梁伟麒去他办公室一下。

"您找我主任？"梁伟麒敲门进去后，看着白主任的双眼问道。

"是啊。"白主任说着，脸上还露出了轻松的笑来。

"哦。"梁伟麒想问，可到了嘴边又不敢问。

"什么'哦'呀？听说你和谌主任昨天和今早都在一起吃饭了？"白主任脸上仍然挂着笑问。

"是的。"梁伟麒回道。

"不错啊小梁，发展得这么快。"白主任惊问道。

"是的。我也觉得太快了点儿。"梁伟麒有点忧虑地说。

"哈哈，这也不算快了。实际上，自从在你们市局时，谌芯印就已经对你有了极好的印象了。说到底，你能进省厅，还离不开谌芯印呢！"白主任看了眼梁伟麒说。

"啊？白主任，我说的不是我和谌芯印发展得太快了，是我觉得这么快一起吃饭太快，影响不好。"梁伟麒急着说，把自己英俊的脸急红了，接着说，"我进省厅，谌芯印还真帮忙了？"

"是这么回事。至于你和谌芯印发展得快不快，这是你俩的事，与我也无关。"白主任笑着说，"走，咱们去见见厅长、书记去。"

"现在去？"梁伟麒有点忐忑地问。

"是啊，这是必须的一道程序。"白主任突然严肃地说。

"是。"梁伟麒见白主任脸上突然严肃了，马上像接到出征的号角似的。

白主任走出自己的办公室，亲自带梁伟麒去拜见厅长、书记等。所到之处，梁伟麒都会感到，人们都对他很有礼貌。有的见了梁伟麒就显出惊讶的神态和他打着招呼，说昨晚的电视里的人跟你一模一样，诚实直爽，英俊洒脱。那些女同事见到梁伟麒后，一个个都露出了惊叹。惊叹什么？梁伟麒也不知道。然后就很热情地说起昨晚上在电视里看到了他见义勇为的事迹。特别是到王厅长办公室时，白主任没介绍完，王厅长就盯着梁伟麒笑眯眯地说："不用介绍了，昨天晚上电视里就看到了。"

梁伟麒没想到，就这点小事，堂堂厅长也当回事了。但自己必须要向厅长说清楚，不是自己有意要这样张扬的。想到这儿，梁伟麒就对厅长说："王厅长，昨天那事我还没看到，只是今天早上，和谌芯印一起吃早饭时，她和我说的。我很不喜欢记者那样，没经我同意就播出。"

"哦，谌芯印陪你吃早饭啦？"王厅长随意问了一下，接着说，"该宣传还是要宣传的。当然，还是要经本人同意才好嘛。"之后又闲聊了些梁伟麒的家庭情况后，便笑嘻嘻地结束了。

梁伟麒在白主任的亲自带领和拜见下，收获颇大。无论是大领导还是小领导们，都没官架子，见了自己都是真诚相待，没有阴阳怪气的，比自己原来的局领导和处长们的官架子要小得多了，甚至是没有，一个个都平易近人。哪像自己原来的局领导和处长们，官架子大得不得了，一身的官僚气息，却没有什么风度。临来前，吴晗的那次抨击就是个明显的例子。

每见一个领导虽只有几分钟，但梁伟麒马上就会将他们摄入大脑，之后再分析、揣测自己给领导们会留下什么印象。实在琢磨不透，梁伟麒就来个换位思考，审视对方给自己留下了什么印象和在自己心目中的位置。换位思考给梁伟麒带来许多的乐趣，他可以在自己的心里，好好地评价这些领导们，即使评得他们一塌糊涂了，这些领导们也一点不知道，还在沾沾自喜哩。梁伟麒觉得，一换位，自己也成了厅长、书记、主任和处长了，一时的心里满足令他得到了一种惬意。这一来，等再见到他们时，就不会感到紧张和胆怯了。梁伟麒突然悟出了二十几年没能悟出的一个道理，原来那些上台讲话、唱歌、演戏的人们，都是把自己的位置适时调整，才会产生这样的结果。

梁伟麒从领导和同事们的眼睛里、谈吐中，听出了白主任等人挑选了自己，厅领导都很满意。先听说什么这个厅那个厅的领导来打招呼，又是什么局长的女婿和儿子什么的，我们的厅领导就有点反感。你想想,十几个地级市就是十几个县处局啊,我们白主任、孙处长还有谌芯印,就是这十几个市局只走一天,也得走个半个月吧。最后在十余万人中选中了你,真是不简单,就如以前人家高官选女婿一样。最后一了解,你梁伟麒没有一点背景,还当过兵,发表了许多的文学作品,那么有才华,又能讲出一口流利的普通话,厅领导当然就很满意了。厅领导就是要找像你这样的,全部靠自己真才实学的同志。人们都对梁伟麒伸出大拇指,赞叹不已,都说白主任、孙处长还有谌芯印的眼光不错。

梁伟麒年轻,善于思索,诚实。尤其是后一条,聪明的青年到处都是,而要找诚实可信的年轻人还真的很困难。好些人是以圆滑来卖弄聪明,从而把自己给葬送掉了。

到了人事处,白主任把人都一一介绍给了梁伟麒,大家都拿敬佩的眼光看着梁伟麒。唯有谌芯印,只见她还是那样看着梁伟麒,看得他有点不好意思了。但这次看时,谌芯印很有策略,虽是照样看,但她尽可能不张扬,只是在办公室里的人不注意的情况下看着梁伟麒。梁伟麒觉得如芒在背,特别是想到昨天在梦中都有了谌芯印,他自己也觉得奇怪了。虽然昨晚和今早在一起吃饭,但梁伟麒不好和她交流。谌芯印在看梁伟麒时,清澈的眼睛里会溢出一种友好、一种清纯和一种真诚。

十七

白主任带着梁伟麒到厅长、书记等人的办公室去后,马上带他去做广播体操。

省厅机关已连续多年,每天上班时间的上午十点,只要在岗的厅机关全体人员,包括厅领导,都要做广播体操。据说,去年省厅组织了一支广播体操队,参加了全省厅部委办组织的广播体操比赛,还荣获了第一名。

做完体操后,梁伟麒故意走在后面。他是新人,总不能这样张扬,谁知,谌芯印也拖在了后面,和他一起走着、聊着。没想到,俩人说话做事倒是相当的默契。

谌芯印问:"听说那个叫华欣欣的一上班就打来电话了?"

"对的,她真有点烦人了。还说上午过来,中午要在这儿吃饭。"梁伟麒忧心忡忡地说着,没有一点儿开心的样子。

谌芯印一听再一看,感到梁伟麒说的是真话,心里边也就放心了。但为了好好地探试一下,她语气轻松地说:"这不是你们男人最喜欢的吗?刚来上班,就有靓女追来了,看来你不想张扬也得要张扬了。"

"别人不了解我,你多少了解我一点吧?我是那样喜欢张扬的人吗?如我要张扬,那天电视报道中就不止这一点了。我真的被她弄昏了头了。"梁伟麒满脸苦恼地说着。

谌芯印一见这情景，心里悬着的一块石头落了地，便说："人来了就让她来嘛，中午不是有我在嘛，有什么好担心的？没事的，既然出现了就得学会去认真面对，否则，会夜长梦多的。"

"你？你在会引起麻烦的。人家可是省电视台的，趾高气扬的，到时得罪了你，我可赔不了你这个人情！"梁伟麒长这么大是第一次遇到这样的事情，心里难免会有些焦躁。

"谁要你赔人情了？可到时我要你赔，你可得赔呀。没事的，有我呢，你就放心吧。"谌芯印胸有成竹地安慰道。

梁伟麒一想，自己也是位一米八的男子汉，还要一位小姑娘来保护，到时传出去不好听，便说："我自己惹的事自己处理，哪好意思要你来为我摆平呢？我自己再想想办法吧。"

"好的，反正到时在一起吃饭，咱们见机行事好吗？"谌芯印知道梁伟麒心里在想什么，便顺着他的意思下坡。

"谢谢你！"梁伟麒看着谌芯印，脸上苦笑了笑说。

"好了，别搞得那样，等会儿出电梯，别人还当我在欺负你哩。"谌芯印幽默地说。

正说着，梁伟麒的楼层到了，便和谌芯印打了招呼出了电梯。

一进办公室，梁伟麒就像没事儿人似的，脑子里只想到工作的事了，又想起刚才跟在白主任后面，见到的那些领导们，以及在做广播体操时看到他们的情景。梁伟麒想，这样的结果很有点儿意思，对于各级领导，特别是新同事们，自己感到和他们已到了风雨同舟、肝胆相照、同忧共患的境地了。兴许是梁伟麒昨晚上了电视节目，也无形中给自己打了头阵，领导同事们对他都很好，尤其是几个姑娘，像副主任科员黄心雨、陆桦桦、冯筱敏、汪洋、沈芯等，年龄和自己相仿，从她们的眼神里就感觉到了热情。梁伟麒一面打开电脑，把自己喜欢的三军仪仗队的照片设为桌面背景，坐在办公桌前，把U盘插入电脑，准备找点自己写的东西出来改改，反正今天上午也没安排什么交接之类的。梁伟麒找出昨晚的稿子，顺着思路往下写着。正写得欢畅时，一个甜美的声音传了过来："请问梁伟麒在吗？"

办公室里的人全抬起头看着说话的人。冯筱敏坐在最外面的一张办公桌前，便说："在。你是？哦，我知道了，就是昨天电视上的主持人，今天上午一上班就来电话的华欣欣记者。"

"谢谢你！也谢谢梁伟麒同志！没有他的行动，你我也不会那么快认识的。"华欣欣说着，便进了办公室的门，对着汪洋和冉博文打着招呼，走到了梁伟麒的办公桌前，就如恋人一样，她漂亮的脸上挂满了笑容，很认真地看着梁伟麒。

梁伟麒今天一见，觉得华欣欣椭圆形的脸上，五官端正，一双漂亮的眼睛含情脉脉，不白不黑的皮肤泛出诱人的光彩，稍稍发黄的头发，颇有点西方女性的韵味。她虽然个子不高，但她身材挺拔，体态匀称，端庄、矜持，颇有气质。她今天几乎没有化妆，是位地地道道的东方美女。

虽然冯筱敏先和她说话，但经过她身边时，还是眉头皱了起来，就连汪洋的眉头也皱了起来，连站也没站。倒是冉博文很是热情，连忙从自己的抽屉里，拿出茶叶为华欣欣泡茶。汪洋和冯筱敏俩姑娘看到冉博文这样的殷勤，都做着鬼脸，不屑一顾。

"尝尝新茶。"冉博文边说边端着茶递给了华欣欣。

这新茶还真别说，香味四溢。

华欣欣说了声"谢谢"就接过了茶，便对梁伟麒说："我知道你对昨天的事情很有想法，并且我生怕你不高兴，还在报道的最后专门向你打了招呼，请求你的原谅。你不会到现在还耿耿于怀吧？如真是那样的话，我，我……"她说不下去了。

梁伟麒见状，反倒不好意思起来了，脸上也染上了红晕，说话也没了那种怨气："对不起，我不该在电话里对你那样。但我还得要说一下，你以后在做节目时，最好要经过本人同意！否则，会闹得不愉快的。"

"这我也知道。但你不同，我就做了一回你的主，你不会这样吧？"华欣欣这样说着，那双明镜的眼里明显有一种说不出来的成分。

梁伟麒本想说谁要你做主，你是我什么人？但话到了嘴边，看到华欣欣的眼眶已经红了，就没忍心说出来，只是看了她一眼，说："谢谢你！"

这时，办公室的电话响了起来，冯筱敏看了眼来电显示，是内部电话，说："你好！是芯印，有事吗？对。在。好的。"冯筱敏接电话时看了一眼华欣欣，然后再看了一眼梁伟麒，什么也没说。

华欣欣看见梁伟麒的脸色比刚才好看了点，便站起来，走到梁伟麒的侧面，看到梁伟麒正在写小说。华欣欣用非常惊讶的眼神看着梁伟麒，嘴里开心地问："你在写小说？"

梁伟麒看了她一眼，没吭声，连忙关闭了页面。

谁知，这个华欣欣根本就不吃梁伟麒这一套。当梁伟麒关闭了页面时，电脑的桌面背景上，陆海空三军仪仗队的执旗手和护旗手，正举起高高飘扬的八一军旗，严峻地注视着正前方。这个静止的画面一下子就镶嵌进了华欣欣的脑海里，她情不自禁地喊出了声："这个仪仗队真的好威武，好神气啊！真是太美了。我也要这个图片，你把它发给我吧？"说着，华欣欣用哀求的眼神看着梁伟麒。

梁伟麒看着华欣欣无奈地说:"你把QQ号给我。"

华欣欣说:"我自己来发。"说着,就弯腰拿起鼠标。她是想从中找点什么出来。

这一弯腰,华欣欣的胸差一点儿碰到了梁伟麒的脸,还有一阵扑鼻的香味直朝梁伟麒的鼻孔里钻。梁伟麒不觉侧身站起来,说:"我让你。"

华欣欣看着梁伟麒,见他满脸通红,便轻声地笑着说:"谢谢你!"那笑分明是勾人魂魄的笑。华欣欣便坐了下去,又点出了刚才的页面,轻声地念了起来:"'小苏,能说说你为什么要当兵吗?说心里话。'宋朝晖问。

"'我从小出生在部队,对军人有着一种崇拜!我崇拜刘胡兰、董存瑞、黄继光、邱少云、雷锋等许许多多的英雄。本来,我高中一毕业就想当兵的,可因为我二哥去当兵了,爸爸妈妈不舍得让我去。今年,我二哥从部队退伍了,所以,我爸爸妈妈才同意我当兵的。'苏晓偲边说边看着爸爸妈妈。

"宋朝晖用力拍拍苏晓偲的肩膀,当着苏晓偲全家人的面很严肃地问:'现在当兵可能要流血牺牲的,你怕吗?'

"宋朝晖问得也不错,从1979年自卫还击战开始,到现在边境也没平静过。

"苏晓偲坚决地回答:'请首长放心!我的爸爸也是从战场上走下来的!流血牺牲我不怕!'

"'如果一旦真的为党和国家光荣献身了,你的爸妈怎么办?兄弟姐妹怎么办?'宋朝晖更加严肃地问。

"但令宋朝晖没想到的是,站在眼前的这位农村高中毕业生,坦然自若、挺胸抬头,俨然像个军人般答道:'请首长放心,如果我战死疆场，还有我兄弟姐妹，他们定会照顾爸妈的……'"

"好了，别念了。"梁伟麒轻声说着。

华欣欣被他的文字感动了，她仰起头看着他，双眼已经红了。梁伟麒心里也一热，但他马上控制住了，"好了好了，别这样，好吗？"

华欣欣这一读，加上双眼里含着泪花，把冯筱敏、汪洋和冉博文引来了。

梁伟麒见他们都来了，连忙抬手看了看手表，十二点钟还差几分钟，说："美女帅哥们，马上吃饭了。"说着，顺手把电脑关了。

几个人都很扫兴地准备吃饭。

华欣欣盯着梁伟麒，说："我请客，咱俩到外面吃去？"

"我为你省了，还是我请客，到我们食堂去吧。"梁伟麒笑着说。因为他知道刚才谌芯印打电话来了，看她如何把华欣欣摆平。

华欣欣本想请梁伟麒到外面吃的，她是真心想向梁伟麒道歉的。华欣欣还真没想到，长得如此英俊、帅气的梁伟麒还会写小说，她的内心对梁伟麒更增添一种深厚的情感。假如说昨天见到梁伟麒在面对匕首时，那种从容、镇定、英武和洒脱，令自己一见钟情，而今天自己却是对梁伟麒有了深深的爱恋了。她感到，自己漂泊到现在，终于寻到了一座非常美丽的港湾。她现在就想停泊在这座美丽的港湾，这使她在看梁伟麒时的神态也发生了翻天覆地的变化。如果办公室没其他人，她定会放弃矜持，毫不犹豫地扑到他的身上去的。这是华欣欣长到二十六岁自己找到的真爱，怎能随便放手呢？想到这儿，她抬头看着梁伟麒，说："我有句话要对你说，而且必须要对你说！"

梁伟麒看到华欣欣就在这一会儿的时间内,脸上的变化如此强烈,双眸里射出的是温柔,是脉脉含情,是……梁伟麒心里知道她想说什么了,连忙说:"华记者,有话等以后再说,我们先去吃饭吧!"

"不,我想说!"华欣欣不走,看着梁伟麒。华欣欣坚决不能放弃,她看到梁伟麒的周围,都是些能"吃人"的美女,谁下手快梁伟麒就属于谁的。我华欣欣已经看出来了,你梁伟麒绝对不是随便的男人。否则,你这个没有任何关系的人,怎么会被调到省厅来呢!肯定是位极其优秀的人才。想想,一个在市局什么也不是的人,在部队干了前后九年,就被提到了副营,这里面肯定有秘密。

冯筱敏等三人刚想去吃饭,脚步又停了下来,看着梁伟麒和华欣欣,但华欣欣却不看他们,只是盯着梁伟麒看。

"你说出这句话要后悔的,我劝你还是别说出来得好。走,咱们吃饭去。"梁伟麒说着就要走。

华欣欣突然拉着梁伟麒的衣袖,很认真地带着点哀求地说:"你让我说完了再走好吗?"

梁伟麒坚决不能让她说出口,他灵机一动,说:"冯筱敏、汪洋,你俩帮忙带上华记者一起到食堂吃饭好吗?"

梁伟麒这一说,令华欣欣措手不及,她用那双温情的眼看着他,只好被冯筱敏和汪洋手挽着手走出了办公室。

冯筱敏和汪洋似乎想到一起了:今天一看到梁伟麒,再加上他昨晚上的电视节目,心里边就折腾开了。她俩只是想,自己和梁伟麒在一个办公室,有的是时间,如果今天华记者对梁伟麒说出了什么,她俩的心里肯定也是不舒服的。正好梁伟麒在喊她俩,让她俩帮忙带上华记者一起吃饭去,也正中了她们的下怀。

到底是省厅机关,到吃饭时,大餐厅里,男男女女随处可见,到处生机盎然、欢声笑语的样子。

但女人多的地方,对女人是很不利的。男人多女人少的地方,女人那才叫个吃香哩。汽车啊,电瓶车啊,还有自行车胎没气了、坏了,随便给哪个男人说一声或抛个媚眼,就水到渠成了。现在可好,女性和男性平分秋色,男性分不过来了,有时还会生出矛盾和嫉妒来。看似欢声笑语,实际上笑里藏刀、暗潮汹涌。以前听说,一块砖砸下来,砸的全是光头和尚,现在可好,一块砖砸下来,一半是和尚一半是尼姑。反正,梁伟麒在部队师级机关待过,机关上下一百多号人也就二三十个女兵。可就是这二三十个女兵,就把整个师级机关撑起来了!男人的天地里没有女人,那就没了欢乐、没了激情、没了骚动、没了幻想。除了那些手上拥有大小权力的男人们有价值,其余的只好滥竽充数,不好用价值来形容了。女兵们欢乐的笑声,牵动着男兵们的工作效能和美好的梦想。到底是地方,女人遍地都是,也就没了那种男女搭配,干活不累的刺激了。

一进食堂,就听见谌芯印站在一个空桌子边上喊着梁伟麒,一行人便挤过人群来到了谌芯印的空桌旁。

这个华欣欣一看到谌芯印,马上一愣,再一看饭桌上,打着三人的饭菜,立即知道是怎么回事了。但昨天梁伟麒并没说自己有女朋友了呀。这么漂亮灿烂的姑娘,自己和她比还是逊色了点儿。不谈漂亮,就看她那气质,完全可以和梁伟麒抗衡。自己还自认为了不起,实际上,高手真的在民间。梁伟麒就介绍了两人认识,之后便坐了下来。冯筱敏等把华欣欣送到这儿,便去打饭了。

"请问,你就是省电视台的节目主持人?"谌芯印等华欣欣坐下来后问道。

"对。昨晚的新闻你也看了?没经过他本人同意就播了,实在对不起他。"说着,华欣欣面对梁伟麒又表示了歉意。

梁伟麒和谌芯印坐在一起,华欣欣一个人坐着。

梁伟麒说:"这就不说了,我在电话里都说过了,从今往后不提这事了。"梁伟麒见不得人家受委屈。

"也谢谢你!不管他本人喜欢不喜欢,那种见义勇为的精神还是该宣传就宣传的。"谌芯印边说边夹起盘子里的一块猪蹄放到了梁伟麒的菜盘子里。梁伟麒很是感激地看了一眼谌芯印。

这个举动被华欣欣实实在在地看在眼里,嫉妒在了心里。华欣欣在想,你当着我的面这样做,莫非是要向我宣示,那我就奉陪到底。她便也夹了个猪蹄给梁伟麒,说:"还是谌主任看得远,哪像他,"华欣欣一边说一边用眼瞪着梁伟麒,"还不让发呢。"

谌芯印一看华欣欣和自己较上劲儿了,大脑马上冷静下来。她看了梁伟麒一眼,然后把双眼放到华欣欣的身上,说:"华记者,你也是走南闯北、见过世面的人,在你的眼睛里,什么样的男人没见过呀?何必还要到我们这儿来龙争虎斗呢?但我不会和你争斗的,一切都听他的选择,这样你能接受吗?"

梁伟麒没想到谌芯印会说出这么一番话来,为自己挡风浪,很是感激地看了眼谌芯印。

华欣欣心里想,你倒好,近水楼台先得月,我哪有你这样的条件!就从这一点上我就输了。想到这儿,华欣欣便说:"这样不公平。俗话说,要公平竞争,这体现在哪里了?你是近水楼台先得月，这样我肯定会输。"

"这有什么近水楼台先得月的说法？这毕竟是个人的终身大事，哪能这样随便呢？你不信，问问梁伟麒本人，我俩还是要尊重他本人的意愿吧？"梁伟麒也搞不懂了，这个谌芯印是否是真的来为自己解决问题的。看谌芯印那样，根本看不出来是假的。

"行啊，那就问梁伟麒好了。"华欣欣的个性上来了，直视着梁伟麒就问，"你说，梁伟麒，到底是她还是我？"

梁伟麒急忙回答："我也不知道你俩在说什么，让我怎么回答？"

"就是在你办公室我要说，你没让我说的那句话。"华欣欣急切地说。

谌芯印看着梁伟麒没吭声，她是胸有成竹的，她的心里早就有了梁伟麒这个臭小子。如果他今天选择了华欣欣，她就准备调走。

"华欣欣，我们毕竟不是三岁小孩儿了，遇事可得多想想，多动脑子。再说，你刚才在我办公室就想说的话，被我阻制了。我虽没谈过这个，但我也知道，一旦陷进去，那双方的智商等于零。你说这是件多么可怕的事！当今眼下，闪来闪去的婚姻，像闪光灯一样，离婚所占的比例达到了百分之五十以上。我请你好好三思而后行吧！"梁伟麒轻声说着，说的也是有理有据的，令谌芯印和华欣欣刮目相看，尤其说到自己从来没有谈过这个，就越发令两位感兴趣。试想，当今这个社会，还有几个小伙子是处男了呀。今天竟然让她们遇到了一个处男，便谁也不肯放手了。

"行，我就听梁伟麒的，三思而后行。我也接受谌芯印的挑战。"华欣欣说完，便低头吃饭，什么话也不说。

湛芯印也低头吃着饭，不时地看着满脸思绪的梁伟麒，心想，这个梁伟麒还真不简单，成了香饽饽了。我就不信斗不过你这个华欣欣！

饭吃好了，梁伟麒和湛芯印很大度地送华欣欣上了出租车。在车子快要开时，华欣欣对湛芯印说："不许违反规则。我会认真对待自己的终身大事的。"

"行，我等你。我绝对不会违反规则的。"湛芯印说着，心里却想着，梁伟麒要不是我的，我会那样对他吗？还会把他调到省厅机关来吗？至少现在，梁伟麒的心里就没你华欣欣。当然，梁伟麒能调到省厅来，也确实是有他的实力的。

第四章

十八

梁伟麒调走的第二天上午,黄海市局党委会上讨论了关于提拔谁来当这个执法处副处长的事儿。按照以往的惯例,应该是局长不在家,谁主持工作谁定夺。当然,不在家的局长最后还是要有决定权和否决权的。可这次没想到,邵副局长怎么也不下决定。他婉言拒绝,开会时也没以往的牛气了,只是坐在那儿抽烟喝茶。好在昨天下午,吕书记和他邵副局长通了气。

吕书记问邵剑冢:"关于执法处副处长的事,你有没有初步的意见呢?"

"我正准备向吕书记汇报哩。"以前,邵副局长从来不在吕书记面前提汇报这两个字。"我在想是不是把张逸民同志提起来?这个同志也是位老同志了,工作各方面还不错,你说呢吕书记?"邵剑冢今天说话很注意措辞。

"行啊,张逸民同志是位不错的同志,不能再像梁伟麒那样,被人抢走了。"吕书记笑着说。

"那就这样,明天开个局党委会,然后由分管政工处的副书记提出方案,局党委讨论通过一下就行了。"邵副局长很平淡地说着。

吕书记说:"行啊,明天上午就召开党委会,讨论一下吧。另外,有的同志的提拔就暂缓一下,有个别同志反响太大。实际上,大家看到梁伟麒同志被省厅调走了,现在该提拔谁是最让人关心的,也是最引人关注的。"

"是啊,我也看到了这一点。所以我也是深思后才做出这样的决定的。"邵剑冢的心情也显得很沉重。

"再不提张逸民同志,不要说他自己了,别的同志也可能会有意见了。再说现在这个社会,并不是个人本身的道德问题。记得王应麟说过'人之初,性本善'。每个人生下来绝对不是恶人,但会随着自己的成长和社会环境的变化,而成为性邪恶的人。"吕书记说罢摇摇头,显得很担心的样子。其实他心里没有一点担心。不是不想担心,实在觉得担心也是白担心,这不像政府部门,任职必须要由党委来定。

邵剑冢想,上次对于梁伟麒的提拔,吕书记和自己也差不多想到一块儿去了。吕书记越是不说,实际上越显出自己知道得深刻。他这样明确地说实际上就是在证明自己一切都懂。

吕书记其实早就想过,邵剑冢和在省委党校学习的朱局长是一路人。这次阮处长出事加上他和吴晗这一闹,在整个系统激起了很大的反应。现任市政府副市长不会对朱局长和邵剑冢好到哪里去。而我却是市委副书记一手提拔起来的,要不是当时,副书记初来乍到,有所顾忌,只怕早就把你朱局长晾起来了。在吕书记和朱局长两人之间,梁伟麒对吕书记的感觉好些,他私下里是向着吕书记的。人的长相有时是会占便宜的,吕书记是个说话轻声细语、满脸微笑的人,在整个系统还是很有人缘的。起初,吕书记吃过这方面的亏,不相信人的长相,这也是听说的。上世纪八十年代中期,刚大学毕业参加工作的吕书记在一次和同事们的聊天中,不小心说了句近年来政治生态环境不太理想的话,被一个面带笑容,讲话很客气的同事告到了局党委书记那里。吕书记后来就总结出来了一条规律：面善心不善。

朱局长和邵剑冢是很势利的人。除非上级，对其他的人都是大嗓门儿讲话，目中无人。有人说大嗓门儿的人是心直口快的大好人，这种说法是错的。想想，当手上拥有权力后，不管到哪里，都会用大嗓门儿说话，好像这天底下就他手上有权，而到了自己的权力够不着的地方，他又不敢大声了，这样的人真的是大好人吗？

吕书记看到今天的会议对于邵剑冢来说，没有什么意义。昨天他们已经商量过了，也知道，邵剑冢被吴晗那一棒打得不轻。也令邵剑冢这几天收敛了好多，能不开会就不开了。但今天这个会必须要开，他也没办法。吕书记看着邵剑冢是想提示一下，但邵剑冢仍然低头抽他的烟，把自己当成局外人。

实际上，邵剑冢昨晚回去打电话给朱局长时，朱局长对任命张逸民是有看法的。邵剑冢是已从朱局长的话里听出来了意思。他有点后悔今天没先和朱局长通气，就和吕书记定下了张逸民。他记得电话一接通，相互道了声好之后，他就说了张逸民的事："朱局长，那个梁伟麒今天已被调走了，关于执法处的副处长的人选我想请您定一下。"

"你是什么意思？老吕是什么意思？还有其他同志是什么意思？"朱局长问道。

朱局长先把这球踢给了邵剑冢。邵剑冢也就把今天下午和吕书记商定的事告诉了朱局长。谁知朱局长一听就恼火了，说："你和老吕已经定了就定了，还来找我商定什么呀？这不是多此一举？"说完，就把电话给挂了。邵剑冢还想再打过去，可就是不敢。

他心想，你朱局长也不要太狂，到时肯定够你喝一壶的。

你今天别不高兴，让你哭的时间会有的。吴晗闹事那天你是不在，你在可能就是你和我都会倒霉的。邵剑冢心里愤愤然。

吕书记见状就没等邵副局长说话，自己先说了："同志们，梁伟麒同志已经被调走了，关于执法处副处长的人选大家还是议议，看谁更适合担任。"

吕书记委实有点不懂，昨天和邵副局长在研究执法处副处长人选时还好好儿的，今天怎么就有些变化了呢？吕书记在想，是不是市纪委已关注邵剑冢？你看他样子，蔫蔫的。怎么像换了个人似的？吕书记觉得今天可能有事情发生，要不就是昨晚上邵剑冢打电话给了朱局长，两人在电话里肯定说了什么，否则他邵剑冢绝对不会像现在这样的。吕书记想想，自己如果到党委政府去任职书记，那手下的干部还不都是我说了算。可现在在这样的一个单位，唉！吕书记长长地叹了口气。不管今天怎样，昨天下午两人是统一了思想的，而且张逸民任职也是他提议的，今天的会议行也得开不行也得开，我就不信了，这个局没有他朱局长和邵副局长就不转了？面对这样的情况，吕书记也知道这些局党委成员，虽没党委政府那帮领导说话含蓄和隐讳，充满着官场的智慧，但并不影响自己心里对谁谁提拔的态度。你看那一行人，都显出了非常有修养的姿态。要想从这些有修养的姿态上揣摩出些真实的东西，那可是很难的，但今天我主持的会议我必须得说几句。吕书记斟酌着每个措辞，还想着邵剑冢和朱局长，不能给他看出我今天开心，想到这儿，吕书记对与会者说："怎样啊？请大家畅所欲言。"

局党委副书记许鹏看了眼邵副局长，说："我看关于执法处副处长的人选，就由张逸民同志来担任，如何？请同志们定夺。"

周副局长不无遗憾地说："走了个梁伟麒真是可惜了！像这样的同志早就应该提起来的，让他肩上的担子压得更重些，才能激发他的工作热情和责任感。现在，重新任命张逸民同志为执法处主持工作的副处长，我赞同。"

"是啊，没想到小梁被省厅给调走了，我们局里真是有点儿浪费人材啊，真可惜了！我也同意张逸民同志任执法处主持工作的副处长。"蒋总工摇摇头说。

其他副书记、副局长都赞同许副书记的提议。吕书记最后拿眼看了看邵副局长，邵副局长还是一言不发地看着自己眼前的茶杯。吕书记便点名叫道："邵副局长，你看提张逸民同志任执法处副处长行不行？"

"行。"邵副局长在今天的会议上说出了这一个字。

"许鹏同志，你尽快形成决议，将通知印发下去。邵副局长，你还有话说吗？"吕书记又问邵剑冢。邵剑冢只是摇头。"好，今天的会议就开到这儿。散会。"

没几天，张逸民就被市局任命为执法处副处长主持工作。

十九

到了省厅机关，梁伟麒感到有点别扭，像始终摸不到自己的脉搏一样，所以梁伟麒就颇感到压抑。自从那天白主任带着梁伟麒到正副厅长、正副书记和各处长的办公室认识后，他就再也没在工作时间看到过白主任和孙处长，倒是中午吃饭时才能看到，但因人多，又不好说话。

自梁伟麒到的那天晚上，谌芯印陪同他吃饭到今天，已经第五天了，谌芯印总是陪着他吃早、中、晚饭。有时梁伟麒也在想，那天在市局，谌芯印说的那句话，确实令梁伟麒心里不太好受。但现在却在一个单位了，她还天天来陪着自己吃饭，自己也不知道该如何来处理好这层关系了。梁伟麒每每看到谌芯印，心里就泛起些浪花儿。有时梁伟麒觉得自己就想着要报复她，心胸怎么这么小呢？有时梁伟麒又觉得在部队也好，到地方也罢，自己没得罪别人，几乎都是别人得罪自己的，自己大多不去记仇，就因为人家谌芯印在白主任和孙处长面前，说了句有碍于自己虚荣心的话，就耿耿于怀了。自己这样，有悖于自己做人的原则。什么叫原则？你梁伟麒应该懂的。再说了，自己不过是在找借口吧，想想自己报到那天，梦中还和谌芯印……想到这儿，梁伟麒心胸便也就宽阔多了。再说，白主任和自己说了，这次进省厅，还多亏了谌芯印哩。

梁伟麒到省厅机关后的周五上午，省委巡视组来到了省厅机关，要驻扎在省厅。

那天，省委巡视组邹组长，厅党委书记冯晔华，厅党委副书记、厅长王志阳，巡视组副组长及省厅党组成员分坐在主席台上。

冯晔华向与会者们露出了浅浅的一笑，说："今天，省委巡视组来我厅工作，我们表示热烈的欢迎！"说完，他带头鼓掌，场下是一片掌声。冯书记接着说，"要深入学习贯彻习近平总书记系列重要讲话精神，保持定力、聚焦重点、强化责任，扎扎实实做好省委巡视工作，为营造风清气正的政治生态、实现省党代会确定的目标任务提供坚强保证。"

冯晔华四十岁的时候，还只是个刚刚被提起的副处长。那时候，冯副处长的妻子只是在一个国有企业当车间主任，他的女儿，也就是冯筱敏正在上小学五年级。

就在那年的夏天，一场暴风雨席卷了江淮大地。在这场暴风雨中，冯晔华的爱人出生入死，勇于奉献，始终站在第一线开展抢险救灾，赢得了大家的赞誉。事后，总公司党委决定，任命她为公司副经理。这一变化，促进了整个国企的工作，无论是否在岗位上，冯晔华的工作态度和工作质量等方面，都能积极圆满完成。夫妻俩从进单位至今，都是认真履行好岗位职责的。一转眼十几年过去了，眼前的冯晔华已成为省厅党委书记了。

"这次省委巡视组，是全面按照党的一贯方针来执行的。巡视组将认真落实中央和省委要求，不断深化政治巡视，围绕增强'四个意识'，聚焦全面从严治党，紧扣'六项纪律'，紧盯党的领导弱化、党的建设缺失、全面从严治党不力问题，紧密联系被巡视对象实际，坚持问题导向，深挖细究重点人、重点事、重点问题。巡视'回头看'，还将监督检查被巡视党组织整改落实中央和省委巡视反馈意见、执行换届纪律等情况。下面，请省委巡视组邹组长讲话，大家欢迎！"

掌声雷动。

邹组长看了眼台下的人员，满脸是笑地说："各位领导和同志们，根据中央和省委的要求，我们这一巡视组坚决执行巡视工作职责，重点监督、检查领导班子及成员的以下情况，一是在深入推进党风廉政建设和反腐败斗争方面，着力发现是否存在十八大后不收敛不收手，问题线索反映集中、群众反映强烈，现在重要岗位且可能还要被提拔使用的领导干部的突出问题；是否存在贪污贿赂、以权谋私、徇私枉法、腐化堕落、失职渎职等方面的突出问题，以及重点领域、关键环节和群众身边的腐败问题；是否把严明纪律体现在日常管理监督中，严格执纪、抓早抓小。二是在贯彻落实中央'八项规定'、省委'十项规定'和作风建设方面，着力发现是否存在公车配备、公务接待、职务消费等方面的违规问题；是否存在'慵懒散'、为官不作为；有无公款吃喝、公款旅游、公款送礼等顶风违纪的问题；是否存在损害群众利益的不正之风。三是在执行党的政治纪律和组织纪律方面，着力发现是否存在管党治党不力、'两个责任'不落实的问题；有无违反政治纪律、政治规矩和组织纪律，搞团团伙伙、拉帮结派、阳奉阴违、个人主义、自由主义、独断专行等问题；是否存在组织涣散、纪律松弛问题。四是在干部选拔任用方面，着力发现是否存在选人用人上的不正之风和腐败问题，特别是买官卖官、带病提拔、超编制配备干部等问题；执行干部选拔任用工作条例，整治吏治腐败方面的问题。我们这个组就要和大家同吃同住了，真诚接受大家的监督。谢谢！"

再一次掌声雷动。

"下面请王志阳厅长做指示，大家欢迎！"

掌声雷动。

王厅长看了看眼前的人们，清了清嗓子，说："刚才，我们邹组长做了重要指示，我们从组长的重要指示上，要充分认识巡视是党内监督的战略，要把工作摆在全面从严治党更加突出的位置，牢牢把握政治的重要定位，切实发挥政治'显微镜''探照灯'的作用。要充分认识到'政治体检'在管党治党中肩负的政治重担、时代重担和历史重担，不断增强工作的针对性、实效性，推动全面从严治党，真正从'宽松软'走向'严紧硬'。我们还要充分发挥好发现问题、形成震慑的利剑作用，充分彰显党内监督的强大力量，推进党风廉政建设和反腐败斗争的坚定决心，为反腐败斗争压倒性态势形成发挥重要作用。习近平总书记提出，'巡视是政治巡视'，这是对巡视工作的重要定位。我们省厅要深刻认识，做好工作对于推进全面从严治党的重大意义，切实增强深化政治巡视的高度自觉。要强化'四个意识'，提高政治站位，贯彻中央和省委部署，强化政治要求，督促党组织把党的路线方针政策部署落到实处；严肃政治纪律，体现政治忠诚，突出'关键少数'，查找政治偏差，压紧压实管党治党政治责任。做好新形势下聚焦重点领域、重点对象，始终保持利剑高悬、震慑常在，党组织落实党的路线方针政策、严守政治纪律、选人用人等情况。聚焦正风反腐，认真查找在执行作风建设规定、规范权力行使、公共资源交易等方面存在的突出问题，优化'常专结合'。既盯住巡视整改不到位的问题，又着力发现新问题，放大和延伸巡视效果。积极推动问题整改，督促被巡视党组织和相关部门查找制度漏洞、加强风险防控，充分发挥巡视治本功能，严格落实责任，加强制度建设，打造过硬队伍。向巡视组交上满意的答卷。我的话完了。"

又一次掌声雷动。

梁伟麒边听着王厅长的报告，心里边想着，如站在王志阳厅长面前，那该多好呀！他王厅长绝对不是那些在别人面前察言观色的人。

梁伟麒最早见王厅长，是在2015年那次的军队转业干部到地方参加培训时，王厅长代表省厅领导在大会上做报告

梁伟麒再次见到王志阳厅长时，则相隔近一年了。2016年12月，王厅长到局里来检查工作，并接见全局副主任以上干部和局机关全体干部。台下的人黑压压地坐满了局大会议室，王厅长在台上做指示。由于人多，王厅长实际上只是被部下们看见，而不是真的看到每个部下。

梁伟麒当时坐在最后一排，身体还如在部队时那样挺得笔直。梁伟麒从眼前无数个级别比自己高的头颅缝隙中，注视着坐在主席台上、级别最高的王志阳厅长和冯晔华书记，还有黄海市政府领导们。梁伟麒心里揣摩着王志阳其他领导的言行举止，从中猜测王志阳等人的为人。直至今年的3月6日被调入省厅之后，梁伟麒才能够从更近处看见王厅长。

二十

周五下午,白主任来到梁伟麒的办公室,对正在埋头工作的梁伟麒说:"小梁,王厅长准备花十天左右,包括星期六、星期日,到几家市局级单位去调研,要我们处派个同志去。我想了想,还是你去比较好。"说到这儿,白主任还用眼看了看办公室其他几个人,继续说,"一可以多锻炼自己,二是能和领导多接触。当然,无论一也好二也好,对你都是有用的。"

梁伟麒看着白主任的眼神,内心很是激动,表面上却是很平静。梁伟麒说:"我一切听从领导的安排!"梁伟麒看到白主任说话很有水平。像这样的调研可是人人都想去,白主任却把这样重大而光荣的任务交给了自己,还用商量的语气交给自己,这个白主任可真行啊。从梁伟麒的角度来说,他确实有点激动。要跟王厅长一起下去调研,那该是多么高兴的事情啊!

白主任很满意地点点头,说:"那你就准备准备,下周一上午九点整,从厅里出发。"

"是。"梁伟麒还是忘不了自己军人的言行。

白主任走了。那两位女同志围了过来,汪洋说:"我看你呀,以后有的是时间跟着领导走呢。"

冯筱敏提醒说:"第一次跟着厅长走,可要多注意点,话千万不要多！"

"还有，也不要和厅长拉近乎。厅长这人很严肃的，但他是个大好人。"汪洋很真诚地叮嘱着。

"哦,对了,那个电视台的女的要是来电话,我们咋回她呢？她如果要你手机号可怎么办？"冯筱敏闪着一双机灵的大眼，很关切地问着梁伟麒。

梁伟麒看着这两位美女都来叮嘱自己，心里边说不出来有多感激她们。但冉博文却坐在那儿，动也没动，一句话也没说。梁伟麒急忙说："谢谢你们的提醒，我定会做到的。至于电视台的那个人要手机号，你们就说不知道哈。"说完，还像个调皮的小男生一样，右手做了个V字型，惹得两位小美女开怀大笑。

梁伟麒想不出冉博文为什么突然不吭声了呢？自己才来这么几天，不会在哪些地方得罪他了吧？兴许他就是这样的性格，也不和他计较。

晚上吃饭时，谌芯印脸上不太高兴地突然问梁伟麒，说："周一是不是要跟王厅长下去了？"

"是的，今天下午白主任刚刚通知我的。我们办公室里的两个小丫头怕我出问题，还叮嘱我在厅长面前要少说话，不能让厅长有不好的感觉，还想到华欣欣来电话要手机号咋办等。我还真的特别感谢她们。"梁伟麒开心地说着，一点也没注意谌芯印脸上的变化。

"跟厅长下去就高兴成这样了，以后跟着省长下去，看你那样儿，还不要跳上了天？"谌芯印脸上不高兴地说着，低着头只顾吃饭。

"我不是跟着厅长就高兴，而是王厅长这人特别平易近人。

那天，我第一天上班，白主任带着我到王厅长的办公室，王厅长没有一点官架子，还和我说前一天晚上从电视台里就看到我了等等。不像我们市局的局长们，官不大架子倒不小。"梁伟麒边说边看着谌芯印。见谌芯印脸上云开雾散了，心里才感到踏实点。梁伟麒委实不知道，这个谌芯印到底是啥意思。自从梁伟麒进厅机关到今天，她天天过来陪着尽地主之谊，还说周六周日也要来陪着吃中饭和晚饭。但梁伟麒好就好在除了梦中有点异样，现实中对谌芯印没有一点变化。

"哦，那和华欣欣还有联系吗？"谌芯印盯着梁伟麒问。

"有，一天几个电话。烦人！"梁伟麒烦燥地说着。

"那你准备怎么办？"谌芯印很关心地问。

"我也不懂了，她怎么会有那么多时间？还说明天要来看我，被我拒绝了。但她说不管我在哪里，都要来。你说烦不烦人？"梁伟麒本来想说：就是你们俩说的规则，才使得她这样的。可就是没敢说出来。

"哦，都是我不好，不和她讲什么规则就好了，害得你成了'夹心饼干'了。"谌芯印有点后悔地说。

梁伟麒没想到，谌芯印会那么理解自己的心思，不觉用眼看了她一眼，正巧谌芯印也用那双漂亮的眼睛，很柔情地看着他呢。梁伟麒也就迎着谌芯印的眼光，嘴里说："这也与你无关，要是我那天在车上不被她看到就好了。我已向你汇报过了，我坐在那儿，她后来和人家换了个位置坐到我对面的。还问我在哪里上班，我说是打工的，她不信，车上的乘警问我，我也是这么说的。她说不像，看形象就是不像。哎呀，不谈这些了。"梁伟麒说着就低下头光是扒饭，搞得自己愁眉不展的。

谌芯印看到这样的梁伟麒，心里也真不好受。她真想上去安慰安慰他,但毕竟还没到时候,只好劝导他,说:"没事的,我相信你。她说明天来就让她来吧,反正有我在呢。"

"明天休息,你不出去逛街了?"梁伟麒很关切地问。

"我平时也不喜欢出去逛街的,节假日一般是在家的多。爸爸妈妈还总是怪我不出去转转呢,他们想让我多接触接触人,我就是不听。我知道他们是为了我着想,可我不喜欢。"谌芯卬说着,脸上展开了笑脸说,"该是自己的总会是自己的!你说对吧?"

"对。我也相信这句话。"梁伟麒也笑着回答。

两人就这样说说笑笑地吃好了饭。

梁伟麒在王志阳厅长的调研组里一待就是九天。梁伟麒从来没在这么短的时间里跑过五个地级市。上午到市局听汇报,下午选两个处级单位或站、所等单位。每到一个处或站、所单位,都会遇到各级领导站在那里。各级领导都有自己的思想,有的市局或处级领导,心里一定想着见见王厅长。要想见王厅长,哪有这么好见的呀?但梁伟麒没想到,王志阳到了现场,一律平等,没有什么论资排辈等现象。这次调研,就特别令梁伟麒开心,感觉一点儿也不是瞎跑的。每到一个地方,所有被调研单位的人员,都是非常轻松和愉快的,都是按照王厅长的要求去做的,这样令梁伟麒觉得很潇洒,很自在,很有人情味儿。梁伟麒紧跟着王志阳厅长走,让他明白了一点,地方和部队绝对是不同的。不像以前在部队,跟在首长后面走,总感到都是清一色的兵味儿。而这次,令梁伟麒感到,所到之处,都会给自己带来许多的激情,和以往在局里下去检查比不知要强上多少倍。看来,白主任真是我的伯乐。

几天下来，梁伟麒再看王厅长，没有了先前的那种神秘和高高在上的感觉了，他和自己也是直言不讳、无话不谈了。总之，梁伟麒感到，王厅长已不像和自己没接触之前的那个王厅长了。再加上梁伟麒又是位实事求是的人，有时，也就会在饭桌上、汽车上或者是其他场合，直来直去地发表一些感想。王厅长听到后，还会表扬梁伟麒，让他就着这个思路发挥下去。有时，王厅长还问梁伟麒，像这样的形式好不好等等。梁伟麒感到王厅长也确实把他当成了自己的孩子一般看待了。如在黄海市局，王厅长在饭桌上对自己能喝多少酒也了如指掌，且知道他从部队到地方还没喝醉过。梁伟麒便很自然地将自己当成王志阳的亲信了，习惯了以王厅长的目光、思维去看待眼前这个社会。

在回省厅的高速公路上，纯进口的考斯特面包车轻盈地朝前驶去，梁伟麒总是坐在车的最后一排，王厅长总是坐在第一排靠左。梁伟麒从后边望去，不知王厅长在想什么事，坐在那儿一声不吭。厅办公室主任吴兵坐在第一排靠右，厅人事处处长孙文摇摇晃晃地呈瞌睡状，厅航政执法处处长吴晓云双眼直直地射向窗外，厅工程处处长王军低着头沉睡状，厅安监处处长沙漠河则细细地吐着烟缕，在车内都不说话，各人摆出自己习惯的思考姿态。于是梁伟麒也不说话了，闭目养神，大脑却飞快地回忆起这些天来自己跟随王厅长的情景，逐条想起，苦心琢磨下去。突然，梁伟麒的眼前涌现出许多这次调研时的场景。这一次次的涌现如农家的田间地头长出的韭菜一样，割了一茬儿又一茬儿。梁伟麒一下子兴奋起来了，他马上拿出笔记本，记录下来从大脑中闪过的片断。梁伟麒想，这一次的调研报告肯定得整理出来了，如轮到自己，什么也拿不出来，那不是要掉链子了吗？他的大脑现在就如放映机一样，这一次走过的所有单位，都在自己的眼前闪现。几个小时的路程，足以让梁伟麒把大脑中的一切搜刮得一干二净。这也是军人才有的一种工作作风，也许正是王厅长所喜爱的风格。

二十一

下午四点多，载着王厅长等人的车到了省厅大楼前。梁伟麒一到办公室，就给白主任的办公室挂电话，报告自己任务结束，返回机关了，并请示着："主任您看，需不需要我跟您汇报一下？"

白主任立即说："好，好的，你现在就来吧！"

从白主任的状态上，梁伟麒已感到，白主任特别想了解王厅长这次去下面调研时的情况。省厅政治处是省厅领导的左膀右臂，我梁伟麒又是被派出去全程跟随的，哪有到了办公室不向领导汇报的呢？再说，刚才在车上所做的笔记，也该给白主任亮一下吧。我这并不是想在白主任面前显摆，但至少得让白主任看到，我梁伟麒在做事做人等方面，绝对不是故弄玄虚、高深莫测的人。其实，汇报这种事完全可以放到明天再说，但他必须要今天汇报，心中那些激情在四射，梁伟麒一点一刻也不想积在心中了，他只想一吐为快，把这次跟随王厅长的所见所闻一股脑儿地全倒给白主任。梁伟麒在厅长身边待了九天，而白主任在几百里以外，只有通过我梁伟麒，才能得知厅长在下头说了些什么，做了些什么，以及与白主任有关的一些事儿。这一切，我梁伟麒是直接参与的，你虽然是主任，但这次你只是间接介入了，想到这儿，一种底气从心田涌出。

梁伟麒打完电话就出门了，他不能让白主任在办公室等他。

梁伟麒看到白主任办公室的门虚掩着,便走过去轻轻敲响了门。

"进来。"里面传来了白主任的声音。

梁伟麒连忙推门进去,说:"主任好!"

"小梁啊,好,好!"白主任回答着,便从办公桌后面的椅子上站起来,握着梁伟麒的手将他拽到沙发上,自己却不坐,站在旁边亲切地上下打量着梁伟麒,嘴里不停地说,"小梁,你这次跟着厅长走瘦了吧?不过,你可是越瘦越精神啊!快说说,这次跟王厅长下去的情况。"

梁伟麒急忙说:"谢谢白主任!正如白主任说的那样,越瘦越有精神。这次跟王厅长下去还真有收获!"

"有收获就好啊,说说看有什么收获。"白主任边说边拿起茶壶去打水。

梁伟麒一见白主任要去打水,忙站起来拿过白主任手上的水壶,说:"主任,我去打水。"

白主任说:"那就辛苦你了。"说完,脸上还带着笑。

等到梁伟麒打好水回来,白主任已坐在办公桌后面,看着手上的材料说:"报到几天了,小梁还习惯吗?"

"今天已近二十天。我还好,谢谢白主任的关心!这次跟王厅长下去调研,可让我学到很多东西。"梁伟麒说着。

梁伟麒看到白主任的办公室有三十平方米左右,办公桌和市局局长的办公桌相比,也没什么大小之分,但看上去很气派。红木的办公桌由西北朝东南摆放,桌面上所放置的电话、材料、文件等东西分门别类,井井有条,让人一看就感到整洁、舒畅。室内的布置,墙壁、沙发、书架等,都与办公桌的色调一样。办公桌的前方有空间,令人感到胸襟开阔,办公桌的前方都是玻璃窗,如要嫌光线太强太通透或别的什么,便可调试百叶窗帘。

按照常规，隔着这张桌子已不能和主任握手，只能谈话。梁伟麒在某本闲书上看到过一篇文章，对人与人之间的距离有一番精妙议论：两米是最佳的社交距离，在这个距离上交谈，不易坠入亲昵，也不会有窃窃私语；领导与下属一般都在这个距离交谈，再近就难以保持权威了。此外，在这个距离上，眼神与表情都能最充分地发挥作用。一米以内，则是私交距离，情人们都在这距离以内交流感情。三至六米是公众距离，这能够彻底杜绝窃窃私语。这个距离能看到体态和动作。演员们深明其理，他们的演技就是从这个距离开始的。对人群演说和做报告，也是这距离最为理想。

主任那张办公桌，离他恰好两米。因此，主任与梁伟麒的距离正是领导与下属的距离。在政治处小礼堂听报告时，第一排的位置与台上主任们的距离，也恰好是六米开外。因此又正是演员与公众的距离。梁伟麒想，领导们肯定都看过那本书，都是照此办的。而今天，白主任绕过办公桌朝梁伟麒走来，笑着握手。然后，拉着他梁伟麒坐到距自己最近的沙发上。梁伟麒竟有些兴奋，主任还从来没对他如此亲热过。现在，他俩之间的距离，简直是到了一米以内了。

"哦。好，能学到东西，能有收获就好啊。"白主任笑眯眯地对梁伟麒说。

这时，水开了。梁伟麒站起来给白主任杯中续满，白主任站起来说："等会儿，我给你泡杯茶喝喝。"

"我自己来泡。"梁伟麒说着就拿杯子给自己泡茶。

白主任看着梁伟麒泡茶的身影，想起了自己刚来时，也是这样的一种情景。白主任不觉喟然长叹，这时间过得还真快呀！

一转眼，就把自己推上了四十二三的年龄，看着梁伟麒他们还正当年。但想归想啊，年龄就摆在自己的面前。

白主任对梁伟麒笑了笑，幽然道："我刚到省厅的时候，是在厅办公室。那时候每天都有应酬，所以，我也就从那时候学会了泡茶、倒茶等后勤服务工作，厅领导们基本上都喝过我泡的茶。好啦，不谈这些，咱们言归正传。这次跟随王厅长下去调研，就谈谈你的收获吧。否则，你也不会一到家就打电话给我呀。"白主任坐直了身体，面含微笑地看着梁伟麒问。

梁伟麒见状，一下子精神振奋起来，两眼看着白主任的眼睛，思绪马上飞跃起来。随着自己的思路，梁伟麒就将此次跟随王厅长下去调研九天来大致的情况，如跑了哪些地方，着重抓了哪些问题等等，清清楚楚地向白主任汇报："主任，这次我们调研组跟着厅长下去调研了九天，想到哪个市局就到哪个市局调研，想到哪个二级处和站所、公司就到哪个处、站所、公司。这五局十处各有特色，涵盖了全省交管行业条块、短板、创新等各个方面，可谓初心不忘、观点鲜明、事例丰富，我很有收获。再组织分析、融合，对全省当前交管行业定能起到强力的指导性作用。" 梁伟麒思路清晰，逻辑鲜明，把到每个局、处调研的各项情况，特别对收集到的事例，向白主任详细且有重点地作了汇报。梁伟麒在汇报时，无需照本宣科，这一切已全印梁伟麒的大脑里。

梁伟麒汇报完了，一看时间，完全在自己掌控的半小时之内，对自己相当满意，不露神色地笑了笑。但一看到白主任一言不发，边听着梁伟麒汇报，一面不时地点着头，一面踱着方步，听得相当认真，那双眼睛不时地盯着梁伟麒。梁伟麒刚才还非常满意的感觉,突然被白主任的举动给唬住了。梁伟麒的目光随着白主任移动的身体而移动,心里不觉忐忑起来。

白主任终于说话了:"小梁啊,你能把握实质,很好。就从你刚才汇报的情况来看,调研材料肯定写了初稿,而且,视角不是站在你梁伟麒的角度,而是站到了省厅这个层面去写的,很好啊!这就看到了一个人的思维能力和写作水平。"白主任一面踱着步一面朝梁伟麒说着,"我曾看过你的文章和文学作品,你能在不同的文章和题材里,从不同的角度去阐述、描写、刻画。可以看出,你的功底很深,不强加作者的个人色彩,阐述、分析问题细而大胆,且又看不出拖沓累赘、浮笔浪墨、杂乱无章。就如看似肥而腻的红烧肉,可吃到嘴里却不肥不腻。能让人一眼看出文章的本意。很好。小梁啊,能写到这一层,还真不容易!现在的年轻人,像你这样的思维和文笔,不要说我们省厅了,就是在文艺界也是少之又少的。

梁伟麒没想到白主任会夸自己几个"很好",这样的直白,令梁伟麒感到俗而不庸,还颇有大将风度。梁伟麒感到踏实了,他最后话锋一转,详细地回忆起王志阳厅长在各种场合说的话和做的各种指示。如到某个局出现了哪些问题;工作组内部有何看法;在交管的政策、法规制定上要以属地管理为目的,不是单靠一纸空文就可以决定一切,就可以上报省厅;交管行业体制改革,交管运输行业优化结构、协调发展;对道路、水路的客货运输、车船修造、运输服务市场和交管等基础设施建设市场实施监督管理;有没负责、管理好全市的联合、旅客、货物、旅游运输和客货汽车站;指导城乡道路、水路客货运输的衔接协调工作,维护道路、水路交管行业的平等竞争秩序;会同有关部门对运输价格进行调控等等。净是当领导的最为关注的情况。梁伟麒说话言简意赅，跟参加王厅长工作组之前的说话方式相比，有了质的变化。白主任感到，这次派梁伟麒还真是派对了，到最后，梁伟麒又将王厅长涉及政治处的话说了一遍。

梁伟麒说："王厅长说在我们厅里认真看点书学习的有几个。当然，说的是厅中层干部。像白云飞，他不仅喜欢看书，还喜欢写文章。他的文章基本上没有需要大改动的地方，这与他平时学习有很大的关系。这是在去A局的路上说的。"梁伟麒说完后看着拿笔在记着的白主任的反应。

白主任拿出一支烟，点着了后问："这是表扬的话。王厅长还说了些什么？"

梁伟麒急忙说："王厅长就说了些表扬你的话，其他的话厅长没怎么说呀。"

白主任用疑问的眼光看着梁伟麒说："什么叫王厅长没怎么说呀？"

"还讲了一些有关你的其他的话。"梁伟麒说到这儿看了眼白主任，白主任也用眼在看着梁伟麒，之后说道："调研组在我们黄海市局调研时，调研出了一些问题。王厅长当着调研组和黄海市副市长以及市局领导干部的面，批评道：'你们黄海市局怎么搞的，我们这次到你们这儿来不是游山玩水的，而是来调研的！是发现问题、解决问题的。我真没想到，你们市里的巡视组还在你们局里，你们竟然还敢大吃大喝！还敢请客送礼！你们把中央的八项规定六项禁令都放到哪儿去了？有的事情不属于我们省厅来管，我们也不管。但属于我们省厅管的，我们是坚决要管的！这就请我们小梁同志回去以后，向你们白主任汇报一下，这个事情一定要彻查到底！'"

白主任听梁伟麒这样一说，脸上立刻严肃了起来，急忙问道:"到底是什么事情令王厅长这么恼火？"白主任走到窗前，注视着窗外的天空和正在飞翔的鸟儿，沉思起来。白主任心中已经明了。

梁伟麒也没再说什么，只是看着白主任的背影，在想着白主任脸上突然严肃起来的心理活动。难道正如前些天我还没到省厅报到前，局里在开大会时，吴晗说的那样吗？如真是那样，那黄海市局真的摊上大事儿了！想到此，梁伟麒不敢想下去了。阮处长被市纪委请去喝茶一个月左右的时间了，会不会真如人们所说的那样，拔出萝卜带出泥？难道是他阮处长已经交待了？虽然我梁伟麒确实也恨这些贪官，但真给抓起来了，心里边总是有点儿沉痛的。想想，曾在一起工作的领导，就为了一时的显摆；为了一时的痛快，出卖了自己的灵魂和肉体，真为这些人感到悲哀！到最后成了阶下囚，怎能令梁伟麒不沉痛呢？尽管，他也曾给有关领导提过醒儿，但自己身微言轻，所提的意见没有引起局领导们高度重视。现在事情出了，进到另一个被人看管的天地去了，梁伟麒真为他们感到懊悔、不值得。

"王厅长后来还说了些什么？"白主任站在窗前，眼光仍然没有收回地问。

"没有了，主任。"梁伟麒看着白主任坚挺的后背回道。

白主任听到梁伟麒说没有了，转过身问道："没了？"

"是没有了。"梁伟麒重新回答道。

"好啊，不错，你此行收获不少。"白主任说完，把手抬起来看了看表说，"我听了也很受启发。这两天，我估计王厅长会召集各处室办中层以上领导开会，你让我预先有了个准备，还真的很感谢你呀。我这人的性格就是有点急，老想着我是政治处的，干什么就是要干在别人的前面。"

梁伟麒意识到白主任抬手看表，就意味着我自己该告辞了，便站起来，说："主任，现在已五点多了，您也该下班啦。"

白主任急忙说："你晚上有事呀？这么急着走吗？说句心里话，你今天一到家就打电话给我，我确实感到欣慰。到底是部队出来的，很有素养。不管下不下班，你就陪我再聊会儿，说不定，你这一聊能让我的思想开窍呢。再说，你从来到今天，也有近二十天了，机关里的人虽然天天碰面，但要说像我俩这样开诚布公地谈心说话，还是很少的。"

"谢谢主任的抬爱！"梁伟麒被白主任这样一说，心里边尤为感动。梁伟麒原以为在热热闹闹的机关里，只有自己这样既不是官二代，又不是富二代的人，到哪里都会被人看不起。没想到，像省厅这样的大机关，却是这样的一种世界。梁伟麒也确实没想到，像白主任这样的人，一句话可以使一个人升上天，一句话也是会使人落下地来。你想想啊，白主任整天被众人围着，竟也有些孤独，莫不是我梁伟麒有什么地方被白主任看中了，才会这样的吧？梁伟麒顿时感到白主任真的很有亲和力，便很坦然地坐了下来，像位军人一样，站如松，坐如钟。

"小梁，刚才你说了我的情况，但你还有一件事没谈呢，你来到省厅至今，有没有什么感想呢？"白主任很认真地问道。

"我到机关时间短，接触的人也不多，所以，从眼前来看还是能适应的。想当初我在市局，说心里话主任，我只想以业余爱好为主，至于官不官的我也看透了。没想到，您和孙处长，一下子改变了我的命运，否则，我也不知道以后会是什么样子。如没被你们选调到省厅来，我待在市局，在工作上我肯定是废了，但在我的爱好方面定会有很大的发展。我刚转业回来，对社会上的一切事物都看不惯，我这样的人到哪儿都吃不开的。我的性格就是这样，我的眼睛里进不了沙子的。"梁伟麒说着说着，就把自己的缺点说了出来。

白主任说："如果没有小谌的话，你也很难进省厅哦！"

"是啊，没有她我也进不了省厅。"白主任一提谌芯印，梁伟麒心里顿时感到一种幸运。

"是啊！我们三人下去了前后近二十天，所有市局几乎都跑了，就选调了你一个人上来，你看看有没她小谌的功劳呢？"白主任一面说一面笑嘻嘻地看着梁伟麒。

"我还以为她那天当着你们两位面说出那句话，再加上我也不知道你们来找我谈话到底是为了什么，我当时心里只想着随你怎么说，反正我对当官也不感兴趣了，也就没和她争论。如果我现在还在部队的话，我早就回得她连怎么出门也不知道了！"梁伟麒笑着说，眼前便涌现出了那天的情景。"还请您帮我感谢她。"

"这话怎么反倒说到我身上了？要谢你也得自己去谢她呀，怎么好让我去谢呢？还有，我也听说和看到了，谌芯印自你来了，就一直在尽地主之谊。"白主任语气很严肃，但脸上的表情倒是相当轻松，还略带着点笑意。

"行！我当面谢她。"梁伟麒说着，脸上比刚才好看多了，接着白主任问的话说，"是的。这反而让我感到过意不去了，我也不知道怎么办才好了。"

"哈哈，你这点也叫性格吗？我的缺点才大着呢！如果不是王厅长转业回来，我可能和你一样。"白主任说着笑了起来，接着说，"没想到你也会遇到这样的事啊，你准备怎么处理？"

173

"您的性格和王厅长转业回来有关系？"梁伟麒惊讶地问，而后说，"我也不知道怎么处理了。"

"这有什么好惊讶的呢？我近十年来，性格有了些变化。但你可要想好了，小梁，人的良心也应该和自己的性格一样的。否则，这种性格就不是率直了。还有，如何处理好你和谌芯印的事，是你俩自己的事，我也不管了。但听说还有个省电视台的主持人，也总是打电话找你？"白主任盯着梁伟麒说着。

梁伟麒想起来了，也许正因为自己的性格，才使得自己特别令白主任喜欢，"您说得对，主任，如果一个人的性格和自己的良心不一致的话，那这种性格就不是率直的了。"停了停，梁伟麒的脸上就被烦恼爬满了，他说，"放心吧主任，我和华欣欣没有什么事。"

"这个事情得处理好了，不要引起是非，否则会伤人的。对了，我想问问你，你对那个姓华的到底是什么意思？"白主任很严肃地对梁伟麒说着，最后还问上了。然后又改变了思路问，"王志阳厅长给你什么印象？"白主任见梁伟麒被这个问题一岔，便笑着说道，"我们现在不谈性格了，我们现在就聊聊王厅长对你如何。"

梁伟麒看了看白主任，很认真地说："我对姓华的一点也没意思，这件事谌芯印知道。至于王厅长，人真是不错！他具有男性的人格魅力。每到一处说话或在车上说话，都不一样，很有凝聚力。他还善于倾听大家的发言，认真做好笔记，等大家发完言后，他会按照笔记本记录的情况着重点评。王厅长所到之处，人们都会对他有一种敬畏之情。"

"既然小谌也参与了，我就不管你们之间的事了。"接着话锋一转说，"小梁啊，你能了解王厅长真是太好了。"

"这次是您让我跟随厅长，我才能知道一些的。"梁伟麒看着白主任回道。

"你以后要加紧多了解了解王厅长！"白主任很严肃地说。

梁伟麒疑问道："我？我怎么才能加紧了解王厅长呢？"

白主任很欣慰地说："以后在一个机关工作，有的是机会了解。"说到这儿，白主任停顿了一下，端起茶杯喝了一口茶，继续说道，"有人曾问过我，王厅长和冯书记两人，我最敬佩谁。我也直言不讳地说，他俩不好说，都是值得我尊重和敬佩的人。他俩的大脑里充满了智慧、威严和质朴。充满智慧的人肯定喜欢智慧；充满威严的人也肯定喜欢威严；那充满质朴的人呢？那肯定喜欢质朴。所以，我觉得，人都有弱点，但这一弱点在自己面前是缺点的话，那在别人眼里倒是优点了，这怎么好去对比呢？如真要让他俩比出个高低来，我觉得，他俩是没法比的，最后，说不定还会将自己比进去了，我想还是不比为好。但他俩都是令我敬佩和尊重的！"

梁伟麒内心感到兴奋，但嘴里只说道："主任，你讲的还真有哲理。"

"有哲理也好，无哲理也罢，这也只是一个普通干部对领导的感觉，是否有代表性，还得要看你们大家。其实他俩也曾让我迷乱过。我不说你在部队，就拿你现在到地方来说，你也该发现，地方上很多人，把精力都用在对每个领导的对比之上。当然，我并不是不同意他们去对比，而是在对比时，要学到别人的长处，要学会适可而止。不能成天把某某领导挂在嘴上去对比吧？这样，就会把简单的问题复杂化。还有的动不动就喜欢讲复杂、讲全面、讲反思，而真正让他讲时，什么都讲不出来了。这就是低能儿！"白主任说到这儿，心里不知想到什么了，竟然有点激动。

梁伟麒看着白主任有些激动的脸，心里也感到有点对不起白主任。因为今天这个话题是自己引起的，便不好意思地说："白主任，我今天不该到您这儿来讲这些，让您有点，有点……"梁伟麒本想把"激动"二字说出来，但一想，在领导面前说出这样的字眼儿，有点不太礼貌，便在大脑里翻腾着用什么字眼儿较为贴切。

但没容梁伟麒想明白，智慧的白主任就说话了，"有点激动了是不是？"白主任看着梁伟麒的双眼，说出"激动"二字竟然是相当轻松。白主任那双敏锐的眼睛里，对某些事物有一种嘲讽和欣慰。白主任接着说，"人嘛，是感情动物，是心有灵犀的高级动物，哪有不激动的呢？所以，以后啊，我在言行举止里，有什么太过了，你定要提醒我。我是说你在的情况下。今天好在就咱俩在，如换成其他人，我是说，如换成说话不对路的，脾气性格合不来的，我也不会这样说的。"

"谢谢主任的信任！我会的，白主任。"梁伟麒稍一犹豫后果断地答道。在梁伟麒的心中，白主任还真是位善解人意的好领导，无论他说什么，梁伟麒总是带着信任和敬佩的感觉。他也知道，在什么样的环境下，就能生出什么样的人。

白主任看着梁伟麒一笑，心想，这个小梁还真是个很不错的小伙子，他不仅能在你自己感到有点激动的情况下，斟字酌句提醒你，还能在你的言行举止里发现些细节。这样会给对方减少压力，既能缓和气氛，也能引起共鸣，不觉心里特释然。白主任说："谢谢你了小梁。"

"这还要谢啊？"梁伟麒带点儿幽默地笑着回道。

白主任诙谐地一笑说："小梁啊，该谢的时候还是要谢的，这也是一种礼节。"

"主任您说了算！我听您的。"梁伟麒很谦虚地说。

"噢，计划处处长朱明明这人如何？"白主任岔开了话题问道。

"我觉得，他们几个都可以。兴许是跟着王厅长下去调研吧，所以，我也没好好地去认识他们。"梁伟麒也随着主任的话题说着。

"王厅长此行，主要是为了避开省委巡视组的。你知道吗小梁，王厅长不在场，比在场更有作用！就说这次调研组下去吧，一个厅长，前后下去了九天，跑了五个局，效率真是太高了，所以，这次的调研报告由你执笔。我从你刚才汇报的语气里，对你如何写这篇调研报告，已心知肚明，而且相信你肯定能写好。"

梁伟麒下意识地连连说道："是，是。谢谢主任的信任！"

"王厅长调研回来以后，会给省厅带来全年的计划任务。这全年的计划任务到底是什么呢？这就要我们去为领导们做军师了。如何去写去思考，就全靠我们自己了。"白主任极有权威地说道。

梁伟麒道："是，是。"暗中却觉得，这位白主任的思维还真是与众不同啊，一个念头一个念头地不停冒出来。

白主任又道："你可知道，王厅长最喜欢那些有真才实学的人，对那些谄媚、拍马屁、喜欢背后议论人，把人说得一文不值的人，他是很鄙视的。王厅长并非在部队当过政工干部，但他做一行爱一行，所以，他转业到地方后，很吃得开。当年，他曾想进省委，但省委秘书长太牛气了，他感到和自己不是一路人，所以才来到了省厅的。这位秘书长去年已经被中纪委请去喝茶了。"白主任笑着说道。

"主任，我还感到，王厅长在做人做事上和您一样，光明磊落、铁面无私、浩然正气。我实在看不惯那些自以为是的小人。他们就喜欢拿把尺子去度量别人，嘴长了不是吃饭的，而总是去说人的，好像自己有多么多么好一样。实质上，这些人不够正派、心里有鬼、精神猥琐，更应该受到蔑视。"梁伟麒愤然谴责着。他心里想起了在部队时的政治部主任，想起了阮处长，想起了在来到省厅来的前几天的大会上，吴晗针对市局副局长邵剑冢等事。梁伟麒越想心里越是不好受。前两天，听张逸民来电话说，吴晗说的那些事儿还真能对上号。如这些能对上号，局里可能又有大动作了。想到这儿，梁伟麒情不自禁地深深叹了口气，自己那双眼睛也投向了白主任。

白主任望着梁伟麒，说："不说这些了。刚才你汇报的调研材料不错，条理清楚，逻辑性强，到底是写小说的。小梁，把你刚才的汇报马上整理出来给我，报给王厅长。"

"好的。"梁伟麒站起来答道，正要转身走，被白主任喊住了，说："小梁，我想问一下你的个人问题，方便吗？"

"个人问题？"梁伟麒突然敏感起来，心想，是不是还是为了阮处长的事？不会的，阮处长的事是工作上的事，不是我个人的事。那到底是什么事呢？梁伟麒感到比刚才还忐忑，周身绷得紧紧的，难道刚才是个序幕，现在才是要谈的实质问题？

"你有没有女朋友？"白主任笑得很亲切地问。

"主任，您是问我有没女朋友是吗？"梁伟麒一听是问这个问题，心里也就有了底。

白主任回道："嗯。"边"嗯"边盯着梁伟麒，生怕一不小心，忽略梁伟麒言行中的谎言。

"主任，我，我还没有。"梁伟麒听到白主任这样一问，心里边就在搜索，首先映入脑海中的是王明珺。但王明珺到今天也没讲明白。虽然梁伟麒和王明珺三五天也会通一下电话，或者在微信上聊聊天，但梁伟麒一触及到情感问题时，王明珺总是像弹簧似的把这事儿给弹回来。这样就搞得梁伟麒心里一点底都没有了。在回答白主任时倒也干脆利落。但梁伟麒在回答时，还是有一点没底气，怕他会笑话自己，这么大的人了连个女朋友也没有。再说，谌芯叩对自己这么好，是不是有这个意思呢？梁伟麒也不好说，干脆也不说吧。

"哦？没有？我听说你们市局的有个叫王什么珺的，好像对你有点儿意思。"白主任听后满脸带笑地问。

梁伟麒一想，这个白主任怎么会知道王明珺呢？便说："对，有个叫王明珺的。但是她的爸爸是我们市政府副秘书长，我和她门不当户不对的，我就是有想法也不敢去想。"

"你对王明珺真有想法吗？"白主任还是笑嘻嘻地问着，但脸上呈现出了一丝严肃和不安。他心里想，这可不是一件小事，绝对不能出现任何的闪失。否则，我这个好事会变成坏事的。

"没有了。在我收到省厅调我的通知后，王明珺看我的表情和话语就有明显的变化。在之前，我们只是好同事。这也是有一次她说的。"梁伟麒如实地回道。

"哦。那现在有没发展呢？"白主任继续问。

"没有。虽然近段时间也有电话联系，还在微信中聊聊天，但仍没涉及这方面的意思。"梁伟麒很平静地回道。

白主任心里对梁伟麒如实回答很是欣慰，便又问道："还有那个省电视台的女记者，又是怎么回事？"问完，仍用那双犀利的眼睛看着梁伟麒。

"省电视台那个姑娘我和她不可能的。因为在火车上相遇,她就来找过我。这我已向您简单地汇报过了。我虽对文学有点爱好,但我不想被人说,是靠着她帮我的。再说,这些记者天天在外面奔跑,到时家成了她的旅馆,我不想过这样的生活。"梁伟麒没想到一不留神把心里话都说出来了。

"听说还有厅机关的几个女同事都对你产生了好感?"白主任仍是笑嘻嘻地很严肃地问道。

"这我也不知道。反正,我总觉得不管男女,大家都处得很好。兴许我是刚来的,大家对我还不太熟悉,给人表象上都有种误区吧。但不管是表象还是内心上,我都是表里如一的!"梁伟麒看着白主任坚定地说。

"这我知道,否则,也不会调你到省厅来。"白主任说到这儿,深思片刻,好像突然想起了什么,说道,"那比如说冯筱敏、汪洋、黄心雨、沈芯和陆桦桦等,我听说她们都想引起你的关注?"

梁伟麒听白主任这样一说,突然想起来,这几个姑娘,特别是黄心雨和陆桦桦,平时有事没事就聚到自己办公室里,和汪洋、冯筱敏一起胡侃,不时地还问自己这样那样的,但就是不问冉博文。有时还挤到自己背后,看自己是不是在电脑上写小说之类的。还有吃饭的时候,谌芯印和我坐哪儿,她们也坐哪儿。总之,白主任不说,梁伟麒倒没往这方面去想。梁伟麒想到这儿,也就很认真地说:"白主任,我还真没往这上面想过呢。再说,我是刚到省厅的,也不会那么快就去和女同事谈什么,我知道这样影响不好的。"

"哈哈,这我也知道。小梁,以上说的几个你没去想,那你心里肯定有一个人选了。否则,从王明珺、华欣欣,到厅机关的几个姑娘,都是出类拔萃的,为什么没一个能入你眼的呢？"

白主任如此直率地问，令梁伟麒不知如何回答是好。他白主任是不是知道我心里有个模模糊糊的人呢？说心里话，谌芯印就是自己心中的人。但人家愿不愿意还是个未知数，如果说出来，传到谌芯印的耳里，她愿意倒还好说，如不愿意那不是被人家笑，还被看不起。怎么办呢？白主任还在很认真地等自己回答呢。梁伟麒左思右想，还是如实说吧："白主任，说实在话，我的心里是有个影子，但又不敢说。因为，她真的令我有这样的想法，我却不知道如何去表达。表达得好倒是好事，若表达得不好，我也不好意思面对她了。这个影子就是谌芯印。"梁伟麒鼓了好大的勇气，终于说出这么多天来的苦恼，一说出来，梁伟麒突然感到轻松了许多。

"谌芯印是你的影子？哈哈，你呀还真行。"说到这儿，白主任突然话锋一转说，"影子有什么好的？我为你介绍个真人，如何？"

"但其他的人我可能暂时不能接受。"梁伟麒嘴里轻声地说。

白主任看到梁伟麒这样，心里的一块石头落了地。但为了试试梁伟麒的真心，白主任说："是这样的，我有个亲戚家的女儿，前几年本科毕业，考上了公务员。她今年二十五岁，身高一米六二左右，长得相当不错的。我看你俩挺合适的。"白主任简单地说了一下这姑娘的情况。

梁伟麒一听，心想，难道白主任这次到各市局考察干部人选，是为了自己亲戚家女儿的婚事吗？否则，自己也进不了省厅。梁伟麒一想到这儿，心里就如吃了什么似的很不好受。但又一想，不管是不是，自己能从市局被调到省厅来，是一件好事，最起码今后发展的空间和平台，不知要比在市局强多少倍。这不一调来，就被提了主任科员。如在市局的话，以我这个性格和脾气，要想坐到现在的这个位置，那得等到猴年马月？

"我，我不行吧。"梁伟麒吞吞吐吐地回道。他是不想让白主任下不了这个台阶。再说自己心里已经有影子了，也和你白主任说了，你现在这样一来，不是强人所难吗？梁伟麒的心里突然升起对白主任的不满，脸上也有点不太好看了。

"没见面，谁知道行不行呢？"白主任顿了顿说，"我从没做过此事，会被人误以为公私不分，影响不好。还会被你认为，我这次下去考察人才，是为了自己的私利呢！但又一想，亲戚开口是让我当月下老人的，是成人之美的喜事，何乐而不为呢？再说了，我也不好意思拒绝。"白主任说得好像有点无奈的样子。

梁伟麒看到白主任的样子，生出些怜悯来，说："谢谢您主任！但我有个小小的请求。"

"什么请求？只要合理，我定会答应的。你说吧。现在既然是谈你的个人问题，那就是私事儿，你可以不用这样拘束的，放开些。"白主任也很直率地说着。

梁伟麒听说不用拘束，让自己放开些，便大着胆子，眼睛看着白主任说："如要见面的话，能不能请谌芯印一起参加？就当是我的妹妹。如果谌芯印看不上我，我就认她为妹妹，这样也不唐突。您说呢白主任？"

白主任看着梁伟麒的眼神想了想说："行啊，你的理由那么充分，我同意。不过你也别谢。这有什么好谢的？八字还没一撇。但你得给我记好了，我为你介绍女朋友，一不是有针对性地考察选调你；二并不是因此使我下去考察了你；三或是看在我是你主任的面子上，不管好坏一定要成，那就不对了。现在的婚姻不比先前说的'嫁鸡随鸡，嫁狗随狗'了，现在是自由婚姻。总之，你不要有任何的压力。再说，你如果拿小谌做参考，那可能你们谈不起来的。"

"行，那就听主任的。"梁伟麒忐忑的心情渐渐平静下来。

白主任听了笑起来，说："那就这样说定了。"

"谢谢您主任！"梁伟麒不好意思地看着白主任说。

突然，白主任又看着梁伟麒说："我还是告诉你吧，否则，到时你一点心理准备都没有，会出洋相的。"

"会出洋相？"梁伟麒愣了愣问。

"是啊，到时出了洋相，你把我为你做的好事，当成是坏事来做就完了。"白主任很轻松地说。

"放心，我那样小气哪还能当好兵啊？"梁伟麒带点幽默地回道。

"我还是说了吧，这个女孩子的父亲是厅长。"白主任又说道。

"什么，什么？是厅长的女儿？"梁伟麒一听是厅长的女儿，心里惊讶不已。心想，厅长的女儿会看上我？为何会把厅长的女儿介绍给我呢？我除了长得还算可以，但没钱没权没势的，厅长的女儿会看上我？再说，厅长的女儿比我小三岁，年纪也并不大，为什么会那么急切地要谈朋友呢？不会有什么缺陷吧？梁伟麒想想后背都渗出了汗来。

"是的！你看你，外表藏不住心里的吃惊和胆怯了吧？"白主任不无幽默地说着。

"厅长的女儿？" 梁伟麒惶然道，"但我绝没想到是厅长的女儿。您这一说，没要我命就算好的了。"梁伟麒的心怦怦乱跳。

"怎么，豪门玉女，高处不胜寒？"主任用目光将梁伟麒剖开。"没那么严重吧？不就是厅长的女儿嘛。"白主任疑问道。

"对于我来说是不可能的！虽然厅长和部队的师长是同级，我在部队时在师级机关工作，也见过少将、中将的。但部队的师长和地方上的厅长是两码事。所以，厅长的女儿当然是了不起的。"梁伟麒在表白自己。

"厅长的女儿不也是人？有什么好了不起的？"白主任倒是另一番说辞了。

"主任，这可是人生中的大事，我还是想想我的影子吧！您可……"梁伟麒不知道用什么词比较恰当。

"影子也要回到现实中来的。再大的事也要从现实中走出来呀，光是影子那怎么行啊？所以，我才慎重地和你说的。"白主任的脸上仍是笑嘻嘻的。

梁伟麒看了看白主任，说："谢谢主任的信任和抬爱！只是，只是……"

"只是什么？"白主任打断了梁伟麒的话继续说，"怕遇到了厅长的女儿，你心中谌芯印的影子就会崩溃？怕厅长的女儿看不上你？你呀，应该拿出军人的风范和自信，去挑战你从未有过的挑战。"说完，还在梁伟麒的肩上拍了拍。这一拍拍出了严肃、坚信和安慰。

"谢谢主任！"梁伟麒的身体不觉往上一挺。

"你在她面前只要和在其他人面前一样，不卑不亢、诚实自信就行了，不要学那些喜欢在女孩面前侃侃而谈、张扬嘚瑟、阿谀奉承的人，厅长的女儿最不喜欢这样的男人。所以，我观察了解了你，觉得你梁伟麒是最合适的人选。你也让我相信，自己没有看错人。"白主任说。

"主任，非常感谢您对我的关照！但是，谌芯印才是我选择的标准。我这也不是不给您这个面子。您答应我带上谌芯印一起去，但我不会看上厅长的女儿，也请您原谅！之前当兵时，我也没时间去考虑，转业回来后，我遇上了王明珺，但她的家庭地位太高，我们不合适。现在突然又出来个厅长的女儿，我不管她多么优秀，我绝不会看上她的。到时，还请白主任你多多原谅！"梁伟麒很是感激地说。

"话不能说得那么满，到时看了人再说。另外，我只想提醒你小梁，看问题要看它的实质，看其余都会偏离方向的。如看厅长的女儿，只要你把厅长和他女儿区别开来，一切事物都会迎刃而解。"白主任说得很轻松。

梁伟麒不知该如何回答，忐忑不安的心情在影响着他的判断能力。如自己的心里没有谌芯印这个影子，由白主任撑腰，估计问题不是太大的。那是高兴还是什么？他心里也不知道，只感到，天上突然掉下来个金砣子，一下子砸到了他的头上，砸晕了他，脑子被砸成了糨糊，平时的智商全被砸进了糨糊里了。而现在他心里确实是很明显地有着谌芯印，而且越来越清晰了。

"小梁啊，我也是从你这个年龄过来的，也像你有过类似的事情，处长、主任、书记、厅长们都想为我做月下老人。我怎么办呢？这月下老人我只能认一个，选谁放弃谁，让我很纠结。最后，我选择了我们处长为我介绍的女孩。你想啊，这些人都是掌握着我未来的生杀大权的人，好歹，他们一心只想着做好事，没有其他恶意，我才能工作得很好，生活得也很美好。"白主任说。

"那个年代的人和当今的人我觉得还是有点区别的。就说关系和感情吧，他们为了处理好关系，一有点小矛盾，就会相互沟通、理解、抚平，不往心里记。他们的心里哪还装得下这些个破事、烂事？装得都是国家的理想、民族的精神和个人为国家的强大而努力拼搏、献身的抱负。所以，彼此之间的感情也就渐渐深了。而今呢？心里多装了些什么呢？全是让别人为我去做去奋斗去献身……"梁伟麒有些动情地说。

"哈哈，小梁啊，"白主任打断了梁伟麒的激情，接着说，"你有一种你们同龄人没有的那种坚定的信念，这也是我最欣赏你的地方。在和厅长女儿接触时，你可以如和我交流一样，你们是同龄人，尽量寻找你们的共同语言，真诚坦荡。我相信你会很出色的。"

梁伟麒从白主任的眼里，看到了一种对自己的期望。但他内心里有种说不出来的东西。他说："主任，我会和她真诚坦荡地交流的。"

"成与不成都要有一种姿态，这种姿态必须要有很好的修养。我看到你已具备了。你马上回去，把调研材料写好后明天上午交给我，到时，和我一起把材料送到王厅长那里。"白主任说道。

"厅长那里？我也去吗？"梁伟麒心里有点不自信地问，但又非常感谢白主任。

"是啊，一起去。"白主任很认真地回道。

"主任，我能不去吗？"梁伟麒有点顾虑地问。

"不能。因为你和王厅长一起下去调研的，熟悉情况，厅长如有疑议，你会比我讲得更清楚。"白主任很坚定地说。

"那就听主任您的。"梁伟麒只好看着白主任无奈地说。

第五章

二十二

春天的气息真是甜美,绿色的生命正在蓬勃生长,并充斥着人们的视线。

晚上吃饭时,梁伟麒把今天下午到白主任的办公室,白主任要为自己介绍什么厅长的女儿的事向谌芯印说了一遍。谌芯印就问他,说:"你怎么回白主任的呢?"

梁伟麒犹豫地说:"我已请求白主任,到时我想请你陪我去。我也向白主任说了,成不成是另外一回事,他也不要有什么想法。因为是厅长的女儿,我也配不上她。"

"你为什么配不上她呀?你长得这么英俊,像演员王心刚,这么有人格魅力,这么有才华,我就不信你有哪里配不上她。"谌芯印调侃地说着。

梁伟麒觉得谌芯印心里有点气,但这点气是从哪里来的?是不是她心里也有自己了呢?否则怎么会天天陪我来吃饭呢?但这么优秀的姑娘,梁伟麒是不会去伤害她的。梁伟麒说:"你不安慰我,也别这样损我吧?我现在还不知道怎么办才好呢。"

谌芯印听了脸上绽放出笑容说:"好的,我安慰安慰你,我的大作家。要不还有个办法,就是最好到时别去,你说呢?"

"那不行,答应了白主任的事,不能随便反悔的。但到时你定要抽出时间,陪我一起去,行不行?"梁伟麒说完,看着谌芯印祈求着说。

"你刚才说到时我陪你去,现在想想,我去算什么呀?到时白主任不高兴怎么办?再说,是你去相亲与我有什么关系呢?到时,白主任介绍来的姑娘要是认为我是第三者插足呢?白主任可得给我穿小鞋的,我不去。"谌芯印说着,很生气的样子。

"这你就不要担心了,我已向白主任请求了的,他说没事的。"梁伟麒急切地解释着,生怕谌芯印不去。接着他又说,"明早你就不要来陪我了,我明天准备提前半小时去吃饭。我答应把跟王厅长下去检查的调研报告写好给白主任的。"

谌芯印见梁伟麒特认真,也就笑着说:"不管你明早几点吃早饭,我都要来陪你的。"说完,谌芯印又问,"那个华欣欣有没打电话来?"

"跟王厅长出去的九天,据冯筱敏、汪洋说,天天上午和下午各打一次。她们说我跟厅长下去调研,她还跟她们要我的手机号,她们也没给,都说我刚来,她们也不知道我的电话号码。在我跟厅长下去调研之前,冯筱敏曾提醒过我,我就说,不要把我的手机号码告诉她。"梁伟麒看着谌芯印这样说着,她点点头也没吭声。

第二天早上,梁伟麒手里夹着包,走出宿舍。他是想吃好早饭直接去上班。昨天下班前,白主任交给自己的任务已基本完成,但还是想早点到办公室,在交给白主任之前,自己再过目一下,省得到时候有病句或者是错别字什么的,给白主任看了笑话。梁伟麒刚一出门,就遇到了隔壁的沈剑波。

沈剑波也从他的宿舍里走了出来,手上提了个打早饭的锅子和装点心的小篮子。

"早上好,沈主任。"梁伟麒见到沈剑波,想起昨晚上欢快的节奏,有点不好意思起来,生怕羞到人家。

"早上好啊梁主任。"沈剑波答道。

"怎么把早饭打回来吃啊?"梁伟麒问道。

"有个老婆开心是开心,可也辛苦啊。哪像你啊,一人吃饱,全家都饱了。"沈剑波调侃道。

"嘿嘿,沈主任你就偷着乐吧。"梁伟麒想起了在家的那些天,自己遭受到的眼前沈主任的挑衅,有一种说不出来的感觉。

"你呀,也抓紧抓紧,该拿下谁就瞄准了射击。"沈剑波大大咧咧地说着,丝毫也没为夜里床上的举动而害羞。

"谢谢沈主任的关心。"梁伟麒见俩人已不知不觉到了食堂门口,就岔开了话题。

沈剑波也是位冰雪聪明的人,也客气了一声,脸上带着满意的笑容打饭去了。

今天,梁伟麒和谌芯印提前半个多小时到了办公室,打开电脑,插入优盘,俩人认真地看着昨晚写给王厅长的调研报告。梁伟麒严格按照调研报告明确、注重事实、论理性和语言简洁等几大特点,通过布局安排、语言调遣,组织成这篇文字。调研报告写得通俗易懂,文辞超凡,别具一格。

"不错啊,梁大作家。没想到你写调研报告也写得那么通俗易懂,王厅长看了肯定喜欢。"谌芯印看后,心里美滋滋地说着,好像这调研报告是她写的一样。

梁伟麒没想到谌芯印给出这么高的评价,也令他刮目相看。梁伟麒说:"你可别为我高兴太早了,待会儿被枪毙了可麻烦了。"

"不会的!我也相信王厅长的文化修养。我就不信,这么有高度有文采的文章他会枪毙,那他就不配坐在这个岗位上当他的厅长。"谌芯印气呼呼地说着。

梁伟麒连忙让谌芯印小点儿声,虽然现在办公室里就他俩,但经过门口的人也渐渐多了,被人家听到了可不是闹着玩的。谌芯印看了梁伟麒一眼,连忙制止住了自己,扮了个鬼脸,说:"我走了。你就这样拿去,肯定 OK。"说着,手上还做了个 OK 的手势,走出了梁伟麒的办公室。

一到上班时间,梁伟麒就接到了白主任的电话,让他把调研报告送过去。梁伟麒轻轻推门走了进去,说:"上午好,白主任!"

"上午好,你的报告写完没有?"白主任指着他对面的沙发说,"小梁,你坐吧。"

"写完了,主任。"梁伟麒说完,马上将那份调研报告递给了白主任。白主任接过报告就低下头认真地审阅起来。梁伟麒没得到白主任的指示,只好坐在了对面的沙发上,静静地看着白主任。

白主任的脸色渐渐地明朗起来,不时地用笔在报告上做着记号,那神情就如同看到了自己喜欢的东西一样,脸上洋溢着欢快的笑容。最后,白主任说了句:"很好,很好!比我想象的要好得多。你就按照这篇调研报告的内容打印出来,等会儿和我一起去王厅长的办公室。王厅长下午到省里参加一个会。我们必须要在王厅长出去之前,把调研报告送到他的手上。"

"好的。"梁伟麒站起来回道,转身走出了白主任的办公室。

梁伟麒把白主任拿去看过且只字未改的调研报告打印出来,就迅速地送到了白主任那里。

梁伟麒站在白主任的办公室,白主任说:"小梁,你写得真不错。走,到王厅长办公室。"

王厅长坐在办公桌前，仔细地看着递给他的调研报告。梁伟麒看着王厅长的脸色，就如一路绿灯一样，透着隐隐的赏识。他一口气把报告看完，拿在手上的笔竟然没起作用。

王厅长抬起头看着白主任和梁伟麒，说："这个调研报告写得不错呀。是小白写的？"

"是梁伟麒写的。"白主任急忙回道。

"王厅长，我是在白主任的具体指导下写的。"梁伟麒急切地说。

"哈哈，还谦虚上了。"王厅长看着俩人，很幽默地说，一点也看不出他是厅长。

梁伟麒这次随同厅长下去调研，也看到了厅长的作风，这是自己被调到厅里来第一次跟厅长下去，心里不免有点紧张，也就尽量离厅长远了一点。一行八人，一辆十三座的考斯特面包车，梁伟麒每次都是最后一个上车，坐在最后一排，也是最后一个下车。在车上，厅长谈笑风生，有时也讲一段清汤寡水的段子，博得众人哈哈大笑。

白主任说："厅长，我没做什么，是梁伟麒写的。厅长，您还不知道吧，梁伟麒的文章和小说，在部队和黄海市还是很有名气的。他的一篇文章还上了《新华日报》二版专题头条，还配有编者按。"

"哦。"厅长说着又看了眼梁伟麒说，"小白，小梁是不是你这次下去考察调上来的？"

"是的，厅长。"白主任急忙回答。

"有没有人为小梁向你打招呼？"王厅长看着白主任问。

"向厅长汇报，没有。梁伟麒当过兵，在部队正因为他不会拍马屁，不会送礼，没能提上正营，二〇一五年他主动要求的转业。"白主任回道。

"小梁,今年多大了?"王厅长又转眼看着梁伟麒问。

"厅长,我今年二十八岁。"梁伟麒有点紧张地回。

王厅长点了点头说:"周岁还是虚岁?"

"报告厅长,是虚岁。"梁伟麒急忙回答。

"不错嘛,二十五岁前就提副营了。"王厅长很赞赏地说。

"梁伟麒,王厅长也是部队出身的,和习副主任一样,只是习副主任是正团,而王厅长是副师长转业回来的。王厅长可是你的老首长啊!"白主任连忙介绍着。

"首长好!"梁伟麒立正,向王厅长敬了个军礼。

王厅长摆了摆手和蔼地说:"当过兵好,一进入阵地就能战斗。"

"是的,厅长。您看他写的调研报告就不错。"

"是啊,何止是不错啊,是相当的不错!这段话写得很创新。"王厅长翻到刚才做了标记的地方,说:"'全省交管行业,要贯彻落实新发展理念,有规划、有品位,高标准、高质量地谋划好交管发展蓝图,选择一到两个市作为试验市、样板市。这项工作,一定要作为一项政治任务来完成。要强化责任担当,突出一体化发展,强化政策支持,力求创新突破,为促进全省经济社会发展提供有力支撑。'这段话,你写得非常好、非常深、很鼓劲,很让人振奋精神。你站在了省厅的高度,来谋划全省交通领域的发展前景。好啊!"王厅长很激动地说。

梁伟麒心里特激动,没想到,白主任、谌芯印的评价和王厅长一样,厅长看得那么认真仔细。梁伟麒的思维和厅长几乎同步,这也是在写作时,脑子突然闪出灵感,想到这一段话的。没想到,说到了厅长的心里了。

梁伟麒平静地说："谢谢厅长的鼓励。"

坐在一旁的白主任看着梁伟麒，嘴上含着笑。

梁伟麒看到白主任嘴上含着笑，似乎在告诉自己，王厅长对自己相当满意。梁伟麒刚才怦怦直跳的心，终于也平静了下来，他用感激的眼神看着，欣慰地点了点头，心想，这地方我不能待长，让白主任和厅长去谈工作吧。想到这儿，梁伟麒站起来，走到厅长的办公桌前，说："厅长，您还有指示吗？"

梁伟麒见王厅长站了起来，他就更像战士一样，站得像个通条似的。

"你将这份调研报告用文件的形式起草，发给白主任，然后按照程序走就行了。"厅长说着转向白主任说，"你也马上按照程序报厅办公室，争取今天下午将它发下去，让全省交管系统的全体人员组织学习和实施。"王厅长指着调研报告对白主任说着。

"好的。"白主任马上回答。

白主任从厅长手中接过只字没改的调研报告，转身向梁伟麒说："我们走。"说完向门外走去。

"是。"梁伟麒回答着，见厅长满脸欣慰地看着自己，脸上很不自在，他马上举手，向厅长敬了个军礼，转身跟着白主任朝门外走去。

中午吃饭，谌芯印问上午给王厅长的调研报告，梁伟麒就如实地向谌芯印作了汇报。没想到谌芯印笑得就如自己受到夸奖一样高兴，她直直地看着梁伟麒，说："你是我们省厅第一个获此殊荣的，也是自有省厅以来，第一个没有被改过一字和一个标点符号的人。我真为你高兴！咱们今晚出去庆祝一下如何？"

"免了，来日方长，不要为此张扬，那会被别人看不起的，被嫉妒的人看了会记恨的。我们就这样，在这个小范围内，我俩偷偷地庆贺一下不就好了？"说着，梁伟麒端起饭盘子和谌芯卬碰了碰。

谌芯卬静静地盯着梁伟麒看了小半天，心想这才是男人，不愿意张扬的极品男人！谌芯卬说了一句模棱两可的话："没有看错你。"说完，脸一红，低着头光顾着吃她的饭了。

"谢谢你们了！"梁伟麒当是说他们三人到市局去选他上来没看错呢，也就说了声谢谢，和谌芯卬低头一起吃饭。

当天下午，梁伟麒一跨进办公室，就见同事们都用敬佩的目光看着自己，就问道："帅哥、美女们，用这种露骨的眼神看着我干吗？想吃了我呀？"

"谁敢吃你呀？今后啊，我们不被你吃才叫阿弥陀佛。"汪洋说完，满脸虔诚地对着梁伟麒还做了个姿势。

"我的汪洋姐姐，你就愿意这么给梁伟麒吃了呀？"冯筱敏说完，向梁伟麒眨巴眨巴眼，跑到汪洋面前，勾着汪洋的脖子，很调皮地一笑。冯筱敏和谌芯卬还有汪洋是闺蜜，不知何时，心里也对梁伟麒生出来了一分爱意。

"看看，你这俩美女就这点出息。只想到被人吃，怎么就没想到去吃人家？"冉博文的声调拉得长长的，听上去让人感到有点不舒服，脸上还露出些狡黠的表情，斜着眼看着梁伟麒，然后盯着俩美女直笑。

冉博文一直在追汪洋，但汪洋就是没同意。冉博文看到梁伟麒来了，他不但感到在工作上给他带来了压力，而且在生活中也给他带来了无形的压力。还有就是梁伟麒是省作家协会会员，他冉博文也喜欢写点小诗，一旦在晚报上发表，就到处朗诵自己的诗,很张扬,很想引起汪洋的注意。但冉博文还没有加入到作家协会,这也给他带来了很大的心理负担。实际上这一切是冉博文自找的,梁伟麒并没在他面前炫耀、张扬。但小心眼的人很难伺候。他对梁伟麒的才华满腔的羡慕嫉妒恨。

"三位美女帅哥,我可是初来之人,你们身为老人,我这新人哪敢吃你们呀?你们不把我生吞活剥了才叫阿弥陀佛哩。还说我,我心里好难受的。"梁伟麒也跟着幽默了一句。

"哎、哎,我们说你吃了我们,可是善意的,你伟麒可别曲解了我们的意思。"冯筱敏到底年轻,抢着申辩。

"什么意思小美女?我和你们说的也是善意的。"梁伟麒问。

"就是嘛。厅机关这么多年,反正没听说过有哪个秘书什么的写调研报告,厅长一字没改,还直夸写得好。"汪洋说出了梁伟麒的迷糊。

"哈,这也值得你们说吃人不吃人的?不带这样欺负新人的。"原来是为这,梁伟麒笑着说。

"老人不如新人喽。"冉博文突然插话进来说。

"帅哥,你这话说的我心里有点那个了。"冉博文每说一次话,梁伟麒好像总能听出来话里有话一样,刺激着自己,就如喉咙里卡着一根鱼刺似的,很不舒服。不像汪洋和冯筱敏,说话很坦诚,不是带着讽刺,而是带着幽默、调侃和戏谑。梁伟麒看了眼冉博文,见冉博文向两位美女在做着鬼脸,两位美女连看也没看冉博文,梁伟麒就有点不舒服了。

"有啥那个的?只要厅长那个了就行,还管他人舒不舒服干吗。"冉博文阴阳怪气地说。

梁伟麒真没想到,自己刚到省厅机关,就会在自己的办公室里遇上冉博文这么个人,以后该怎么相处呀?想到这儿,梁伟麒的眉头就皱了起来。但马上又松开，心想，也就把他的话当成幽默算了。梁伟麒走到冉博文面前，抓住冉博文的手说："帅哥，我们争取让厅长看到我们多那个不是更好？"

"对，对，对，既然在一起共事，我们政治处的人就应该团结起来，一起为政治处争光，让厅长对我们大家多那个。"汪洋和冯筱敏看着梁伟麒那样大度都诚恳地说道。

冉博文的手是被动地被梁伟麒的手拽着的，脸上只有玩世不恭的神态，双眼也不看着梁伟麒，嘴里哼了哼没说话。两位美女很是不舒服。

梁伟麒握了握冉博文的手，走到自己的办公桌前坐下，打开电脑，调出那份调研报告又看了遍，觉得自己写得也确实不错，便起草发文。

二十三

白主任正想拿电话打给沈剑波,沈剑波就敲门进来了,说:"主任好!"

"是小沈啊,我正要打电话让你到我这儿来一趟。"白主任说。

"我想您肯定会找我的。"沈剑波倒是很认真地说。

"为什么?"白主任反问道。

"因为省厅上下都已传出,任何一届厅长,还从没有在调研报告的材料上一字没动,就打印出来下发的。"沈剑波很认真地说。

"你怎么知道的?是梁伟麒自己告诉你的?"一想如是梁伟麒在"王婆卖瓜,自卖自夸",那我白云飞就看错人了。

"哪是梁伟麒说的。不是今天上午,我从您这儿拿了经您修改过的那份材料,去向王厅长汇报审阅时,王厅长最后自己说的,还连夸主任您,为咱厅做了大贡献了。"沈剑波直截了当地说。

"厅长真是这样说的?"白主任脸上显出了微笑。

"我哪敢编话忽悠您呀?"沈剑波说。

白主任很认真地看了看沈剑波,说:"像你这么厚道、诚实的也会编话来忽悠我,那我白云飞真是选错人了。"

当年，沈剑波是考进厅机关的，但在面试时，白主任一眼就看中了沈剑波。厅机关里不能进那些没头没脑、溜须拍马的小祖宗，那样会坏了机关风气的。

"所以，我想主任您肯定要对我今后的工作提出些要求，就主动找您来了。"沈剑波说着，还双手摊开。

"小沈啊，你和小梁不分伯仲，都是憨厚、聪明、诚实、讲原则的人。我很喜欢！"白主任说着，看了眼沈剑波。

"谢谢您主任！我还需向梁伟麒学习。他刚来，第一次随厅长出去调研，就写出让厅长一字没改的报告，我是很难做到的。要说学历，他还没我高，但真不容易。主任，我真的很佩服梁伟麒，难怪他取名取了个伟麒，真是'为奇'。"沈剑波说着，还坦诚地朝白主任笑了笑。

"你也不要气馁，自己的十根手指伸出来还有长短，认真干好工作，不出差错或者少出差错就行。特别是原则性的差错千万不能出。"白主任嘱咐道。

"请您放心！主任，我会取长补短的。"沈剑波很虔诚地说。

"这就好。一个人能取长补短，那就是个很有发展前途的人。你们俩现在可是我们省厅机关的两支笔，要有自己的思想和原则，不能随便听信别人的谣言。要学会分析问题和解决问题，这样才能不断成长。"白主任语重心长地说。

"放心，主任。梁伟麒就和我隔一堵墙，交流非常方便。说心里话，梁伟麒来了以后，我和他接触了几次，我特喜欢他这人的性格。一个字'爽'。他彬彬有礼，不计较得失，从来不想占便宜。"沈剑波也是很直爽地说着梁伟麒。

沈剑波的坦诚令白主任浮想联翩。他想起了自己刚进省厅时，也像梁伟麒和沈剑波一样，好在十年前，遇到了刚转业回来的王厅长，否则，自己有可能也当一辈子科员了。

那年，白主任参加工作已有十年了，仍是副主任科员。有一次，厅长叫白主任去一下。白主任就很快来到了厅长的办公室。厅长问他对国企改制后的看法，存在哪些问题，自己有什么看法和想法等。白主任就把知道的情况一五一十地讲给了厅长听，其中还讲了国有企业资产大量流失，人们很痛心等。厅长听了很不开心，态度很粗鲁地让白主任走。白主任还记得，有一次，有位副厅长在做指示时，说话颠三倒四的，有时明明在一天前讲过的事，又拿出来炒冷饭。结果，不但没提高威望，反倒降了的水平。尤其是个别领导，明明自己对业务不太懂、外行、不擅长，但却装懂、装内行，处处想显示自己，不是横插一手，就是瞎指挥。也真是苦了白主任，好歹没有原则性错误，如有原则性问题，白主任就会直接阐明观点，据理力争，坚决反对。这样就得罪了当时的厅领导。如坚持原则，最后被调走到黄海市局的周副局长。还有个别领导，喜欢把别人做好的饭菜，全部装进自己的碗里，好吃，功劳是他的，不好吃了却要做饭菜的人来承担。这样的领导，完全是自私自利、人格卑微、低贱。

"这你说的一点也不错。他当兵六年，就被提到副营了，就是因为在要提正营时，被师政治部主任的亲戚插进来，没提上，他一气之下，要求转业了。我在黄海市考察梁伟麒时，找了他们局机关的部分同事了解他的情况，对他的印象特别好。小梁还很谦虚，没有心计，他爷爷和爸爸都是当过兵的，家庭在农村，没有任何背景。讲原则，有理想，长辈和领导同事分得很清楚，所以，我只用了十个工作日，就把他给调来了，我现在也可以舒口气了。"说完，白主任还真的深深地舒了口长气。

"主任，您这样一说，我还真的佩服'为奇'了。他和我一样，全靠自己,这样的同事好处。"沈剑波也是位性格直爽的人。

"厅机关就是需要这样的同志来充实。你来了虽才两年多,但厅机关的人你也大概有所了解,梁伟麒遇到困难时,要站出来为他主持正义。比如说,在工作中或在生活上,梁伟麒被人欺负了什么的,这时候有一个正直的人出来为他说几句话,那他一定会记你一辈子的。"白主任不无感慨地说。

"请相信我主任,我知道什么时候最会挫伤人的锐气,就是在坚持真理和原则时,没有人为他说话,反还受少数人指责、讥讽、嘲笑,心尖儿上就像有一把钝刀在割一样的难受。"沈剑波说着,脸上的表情就像真的有钝刀在割自己的心尖儿一样。

"我相信你和梁伟麒会处好关系的。以后,有什么事就直接找我。"白主任会心地说着。

"好好,谢谢主任的教诲!如没其他事,我就走了?"沈剑波站起来对主任说。

"有空多把厅机关的人与人之间的关系告诉小梁,其他没什么了。"白主任又吩咐道。

"我会的,主任。"沈剑波好像受到了厅长的接见一样,心情激动地走出了办公室,心里无比欢乐。

白主任看着沈剑波走出自己的办公室,脸上露出了微笑。他拿起电话,拨出去一串号码。

耳机里传来了中年女人的声音:"谁呀?"

白主任亲热地叫了声:"阿姨,您好!我是政治处的小白呀。"白主任的语调很亲热。

"哦,是小白啊。小梁各方面的情况了解清了?"对方的语言很清晰地传来。

"是的，阿姨。"白主任的语气带着点兴奋地说。

"那好。芯印自从黄海市回来至今，天天兴高采烈的。自小梁来报道至今，心里几乎没我和她爸爸了，天天陪小梁去吃饭。我先也不同意，但拗不过她。我开始问她，她还不告诉我，后来，我干脆不问她了，她一高兴自己说出来了。"可以听出，对方的心情也很开心。

"是吗？"白主任笑着问。

"对呀。前些天，小梁和我们家老王下去调研回来，就夸小梁这孩子不错，还喝了半斤白酒。今天中午，平时在单位食堂吃饭的老王回来了，边吃饭边当着我的面说，这次下去考察，小白让调上来的小梁跟我去，还真不错，写的调研报告让我找不出毛病。在我女儿没陪小梁吃饭前，有一次三人在家吃饭，老王就无意中对女儿说：'据说，这次你们去调研的那个小梁很优秀是吗？'我女儿坐在边上心花怒放地说：'那是。梁伟麒的文章还在省党报二版专栏头条发表，还加了编者按的。他当了九年兵，要被提正营时，被他们师政治部主任搅黄了。'老王很奇怪地问芯印：'你怎么知道的？'芯印说：'我当然知道了。'老王说：'原来是这样哦。'说完了还会心地笑了。"

"那阿姨，厅长也知道这事儿了？"白主任紧张地问。

"不会知道吧，我也没和他说过。倒是我们家这个宝贝丫头很满意，总在我耳边说要我见见他，所以，我才麻烦你的。"阿姨很痛快地说着。

"这有什么麻烦的阿姨，只要您和芯印满意就好。我上午和小梁到厅长办公室去送调研报告时，我看到厅长很赞赏小梁。不是说疯话，自省厅建立至今，还没一个秘书写的材料什么的不需要被厅长改的。小梁可是先例。"白主任很高兴地赞扬梁伟麒。

"好，好，好！看我家那丫头也满意。"电话里传来了阿姨的笑声。

"那事不宜迟，您今晚抽点时间，和芯印一起到希尔顿吃个饭，我把小梁也带上，您看好吗？否则就怕被人捷足先登了。"白主任急切地说着。

"还有谁看上他了？"阿姨惊问道。

"不瞒您说，宣传处的黄心雨，和您女儿一个处的陆桦桦，财务处的沈芯，关键是和小梁一个处的冯筱敏和汪洋。特别是冯筱敏，这姑娘各方面条件都很好，虽然和芯印同岁，但小冯的月份小了芯印近一年哩，好像已经有点苗头出来了。还有到厅里来报道的那天，在动车上，这个小梁见义勇为，被省电视台的主持人看到了，也没经小梁同意，就在当天晚上播出来了，使小梁很生气，第二天还专程来向小梁赔礼道歉。我看这个姑娘是来者不善。"白主任一口气讲了这许多，在等待对方的应答。

"对，那天我们家老王和芯印也看了，还直夸小梁呢。这个小梁才来几天呀，就有那么多姑娘有想法了？还有省电视台的主持人？"阿姨在电话那头持有疑问地说。

"是的。小梁来了将近二十天。这都是我了解观察到的。另外，在黄海市交管局，还有个叫王明珺的姑娘，也对小梁有意思。"白主任接着说。

"看来这个小梁还真的不错，有那么多姑娘看上他。那天在电视里我看到小梁了，身高、脸型和气质都相当好。对了，小梁长得有点儿像电影演员王心刚。"阿姨很欣赏地说着。

"是像。我也急！昨天下午，小梁刚和王厅长到厅里，就打来电话说要向我汇报这次和王厅长一起下去调研的情况。我问了他一些个人情况后,就把将芯印介绍给他的信息告诉了他。"白主任说。

"你告诉他是我们家芯印啦?他有什么反应?"阿姨很急切地问。

"我没告诉他是芯印,只告诉他是厅长的女儿,看他的反应就是特紧张。他说,不管是厅长的女儿还是省长的女儿,他都不会同意的。"白主任说。

"为什么呀?"谌阿姨问。

"因为,他的心里早就有了芯印了。他说,你们家女儿在他心里是个影子,其他的姑娘已进不了他的心里了。"白主任回答。

"是吗?是他自己亲口说的?"阿姨急切地问。

"是他亲口和我说的。"白主任回道。

"好,好。看来我们家芯印还是有眼光的!"谌阿姨很满意地说。

"但是,阿姨,我拿不定主意,我想请厅长今晚上一起去吃饭,您看行吗?"白主任犹豫地问。

"你等会儿小白,我先问一下我们家的宝贝丫头,你电话别挂。"谌芯印的妈妈说着。

"好的。"

一分钟后,电话里传来了厅长夫人的声音:"小白,丫头同意的。她还说,她爸爸肯定会同意的。你看这丫头,高兴成这样子。"

"好的,好的。今晚,等你们到了后,我再告诉小梁。"白主任很欢快地说着。

"好,好,好。"谌芯印的妈妈也很开心地回答。

"阿姨，我想让芯印先到饭店，看小梁有什么反应。关键是我想当面观察一下小梁看到漂亮姑娘后，会不会就轻浮张扬。再说，小梁也曾说过要请芯印一起来的。"白主任如实说。

"小梁不知道是我家丫头吧？"谌芯印的妈妈有点担心地问。

"小梁只认识谌芯印，但不知道芯印就是厅长的女儿，而且，我也没说是王厅长的女儿。正巧，厅长和芯印两人不是一个姓，小梁也不会往那方面想的。"白主任解释着。

"谢谢小白，你想得真周到。"谌芯印的妈妈这才松了口气。

"那我就订希尔顿的'龙凤厅'，这个厅的名字很吉祥。"白主任想了想说道。

"好，'龙凤厅'，吉祥，谢谢你小白！"谌芯印的妈妈也很愉快地说着。

"您看您也太客气了。那就今晚上见，阿姨！"白主任放下电话，在办公室里来回踱着步。想到今晚上为厅长女儿找女婿，心里也就有种神圣感和使命感。他拨通了梁伟麒办公室的电话。小美女冯筱敏提起电话，一听是白主任的电话，吐了吐舌头，说："您好，主任！"

"你好。让梁伟麒到我办公室来一下。"白主任很直接地对冯筱敏说。

"好的。"冯筱敏挂断电话，走到梁伟麒办公桌旁轻声说："梁主任，白主任请你到他办公室去。"说完，很专注地盯着梁伟麒看了足有五秒钟。

坐在右手边办公桌的冉博文，用一种妒忌的眼神，从侧面看着梁伟麒和冯筱敏。

梁伟麒正在电脑上写长篇小说。这是梁伟麒从部队就开始了的习惯，只要圆满完成了领导交给的各项任务，在不影响工作的情况下，总会抽空去干点自己的私活。这样的私活，在市局工作时，除了邵副局长，其他领导不但不批评，还常常给予鼓励。所以，梁伟麒的小说、散文、诗歌之类的文学作品得以发表，也是要谢谢这些支持和爱护他的领导。那部中篇小说已经发出去了，今天，梁伟麒又在写一部长篇小说。

冯筱敏在向梁伟麒传达指示时，顺眼看了看梁伟麒在电脑上忙什么。一看梁伟麒在改小说，这个小丫头片子就很崇拜地对梁伟麒说："梁主任，您真了不起。"

梁伟麒用疑问的眼神看着冯筱敏。

冯筱敏看出了梁伟麒的疑问，还是轻声的但语气里充满了情感地说："真是，梁作家，就这题目《别了，我蓝色的海洋》，充满着诗情画意，诗意里充满着一种别离和依恋，还有一种伟大的精神。"

《别了，我蓝色的海洋》这部长篇小说，是梁伟麒感到写得最得意的一篇。这篇小说是他准备了三年时间才开始动笔的，无论从小说的大纲、布局，还是人物的刻画、情节的处理、环境的描述上，自我感觉都非常到位。小说讲述了以苏晓偲、陆大燕为男女主人公，经受住了考验，逐渐从稚嫩，走向人生成熟的青春励志故事，抒写出美好的人生画卷。作为潜水员，水下抢险是他们放飞青春的翅膀。飞扬的青春，激情的事业，凝聚着他们的信念，锤炼着他们的意志，在工作和生活上，展现出当代潜水员丰富而豁达的情怀。在苏晓偲的价值天平上，始终坚定军人的使命感和国家利益高于一切的信念。他们的品质和风采，无愧于"水下蛟龙"的称号！

"哎，哎，你们俩干嘛呢？耳鬓厮磨的，办公室可不是谈恋爱的地方！"坐在前排的汪洋转过身来，对着梁伟麒和冯筱敏很严肃地说着。说完后，又把满脸的严肃变成了满脸的笑容。

政治处共有四间办公室，正副处长各一间，其余的就是主任、副主任科员的。除正副处长的办公室，每一个办公室长约八米，宽约六米，四个人，四张办公桌分前后两排，间距五米，每排都靠左右的墙壁，中间留一条三米多的通道。梁伟麒这个办公室也是这样安排布设的。两位女同志大气，让梁伟麒和冉博文坐在后排，她俩坐在前排。这样的安排完全是为了利于工作，互不干扰，前后排距离远，从后排也看不清前排人的电脑上是写材料还是写其他的什么。

"汪洋，我在看小说哩。"冯筱敏激动地说。

"我也要看看。"汪洋说着，就站起身跑过去趴在冯筱敏的身上，"冯筱敏说的一点也不错，一看这题目就有诗、有情、有依恋、有精气神儿。这段写得真精彩，'按照规定，潜水员每年享受一个月的疗养假期。1982年11月，正是仲秋季节，苏晓偲这批新兵也在这批疗养之列。'"

"两位美女，笑话我呢？要出我的丑啊？"梁伟麒把小说收起，屏幕上变成了三军仪仗队。

"好威武啊！"冯筱敏被汪洋压着，几乎要趴到梁伟麒的身上了，嘴里喊着："汪洋，我快撑不住了！"

汪洋一脸坏笑地说："你前面又不是刀山火海。"

"好你个死汪洋。"冯筱敏听着想抽出手来打一下汪洋，但被汪洋压着抽不出来。实际上抽手还是抽得出来的。冯筱敏被压倒趴在了梁伟麒的身上，惹得冯筱敏和梁伟麒满脸通红。

"那你赶紧把小说点出来，我就饶了你。"汪洋说着就是不让，仍压着冯筱敏，冯筱敏的头压在梁伟麒的肩上。

"梁主任，快，快点开，否则，我，我……"冯筱敏说着，就将整个头压在了梁伟麒的肩上。冯筱敏整个头一压到梁伟麒的肩上，突然感到一种从未有过的感觉。这种感觉令冯筱敏心速加快，令她感到了安全和温暖。冯筱敏多么想就这样永远地压在梁伟麒的肩上啊！

梁伟麒一看这架势，自己又不好让开，如果一让开那冯筱敏肯定要吃亏，梁伟麒不得不点开。

"当他们一行八人走到上海至杭州的列车卧铺车厢入口时，"汪洋又接上刚才的念了下去，"车厢里所有人都直直地盯着他们。八个人的身高都在一米七八至一米八零之间，往入口处一站，就如一座森林。烫得笔挺的海军呢制服，顺着他们伟岸的身躯垂落下来，十分抢眼。站在最前面身高一米八零的徐潜水长和志愿兵章培刚，头上戴着绷得紧紧的海军大沿帽，恰到好处地显出了他俩军人的神圣气概。闪着黑色光芒的帽沿，压在两双炯炯有神的眼上。这眼神往车厢里一扫，宛如闪电一样，扫倒了一大片。那有四个口袋的海军呢制服穿在他俩身上显得人精神抖擞。其后是清一色的水兵服，无沿帽一律歪戴在头的右边，十二条画着金色铁锚的飘带正被吹进车厢里的风扬起，犹如军旗在蓝白相间的披肩上飘扬。腰间武装带上的'八一'二字，在灯光下熠熠生辉。八名干部战士就这样站出了一种气派，唯有中国人民解放军才能站出这样的气派。也不知是哪位旅客拍起了手，随之，整个车厢便被掌声充斥，从缝隙中传到了车厢外，向四周、向天空飞扬。苏晓偲他们被突如其来的热情感动了。"

"完了，完了！梁伟麒，白主任让你到他办公室去。"冯筱敏像是突然想起来什么，猛地撑起上半身说。这一来又打断了汪洋的朗读。

"哦。谢谢!"梁伟麒也想起来了,连忙将小说关了,向冯筱敏道过谢就往门外走。

梁伟麒站起来走出办公室。看着梁伟麒英俊的脸庞,伟岸的身躯带着成熟男人的味儿从面前闪过,两个美女的鼻翼同时鼓了鼓,脸上都涌出了爱慕的神色。

这个细节又被冉博文看到了,冉博文的心里真是雪上加霜。

二十四

梁伟麒敲响了白主任办公室的门。

"进来。"里面传来了白主任的声音。

梁伟麒轻轻地推门进去。

"小梁,你今晚上有安排没?"白主任见梁伟麒进来关好门后,就问道。

"没有。"梁伟麒回道。

"今晚,在希尔顿'龙凤厅'有个饭局,你陪我一起去。"

"主任,我,我去合适吗?"梁伟麒没想到,主任怎么会带他去参加饭局呢?

"小梁,一斤白酒没问题吧?"白主任没有说行还是不行,就直接问他能喝多少酒。

看来梁伟麒不去也得去了。"一斤白酒没……没问题。"实际上,梁伟麒喝白酒是一斤半的量。但他一想,如果是去相亲,昨天曾向白主任请求过的,要把谌芯印带上的。想到这儿,梁伟麒马上对白主任说:"白主任,我能不能带上谌芯印呢?"

"你还真想带谌芯印去啊?"白主任心里特开心,但脸上却疑问道。

"是的。"梁伟麒坚定地说。

"今天又不是去相亲,你带她去干吗?"白主任仍紧锁眉头问着梁伟麒。

"不是去相亲，我也想带她去。这么多天尽地主之谊也难为她了。再说，昨晚上吃饭时，我已向她说了。虽然您说不是去相亲，但我也想带她去！"梁伟麒看着白主任坚定地说。

"六点开席，你俩五点三刻到那儿。"白主任见梁伟麒态度很坚定，心里边特别地激动。他还没见过这样的小伙子，非要带一个影子去吃饭！而实际上，就是因为这样，他才真正地喜欢他的。白主任看了眼梁伟麒，最后吩咐道。

"谢谢主任！"梁伟麒虽嘴里谢着白主任，而心里却在不停地打着鼓：这到底是为什么哩？还非得要我和他一起参加今晚的宴席。且什么也不说，只是问自己能喝多少酒。若是把厅长和他的爱人还有厅长的女儿一起请来，那不是在让我难堪嘛？不过自己已经说了，除了谌芯印是我的影子，也没有其他女朋友。但始终搞不明白的是，我已经向白主任您说了我心里有谌芯印，可您怎么还是要为我介绍对象呢？这就有点哭笑不得了。王明珺那里到底有没有自己，我也不懂，但我心里已经有了谌芯印了，就是王明珺今天这时候来说，我也不可能答应她了。只是白主任这边真有点强人所难了。不管那么多了，一切以我心中为准！想到这儿，梁伟麒心里也就舒服了，决定先把谌芯印通知到位。

梁伟麒拿起手机，在微信里和谌芯印说了今晚上吃饭的事。谌芯印满口答应了，梁伟麒这才把心定了。

晚上五点三刻，梁伟麒和谌芯印准时来到了希尔顿酒店，跨进"龙凤厅"。梁伟麒被墙上的仿徐悲鸿的《奔马》画作所吸引。他对谌芯印说："这个包厢真的很有特色，你看这《奔马》图真可谓以假乱真。在这幅画中，徐悲鸿运用饱含奔放的墨色，勾勒马的头、颈、胸、腿等部位，并以干笔扫出鬃尾，使浓淡干湿的变化浑然天成。马腿的直线细而有力，犹如钢刀，力透纸背，而腹部、臀部及鬃尾的弧线很有弹性，富于动感。整体上看，画面前大后小，透视感较强，前伸的双腿和马头有很强的冲击力，似乎要冲破画面。整座厅内，弥漫着浓郁的浪漫气息，活泼的色调、奔放大气的布局、近似自然优美的线条和古朴典雅的红木圆桌、红木椅子浑然一体，所表现出的艺术构造感染了我，仿佛置身于一个令人心旷神怡、充满着浓浓的诗情画意的艺术殿堂。"

谌芯叩被梁伟麒这么一说，深感这幅画与这包厢真的很吻合，感到很有文化艺术的氛围，便看着梁伟麒长叹一声，说："你怎么样样都懂的啦，我真的很佩服你！"说完，那双大眼看着梁伟麒，好像要把心里话说出来似的。谌芯叩脱去淡红色的羽绒服，把它放到椅背上。

梁伟麒不好意思看她，连忙低下头，看了看手碗上的表，说："还有十几分钟，还早着哩。"他便背着手在龙凤厅仔细地欣赏起来。

"梁伟麒，你别有了厅长的女儿就对我忘乎所以了。哼！如果你真是这样，我今天就出你洋相。"谌芯叩说着，歪着头盯着梁伟麒看。

正在看着房间的梁伟麒被谌芯叩冷不丁地一说，倒吓了一跳，可反过来一想就说："你出我洋相才好呢。如果今天真是白主任说的什么狗屁厅长的女儿，你尽管出好了，反正我也不在乎，我的心里已经有个影子了。"梁伟麒说着，也看着谌芯叩。

"啊？你的心里已经有了？那为啥还要来这里呢？能告诉我吗？"谌芯叩装得很想迫切知道的样子。实际上，关于梁伟麒心里有个影子的事，昨天吃晚饭前，白主任就已经告诉谌芯印了。

"不能说的，这一说，到时对方不同意，那可真的让我出大洋相了。我不说。"梁伟麒不管怎么样就是不告诉她。

"还什么狗屁厅长哩？你不说，那我走了。"谌芯印说着，真的拎起包就走。

梁伟麒见状，正想伸出手去拉谌芯印的包，却被先一步跨进包厢的白主任挡住了谌芯印的路。

"你俩这是干什么呢？"白主任站在门口惊讶地问道。身后跟着的是提着一瓶干红的服务员。

谌芯印向白主任眨了眨眼，然后把刚才的经过简单地说了一下，嘴里还在说着"狗屁厅长"之类的话。白主任知道是怎么回事了，也急忙站在了谌芯印这边说："这就是你梁伟麒不对了。这样，趁厅长他们还没到，你先说出来，让谌芯印心里也安稳点。"

"主任，这，这怎么好说呢？她实在要走就让她走好了，等于这几天白陪我吃饭了。"梁伟麒说着，脸也涨红了，有些不高兴地说。

白主任见梁伟麒这样一说，生怕好事变成坏事，再一看谌芯印脸上挂着笑在向他眨眼，便知道谌芯印的心理状况了，便说："芯印，你看在我的面子上，今天就既来之则安之，也别扫了我们小梁的兴。再说，小梁，人是你请来的，就这样让她走了，我想你肯定要后悔的。"

"白主任，她走我也走。反正，我也到这儿来了，您到时不要怨我就行了。"梁伟麒说着，就站起来拿起谌芯印的羽绒服，走到她面前说，"谌芯印，走，我俩到别的地方去吃。"

这一闹可把白主任搞得哭笑不得，也让谌芯印骑虎难下了。

白主任到底是过来之人，马上对他俩笑嘻嘻地说："今天就请你们二位给我个薄面，就将就点在这儿吃了，以后，你俩想到哪儿就到哪儿去，可以吧？"

谌芯印是何等聪明啊，她看着梁伟麒说："要不，我俩今天就在这儿吃吧？我还没看到什么呢。这一走，你我都要亏的。"

"这……听你的。"梁伟麒听谌芯印说得也对，就站在谌芯印旁边。

谌芯印连忙拉着梁伟麒坐下，心里边那个高兴劲儿就甭提了。

梁伟麒坐下后又赶忙起身，叫了声："白主任，真对不起，让您见笑了？"

"嗨，这有啥好见笑的呢。"白主任又问梁伟麒，"标准定好了？"

"按照您的要求，定好了。"梁伟麒正在回答时，服务员已端着托盘，一道一道地上冷盘。

白主任看了眼梁伟麒，欲言又止，片刻后又说道："服务员，请你先把红酒开了，倒在醒酒壶中。"

"好的。"服务员应声而去。

白主任转脸看着梁伟麒，说："晚上，放开量喝酒，不要拘束。但你千万不能喝醉知道吗。"

"听主任的。"只要有谌芯印在身边，梁伟麒心里就踏实了。

梁伟麒和谌芯印真是俩小孩，一会儿工夫就又和好如初。只听谌芯印说："梁大作家，刚才我走你也会跟我一起走吗？请你说实话。"

"肯定！只要你走，我不会落你半步。"梁伟麒坚定地回答。

"你不是说我实在要走就让我走好了，等于这几天白陪你吃饭了？"谌芯印很认真地说着，满脸还是疑问。

再次坐下，梁伟麒也仔细地看着谌芯印，只见眼前的谌芯印天生丽质，脸上光洁柔润又清纯大方。一身淡红色长裙，上面缀着些红色的小点，在灯光下显得很高贵。

"你实在要走就让你走，这是前'蹄'，你若走了，我就跟着你走，这是后'蹄'。"梁伟麒看着谌芯印幽默地说。

"还有前'蹄'和后'蹄'呀？把你的脚当成什么了？"谌芯印看着梁伟麒，哈哈地笑着说。

梁伟麒一看谌芯印笑了，心里边就更加得意了，便说："不信，我当着白主任的面，赌咒发誓。"梁伟麒欲要发誓。

"行了，我相信你！"谌芯印笑着说。

"不信也得信！"梁伟麒很认真地说。

"哈哈，对，对，我相信你，相信你。"谌芯印一看梁伟麒满脸那个认真的劲儿，不由自主地也跟着梁伟麒重复了一遍。突然，谌芯印又问，"那个华欣欣有没有找过你呀？"

"找过。但这一次不是她一人找的，而是请了说客出面的。"梁伟麒说。

"还有说客？"谌芯印惊问。

"对，请了那天下午一起送我到省厅来的那个女同事，陈露。"梁伟麒说。

"没事，今晚以后，你就可以硬起来了。"谌芯印诡秘地一笑，还朝梁伟麒投去了如释重负的一眼。

梁伟麒当谌芯印是在说，今晚上反正有厅长的女儿和你你定终身了，还管她那么多干吗？连忙说："你什么意思？你是认为我今天有了厅长的女儿，华欣欣那儿就不管了是吧？我可不是这意思！我，我反正心里已经有了，不管她是厅长还是省长的女儿,我一律不答应。"

谌芯印见梁伟麒回答得很干脆,连忙说:"好的,你一律不答应,我相信你!但你也做得干净利落点呀。"

"那我就直白好了。"梁伟麒突然玩起了幽默。

"不允许直白。要直白,我们人事处就把你开了。"谌芯印说完,对梁伟麒调皮地晃了晃头。

这次就前后十几天没见,谌芯印不知怎么,对梁伟麒的思念就比较强烈。她也是从来没想过自己会对一个男性如此的想念。是自己动心了?那肯定是的。在吕书记办公室真可谓是一见钟情。那天,自己有这样的想法连自己也感到莫名其妙,还暗中骂自己没出息呢。回来后,她极力想将梁伟麒的言行举止忘记,但每次都是感情汹涌,而理智却蜷伏在角落里软弱地呻吟。谌芯印突然明白了许多事情,明白了妈妈这两年为什么总喜欢在自己的耳边唠叨这些,说实在的,她也被妈妈唠叨烦了。她自己心里也想能遇到一位心仪的男性,可就是没有。好在自己的年纪还不算大,再撑两年也没事,但她压根儿就没想到,会在市局里遇到他——梁伟麒。由此,谌芯印已深深地感到了自己的人生将会随他而改变,随他而改变得神奇多彩,否则怎么会在梁伟麒刚来的当天晚上,自己就主动迎上去,陪他吃饭呢?

"哎,你轻点说,白主任在这儿哪,别……别对你……"梁伟麒轻声说着,还给谌芯印使眼色。

谌芯印"扑哧"一声笑出了声,而后做了个说错话很害怕的鬼脸,也轻声地对梁伟麒说:"只要你不出卖我,就没事儿。"

"放心,革命军人头可断,血可流,叛徒不可当。"梁伟麒也向谌芯印做了个鬼脸很认真地说。

谌芯印听到梁伟麒说到"叛徒不可当",再加上做了个很滑稽的鬼脸，终于控制不住了，哈哈哈地大笑起来，一面笑还一面拿那双清纯的眼睛看着梁伟麒。

梁伟麒却一点也不笑，只是很镇定地看着哈哈大笑的谌芯印，还看到谌芯印的那双眼睛也在笑，还笑出了泪花来了。梁伟麒看着谌芯印，很滑稽地装着很不解地问道："谌芯印，这有啥子好笑的呢？难道真的那么可笑吗？"

白主任看着梁伟麒、谌芯印俩人轻松地聊天，梁伟麒在谌芯印面前，也没有显出一点见到美丽姑娘就疯疯癫癫的做作、虚伪、油滑和谄媚，而是举止端正，还不时地幽默几下。白主任心想，这也是他最有女人缘的一面了。难怪，才到厅机关仅二十天，就招来了机关里最优秀的几个姑娘和省电视台的那个华欣欣的青睐。看着他俩聊得那么开心，白主任从心底里笑了。

梁伟麒和谌芯印聊着天，正在这时，包厢的门被服务员轻轻地推开，并做了个请的手势。梁伟麒盯着渐渐张开的门，有点紧张地看着门外，再看看已站在那儿的白主任和与自己聊天的谌芯印。白主任站起来了，这对于梁伟麒来说，肯定是紧张的。哪有不紧张的，到现在，白主任也不将晚上和哪些人喝酒，几个人，应该注意的事项等等告诉给梁伟麒，梁伟麒又不好问。此刻，梁伟麒见有人推门，连忙学着白主任站了起来，紧张地手心里已溢出了汗。当门儿渐渐地打开后，进来了王志阳厅长和一位雍容华贵的中年妇女。

白主任站在那儿，嘴里说着："王厅长好！谌阿姨好！"

梁伟麒也随着白主任的叫法叫了起来。问好后，他见谌芯印还坐在那儿，只是看着王厅长和谌阿姨不动，他连忙做了个快起来的手势。可是，谌芯印就是不起来，看着王厅长和后面的中年妇女，想说什么也没说出来，反倒把目光盯在了梁伟麒的身上，脸上露出了笑意。梁伟麒看到谌芯印这样，心里特别焦急，他是认识王厅长的，但不认识紧跟在厅长后面的妇女，也从来没有见过。你看她那一米六的身高，不胖不瘦的身材，还有那瓜子脸上没有一点斑点，只能看到那额头和眼角上有几条浅浅的皱纹，黑黑的头发，长得很是有韵味。梁伟麒虽叫了，但他总觉得有一项任务没完成。再看谌芯印，她则还坐在那儿，看着梁伟麒的面部表情，脸上还露出了笑容。

王厅长一进来看到梁伟麒时，脸上显出不易觉察的惊讶。但这惊讶，没能逃得了梁伟麒的眼睛，这使得梁伟麒更加不知如何是好了。王厅长随后迅速地扫了眼中年妇女和白主任，再看了一眼还在欢笑的谌芯印，这才微微地点了点头，脸上才有了点笑容，知道是怎么回事了。

王志阳想起他刚到省厅报到时的情景。那年，曾经身为某师副师长的王志阳来省厅报到时，年龄只有三十八岁。三十八岁的野战军副师，回到地方那可是有点分量的。那天，王志阳站立在厅人事处的办公室，正像人们说的"站如松，坐如钟，行如风"的阵势。那时候，接待王志阳的是时任人事处处长的黄副厅长。

黄副厅长面无表情地问："你叫什么？"

王志阳仍如在部队那样，干净利落地回："王志阳。"

"之前，是在哪里工作的？"黄副厅长问。

"在某军。"王志阳回。

"某军是干吗的？"黄副厅长疑问道。

"野战部队。"王志阳回。

"野战部队是干吗的呀？"这一下，黄副厅长把拿在手上的笔放下,惊叹地问道。

王志阳看了看眼前的黄副厅长,心里在摇头,但脸上不露神色地说道:"野战部队,就是冲锋陷阵的部队。"

"哦——"黄副厅长慢条斯理地答着,实际上他对野战部队没有任何的印象。

……

"芯印,什么事笑得那么开心啊?"中年妇女看着脸上还挂着欢笑、双眼盯着梁伟麒看着的谌芯印问。

"爸、妈,我俩正在聊天哩。"谌芯印很开心地回道,语气里还有着刚才的笑意。

梁伟麒见谌芯印坐那儿也没动,突然叫厅长和中年妇女"爸、妈",这才恍然大悟。梁伟麒站在那里,满脸疑惑地紧盯着谌芯印看,眼神里全是惊讶和疑问,而后再看看王厅长和谌阿姨,再看着白主任,再将双眼回到了谌芯印的脸上。

"怎么,不认识我了?我叫谌芯印,这两位是我的爸爸妈妈。"谌芯印看着梁伟麒笑容可掬地说着。

"你,原来你就是王厅长的女儿呀?"梁伟麒那张英俊帅气的脸上,已是通红通红了,问话的声音也有点抖动了,"我……我……"

"梁伟麒,你告诉我的那个秘密,我早已告诉芯印了,你可别说我是叛徒哦。"白主任面带微笑地对梁伟麒说。

"这……这……"平时很大气,说话很流利幽默的梁伟麒,今天却出现了吞吞吐吐的尴尬场面,这令在座的人都会心地笑了。梁伟麒心里对白主任有点不满意了:您也不告诉我谌芯印就是王厅长的女儿,虽然您说是厅长的女儿,但厅长多了,谁知道谌芯印就是自己厅长的女儿？但再一想，白主任这样也肯定有他的用意，这还得要谢谢白主任，"我……我怎么会说您是叛徒哩？谢谢您白主任！"

"快坐下吧。"谌芯印看着梁伟麒处在这样的一种场面，既开心又心疼，连忙看着他轻柔地说。

谌阿姨和王厅长看着女儿那个高兴和心疼的样子，也连忙说着："小梁，快，快坐下。"

见厅长、阿姨和芯印都在说让自己坐下，梁伟麒才回过神来，急忙向厅长和阿姨敬了个军礼，声音洪亮地说："首长好！阿姨好！"

王厅长回了礼，说："好，好，坐下，小梁。"王厅长一面说一面就要落座在就近的位置上。

这时，白主任迅速请王厅长坐到主位上，请谌阿姨坐在王厅长的左手，然后，再把谌芯印安排到她妈妈的左手边上。接下来，便是白主任坐在王厅长的右手边，又将梁伟麒安排在自己的右手边。

梁伟麒等谌芯印的爸爸、妈妈和白主任坐下后，连忙拿起白酒要开。

"梁伟麒，让服务员开吧，你也坐下。"白主任制止了梁伟麒，转头对正在倒茶水的服务员说，"服务员，麻烦你帮忙开一下酒。"

"好的。"服务员轻声答道。

梁伟麒站在那儿的十几秒钟，只感到谌芯印妈妈的眼睛像台摄像机，从上到下，再从下到上地拍摄自己，脸上溢出满意的微笑。梁伟麒心里却在闹腾开了，原来总是叫自己叫小梁的白主任，除昨天上午在王厅长那儿叫自己的大名，今天也叫了自己的大名了。看来，白主任在这些细节上也在改变。刚才突然出现的场面,也是自己这辈子第一次遇到,是难免的。现在,谌芯印就实实在在是自己的人了,也不是影子了,这个角色转变得太快了吧?不管怎么说,本意都是好的,现在得要注意自己的言行举止了。

谌芯印见爸爸、妈妈的脸上都是微微地笑,心里的一块石头才落了地。

十人的圆桌五人坐,显得位置与位置间的距离就大。谌芯印想把椅子朝梁伟麒身边移一移,但红木椅没让她移动,她就用含情的眼神看着梁伟麒。梁伟麒马上领悟了,连忙过去,把谌芯印的椅子往她妈妈那儿移。

谌芯印急忙说:"不是往那儿移。"

梁伟麒看了看谌芯印,正好和谌芯印的目光相遇。从谌芯印的目光里,梁伟麒读懂了谌芯印原来是要把椅子往自己身边移。梁伟麒犹豫了一下,还是把谌芯印的椅子往自己这边移了移。

谌芯印幽默地看着梁伟麒说:"大方点儿好吗?梁大作家。"

梁伟麒被谌芯印这样一叫,满脸通红地又看了看谌芯印,有点不好意思地低下了头。他搬起谌芯印的椅子,往自己这边移了移。

"我说好就好。"谌芯印调皮地说。

梁伟麒轻轻地"哦"了声,搬起椅子,让谌芯印推。等谌芯印和梁伟麒的两张椅子靠到了一起,谌芯印才说:"辛苦大作家了。"说完,满脸喜悦地坐了下来。

梁伟麒和谌芯印俩人移椅子的场面,如演小品一样,让仅有的三位特殊观众看得喜气洋洋,三双眼睛里,竟充满了满意、爱意。

梁伟麒把谌芯印的椅子移动好后,拿起酒瓶犹豫了一下。

白主任对梁伟麒说:"给厅长倒白酒,给阿姨倒红酒,谌芯印嘛,就随你便了。"

"好的。"梁伟麒便拿起白酒和红酒,走到厅长右手边,说,"王厅长,给您倒酒。"

"谢谢。"王厅长欠了欠身说。

"谢谢您厅长。"梁伟麒说完便向特别精美、古典、雅致的水晶白酒杯慢慢地倒去。一股清香悠悠地飘进了梁伟麒的鼻孔里。这种精美的酒杯能盛半两酒,当给王厅长倒了半杯时,厅长和白主任也没示意不倒,梁伟麒就继续慢慢地倒,心想,就倒满了。等晶莹剔透的五粮液要到杯口时,梁伟麒轻微地旋转酒瓶,将瓶嘴抬高、移开,瓶中一滴酒也未洒出。

梁伟麒又拿起红酒,走到谌芯印妈妈的右手边,说:"谌阿姨,给您倒酒。"

"谢谢。"谌阿姨学着王厅长的样子,欠了欠身说。

"谢谢您阿姨。"梁伟麒说着,对着红酒杯慢慢地倒去。倒到杯中的三分之一位置时,梁伟麒轻微地旋转醒酒器,将醒酒器口抬高。

梁伟麒又为白主任倒了白酒,拿起红酒要为谌芯印倒。

"我要和你一样喝白酒。"谌芯印说这句话的时候,双眼紧盯着梁伟麒。

"这……"梁伟麒将目光投向白主任。

"那就倒吧。"白主任倒是很平静地说道。

梁伟麒还是那样认真地倒着,但不时地看着谌芯印的表情。倒了半杯,梁伟麒就收起酒瓶不倒了。

"你倒多少,我也倒多少。"谌芯印盯着梁伟麒说。

梁伟麒看了眼谌芯印,她的那双明镜似的眼睛看着自己。

梁伟麒还是没倒。这次梁伟麒没看白主任，而是把目光投向了厅长和阿姨。厅长和阿姨没有任何表示，只是看着梁伟麒，好像是在考验他怎样处理这个棘手的事。梁伟麒没有得到明确的答复后，走到一边的柜台前，拿起一只空酒杯，回到原位，放到梁伟麒和谌芯印的中间，仍然是慢慢地倒了半杯。除了谌芯印用疑问的眼光看着梁伟麒，其余三双的眼睛里都是信任，还微微地点了点头。

梁伟麒这一圈酒倒下来，仿佛接受了一次首长的检阅。梁伟麒最后给自己倒好酒后，看了看厅长和他爱人，还有白主任、谌芯印，方才坐下。谌芯印还是用那双漂亮的带着疑问的眼神看着梁伟麒，梁伟麒还给她的是真诚的眼神。谌芯印知道，梁伟麒绝对是为了保护自己才这样做的，脸上马上露出了抑制不住的喜悦。其余三人的眼神里当然也是满意和高兴。梁伟麒从他们的眼神里，还看到了对他倒酒时的赏识和对谌芯印的爱护。

白主任向梁伟麒投来满意的眼光，站了起来，说："厅长，阿姨，还有芯印和梁伟麒，今天，非常感谢你们参加这个小聚。也没什么主题，就是请你们尽心喝好、吃好、吃得开心。不过，梁伟麒啊，你今天可要辛苦点，厅长、阿姨、芯印随意。"说完，举杯向厅长和阿姨的方向，再转向谌芯印和梁伟麒的方向。

梁伟麒见白主任站起来了，他也立即站了起来，紧跟着谌芯印也站了起来。"谢谢，我会尽力的！"梁伟麒很认真地说道。

白主任给梁伟麒送来一份信任的笑意。然后，一仰脖子，将杯中酒倒进了口中。梁伟麒听到说除了自己外，其余都随意，看到厅长和阿姨各自喝了杯中的三分之一，倒是谌芯印端起半杯酒一饮而尽，梁伟麒也就举起酒杯一饮而尽。

梁伟麒有点担心，再偷偷地看了厅长和阿姨，见他们都在看他,目光里满是信任。梁伟麒放心了,他拿起酒瓶为白主任倒满,再走到谌芯印身边,将刚才放在那里的半杯酒,倒了一半在谌芯印的酒杯里。

"不行,最起码还和第一杯一样,半杯。"谌芯印说。

"酒有,得慢慢喝。"梁伟麒轻声对谌芯印说。

谌芯印便撅着小嘴,说:"好的,听你的'为奇'。"

这一叫,除梁伟麒,众人投来了惊讶的眼神。

"干吗,你们?我叫的'为奇'是了不起的意思。"谌芯印看着他们的眼睛说。

厅长突然笑了起来,说:"你这丫头,也不经小梁同意,就帮人改名。"

厅长一笑,谌芯印的妈妈和白主任都笑了。这样一笑,谌芯印倒显出了'为奇'来了,酒席上一下子轻松了许多,她还给了梁伟麒一个顽皮的目光,说:"说他了不起还要经他同意啊?"

梁伟麒也给了她一个"为奇"的目光。

谌芯印一看梁伟麒给自己的也是"为奇"的目光,便轻声地说:"看我怎么让你'为奇'。"

梁伟麒也轻声回道:"到时,我告饶还不行嘛?"

"不行!"谌芯印斩钉截铁地回道。

"好的,只要你开心。"梁伟麒轻声说着,看着谌芯印。

"这还差不多。"谌芯印大获全胜似的回答。

梁伟麒看到谌芯印满意了,才拿起筷子夹了点菜放到谌芯印的盘子里,自己也夹了一口菜,抿嘴嚼着,心想,等白主任敬了酒我再去敬酒。

"我自己来,你先喝酒。"谌芯印一看梁伟麒在给自己夹菜,心里那个高兴劲儿就甭提了。要知道，这可是长这么大，第一次有自己最爱的人为自己夹菜。

梁伟麒看着谌芯印说："没关系，应该的。"

谌芯印一听说"应该的"，就更加开心地看着梁伟麒。梁伟麒也开心地看着她。

白主任站起来，走到厅长面前，说："厅长，我敬您酒。您随意。"说完，和厅长碰了一下酒杯，一饮而尽。梁伟麒急忙拿起白酒为白主任倒酒，心想，肯定要敬阿姨，就站在白主任后面。果然，白主任走到阿姨面前，举杯敬酒，白主任又是一杯倒进了口中，阿姨也将杯中的红酒一饮而尽。梁伟麒见状，急忙拿起红酒为阿姨倒酒，而后才给白主任倒满。梁伟麒跟着白主任来到了谌芯印面前，白主任又是一个底朝天。谌芯印也一口喝完，等白主任走到自己的位置坐下，梁伟麒才为白主任倒满了酒，回到自己的位置，将那个酒杯里的酒全倒给了谌芯印。谌芯印还是那样撅着嘴看着梁伟麒，欲言又止的样子。梁伟麒还是用刚才的眼神回给了谌芯印。

梁伟麒心想，该是自己敬酒了。本来按敬酒的规矩，应该女士优先敬酒的，但今天特别，厅长、阿姨和谌芯印又是一家人，自己又是这个桌上最小的人物，我不可能坐在这儿等阿姨和谌芯印来敬酒。要不用眼神问一下白主任。想到这，梁伟麒便用眼神看着白主任，白主任也看到了梁伟麒的眼神儿，便使了个同意的眼神儿。

梁伟麒从坐位上站起来，端起酒杯，走到厅长面前，说："我敬厅长，您随意，我喝完。"说完，和厅长碰了碰杯就一饮而尽。厅长也喝了足有一半。梁伟麒给自己加满了杯，走到谌阿姨面前说，"阿姨，我敬您一杯，我喝完，您随意。"

"你也慢点喝。"谌阿姨心疼地对梁伟麒说。

"谢谢阿姨!"梁伟麒听到这句话,心头当即感到一股暖流。这样极其普通的一句话,在一个没有亲朋好友、相对陌生的地方,在这样的场合,又在这样的时节里,出于一位母亲之口,怎能不让梁伟麒感到温暖呢?梁伟麒只觉得双眼有些模糊了,但他抑制住自己的情感,更加谦和地举起刚加满的酒杯,一口倒进了嘴里,然后亮杯。

谌芯卬的妈妈见梁伟麒眼眶里的瞬息之变,再加上这小伙子各方面相当不错,心里也感到踏实,不觉心里也涌上了一丝母爱,双眼也有些湿润。但她也控制住了,一抬头,也喝光了杯中的红酒。梁伟麒万分感激,站那儿愣了一两秒才想起为她倒酒。倒好酒,梁伟麒来到白主任面前,说:"主任,非常感谢您的关心!我喝了,您随意。"说完,和白主任碰了杯,又是一杯下去,白主任也喝了一杯。梁伟麒回到自己的位置,又倒满了一杯,对着谌芯卬说:"谌主任,我敬你一杯。"

"还叫我谌主任吗?你先坐下,吃口菜,否则,我不喝。"谌芯卬的语气里有埋怨有关心,眼睛也直盯着梁伟麒,慢声细语地接着说,"你何时能把这个什么'谌主任'给改了呀?现在可不是之前了,我不喜欢听你叫我'谌主任'了,懂吗?"说完,还用眼唬了一下梁伟麒。

"今天不是太激动了嘛,你谅解点。"梁伟麒看着谌芯卬用眼唬他,脸上显出些尴尬,轻轻地说。

"叫什么?不是你来报到的第一天晚上,我陪你吃饭不就说过吗,总之随你叫!"谌芯卬双眼里全是温情,说完还在嘴里哼哼了两声接着说,"今天敬酒是在家里人面前敬酒,你在外面是外面的敬酒。你懂吗?"

梁伟麒感受着谌芯印关心温情的语气,看着那双忽闪忽闪的大眼,坐了下来,轻声地说:"我明白。"正要举杯敬谌芯印,厅长端起了酒杯说:"小梁啊,你军人的豪气一点也没减啊。现在,我们两个当兵的喝一口,你得把我的杯子加满了,还是你敬酒的那句话,我喝了,你随意。"

梁伟麒连忙站起来,急忙拿起自己的酒杯和酒瓶跑过去给厅长倒酒,激动地说:"谢谢厅长抬爱!"说着,端起自己的酒杯,和厅长碰杯,俩人同时把杯中的酒喝完。

梁伟麒一喝完,拿起酒瓶为厅长加酒。紧接着,谌芯印的妈妈和白主任也分别敬了梁伟麒。梁伟麒算算,至少有三两酒下了肚。他回到坐位后,看到面前的碗里,堆满了菜,还有一碗汤,便知道,肯定是谌芯印为自己夹的菜,还舀了一碗汤。梁伟麒用感激的眼光看着谌芯印,说:"谢谢你!现在该敬你了。"说着倒满了酒敬谌芯印。"你随意,我喝了。"说完,又是一饮而尽。梁伟麒可能是今天心情好,喝的又是五粮液,竟然没有一点感觉。

谌芯印端起酒杯看看杯中就那么一点儿酒,拿起酒瓶就要给自己倒,被梁伟麒制止了,说:"你就喝杯中酒吧。"

"不行,你加满了我也得加满。"谌芯印看着梁伟麒非要加满。

梁伟麒说:"如果你非要加满,那我就再倒一杯陪你。"说着,就要为自己加酒。

"不,不,听你的'为奇'!"谌芯印无可奈何地喝完了杯中的小半杯酒。

梁伟麒这才放下杯子,看着谌芯印喝完,然后,又倒了小半杯。坐在那儿的三个人,看着梁伟麒和谌芯印,会意地点了点头。特别是谌芯印的妈妈和爸爸，看着自己的女儿在梁伟麒面前能伸能屈，俩人真是天生的一对，真的像王心刚和王晓棠，感到特欣慰。

谌芯印的妈妈，怎么也没想到，一贯在家我行我素、独来独往的宝贝女儿，在梁伟麒面前竟然言听计从、百依百顺，心里一块石头落了地。再看看梁伟麒这小伙子，还真如白主任说的那样，英俊、洒脱、阳刚，站有站相、坐有坐相、吃有吃相、走有走相。总之，这小伙子言谈举止都特别合自己的意。想到这儿，脸上的欢喜就更加深了，还不时地向谌芯印投来欢乐的笑意。

谌芯印一看自己的妈妈给自己投来了满意的笑意，脸上一红，抿嘴开心地笑了笑，说："我等会儿和他来敬您和爸爸的酒。"谌芯印的妈妈开心地点了点头。

梁伟麒吃着谌芯印为他夹的菜，想了想，走到厅长和阿姨面前，说："我敬厅长和阿姨的酒，你们随意，我喝完。"说完，碰过杯抬手就要喝。

"等等。"谌芯印突然喊道，端着酒杯来到了梁伟麒的身边，说："'为奇'，你现在敬爸爸妈妈，我也要参加敬酒。"

"你？"梁伟麒没想到，谌芯印也要参加敬酒。那这意思就完全变味儿了。

"是啊，我也要敬爸爸妈妈的酒，不行啊？"谌芯印说着，头还一歪地看着梁伟麒。

"这……"梁伟麒不知如何是好了。这是他长这么大第一次遇到这样的问题。他用眼看着厅长和阿姨。

"你就按芯印的意思来。"王厅长发话了，阿姨也点了点头。

谌芯印一看自己的爸爸妈妈说话了，心里边那个快活劲儿

229

就甭提了，说："那你要帮我倒满了吧？"

"这？你要敬酒但不能倒满了。"梁伟麒看着谌芯印说。

"不行。你不帮我倒满了，我这敬爸爸妈妈的酒就成了半心半意了。这不行。"谌芯印坚定地说。

梁伟麒看着谌芯印把她的酒杯倒满了，轻声说："你这样喝要醉的。"梁伟麒满口满脸都是怜香惜玉。

"我今天没事，醉了也有人送的，放心吧。"谌芯印看着梁伟麒很喜悦地说着。

"但身体要紧！你得听我的，等我喝完了你再喝好吗？"梁伟麒说。

梁伟麒今天的表现，把谌芯印心里对梁伟麒的爱全部调动起来了。梁伟麒走到哪儿，谌芯印就跟到哪儿，双眼里露出的全是欢喜、关心和敬佩。谌芯印自到了谈恋爱的年龄，不管是人家介绍的还是自己结识的男性中，还从未遇到过这么豪爽、这么干练、这么洒脱的男性。当谌芯印在黄海市局考察梁伟麒时，可谓是一见钟情。这次省厅政治处挑选一名男性，是她老爸有天回来吃晚饭，喝了点小酒，高兴时说出来的。反正，这也不属于秘密。自从黄海市局出来以后，她一句话也没说，总觉得有件东西遗忘在了那里，还不断地回头看看后面，梁伟麒是否在后面看着自己。梁伟麒的身影，在她的脑海里留下了挥之不去的印象。

"小梁啊，我们家这个丫头长这么大，我还是第一次看她喝白酒。今天她是太高兴了，就随她去吧！"王厅长笑眯眯地看着梁伟麒，然后抬起手摸了摸谌芯印的头说。

"还真是的！我们家这个丫头还真是第一次喝白酒。可能今天这孩子特别开心吧，你就随她怎么疯去吧。"谌芯印的妈妈不无疼爱地抓住谌芯印的手说。

梁伟麒一听这话不知怎么了，心里边有非常感激的话要说，但又不知该如何表达，只是用双眼很温柔地投向王厅长、谌芯印的妈妈和谌芯印，说："非常感谢你们和谌芯印，我，我真的是三生有幸认识了你们和白主任，还有孙处长，我会记得的！"梁伟麒说到这儿双眼真的湿润了，他仰了仰头，努力克制着自己的情感，硬是想把眼泪逼进眼眶，但那双眼睛里流出来的泪，就是进不去，他只好将一双湿润的眼睛转向了谌芯印。

谌芯印看着梁伟麒这一瞬间的变化，心里的那份早就想溢出的情感再也控制不了了，用那双也已湿润的眼睛直盯着梁伟麒，说："听你的，一切都听你的！"说完，拿起餐桌上的毛巾擦去溢出眼眶的泪，还抬手为梁伟麒去擦。

她的这一举动，立刻感染了她妈妈，只见她妈看到自己的女儿在擦泪，双眼也红了。她越发对梁伟麒显出了疼爱，拉着谌芯印的手说："芯印，好好儿的！"

"放心，妈妈，我会好好儿的。这是幸福的泪！"说着，谌芯印湿润的双眼里还露出了开心和笑意。

谌芯印的爸爸是见过世面的，但自己的亲生女儿，在今天这样的场合那么激动，他不觉眼眶也红了，只是看着梁伟麒和谌芯印，眼里含着笑说："今天大家都开心。喝酒！"

梁伟麒看到谌芯印这样，心里无比地感动，但这儿并不是表示感动的地方，等以后有机会，他会好好地报答她的。他听到厅长在说"喝酒"，急忙说："谢谢你们！厅长和阿姨。谢谢谌芯印！"

"我要谢谢你！"湛芯印双眼的泪水还没擦干，就抬起脸说，"不允许你玩新招。"

"放心，在你爸妈面前，我还敢玩什么新招。"说完，梁伟麒和厅长、阿姨再次碰了碰杯，就仰头喝完了杯中的酒。

厅长和阿姨看出了梁伟麒的用意，一下子就把杯中的酒喝光，俩人的脸上还闪现出开心的微笑。

湛芯印用莫名其妙的眼神看着梁伟麒，梁伟麒很认真地递给她一个把酒杯给自己的眼神。似乎，梁伟麒身上有股子什么魔力，湛芯印也就莫名其妙地把酒杯递到梁伟麒手上。

梁伟麒接过酒杯，将湛芯印杯中的酒倒进了自己的杯中，只留了个杯底给湛芯印。湛芯印这才明白过来，跺着脚说："我就知道你又会玩新招。不行，这是我的酒，不要你喝。"湛芯印说着就要抢梁伟麒手上的杯子。

"这酒里面写着你的名字吗？"梁伟麒用红红的双眼看着湛芯印轻声地问。

"没有。"湛芯印只好看着自己的酒流到了梁伟麒的酒杯里。

"那怎么能说是你的酒呢？"梁伟麒说完，举杯和湛芯印碰了碰杯，说，"你杯里还有点酒，就一起喝了吧。"

湛芯印撅着个嘴和梁伟麒碰了碰杯喝完了："好，我让你'为奇'！"湛芯印嘴里这样说着，但她的心里有说不出来的开心。

梁伟麒又走到白主任面前，正想举杯敬酒，湛芯印突然喊道："等等我'为奇'，我要和你一起敬主任的酒。"湛芯印说着，已端了酒杯来到了眼前。她在想，自己的爸爸妈妈咱俩都一起敬了，敬白主任的酒不就更加理所当然了。

梁伟麒愣在那儿了，看着湛芯印。湛芯印连忙说："看我干嘛，咱俩是同事，又是一个厅的，一起敬敬领导的酒不行啊？"

梁伟麒看着主任，又看着厅长和阿姨，他们和白主任没有阻止谌芯印，脸上都含着微笑。

"敬酒可以，但喝酒得听我的。"梁伟麒心里平静了下来。

"听你的，好了吧。"谌芯印说着，又撅着嘴看着梁伟麒。

梁伟麒对谌芯印说："那你说敬酒词。"

"我说就我说。"谌芯印对梁伟麒调皮的头一歪，说："主任，非常感谢您组织了这次小聚。很成功！现在，我和我的同事'为奇'来敬您，祝您身体健康、幸福快乐、心想事成！我说好了，你说，大作家。"

梁伟麒看着谌芯印调皮的表情说："你都替我说完了，我就不重复了。"说完，使了个眼神给谌芯印。谌芯印马上领悟，和梁伟麒一起举杯向白主任敬酒，"主任，我喝完，您随意。"说完喝完了杯中酒，然后把谌芯印的酒杯接过来，还像刚才一样，和白主任、谌芯印一起喝完了。

回到原地，谌芯印见自己的爸爸妈妈，还有白主任在说着什么，还很开心地笑起来，心里就有数了。这心里一有数，她浑身就有说不清的兴奋。她看着梁伟麒又在为自己挡酒，心里头也就有说不上来的快乐。

谌芯印那是气质美女，生长在这样的一个家庭环境里，她的举手投足自有别样的优雅。包间里的气流通常时间一长，就让人觉得好闷、难受，此时，这个龙凤包厢里，却透着一股清新的空气。谌芯印明明一直在注意观察着梁伟麒，见这个才比自己大了三岁的小伙子，也会那么心慈又宠辱不惊，是装的吗？不是的。如果是装的，也不会装得那么像，也不会在今晚这么长的宴席上，没有露出丝毫破绽。谌芯印心里暗暗想着：梁伟麒在爸爸妈妈面前，亦是这种不卑不亢的模样。刚才爸爸妈妈说了那句话，就让他感动得那样，这还真不容易。今天谁也别看，就看我那挑剔的老妈。以前有人介绍，首先得从妈妈那儿经过，前后也有好几个小伙子被她"枪毙"，谁也入不了她老人家的眼，这是她妈告诉她的。而今天怪了，竟然从进来到现在，她老人家的脸上，始终挂着灿烂的笑容。到底是什么力量让她会这样呢？对，是自己坚定的信念；是梁伟麒身上透着的一股子男性美的那种气质，感化了自己的老妈；是梁伟麒不俗的谈吐和说话时那像磁铁一样的音质……总之，在谌芯印的心中，已再也不会选择其他男人了。难怪梁伟麒说，我是他的影子。是他的影子就意味着是他心中的爱人！一想到这儿，谌芯印不觉地看了眼梁伟麒。这样的男人，对家庭和爱人，肯定会有责任感的。她谌芯印也不是没见过世面的人，作为她们这个圈中的一员，她接触过太多优秀的年轻人。这些人分为几类，一类是削尖脑袋想钻进她们这个圈子内的；第二类是自以为有本事而笑傲江湖的；第三类也就有如梁伟麒这种不骄不躁的气度，让她觉得很舒服、很温馨、很奔放、很热忱、很体贴。想到这儿，谌芯印的心里总算放下了。一个大家和小家说不同也有不同之处，说相同也有相同之处。就是以后，我在外受点委屈什么的，回到家，梁伟麒必然会给自己一个踏实的港湾。这个港湾，便是她最需要的，也是我那老妈老爸最关心的。

今天的梁伟麒真是'为奇'了，越喝越兴奋，自始至终没有多一句话或醉意，神志清醒，有礼有节，沉稳中透着豪爽，干练中透着洒脱，兴奋中透着礼节。

席间，谌芯印的妈妈不时地问梁伟麒家里的情况，梁伟麒不卑不亢地一一作答。谌芯印的妈妈看着相当满意。

饭吃得差不多时，梁伟麒起身去卫生间，想借此把晚上的单买了。

可梁伟麒刚一起身，谌芯印就说："你上哪儿去啊？"

梁伟麒看到谌芯印那架势，肯定也要跟着去，就说："我去一下卫生间。"

"我也要去。"谌芯印站起来，看着梁伟麒的脸说着。

"我到卫生间，你也要去啊？"梁伟麒轻轻地问道。

"你到哪儿，我就到哪儿。"谌芯印说着，还踮着脚把漂亮的脸蛋儿故意在梁伟麒眼前一仰。

梁伟麒见状，只好脸上挂着笑地说："好的，你要去就去吧。"说着，手上还做了个请她先走的滑稽动作。

俩人一前一后地走出了包厢。等梁伟麒走出卫生间时，谌芯印已等在门口了。梁伟麒就走到谌芯印身旁，说："你先回包厢，我去买个单。"

"我也去。"谌芯印还是那三个字。

梁伟麒看了谌芯印一眼，只好走在前面，谌芯印跟在梁伟麒的后面，来到了买单处，主动买了单。

谌芯印看着梁伟麒，收银台和站在旁边的服务员都看着他俩笑。梁伟麒被她们笑得有点不好意思了，满脸通红的。可是，谌芯印却做出了一个更加大胆的举动，很高雅地挽起了梁伟麒的右手。这一下，就更加让梁伟麒感到尴尬。梁伟麒想挣脱出来，又怕伤了谌芯印的自尊，不挣脱出来，又有点不好意思。

你别看梁伟麒是个二十七岁的大小伙子，但他还从来没跟女孩子这样拉着手呢。在部队时，那年他记得，自己已经二十五岁了，提副营第三年的"八一"节那天下午，全师组织

了一次庆祝"八一"建军节活动。梁伟麒本不想参加这次活动的,硬被战友们拉上去朗诵了自己写的一首散文诗,《心灵的放歌》:

我正在书房里赶写一篇文稿。忽然,"啪啪"的声音在拍打着窗子。我抬头一看,惊呼:"下雪了!"昏黄的灯光里,洁白的雪正纷纷扬扬地漫舞,好一个优美的景色。

窗外的雪花比先前稠密了。营区里一片洁白,显得很寂静,仿佛没了声息般。唯有那漫天劲舞的雪还在相互簇拥着、亲吻着,显示着自己的生命——一种可贵的生命!一阵风儿吹来,掀起她晶莹的身姿拍向我的窗,随后又翩翩飞向一旁,像蝴蝶般漫舞,又好似天女散花,自由自在、无忧无虑地飘落到地面。昏暗的天空被飘扬着的洁白的雪花映亮出柔和、朦胧和奇异。

近些年,洁白的雪比以前显出许多的金贵,冬日一到,看着灰蒙蒙的天像要下雪了,可老天爷总是那样吝啬。年轻时,只要一入冬,雪就会漫天飞舞起来,一直到入春还会飘上几场大雪。那叫"瑞雪兆丰年"。那时,只要是白天下雪,我总喜欢站在门口,望着前面辽阔的田野被鹅毛大雪连为一体,心里总有一种莫明的激动和喜悦。雪地上已白茫茫一片时,我轻轻地踩在雪中,倾听着脚踏积雪的"嚓嚓"声,有股说不出的惬意。捧一把晶莹剔透的雪在手中揉搓,慢慢地,一股温热便从手心向身体蔓延。

窗外,刚才还昏暗的角落,此时也被雪衬托得那样光洁,连密密麻麻的冬青树的根下也是一片白。

自然界创造出来的美总是令人叹服和惊讶,尤其这洁白的雪总是在不经意地构思中炫耀着自己,像恋人间纯真地表白。

冬青树已戴上洁白的绒帽,旁边的腊梅已是洁白如玉。

雪就是这样诚挚,人世间无论你喜欢的和不喜欢的,只要能容得下她洁白的生命,她总会幸福地为你去死。

在雪的世界里定会感到一种无法用词汇表述出的意境,令你浮想联翩,还会发现那上面仿佛洋溢着一种难以言状的冬日的光焰,一种平和与完美。

窗外的雪仍在庄重地、悄悄地漫舞着。

唏!多么希望这片片洁白的雪是十三亿颗中国人的心在尽情放歌啊!

就这首诗,令梁伟麒在全师范围内一炮走红。也给自己带来了麻烦。本师师长的女儿慕名而来。梁伟麒也没想到,到地方后又是这样,这令梁伟麒的心更加冷了。好歹他有业余爱好,否则该怎么办他也不知道。他怎么会不感到那个呢?但谌芯印她也不像是个什么厅长家的千金了,更谈不上是什么男女有别了。

当单买好后,到了包厢门口,谌芯印才把手恋恋不舍地放下来。一进包厢,六只眼睛全盯着俩人看。谌芯印也被盯得不好意思了,就问:"你们这么看着我干嘛呀?"

谌芯印的爸爸、妈妈只是不出声,满心的欢喜全从俩人的脸上显现出来。倒是白主任脸上也挂着笑,来了这么一句:"看着你们俩人不笑,还得为你们高兴地流泪啊?"

这特别让梁伟麒和谌芯印尴尬,梁伟麒不好意思,低下了头。可谌芯印没有,只是红着脸说:"你们这是有点不怀好意了。"说完,还轻轻地推了一把梁伟麒。

梁伟麒不知如何回答,只得嘴里边"哦"了一声。

就这"哦"了一声,让厅长和阿姨还有白主任三人笑出了声。

谌芯印推着梁伟麒的手说:"'为奇'啊,你抬起头来,看看他们在笑话我们呢!"

237

梁伟麒连忙抬起头，看着厅长、阿姨还有白主任，见他们的脸上还存着笑意，便看了看谌芯印，说："你就让他们去笑呗。"

就这句话，突然带给谌芯印无穷的力量，只见谌芯印也很快乐地对着他们说："对，就让你们去笑呗。"说完，谌芯印的头还高昂了起来，好一派心满意足、无所谓的骄傲的架势。

谌芯印摆出这样的一个Pose，令在场的人都开怀大笑，就连梁伟麒也笑出了声。梁伟麒觉得，谌芯印有时所做出的言行，还真的挺可爱的。

谌芯印见梁伟麒也跟着笑了，有点莫名其妙地看了众人一眼，对梁伟麒说："你'为奇'了是吧？"

"不敢！我还真不敢！"梁伟麒脸上的笑意仍然没褪尽地回道。

"那才是。"谌芯印说完，盯着梁伟麒的脸看着，连忙在他的左手上轻轻地拍了一下。

梁伟麒立即收回了手轻声说："哦，你爸妈都在呢，被他们看到了可不好。"

"这有啥不好的呢？"谌芯印说着，还不停地在那儿手舞足蹈的，看那样子，谌芯印似乎有点醉了。

"今晚活动就到这儿吧，有什么活动咱们以后继续安排。"王厅长的声音突然响起，其余的人也不好再有什么了。

晚上回去还真是遇到了麻烦事。谌芯印借了点酒劲儿，就像小孩似的，非要梁伟麒送。梁伟麒又不好意思说不送或送。谌芯印的爸爸妈妈的意思是让谌芯印和他们一起走。他俩倒不是不放心梁伟麒，倒是感到自己的女儿这样，有点太麻烦梁伟麒了，这就有点僵在那儿了。梁伟麒想的是，今天第一次，她和自己的爸爸妈妈一起来吃饭，就送她回去那印象不太好，更何况她又喝了点酒。就是自己坐怀不乱，也会被她折腾得够呛。最后，还是白主任说了句话："随芯印去吧，反正到家的路也不远。"就这一句，成全了谌芯印的愿望。谌芯印高兴得跳了起来，她也不管爸爸妈妈和白主任在不在了，拉起梁伟麒的手就走。既然定了要他梁伟麒送，他便看着白主任，再看看谌芯印的爸爸妈妈，脸上显出了请你们放心的神情。

此时，喝了酒的谌芯印非常兴奋，她挽着梁伟麒的手，走在回家的路上，疯疯颠颠地在梁伟麒的面前，扑棱扑棱地，真像个小燕子似的，令梁伟麒开心。这是梁伟麒长这么大，第一次承担这样坚巨而光荣的任务。这个谌芯印围着梁伟麒的身体转来转去，梁伟麒又担心稍一不慎让她摔倒或碰到哪里，只好注意着前后左右的人来车往。为了以防万一，梁伟麒特地让谌芯印走里边，他走外边，能起到保护作用。但谌芯印一会儿又跑到外边，使得梁伟麒一会儿又得把她让到里面。谌芯印对梁伟麒说："今天是我长这么大以来，最开心的一天。我真的感到很快乐！很幸福！"

"这也是我有生以来第一次承担这么艰巨的任务，更是我第一次，被美女拉着手轧马路。"梁伟麒也很有感触地说。

"什么？你也是第一次？"谌芯印突然停下来，仰起头，两只眼睛在路灯下闪着晶莹的光惊问道。

"是第一次。"梁伟麒见谌芯印突然停下看着自己，有点不适应地回道。

谌芯印看着自己内心深爱着的人，原来还是位处男，她的心里更加激动了，因为，她自己也是个处女。只见她眼里马上像一片湖泊，深情地望着梁伟麒说："我也和你一样，你是我的第一个，永远的第一个！"

梁伟麒不知如何回答她，只是四眼对着。梁伟麒从来也没想到，这么个千金，竟然和自己一样。他真想激动地把她给抱起来，但他抑制住了，只是和她对望着。

这段本来只要一刻钟就能到家的路程，今天用了足有半个多小时。到了谌芯印家的楼下，梁伟麒要走，谌芯印说："到家里坐会儿吧？"

"不了，我这样到家不太合适的。"梁伟麒说。

"有什么不合适的？以后，你就是我的，我就是你的，咱俩永远不分离！"说着，还仰起头看着梁伟麒。

"咱俩永不分离！但今天这样上去像什么呢？什么也没买，不好的。"梁伟麒很有顾虑地说。

"我不要你什么，我只要你这个人！"谌芯印双手抱着梁伟麒的胳膊不放，非要让他上去。正在左右为难时，王厅长和谌阿姨到了楼下。谌芯印一见到自己的爸爸妈妈回来，更是不让梁伟麒走了，还对她爸爸妈妈说，"爸爸妈妈，你看这个'为奇'，还不愿意进家门儿，说什么不合适，两手空空的。你们看怎么办？"

梁伟麒见王厅长他们回来了，急着把手抽出来，但谌芯印就是不愿意，他只好无奈地看着王厅长他们。

"那就上去呗。我们家没那么多礼数的。"王厅长满脸笑着说。

谌芯印的妈妈也急忙说："对的，我们家没这么多礼数的。以后要常来。"

"怎么样啊'为奇'，走，上去。"谌芯印说着，拉着梁伟麒就要进电梯。

"那请厅长和阿姨先走。"梁伟麒只好退一步说。

王厅长和阿姨脸上挂满了笑地走进了电梯。到了出电梯时,阿姨在开门的时候,梁伟麒在谌芯印的耳旁说了句话:"芯印,你和爸爸妈妈都到家了,今天,你让我空手进家门儿,那会使我留下终身遗憾的。虽然你爸爸妈妈说没有那么多礼数,但我是做晚辈的,你是我的第一个,也是最后一个,我必须要有礼数!你懂吗芯印?等下回再来好吗?"

谌芯印看着梁伟麒满脸的为难,知道他说的是真心话,也就慢慢地松开了手,对着梁伟麒说:"你得说话算数。"

"相信我,我会说话算数的。"梁伟麒回道。

阿姨把门开好了,站在门外等着他俩进去。梁伟麒说:"打扰厅长和阿姨了,我已和芯印说好了,等下回再来。"

"到家门口了,还不进来坐坐?"王厅长说着。

"谢谢厅长和阿姨,等下回吧。"梁伟麒很真诚地说。

厅长和阿姨也只好作罢。

梁伟麒看着眼泪在眼眶里打转的谌芯印,说:"听话,芯印,我说话肯定算数!"说着,便进电梯。谌芯印也到了电梯旁,依依不舍地挥泪告别。

等家里人都洗好澡,坐在客厅的沙发上时,谌芯印的爸爸妈妈看着还沉浸在不舍的氛围里的宝贝女儿,妈妈说:"小梁这小伙子真不错,我们家这个宝贝女儿啊,也真有眼光!"

"是不错!无论哪方面,都是相当优秀。至于他家庭什么的,那都是次要的,只要俩人好,那些都不足为重的。"厅长这样说。

"爸爸妈妈,我真的离不开他了,就像身上少了一样东西,特别难受!"谌芯印这样一说,双眸里又流出了泪。

谌芯印的妈妈连忙抱着自己的女儿疼爱地说:"我知道,

我知道，只要女儿珍惜！"

"你们知道吗爸爸妈妈？他也是第一次谈恋爱，所以，今天我看到他在桌上，有两次差点儿激动。第一次，是妈妈您讲了你也慢慢喝。第二次是爸爸妈妈说我女儿是第一次喝白酒，他的泪就在眼眶里了。我看到后心里真的很幸福。像这样的性情中的男人，定会对家庭有担当，有责任感，有孝心的。爸爸妈妈，你们放心，我不会嫌弃他的家庭的。如果嫌弃的话，我也不会天天去陪他吃饭了。这一点，我也特别感谢爸爸妈妈你们的开明。我代他向你们表示感谢了！"说着，谌芯印还真的站起来，向自己的爸妈鞠躬。

谌芯印的妈妈连忙站起来，拉着谌芯印的手激动地说："放心吧，如果让你找一个有地位权势的，你爸爸早就帮你找了。但你爸爸就是不想让自己的女儿到人家去，成个花瓶，无足轻重。"

王厅长听了点点头。他的心里有这么个秘密，他的脸上涌上了慈爱的笑容。

二十五

晚上,回到家的梁伟麒心情轻松地洗好澡,仰靠在自己的床铺上,沉思着刚才的情景。他在想,今晚的谌芯印真是太单纯了,长这么大了,和自己一样,还没和异性这样子过。那天,梁伟麒记得,在黄海市局吕书记的办公室里,由于当时只有谌芯印一个女性,梁伟麒就注意看了眼她。只见她漂亮的脸蛋儿上,平静且成熟,没有一点今晚的感觉。当时,要说什么话要问什么,都是两位处长说的,只是看到她在一边儿在笔记本上记录着什么,还不时地用那双美丽的大眼睛盯着自己看看,光洁的脸上还映出了欣慰。那时,他梁伟麒怎么也不会想到,今晚会出现这么个情况,既让人疼爱,又惹人心中涌起许多的美好和依恋。谌芯印在她自己家里不是也这样吧?莫不是今天,就是家里人还有白主任和自己,她就会这样了?王明珺那儿也别较真儿了,既然自己的心已经有了归宿,哪还有什么千头万绪,剪不断,理还乱,别有一番滋味在心头的?随王明珺怎样了,反正都是她自己作出来的。就这样,梁伟麒想着也慢慢地睡着了,然后做了个美梦,梦中的谌芯印像位仙女一样,飘到了他的面前……

手机闹钟响了,已到了晨跑的时间。等梁伟麒晨跑回来,洗漱完毕,把一切都收拾停当,走出房间,他特意在经过沈剑波的家门口时,放慢了脚步,但见里面没有一点动静,梁伟麒也只好用上正常的脚步，向食堂走去。

当梁伟麒跨进食堂时，就见谌芯印已到了食堂，坐在比较醒目的位置上，面前放着两个人吃的早餐。梁伟麒看到谌芯印坐在那儿，正向他招手，梁伟麒也就随着谌芯印的手势，来到了她的面前。

"吃早饭了，'为奇'。"说完，谌芯印用双眼给了梁伟麒一个暗示。

"这又让你辛苦了。"梁伟麒用手指了指桌上的稀饭和点心说。

俩人吃好早饭，坐在那儿聊起了昨晚的事儿。谌芯印和梁伟麒说："昨晚，妈妈看你在待人处事的礼节上，还有言谈举止上，喝酒的品相上，都很满意，很是开心。你还不知道吧？我俩在前面走，两个老的在后边跟着，生怕出事儿呢！还说你为了保护我，还让我走里面。"说完，脸上涌起两片红晕。

"我不保护你还去保护谁呀？就是不知道怎么感谢你爸爸妈妈。还有你呀就会给我戴高帽子。"梁伟麒说着，看着谌芯印，脸上也是灿烂的笑容。

谌芯印听着梁伟麒这样一说，激动得不知如何是好，看着他说："有了你的保护，我就什么也不怕了！还有，我可没给你戴高帽子哦，是你自己本来就这样。"谌芯印说着，一边看着梁伟麒。

"你呀，以后少喝点酒，会伤身体的。"梁伟麒怜惜地看着谌芯印说。

"知道！以后啊，你在场我才喝，好的吧？"说着还向梁伟麒投去深情的一瞥。

梁伟麒今天突然感到长大了，成熟了。他看着谌芯印那天真无邪的样子，猛然感到自己内心深处敞开了大门，把眼前这个漂亮的单纯的温馨的姑娘，轻轻地紧紧地藏在了自己的心中。他感到既幸福，又有一种责任。这样的责任和幸福永远是相连的。梁伟麒本想再问谌芯卬，她爸爸妈妈对他的感觉。刚才，她已经告诉自己她妈妈的印象，就足已证明他梁伟麒在她爸爸妈妈面前过关了。梁伟麒看着谌芯卬，微笑地说："好的，芯卬。谢谢你们全家对我的夸奖。实际上，我平时也就是这样的，我也不会做作，一切都是顺其自然的。"

"哎，哎，夸了你，你就喘了？"谌芯卬脸上憋着笑装作生气地说。

"我不喘还能干啥？"梁伟麒滑稽地说。

"哪有这样喘的呀？"谌芯卬欢快地说。

"我也不知道会有这样喘的。"梁伟麒满脸惊叹地说。

这一惊叹可把个谌芯卬的志气给激出来了。谌芯卬开心地说："走，我们去上班了。中午一起吃饭。"

"听你的。走，去上班吧。"说完，梁伟麒满脸喜悦地和谌芯卬欢快地走出了食堂的大门。

下午上班没多长时间，办公桌上的电话就响了起来，梁伟麒见其他人没接，连忙拿起电话说："你好！请问你找谁？"

"你好！我找梁伟麒。"对方刚一说完，就"噗哧"一声笑出了声。

梁伟麒一听是谌芯卬的声音，特别是听到电话里传来了"噗哧"一笑，他也就跟着笑了起来，说："你呀，调皮！找我有什么指示？"

"晚上不到食堂吃饭了，我请几个人一起到外面去吃，怎样？"谌芯卬语气里的笑还没散尽。

"好的,一切都听你的。"梁伟麒笑着回道。

梁伟麒一说一切都听你的,马上就听出了谌芯印的开心来了,"那下班在办公室等我。"说完,就将电话挂了。

梁伟麒想想,脸上也露出了笑意。这种开心的笑,可是发自内心的。中午吃饭时,谌芯印也没和自己说什么,只是端着菜和饭在找位置。陆桦桦、黄心雨、冯筱敏、汪洋还有沈芯等喊她坐到她们那边去,谌芯印没答应,硬是找了个四人座的空位置。那几个丫头不知原因,面面相觑,等梁伟麒一出现,也端着菜跟在谌芯印后面,大家这才恍然大悟。但这几个丫头的脸色马上就变了。这一现象,也被王厅长看到了,还有其他没出去的厅领导,成百双眼睛,都往谌芯印和梁伟麒这儿看着,搞得梁伟麒很不好意思。但是,谌芯印却不管了,她的心里底线也已全被突破了。吃饭时,泰然自若,该夹菜给梁伟麒的照样夹,俩人吃着饭,说着话,很有情趣,令众人生出许多的羡慕嫉妒恨来。

谌芯印突然打电话来,紧接着,白主任的电话也来了,让他去一下。梁伟麒心急忙慌地走出了办公室,心想,是不是近些天自己和谌芯印一起吃饭,引起了众人的注目?还是带来了负面影响?是不是节奏太快了?这太快了,也不能怪我呀,那只能怪谌芯印了。可怎么能怪到谌芯印身上呢?再有什么负面的影响,全由自己来承担,不能让谌芯印承担的。那可不是我梁伟麒做人的风格。梁伟麒这样想着,已到了白主任办公室的门口。由于匆忙,梁伟麒感到自己有点儿喘气,便在门口站了一会儿,才敲响白主任的门。

"请进。"

"下午好主任!您找我?"梁伟麒战战兢兢地问道。

"是啊。你呀,小梁,胆子放大点,就像你昨天一样就好。"白主任还是笑着说。

"我昨天是不是有点太直白了?"梁伟麒问道。

"没有,他们都看着你笑呢。"白主任说着。

"我当是笑话我呢。"梁伟麒回道。

"哪有时间笑话你呀?而是相当满意。你没看到芯印?她那高兴劲儿像什么都不管不顾了。"白主任说起这些,心里还是很有成就感的。

"是的,我还怕出洋相呢。"梁伟麒心有余悸的说。

"洋相倒是没出,只是不太热情。"白主任说。

"我再热情的话,那个谌芯印就可以把此当成舞台了。"梁伟麒一想到谌芯印那晚的样子,脸上多了一层笑容。

"她也就那个样子了,再怎么样也不会舞成那个样的。"白主任笑着说。

这一笑,把氛围就笑开了。梁伟麒顿觉到舒心了。也就说道:"我生怕她酒喝多了,她的爸爸妈妈要怪我。"

"没事的。后边的事情你得要抓紧了。"白主任很有分寸地说。

"哦。我抓紧。"梁伟麒回道。

"你俩成了,可不能忘了我这个'红娘'哦!"白主任深深地叹了口气说。

"谢谢您主任!"梁伟麒面带微笑地说。

白主任说着再看看面带喜色的梁伟麒,想起了自己刚到省厅时的情景。那时,白主任是沉默寡言,埋头工作,爱岗敬业的。就因为白主任有着这样好的素养,才是当时省厅最看重的。白主任到省厅工作的十年来,从副主任科员到主任科员就再也上不去了，原因是省厅摊上了大事，白主任也被牵连。最后查来查去，与白主任没有一点关系，但与他的处长副处长有关系。当时，整个组织机构几乎完全瘫痪。正在这时，部队转业的王志阳到任政治处主持工作，但也没明确是处长什么的。一个月下来，已明确了政治处主任王志阳，他大胆地观察和使用白主任等被滞留不提的干部，几年里，白主任不折不扣地完成了厅和处交给他的各项工作和目标任务。在王志阳担任副厅长时，他力荐白主任等任副主任或副处长，从此，白主任驶入了正常的轨道。

第六章

二十六

谌芯印在十八岁时，有着一颗曾经在部队里浸洗过的心，因为自己的父亲是省厅政治处主任，就有很多围绕在自己的身边转的男人们，她一般只把他们看成是普通的人，很少当男人看。谌芯印依偎在老爸的身旁，瞧着那些个男人们，一个个都只看她的外表，而实际上，她需要一个能让她改变自己想法的人。没多久，谌芯印就再也瞧不上这些男人了，就一门心思去上大学。几年的大学生活后，自己从老爸的眼神里也看到了赞叹。谌芯印年龄渐大，仍无确定的恋人，这使她成为省厅青年干部口中一个烫嘴的话题。

谌芯印在大学的生活里，围着自己转的姑娘就是冯筱敏了，身边的姑娘们差不多都有男朋友了。谌芯印对这些小伙子也一个个审阅过，但都不是自己心目中要找的人。谌芯印在想，我的那一半还没出现，那他肯定就是和自己一样，在眼前或者很远的地方，也在孤独地等待邂逅。

冯筱敏的老爸，那时已经是厅党委副书记了，而谌芯印的老爸还只是政治处主任。人家是厅党委副书记，而自己的老爸就比冯筱敏的老爸低半级，属于正处级，相比之下，谌芯印也有点别扭。但这官场上，何时能发生裂变，就连在深水中淌过的人也无法看清。就在冯筱敏的老爸被提的第二年的第一个月，谌芯印的老爸也被提上了副厅长，也加入到了厅党委委员的行列。

这一来，冯副书记心里就有点想法了。但他再一想，自己是厅党委副书记，也是副厅级，王志阳被提起来也属正常的，总不可能让我一下子再被提到厅长位置上吧？冯副书记自己的心里也开始激动起来了。但再如何激动，也管不了自己的职位呀！到了2015年，省委把王志阳提拔到厅党组任书记兼厅长后，王志阳才感到，这个官儿来得真的是太快了。毕竟，自己还年轻啊，而比自己大三岁的冯副书记，却没有随之变动，心里就有些疑问了。难道是省委已看准了哪位？想从省里上层挑选？可是，这一等等了半年多，在发现没有这些名目后，王志阳决定去找省委领导，去了解一下冯副书记为什么不被提拔上来。得到的答复是耐心等待。又等了一个月，冯筱敏的爸爸就被提拔了。

冯筱敏的老爸被提拔后，王厅长一面做自己的工作，一面为自己女儿的终身大事着想。到今天终于成功了。

二十七

下午下班的时间快到了,梁伟麒不紧不慢地收拾着那些不需要收拾的文件,其余的人都有事情在做。正在此时,谌芯印欢天喜地进了梁伟麒的办公室,一屁股坐在了梁伟麒的办公室的沙发上。梁伟麒一见到谌芯印来到了办公室,还如以往一样,只是说声"你来了"之类的话。实际上哪有什么以前呀,来了近二十天了,今天,是谌芯印第三次来梁伟麒的办公室。其他的人见到谌芯印来了,都抢着和她说话。

"今天,哪能要你来请我们呀?"首先说话的是汪洋。

"怎么了?就该是我请你们呀!"说完,谌芯印就像是有什么话没说到似的。

"哪里呀,我们这不全是为了你吗?"冯筱敏抢着说。

"是啊,还有谁呀?"冉博文连忙提到主题。

"一会儿就知道了。"谌芯印一说完,就对着梁伟麒抛来了一个媚眼儿。

梁伟麒知道了,原来,今天她是想让我们处办公室的人全清楚谌芯印和梁伟麒的事儿。实际上,从梁伟麒报到的那天晚上,谌芯印开始陪梁伟麒吃晚饭开始到今天,多多少少有些人知道。但都认为梁伟麒是新来的,可能和谌芯印有亲戚,也没人往这方面想,也不可能往这方面想。就是汪洋和冯筱敏等天天看到谌芯印和梁伟麒一起吃饭也没想到。再说，还有少部分人在想，看来这个王厅长也脱不了这个裙带关系的俗气。说是在全省范围内招一个什么人，原来，早就想把家里的什么人安插进来。这些人在看着世态的变化呢。

一会儿，又进来了黄心雨、陆桦桦、沈芯，还有沈剑波。这四人一来，除沈剑波，仨姑娘就直接往梁伟麒的电脑前面蹭。梁伟麒连忙笑着喊道："这是要干吗呀？"

"我要看看你的私生活里有点儿什么。"黄心雨这样说着，脸上挂着不满意的神色。

"我也要看看嘛！"陆桦桦的声音也紧跟着。

"你们都要看，那也得让我看看吧？"沈芯有点不开心地撅着嘴说着。她是这几个人中年龄最小的，去年才考进来的，二十四岁。

这一下子，谌芯印倒是有点紧张了。谌芯印看到梁伟麒这边，被黄心雨、陆桦桦还有沈芯三人包围着，密不透风。谌芯印的心里面就有种说不来的开心和嫉妒，好像，生怕这中间有人当面要把他的梁伟麒抢走似的。谌芯印坐不住了，连忙对黄心雨、沈芯和陆桦桦说："你们这三人，到哪里都能听到你们这样开心的吵闹声。"说完，看着她们仨，嘻嘻哈哈地笑出了声，"走，人都到齐了，咱们吃饭去了。"谌芯印说完，就走在前面，其他人都跟在后面轰轰烈烈地走出了办公室。

几个女的走在一起，几个男的走在一起，姑娘们一路上叽叽喳喳的，好像有说不完的话。小伙子们却相对要稳重些。冉博文很想到汪洋那里去，但汪洋却一点没理他，他只好跟在女同志们后面，想要再参加梁伟麒和沈剑波他俩的聊天，但有点插不进来了，也就拿着手机，低头玩了起来。

沈剑波看了眼梁伟麒，轻声说："这前面的六个美女是我们厅目前最漂亮的了。就拿谌芯卬和冯筱敏俩姑娘来说吧，是我们厅目前一、二号首长的千金。她们俩要身材有身材，要脸蛋儿有脸蛋儿，要气质有气质，厅内就有好几个小伙子在盯着呢，但都没敢上。原因可能是自己有点自卑。冯筱敏和谌芯卬虽同岁，但冯筱敏的月份比谌芯卬小了十个月呢。这俩姑娘上大学就在一个学校。据说，这俩还没谈过恋爱呢，是相当的优秀。"沈剑波说完，还用大姆指竖起来，做了个了不起的手势。

"谢谢老兄！到时还得要你帮忙。"梁伟麒笑着应付着。

"我可帮不了你，要你自己去攻破。还有几位家庭条件都很普通，也和你我一样，她们都是靠着真才实学考进来的。如果你不是为了自己升官发财，就从这些人里面挑，反正，你看着办。但汪洋你可不能去想了，那个冉博文已经追她半年多了，但这个丫头就是不答应，这里面也不知道是为什么。可能，冉博文没人缘儿，一个人想干吗就干吗，不像你梁伟麒那么有条理性，不管是什么工作，放到你的案头，你都会做得特别到位。哎，你知道吗？那个冉博文的老子也是副厅级，据说是在文化厅。"沈剑波唠叨着。

梁伟麒也不去打听谁好谁差的，他的心里，确切地说，已被谌芯卬塞满了，其他的美女怎么也进不了他的心里了，否则他早就答应华欣欣了。一想到华欣欣，梁伟麒心里就有一种说不上来的感觉。自从他前天四点多钟回来后，冯筱敏和汪洋都说华欣欣一天两个电话，当天上午刚打的，就是问我何时回来。昨天和今天，她都有打电话来，巧得很，自己去白主任那儿了，没接到。华欣欣和冯筱敏说，让自己来后回个电话给她，否则，她就到厅里来了。梁伟麒听说之后，心里在想，不管怎样，人家也是帮忙的,俗话说"多一个朋友多一条路",也就回了电话。可谁知,这个华欣欣就在电话里埋怨梁伟麒狠心,不把自己当回事儿,到今天也不把自己的手机号给她。她还说,这个周六到这儿来。梁伟麒想想明天就是周六了,她想来就来吧,反正,我已和谌芯印定了,明天一切都由谌芯印去对付了,我现在可以袖手旁观了。想到这儿,梁伟麒对沈剑波说:"剑波,我先前不知道谌芯印是王厅长的女儿,前几天就和她在一起吃饭了。现在知道了,你让我咋办?"

"啊?你到今天才知道谌芯印的身世?我还当你知道呢。那现在怎样了?"沈剑波很有点焦急地问。

"顺其自然吧,该怎样就怎样。"梁伟麒这样很轻松地回答。他并不是不想告诉沈剑波,关键是要经过谌芯印同意,否则会弄巧成拙,让她以为自己在炫耀呢。

"也好,顺其自然得好,凡事我们不强求,对吧?"沈剑波看着梁伟麒这样说着,俩人一起走进了饭店大厅。

进了酒店,梁伟麒一看,还是昨天的那个包厢。今天,谌芯印让梁伟麒坐在了主位上,谌芯印坐在了梁伟麒的右手边上,让冯筱敏坐在了梁伟麒的左手边上,其余的按照这样就坐下了。

等冷菜全上来,男的杯中倒满白酒。白酒杯也是昨天半两的杯子。女的倒红酒,杯中仍然是三分之一。等酒全部倒好后谌芯印轻声对梁伟麒说:"伟麒,你来宣布吧?"

"我宣布会让人啼笑皆非的。还是你来宣布吧,我积极地配合,怎样?"梁伟麒看着谌芯印的双眼说。

"那谁宣布,以后家里的权就归谁了!"谌芯印含着笑看着梁伟麒说着。谌芯印看到梁伟麒什么都让着她,心里那个高兴劲儿差点令她上去狠狠地啃他一口。但毕竟自己是第一次恋爱，也得庄重点，不能给同事们看到自己太随便了，不好。

"行，以后我的人、权、物全是你的，好吧？"梁伟麒也喜滋滋地看着她说。

谌芯印脸上笑开了花儿，说道："我只要你的人，其他一切都是假的。"

"行，你就拣实在的东西拿吧！"梁伟麒也开心幽默地说着。梁伟麒很想用两根指头去夹夹谌芯印那漂亮的鼻子，可也忍住了。

"一言为定！"俩人坐在位置上这么头靠着头地说着什么，把其他人放那儿也不管了。除两个男士，其他几个美女可不认账了，心里也不舒服了，便纷纷说："你们俩在干什么呢？今天芯印请客，为什么要让梁主任坐在主位呢？你们俩也太不顾忌别人了。"

坐在梁伟麒身边的冯筱敏今天也感到谌芯印奇怪，她的心里有种说不出来的感觉。自梁伟麒来后，她俩天天在一起吃饭。起初还当他们俩是亲戚关系，但今天这架势摆在这儿，肯定有什么事了。冯筱敏便看了眼梁伟麒那张英俊帅气的脸，心里边就有种疼爱和爱恋。虽然，她和梁伟麒在同一个办公室，但就这几天，梁伟麒的为人处事很得自己的青睐。自己也从未想过有其他女性会去占有他，就算被其他女性占有都没关系，就是千万不能被谌芯印占有。如她一占有，那我该怎么办呢？那个省电视台的主持人根本不是梁伟麒的菜。梁伟麒就是想找一个踏踏实实的爱人，又不是要找个天天在外边采访，不着家的爱人。但这个华欣欣追梁伟麒也很辛苦，可是，梁伟麒没把她当回事儿。想到这儿，冯筱敏便也笑着说："梁主任，今天是芯印姐请我们大家聚餐，你往这中间一坐，是什么意思？是想一肩挑一个吗？"

这一说，梁伟麒看了看谌芯印，让谌芯印说话。

谌芯印也看到了梁伟麒的意思，便站起来说："好啊，谢谢兄弟姐妹们！今天聚餐的目的主要是想向大家宣布一件大事，就是要让大家一起来分享我和梁伟麒的快乐。"她停下来，用专注的目光看了一眼大家，然后，将左手搭在梁伟麒的右肩上，轻轻地拍着梁伟麒的右手，简明扼要地说："这个梁伟麒，从今往后是属于我的了，这块'领土'请各位姐妹们不要来侵占哦！"说完，洋洋得意地看着梁伟麒，两只手往梁伟麒的右手臂上一插，吊得紧紧地，头还有意识地想摆出个造型来，之后端起红酒杯就朝着大家的面前一一伸了过去。当最后到梁伟麒时，她深情地对他说："我俩喝了，他们随便，如何？"

"听你的！"梁伟麒说完，自己先一饮而尽。

所有人都没听懂，更没看懂，特别是一个个美女们，都愣在那儿了，面面相觑，一点儿兴奋劲儿也没有。尤为突出的是冯筱敏，站在那儿，睁着两只大大的眼睛，在梁伟麒的脸上扫来扫去，满脸通红语无伦次地说："你们俩？这不可能呀！这怎么可能呢？"

谌芯印看到冯筱敏这样语无伦次，便急忙靠在梁伟麒的身上，把上半身探过去，对冯筱敏笑着说："为什么会不可能呢？一切皆有可能！而且，这是必然的！"

"你们是真的吗？"冯筱敏用含着惊疑的眼神问。

"是的。"梁伟麒斩钉截铁地回道，并加重了语气说，"我的心里已经有她一个多月了。只是不知道她是厅长的女儿。如果早就知道了，我肯定会放弃。但是，直到昨晚上我才知道。可那时她已占有了我的整个身心了，我没办法再把她从我的心里请出来，我没办法了。"梁伟麒一会儿看着冯筱敏，一会儿看着谌芯印说。

冯筱敏不停地摇头,像是在拒绝这样的现实。

而谌芯印被梁伟麒这样一说,双眸里全是泪花儿。她长这么大,除了爸爸妈妈那样真心地爱着她,现在自己深爱着的人,也那样真心地爱着自己。两份爱虽不一样,但都是用心去爱着的,这对于谌芯印来说,是多么激动的事啊。她双眼坦诚地盯着梁伟麒,眼角,两颗晶莹的泪珠滚落下来。梁伟麒连忙拿起餐巾纸为她擦泪,她不让擦,就这样静静地看着梁伟麒。

冯筱敏从震惊中走出来,她端起酒杯,首先敬梁伟麒和谌芯印两人,轻声说:"尽管我一时不能接受这一美好的消息,但我必须真诚地祝贺你们,祝你们幸福美满,健康和谐!"说完,把杯中的酒喝了个底朝天。

梁伟麒再看看谌芯印,用有点担心的眼神看着谌芯印。谌芯印回给她的眼神是"放心吧"。梁伟麒看到这眼神后,才放下心来。随后,谌芯印也轻声地回了一句冯筱敏,说:"放心,我对他充满信心!"说完,谌芯印也把杯中酒喝了下去。

谌芯印这样一宣布,除了冉博文没有一点动静外,其余的都有了强烈的反响,纷纷用不同的眼神盯着谌芯印和梁伟麒看,好像他们俩身上写着什么似的。

然后,一个个都来敬酒。梁伟麒看出来,大家都很开心,不管怎样,今天也算是个喜庆的日子,再加上厅长的女儿和每个姑娘对梁伟麒都有种别样的感觉。

每来一次敬酒,梁伟麒都有点顾虑,喝下去后,还偷偷地看谌芯印一眼,眼神里全是"你就不能慢点喝"等内容。

梁伟麒只是朝大家笑了笑,看了眼谌芯印。每来一个,谌芯印都会尽情地喝,被梁伟麒用慢点喝的眼神提示了一下。谌芯印见状便端起手中的酒杯和各位说："咱们再碰一碰，祝贺我和梁伟麒。我俩干了，你们就随意吧。"说完就要喝。

梁伟麒见状，偷偷地碰了一下谌芯印，爱怜地说："你慢点，这样喝容易上头的。"

谌芯印看着梁伟麒那爱怜的眼神，心里说不出来的开心，温情地说："有你在，我不怕！"

俩人这样秀恩爱，都被大家看到了，他们的心里就如打翻了五味瓶一样，有种说不出来的滋味。

"这第三杯酒，祝我们大家健康快乐。来，咱们再走一杯。"说完，谌芯印又要喝了，被梁伟麒轻轻地从她手中将酒杯拿了过来，把谌芯印的酒喝尽，然后再继续喝自己的酒。

梁伟麒也看了看今天喝酒的这些人到底有谁能喝，第一二杯下去，几位姑娘和俩哥们儿，竟然没事儿似的。

谌芯印一看急了，轻声地说："今天可不像昨天，像你那样喝下来，必然要倒下来的。"

"真的吗？"梁伟麒还有点不相信，用疑惑的眼光看看谌芯印。谌芯印也用坚定的神情看着他，"那咋办呢？"

"你看着办。"谌芯印说完，只是看了眼梁伟麒，很平静地说，"请各位看好了，刚才，我们家的梁伟麒为我喝了这杯酒，我现在补上行不行？"

几个美女看着梁伟麒，嘴里说着俏皮话："行了，补不补一样。"

"大家都有这一天的，等着。"沈芯说。

"好的，谁要代就帮我来代。"汪洋说。

"你是要梁主任来帮你代酒？我看危险了。"陆桦桦说。

"是啊，谁还敢请梁主任来代酒？"黄心雨说。

梁伟麒只是和每个说话的人笑笑，也不说话。美女必然有美女去对付，我个大男人冲上去，会被人家瞧不起的。他再看了看冉博文和沈剑波，见他俩只是在笑，没有发表任何意见，心里感到有点儿唐突了，就坐那儿看着他们喝。第三轮又结束了。到了第四轮，谌芯卬把梁伟麒一拉，脸上亲切地指着他说："这是我向你们保证的货真价实的人。我虽然没谈过恋爱，他也没谈过恋爱，但我也只想谈这一个，所以，请你们各位务必帮我这个忙。"

"帮什么忙？"大家急切地问。

"就是帮忙了解一下他的个人经历。"说完，谌芯卬自己就先对着梁伟麒笑了，梁伟麒也看着谌芯卬笑了。

谌芯卬这样一说，其他的人谁还敢去了解梁伟麒？这不，在敬酒时，除了谌芯卬，其余几个多抢着和梁伟麒喝酒。每次敬酒时多有新的提法。冯筱敏再敬酒时，看着梁伟麒和谌芯卬说："芯卬，你可是我闺蜜，咱俩早就说过了，有福同享，有难同当的。现在，你看怎么办？"冯筱敏说着，还朝梁伟麒和谌芯卬咧嘴笑了笑。

"咱俩除了梁伟麒不能分享，其余都行，咋样？"谌芯卬说着，也朝冯筱敏咧嘴笑了笑，而后，还往梁伟麒身上靠了靠。

"先祝贺你们，但在你俩还没领证之前，咱俩都有希望！"说着，双眼盯着谌芯卬看着。

"那是当然可以的喽。但这得看梁伟麒同志的了。"谌芯卬说着，只是给冯筱敏浅浅地一笑，然后，双眼注视梁伟麒。

梁伟麒见她们俩闺蜜把球踢给了自己，便很从容地调侃说："放心吧两位，我是永不叛党的！"说完，梁伟麒很坦然地朝两位笑笑。

261

梁伟麒这一"永不叛党",给了谌芯印一个定心丸,谌芯印回敬他一个灿烂的微笑。冯筱敏不懂此意,莫名其妙地看着他俩,问:"这什么意思?"

"没什么意思。"谌芯印很开心地回道,双眼露出的纯洁好不令人心旷神怡。

梁伟麒怎么也没想到,这爱情还真难,怎么可以这样单刀直入呢?再怎样,也是开个玩笑就过去了,但她们俩还有点当真了,但愿是玩笑说说而已。而后,就是汪洋、黄心雨、沈芯和陆桦桦,最后就是沈剑波和冉博文。

"真佩服你啊梁伟麒,才到厅里不到一个月,就博得了厅长千金的那个什么,我自愧不如,我自形惭秽。"说完,冉博文的脸上挤出了些许嫉妒来。

梁伟麒只是看了眼冉博文,又看了眼谌芯印,笑着说道:"正如女同志们敬酒时说的一样,可公平竞争啊。"

谌芯印也是满脸笑容地说:"我可不公平竞争,我只要梁伟麒!"

冉博文见状,连忙说:"还是自扫门前雪吧。我敬你们,祝你们幸福美满!"说完,一口喝干了杯中酒。

梁伟麒也一口喝了杯中的酒,然后说:"谢谢祝福。谌芯印杯中的酒我可以喝吗?"

冉博文连忙说:"行,行。"

梁伟麒连忙把谌芯印杯中的酒喝光了。其他几个小美女坐在那儿盯着这边看,脸上露出敬佩和些许不愉快。但这些女同志,虽然语言上露骨,但实际行动上还是很有点自控力的。

喝完了冉博文敬的酒,沈剑波也端着酒杯来凑热闹了。他到了梁伟麒和谌芯印的旁边,说:"梁主任和谌芯印,首先我祝你们幸福、健康、美丽、快乐！其次祝你们心想事成、吉祥如意！第三把杯中的酒喝光！"说着，就把杯中的酒喝了精光。

梁伟麒也跟着喝了，谌芯印也在举杯往口中倒，却被梁伟麒制止了，他端起谌芯印的酒杯就要喝。没想到沈剑波没同意，嘴里说着，"我是敬你们俩酒的，哪能你帮忙代酒呢？"说着，把梁伟麒拿在手中的酒杯抢过来，放到了谌芯印的手中。

几个美女和冉博文也跟着起哄，说："梁主任，你不能帮我们芯印代酒。"

"芯印的酒你不代她照样能喝下去。"

"对了，芯印的酒不用你代的。"

"我知道芯印的酒量是多少，所以，还没到你代酒的时候哩。"

"我刚才敬酒的时候，也没和你计较，你帮谌芯印代了酒。现在，美女们都不同意你帮代酒，那我刚才那酒也得补回来。"

"哎，哎，我说冉博文，几个小美女说的话还可以，你这话说的就有点过了。你说说，我敬酒是我的事，你敬酒是你的事儿，你敬酒时我们谌芯印没喝，梁主任要帮忙代酒也经你同意了的，那现在你再这样一说，好像错全在梁主任和谌芯印那里了，这样是不对的。美女们，你们说我说的对不对呀？"

梁伟麒没想到这个沈剑波倒是帮自己帮到了脸上了，心里好不痛快。这几个小美女是知道谌芯印能喝多少酒的，我这时候站起来帮着喝，可不像昨晚，喝了谌芯印的酒，她爸爸妈妈是高兴的，而今天就不一样了。这个酒就是要闹的，不闹这酒也下不去。

"对的，沈主任这样说也对。"几个美女这样一说，把个冉博文说得面红耳赤，不知道说什么好了。

倒是梁伟麒觉得这样下去，会影响处室的团结，也会影响到今晚的饭局，于是，就说道："说得都不错。我呢就把冉博文敬的酒补上，我和谌芯印一起喝光杯中的酒。"

"这样也好。"美女和帅哥们说。

就这样，九个人喝下去三瓶白酒，五瓶红酒。在走出酒店大门时，一个个都有点喝多了的样子，嘴也大了，舌头也长了，那个手臂根本就不属于自己的了，在天空中乱舞。那个冉博文趁势把汪洋的手抓在手上，汪洋则是很恶心地把冉博文的手挡了回去。梁伟麒想，总共九个人在一起吃饭的，只有三个男性，倒有六个女性，喝点酒，会不会生出些事情出来？

在省厅这座机关里，梁伟麒颇有感觉，真如部队里的俗话：十个新兵蛋子，十个菜鸟。自己虽被提了，但到了这儿，他的职务就和刚考进来的新同志一样。不过，梁伟麒可是七级职员，和他的同龄人相比，他的经历和阅历丰富多彩，要胜过他们，部队的东西在地方哪儿能学到呀。

二十八

第二天上午十点多一点儿，华欣欣和陈露来到了省厅政治处梁伟麒的办公室。俩人一进办公室，就被整洁和清新的室内空气所折服。只见陈露在办公室里转了一圈，很是开心地说："没想到，我们这位梁作家很会经营工作，毫无疑问，那生活上肯定也是会经营的。这以后哪个姑娘嫁给你，还真是享清福了。"说完，还特意朝华欣欣看了看，那脸上的表情特别地甜。

"陈记者，你过奖了。"顿了顿，梁伟麒很惊讶地问道，"哎，陈记者，你怎么知道我是作家的？"

"是我告诉她的。怎么，这也要经过你同意吗？"正坐在梁伟麒座位上的华欣欣急忙回道，脸上还露着笑。

"就你嘴快。"梁伟麒心里不开心，但脸上也没露出来。

"我嘴快怎么了？我再嘴快不也在你的控制之下吗？"华欣欣很是调皮地说着。

"啊，梁作家，你倒有本事控制我们华美女了？真了不起。到现在，还没从她嘴里听到过有哪位男士能控制她哩。这真是一物降一物啊！"陈露嘴里不无惊叹地说。

"陈记者，你可别听她瞎说，我哪有那本事控制她呀。"陈露这一说，搞得梁伟麒哭笑不得。

"梁作家，你可别没良心，我们华妹她可不是随便就能被谁降服的。从她进台里到现在,我可没看到她这样对一个人!还天天牵挂着你,天天打电话给你,天天想着往你这儿跑。你可是我在华妹妹面前看到的第一人。"陈露脸上突然没有了笑容。

梁伟麒想,我又没想让你听我的,是你自己要这样,你让我怎么办呢?但嘴里却说:"谢谢你们抬爱了。"

华欣欣听见陈露讲了后,梁伟麒只说了这句话,心里就有点"咯噔"了一下,很不舒服。她想,这个梁伟麒不冷不热地回这话,心里肯定有什么事儿,便站起身走到梁伟麒面前说:"你什么意思?什么抬爱不抬爱的?陈露又没说错,我是没有对哪个男性这样子过。还只有你,只有你!"

"好好好,只有我好了吧?我有福好了吧?"梁伟麒看着华欣欣说着,便抬手看了看手表,心里在想,这个谌芯印,说好了来的,刚才发信息给她了,怎么到现在还没到呢?再不来,我可招架不住了。

"你可别身在福中不知福,大作家!"陈露脸上的笑也没了,有点儿知会的意思。

"是谁身在福中不知福啊?"正在这时,谌芯印到了门口接了陈露的话。

华欣欣和陈露朝门口一看,是谌芯印,俩人的脸上露出了惊讶。华欣欣想,这个漂亮姑娘怎么又来了?是梁伟麒告诉她的?还是她自己来的呢?难道他们俩已经那样了?不,不会的,看样子,他俩也不是这样的人。陈露一看,突然感到,这半道上怎么杀出个程咬金来了?而且长得比华欣欣还要漂亮。陈露蒙在那儿了,只是用疑问的眼神看着梁伟麒和华欣欣。

梁伟麒一看谌芯印来了,脸上露出了笑,连忙介绍陈露给谌芯印,说:"这是华欣欣的同事陈露。"然后他又向陈露介绍说,"这是我们厅人事处的副主任谌芯印。"

俩姑娘急忙伸出手,相互握了握。

陈露便接上刚才的话说:"是我说的,让梁伟麒不要身在福中不知福。怎么,谌主任,我说错了吗?"

"你没说错。但我不知道华记者给他什么福了?"谌芯印反问陈露。

"这福,这福就是我这个华妹妹,她自进台里到今天,还没这样子服过一个小伙子。"陈露吞吞吐吐地说。

"我也和华记者一样啊!也没有对一个小伙子这样用心过,你说我该怎样对他说呢?"谌芯印面带笑容地问。

陈露一看这个谌芯印口齿伶俐,一时也不知道如何回答了,愣在那里,双眼盯着脸上充满微笑的谌芯印。

"哎呀,你们俩不要这样了,不管怎么样,我们大家的出发点都是好的。至于谁给梁伟麒这小子多少福分还没定夺哩,不要搞得这样剑拔弩张的。有事咱们就处理事,对吗?"华欣欣看到陈露愣在那里了,马上为她解围。但在说到梁伟麒这小子时,心里充满了对他的爱和抱怨。她想,我虽没谌芯印长得漂亮,但我的工作岗位要比你们都强啊。我能接触到省里的高官,你们呢?今天我必须要和你谌芯印分个高低。

"对,有事咱们就处理事。"谌芯印说着,走到梁伟麒身旁,拿起梁伟麒的茶杯就喝了起来。

这一举动不但震惊了华欣欣和陈露,而且更令梁伟麒震惊。梁伟麒没想到,谌芯印那样细腻、靓丽的姑娘,竟然会这么洒脱,没有一点犹豫。梁伟麒很想拿杯子给她泡茶,但这时再泡茶,明显会弄巧成拙。梁伟麒拿起热水瓶给华欣欣、陈露续满后再给自己的茶杯续满。

这一举动被华欣欣她们看到后,明显地就带有着挑战的意味了。按照华欣欣的性格,她真想一走了之,但心里想想就是不死心,我得和谌芯印竞争到底。想到这儿,她连忙说:"咱们有话到外面去说,在办公场所争吵会让人看笑话的。中午我请大家聚聚如何?"

陈露见状,说:"还是我来请吧,我是你们俩姑娘的姐姐。"

"这怎么行啊,要请也该是我和伟麒请啊。你到我们这儿来的,应尽地主之谊。伟麒,你说呢?"谌芯印说。

"对,我来请!这也是规矩,有男人在就是男人来。"梁伟麒豪爽地说。

"好的,我赞成。"谌芯印说。

华欣欣和陈露见状,只好点头同意。一行四人就进了省厅旁边饭店的包厢,谌芯印往梁伟麒右手边上一坐,华欣欣往梁伟麒左手边一坐,陈露见状,脸上笑了笑,说:"我看你们俩干脆别争了,把梁伟麒这个香饽饽让给我好了!"说完,满脸全是笑。

"你当这好让的?"华欣欣首先不答应。

"让给你可以,那得要看这个香饽饽愿意给你陈记者才算是真的呢"谌芯印笑嘻嘻地看着梁伟麒、华欣欣和陈露说。

梁伟麒本想站起来说,谌芯印就是我的!以此来证明。但被谌芯印递了个眼神,不让他说。梁伟麒没办法,只好面红耳赤,说:"两位美女,你们就不要拿我寻开心了吧?反正我心里已有一个了。"

"那是谁?"华欣欣和陈露同时问道。

"没到说的时候,我不说。如果我说了,对方不同意那我这脸往哪儿搁?"梁伟麒真和谌芯印心有灵犀。

"说，没事，我们都等着哩。"华和陈两位又一起说。

"还是不说，等我和她俩人在时再说。"说着，还看了一眼谌芯印。

谌芯印脸上始终保持着温和的笑容，她连忙欢快地说："点菜吃饭。"

梁伟麒说："好，点菜吃饭。"说完，他看了一眼谌芯印和华欣欣、陈露说，"今天是周末，我们也整点小酒如何啊，妹妹们？"

"整点儿！"谌芯印第一个赞同。

华欣欣和陈露俩人见状都说："好的，整点儿小酒。"

"喝红的还是白的？"梁伟麒问。

"以客人为主。"谌芯印说。

"既然以客人为主，那就整点儿白的，如何？"华欣欣说。

"好的，我赞同。"陈露拍手称快。

"那喜欢什么牌子的呢？"梁伟麒问。

"我也以客人为主！"谌芯印说。

"就拿五十二度的'剑南春'，怎么样？"华欣欣说。

"行。"谌芯印说。她虽前天晚上才喝了点白酒，但有梁伟麒在她不怕。

每人半两的杯子倒满后，梁伟麒说："这第一杯酒祝我们有缘相识。我干了，三位美女喝三分之一？"

"为什么喝三分之一呢？"华欣欣问。

"因为要喝三次酒，我只想大家尽兴。"梁伟麒说，其实他是怕谌芯印不能喝。

"行，听你的。"三位美女同时说。

"这第二杯酒敬三位美女，在这大周末里还来看望我。"

269

说完，梁伟麒又举杯和每个美女碰杯。"这第三杯是我和谌芯印敬二位美女远道而来。"说完，梁伟麒和谌芯印站起来碰杯敬酒，而后坐下吃了几口菜。

这酒一开喝，话也多起来了，也没那么拘束了。首先来敬梁伟麒酒的是陈露，她端起酒杯走到梁伟麒身边，要和他连干三杯。梁伟麒问为什么。陈露说："第一杯敬我俩认识，第二杯谢你的地主之谊，第三杯敬你和华欣欣有缘千里来相会。"

"陈记者，你不用跟我一样，非得要敬三杯，咱们还是一杯一杯地来，怎样？"梁伟麒笑着说。

陈露看着梁伟麒这样，且说的也在理，就说："行，听你的。"俩人一碰干掉了。陈露和梁伟麒干了一杯后，就敬谌芯印的酒，说，"很高兴认识你这么美丽的谌主任。"然后轻声问道，"你和梁伟麒认识多长时间了？"

谌芯印抬手看了看表，说："现在是中午十二点十六分，那就是认识他有三十三天带两小时十六分钟。"

梁伟麒马上在心里计算，没想到谌芯印把时间记得那么准确，又那么幽默地回答。他很感激地看着谌芯印，谌芯印坦然地回看了一眼梁伟麒。

陈露一听这个比自己小一两岁的美女这样说，肃然起敬。她说："没想到，谌主任那么幽默，竟然连几分钟也都能记得。梁伟麒，你真有幸！咱俩干杯？"

谌芯印很灿烂地一笑，说："小 Case。"说完俩人碰杯喝掉了杯中的酒。

在谌芯印告诉陈露认识梁伟麒的时间时，华欣欣心悦诚服了。她看着谌芯印那永远灿烂阳光的笑容，不得不佩服，这个美女是在用自己的智慧和心灵与自己对抗，表达出她心中拥有他的纯洁和高尚。她举杯也敬谌芯印的酒，说："谌主任，为你的有心干一杯吧！"

"还要为我们的真诚干杯。"谌芯印说。

华欣欣看着梁伟麒和谌芯印，心里想，这个漂亮可人的姑娘和帅气稳重的小伙子，还真有福分，真是绝配，我该如何是好？梁伟麒心中肯定不会有我的，如有我的话，那天在动车上也不会这样对我了，也不会不把手机号告诉我的。如我再这样追下去，那我还有什么脸面和修养了？想到此，她的心里头有股悲情在涌动，涌出了心尖，涌出了眼眶。眼前马上模糊了，随之，两声抽泣从自己的口中轻轻地传出。她连忙克制住自己，抽出餐巾纸擦着眼。她抽一抽鼻子，声音有点嘶哑地说："今天，我和陈露没白来，也没白认识你们两位。我虽不能和谌主任比，但我保证我还真的没有对一个男性那么认真过。陈露今天说得不错。但我也很坦白地告诉你们，我在大学期间，曾被男性追过，我也曾陶醉其中，但后来，由于地域原因，分手了。但那时我也没感到有这么上心。当我听说你们俩都是第一次恋爱，就感到我再插入进来，从情理上就有点说不过去了。现在，我华欣欣真心希望你俩虽是第一次，也是最后一次。我已看出来了，梁伟麒心里的那个人就是谌芯印。我会真诚地祝福你俩的！我对谌芯印只有个小小的要求，能让梁伟麒认我这个小妹妹吗？"

"能。我也认你这个姐姐。"谌芯印也眼圈红着说。

陈露说："我也要向谌芯印提个要求，也让梁伟麒认我这个妹妹好吗？"

"好的。我也认你这个姐姐。"谌芯印说。

梁伟麒没想到，这个对于他来说很难办的事，却这样轻松愉快地解决了，他不觉向谌芯印投去微笑。既然她们俩都要认

271

我做哥哥，那总比那种没头没脑的被动要强百倍。梁伟麒站起来说："听你们的，为我们今天的相认干杯！"

他们四个站起来，同时举杯相碰，干掉了杯中的酒。而后，华欣欣转身对着梁伟麒说："能拥抱我一下吗，哥？"

梁伟麒被华欣欣这一突如其来的动作搞得不知如何是好了。他转眼看着谌芯印，眼里分明透着自己长这么大，还没和女性拥抱过，我是想把这第一次拥抱给我心中真心爱我的人的。

谌芯印看清了梁伟麒眼中的祈求，她连忙转过身来，向梁伟麒扑去。梁伟麒看到谌芯印真是和自己心有灵犀，连忙激动地双手紧紧地拥抱着谌芯印。梁伟麒轻轻地在谌芯印的耳边说："我爱你，芯印！这也是我的第一次拥抱。在没认识你前，我就想好了，我要把这第一个拥抱，献给真心爱我的和我真心爱她的人！"

"谢谢你伟麒！我也爱你！这也是我的第一次！"两人耳鬓厮磨着，竟然把她们俩忘掉了。还是谌芯印想起什么了，轻轻地松开梁伟麒，对华欣欣说，"我同意！"

华欣欣和陈露看到这一切，什么都明白了。但华欣欣还是拥抱了梁伟麒。陈露也奔过来，紧紧地拥抱了他。

梁伟麒说："非常感谢你们，今天我为什么要先拥抱谌芯印？因为，因为我长这么大，第一次和美女拥抱。我早就想好了，我的第一次拥抱，一定要给真心爱着我的和我真心爱着她的人！所以，不好意思，刚才我只有这么做，请两位妹妹原谅！"

"能理解！"华欣欣和陈露的脸上喜悦中带着苦涩。

四人不知不觉喝下去两瓶白酒，三个女人满脸通红，喝得相当尽兴。如果梁伟麒不为谌芯印代了几杯，她肯定要喝多了。在走出包厢时，谌芯印拽着梁伟麒的胳膊不放，华欣欣见状也拽着梁伟麒不放，陈露干脆趴在梁伟麒的背上。这样一来，一个男人身上一下子缠了三个美丽的姑娘,让梁伟麒哭笑不得。梁伟麒只好在大堂里把她们安顿好,出去叫车。把华欣欣和陈露送上车时,华欣欣和陈露借着点酒劲儿,再次和梁伟麒拥抱。这次的拥抱比刚才的时间更加长。

梁伟麒很不愿意和她们拥抱,但至少今天解决了一个后顾之忧。他的两只手只应付了一下,但俩美女就是不肯放手。他只好往外推了。

谌芯印看到这儿说:"两位姐姐,抱够了没?可别忘了,我站在旁边啊。"

"知道了,就好了。"俩人说着,依依不舍地离开了梁伟麒的身体,上了车。

她俩一走,谌芯印也迫不急待地向梁伟麒身上扑来,嘴里说:"今天我好幸福!你把第一个拥抱给了我,我也是把第一个拥抱给了你,你说伟麒,这是多么幸福!"

"幸福!我也好幸福芯印!你现在回去还是到我办公室去?"梁伟麒说。

"走,到你办公室去。我现在这样子回去,不被爸爸妈妈说你呀,傻瓜!"谌芯印说着,拉起梁伟麒就往省厅走去。

华欣欣上车坐在位置上一声不吭,双眼红红地看着窗外。

陈露见状,问:"怎么,还在为放弃梁伟麒后悔啊?"

"就你不后悔!"华欣欣气呼呼地说。

"哎,小妹,我可没让你放弃,是你自己要放弃的。好好,你有气就往我身上撒呗,谁让我是你姐姐呢。"陈露一说一笑。

"你说说,我们天天在外面采访,看到形形色色的男性,有哪一个能和这个臭梁伟麒比的?他长得又帅,而且还能写,讲一口流利标准的普通话,特有男性的魅力!我也不知道怎么就突然想到放弃了。是谌芯印长得比我漂亮？还是因为我谈过恋爱？还是因为她是在用心去爱他呢？刚才谌芯印说认识他的时间连几分钟都说出来，我都被感动了，你说，那他梁伟麒能不被感动吗？而我呢？我虽然没像她那么不假思索地说出来，但我也能说出来个大概。可是就这个大概说出来，怎么能博得梁伟麒对你的真爱呢？像梁伟麒这样的男性，肯定是只要心中真的爱上了谁，那他肯定不会变的，他是位对爱愿意承担责任的男子！否则，他怎么可能到现在也没谈过对象呢？他就是在等，你知道吗？他就是在等！实际上，我从内心里真的是爱上他了。你没看到在动车上，他面对三个歹徒时的那种沉着冷静，一下子就把我给吸引住了。我那时还真的对他一见钟情了。可是，没想到，这么优秀的男性，却被人家给抢走了，你说我心里难受不难受啊？"华欣欣说着说着，激动的泪水就哗哗地从眼眶里流了出来。

陈露看着华欣欣对梁伟麒的真情，心里也不好受。她也是第一次看到华欣欣这样。她边劝着华欣欣，边陪着她一起哭着，说："是啊，这么好的一位男性，谁也不会让他走的。不过，我们还有机会，只要他们没领证，就有希望。"

"怎么，你也对他那个了？"华欣欣惊讶地问。

"这有什么奇怪的呀？咱们都有机会。"陈露说着。

"你，你，你还是我的姐姐吗？"华欣欣流着泪问。

"是啊，怎么会不是呢？但他最后选择了谁我也没办法。"陈露说。

华欣欣嘴里不说，心里却在说，凭你的长相，你就不是他梁伟麒的菜。她也就没吭声，把脸扭向了窗外。

第七章

二十九

在这座机关大院里,梁伟麒"咚咚"地迈着军人的步伐,行走在这个空间里。按照军人的性格,要到哪儿办个事什么的,真想跑步前行。但他看到在这栋办公大楼里,无论男女老少,走路都很沉稳,老成稳重。几天下来,梁伟麒走路办事就显出了成熟和稳重。这样马上就和老机关们持平了,并且他还感到已超越了他们。梁伟麒为自己的进步感到特别高兴。因为,没有当过兵的人,再怎么走也走不出当过兵的那种成熟和稳重的步子来。他将部队的那种节奏感,充分运用到这座机关大楼,真是恰到好处。好多年龄相仿的人与他相遇时,都能对他走出的一阵风产生一种好感和欣赏。欣赏他的人,必然发现了他的独到之处。

梁伟麒走出宿舍,准备去上班,沈剑波也从他的宿舍里走了出来。

"早上好,剑波!"梁伟麒一见沈剑波,想起周五晚上喝酒后回来,他沈剑波真行,喝了一瓶酒,竟然也没把他那事儿给忘了。梁伟麒看到沈剑波,一想起那欢快的节奏,有点不好意思起来,生怕羞到人家。

沈剑波身着方格花纹的羊毛衫,很精神地和梁伟麒打招呼:"早上好,伟麒!"说着奔到梁伟麒面前,抓住梁伟麒的手和梁伟麒打招呼,"你真了不起啊,才没来几天,就和厅长的女儿好上了。还有,周五那晚,我也没好意思说,你是怎么做到的?跟厅长下去调研,回来写调研报告,厅长竟然一个字也没改动,真是佩服!晚上来我家喝杯酒,顺便,跟你聊聊机关见闻,也听你谈谈下面的事儿,好吗?"

"哪好意思到你家吃饭喝酒?"梁伟麒不好意思地说。

"你看看伟麒,咱俩是邻居,还谈啥好不好意思的呢?等你结婚成家了,也给俺机会去蹭饭。"沈剑波很高兴地说着。

梁伟麒笑笑,算是答应了。就一起向电梯走去。

沈剑波因是政治处的八级职员,所以,督促本处人员参加广播体操成了他的职责。每每到了九点四十分,沈剑波就会一个办公室一个办公室地去敲门。当然,他如果随领导出去了,就全靠同志们自觉了。

沈剑波敲门也是分层次的,政治处领导的办公室和政治处的其他办公室都在十五层,他是从来也不会去敲正副主任办公室的门的,至于其他办公室的门,他就会敲出"咚咚咚"的节奏来,然后,声音宏亮地提醒道:"做广播体操喽!"他这一喊可谓是一举两得,最关键的是,正副主任在同楼层办公,沈剑波在走廊这一喊,全处上下都能听见。

沈剑波的喊声刚落地,政治处习副主任第一个走出了自己的办公室,第二个出来的是梁伟麒,他紧跟在沈剑波后面。

沈剑波看到习副主任出来了,忙紧走几步对习副主任说:"主任(习惯性省去了一个副字),每次您总是第一个,比我们这些年轻人强多了,到底是当过兵,令行禁止,步调一致。"

习副主任说:"小沈啊,你不好意思敲我的门,我也不能装着没听见,非要拖到点上出来吧?再说,我快到五十岁了,更应该做做广播体操，多活动活动，预防衰老嘛。"

"主任说得对，身体是革命的本钱嘛。"沈剑波说。

"是啊，革命的本钱就是身体。虽就要到五十岁了，但按照毛主席那个年代，正是年富力强，干革命工作的金色年华。唉——"

一个"唉"字后面拖着长长的音调，令人有种余音缭绕，胸怀悲怆的感觉。

梁伟麒和沈剑波知道习副主任心里的憋屈，而沈剑波比梁伟麒要清楚得多。

沈剑波突然抓住梁伟麒的手，轻声地嘱咐，"晚上别忘了到我那儿喝酒，但得请你把谌芯印一起带来。可别忘了。"

梁伟麒看沈剑波突然降低声音，知道是怕被人听见，便点了点头。

习副主任是去年从上校正团职转业到省厅的。可在正团的岗位一干就是五年，见自己已没有上升的空间了，也知道，自己只会埋头苦干，不会拍马奉承，再加上秉性难移，只好转业到地方再发展发展。

沈剑波笑着说："主任，您真是生不逢时、怀才不遇啊。"

梁伟麒道："瞧沈主任说的话真到位。可我觉得，一个人因自己在人生的道路上受阻，有点想法很是正常。越有想法的人实际上是越有才气的人。这证明他还想为自己的国家多做些贡献，怀有一种使命感、一种可贵的精神，这未必不是件好事。反之，这个国家就会在没有贡献、没有使命感、没有精神下崩溃、瓦解、冰消。我也最恨那些不想做贡献而总是把贡献、奉献挂在嘴上的虚伪者。"

梁伟麒说这些话时，当然也想到了自己和习副主任曾有过同样的遭遇，心里就像有砂纸在磨着自己的心尖儿。

习副主任晃着双手说："你们俩啥时候也学会了拍马屁哈？走吧，可不能让人家等我们。"说完，迈着军人矫健的步伐向电梯口走去。

梁伟麒和沈剑波紧跟在习副主任的身后。

梁伟麒说："沈主任，你说我刚才的话对不对呀？"

"对，只是以后不能当着领导的面驳我的面子。"沈剑波开玩笑地说着。

"哎，沈主任，你误解了，我不是驳你面子，而是感到自己和习副主任有着同样的遭遇，很同情他。由于他的年龄偏大了，又没有机会再为自己的人生去拼搏了。而我们却还有机会。"

"我是说着玩儿的，梁主任，你可不要忘了晚上的事噢！"沈剑波也很认真地提醒道。

"什么事儿啊？你俩就轻声低语唠叨到现在？"习副主任脸上带着笑地问。

"没事，习主任，是在谈论着如何向我们梁主任学习的事情。"沈剑波把话扯开了。

"提到学习，我倒想起来了一件事儿。"习副主任看着梁伟麒说，"听说小梁这次跟着厅长下去调研，回来后写的调研报告厅长一字没改？"

"对，对，对。我们就说这事儿哪，就连我们白主任也找我谈话了，要我好好向梁主任学习哩！"沈剑波连忙回答，生怕自己刚才讲的话被揭了盖子。

"哪有啊习主任，剑波他谦虚了。"梁伟麒笑着说道。

这时，等待的电梯来了，电梯里面各处室的人都有，相互打着招呼，三人的话也就此断了。沈剑波和梁伟麒对着眼儿，脸上满是笑意。这一出电梯门儿，沈剑波就拉了拉梁伟麒的胳膊肘儿，梁伟麒便让大家先下了电梯，俩人才走出来。

"放心，晚上的事儿怎么会忘了呢？"梁伟麒顿了顿说，"沈主任，其实我觉得你真了不起。大家都喜欢你，不是因为你是政治处的秘书，而是觉得你这人没心机，很有北方人的风范，你用的是哪一手啊？"梁伟麒困惑地问。

"这还要我谈经验吗？我的性格就是这样，不卑不亢、言行一致，这是做人的本质。你不是也是这样吗？"沈剑波对梁伟麒说着，还用那对不大不小的眼睛很有点挑逗性地对他眨了眨。

"做人就是要言行一致、不卑不亢，我很敬佩你。我在市局时心里有点憋屈，就喜欢发发牢骚。"梁伟麒不无忧虑地说。

"你当遇事心里有想法，再发发牢骚什么的，叫真有才啊？"沈剑波反问道，"领导说你有才，你才有才，知道吗？"

"你说的也对。你研究生一毕业就考进了省厅，当然不会遇到我和习副主任那样的事喽。那才叫个憋屈。"梁伟麒说着自己的心里话。

"没遇到过，但我能理解。我跟你说，有才的和没才的都会发牢骚，只不过没才的发牢骚是发的没才的牢骚，有才的发牢骚是发的有才的牢骚。是有区别的，伟麒同志。"沈剑波这样说着。

"这我也知道，就是自己有时控制不了。"梁伟麒真心地说。

"以后要学会控制了。特别是你和谌芯印已经在谈了，就更应该控制，要尽量不为难谌芯印。我真佩服你，你遇到了位明事理、能坚持原则的厅长，否则，你连省厅都进不了。"沈剑波看梁伟麒的反应，见梁伟麒点头表示明白了，才接着说，"我是学中文的，是奔着省厅机关要招聘一名秘书去的，我竟然如愿以偿地得到了现在的岗位。"

梁伟麒也看了眼沈剑波说:"剑波,我想你才考进来两年,该不会有牢骚吧?"

沈剑波拿出了学中文的人的才华,对梁伟麒一字一句地笑着问:"伟麒啊,你怎么知道我不会发牢骚的呢?"

梁伟麒骇然:"你也有牢骚发吗?你可别吓唬我,我胆小。"

"你胆小胆大我都不会吓唬你的。来了两年多,还从没人像你这样问过我会不会发牢骚哩。"沈剑波有点开心又有点不安地问。

"为什么不会有人问你会不会发牢骚呢?"梁伟麒疑问道。

"可能领导和同事们都晓得我是刚进来的新人,不会有什么牢骚发。所以,众人也就忽略了我也是有想法和有牢骚的人。"沈剑波说着说着,眼里湿润起来。

"没想到剑波你也是性情中人啊,很感性哈!"梁伟麒幽默地说。

"还感性哩。我和你说,伟麒同志,我现在不发牢骚不等于以后不发牢骚。我现在发牢骚有用吗?没用的。又没根基没背景又不是什么富二代的,既要死脑细胞,又会伤了自己身体,划算吗?再说,我现在也没牢骚发,工作、生活等各方面的环境很好,也没机会让我发牢骚了。"沈剑波朝前看看快到目的地了。

梁伟麒一听也有道理,就点着头说:"到底是当主任的,脑子好使。以后可别欺负我哦!"

沈剑波说:"我不欺负人,人家也不欺负我。你嘛,我是肯定要欺负的喽。"说完,看着梁伟麒哈哈大笑。

"好你个沈剑波,还说肯定要欺负我。行,你欺负吧,我就这样儿,要想欺负,你就来吧!"梁伟麒说着也笑了起来。

刚才，梁伟麒看到沈剑波眼里的泪水稍纵即逝，一下子就感到和沈剑波拉近了距离。梁伟麒也被沈剑波的泪水带出了泪水。这北方人还真的蛮重情谊的哈！看来人与人之间的情感也就隔了一层很薄的纸，只要觉得彼此间的感情深化了，流通了，那这一层纸就会被浸湿，马上融化。

"伟麒，等咱们晚上喝酒的时候好好聊聊。你看，我俩只顾说话，习副主任把我俩扔了。"沈剑波边说边用下巴指着习副主任的方向。

梁伟麒随眼看去，见习副主任在前面正和人们打着招呼，举止特洒脱。军人的痕迹在他的身上太深了。梁伟麒没看清习副主任在和谁打招呼。

"唉，剑波，那个习副主任在和谁打招呼？"

"哎呀，伟麒，你看你对习副主任和黄副厅长打招呼都感兴趣？"沈剑波说完，用幽默的眼神看了看梁伟麒。

梁伟麒想想自己也真能问，不就是一位副厅长吗。

只听沈剑波又说了，"黄副厅长不是下去检查了？昨天怎么会回来了啊？"

不知不觉，俩人到了大楼门前的广场上。几分钟时间，厅机关在家的全体干部纷纷从厅大楼的大门里鱼贯而出，整个广场上一下子就站了一百多人，从楼上往下一看，密密麻麻的人头在攒动。厅工会主席站在排头整理队伍。等队伍按照规定的区域站定后，工会主席播放了第六套广播体操的音乐，人们随着广播里的"第一节……"做了起来，只是到了最后一节跳跃运动时，不整齐的"噼里啪啦"声像雨点一样，在省厅的广场上响起。

三十

梁伟麒通过参加省厅的广播体操,深刻地感受到了省厅机关的能量,不亚于省厅机关之外的当今社会。当今社会上发生的一切,在这个机关里同样也会发生。只不过省厅机关的人事关系、上下级关系一目了然,同事间就是发生了什么矛盾,也会一级一级地去处理,不会像社会上如果发生了同样的问题,就会拳脚相加的。为了生活得有质量,工作也得有质量。

突然,沈剑波低头看着手机朝梁伟麒匆匆走来,脸上的表情有点凝重,轻声地对梁伟麒说:"伟麒,你有没有听说,你们市局的邵剑冢副局长和客运公司的董事长,今天早上被市纪委请去喝茶了?"

"啊?我没听说。"梁伟麒正回着沈剑波的问话,袋子里的手机突然响了起来。梁伟麒拿出手机看了眼显示屏上的手机号码,是张逸民的电话。梁伟麒心里突然感到亲切,暖暖的,脸上不由自主地涌上了笑,说:"剑波,我先接个电话。"说着,就接通了电话,"老兄,你好!几天没你电话了,我……是,是我不好,应该我打的。你别生你老弟的气就好!是邵剑冢和客运公司的董事长?今天早上的事啊?哦,哦,确定吗?这不,同事刚还在问我哩,你的电话就来了。不是说你来的电话不是时候,是盼你来电话。不是说好话,请你相信我!哦,哦。好的。你也保重！好，好。随时欢迎你来我这儿玩！到时，你想去哪儿我就陪你到哪儿。是真的！好，再见！哦，等会儿，我差点儿忘了，你的任职文件已经下发了吧？好，好，到时别忘了请我吃饭。行。再见！"梁伟麒电话刚挂断，王明珺的电话就闯了进来。"王明珺，你好！好几天没通电话了。你忙，好啊，忙好啊！是不是邵剑冢和客运公司的事啊？我也听说了，谢谢你还没把我忘了。有空来玩儿。好的，再见！"接着，又是电话又是微信的，忙得梁伟麒恨不得多出几个手机或人来。

电话终于挂断了，梁伟麒看到沈剑波还站在自己面前看着自己，问："是不是有这回事？"

"还真有这回事。"梁伟麒抬头看着飘着几朵白云的天空回答着沈剑波。

"伟麒，走啊。"沈剑波边说边拉着梁伟麒走。

"你先上去吧，我等会儿上去。"梁伟麒想一个人静静。梁伟麒有这样的神情并不是因为自己和邵剑冢、董事长等有什么仇恨，而是痛惜这些党员干部，为什么从十八大召开到现在，还那样胆大妄为、目中无人。再这样下去，我们这个党、这个国家的前途，将面临着极大的挑战！如这样下去，中国人民会重吃二遍苦，再受二茬罪。这怎么对得起那些为国为民而勇于献身的英雄们呀？想到这儿，梁伟麒心情无比沉重。梁伟麒想想当今的文艺界、文学界、影视界和新闻界，一天到晚到底在宣传些什么？

"梁主任。"正在这时，一个悦耳的女声传到了梁伟麒的耳朵里。梁伟麒顺着声音看去，是自己办公室的小美女冯筱敏在叫他。梁伟麒立即朝着冯筱敏走去，而冯筱敏也朝自己走来。

"白主任在找你。"冯筱敏来到梁伟麒的面前说。

"找我？"梁伟麒惊疑地问。

"对。请你到他办公室去。"冯筱敏点了点头说。

"好的，谢谢你。"梁伟麒回道。

"请你别那么生分好不好啊？梁伟麒同志！"冯筱敏说这话时双眼死死盯着梁伟麒。

梁伟麒看了一眼冯筱敏就不敢看了，嘴里说着："好的，不生分。"

梁伟麒听到冯筱敏的通知心里真的很高兴，但他的脸上没有显出那种高兴。梁伟麒毕竟也在部队副营的位置上干了两年多才转业的，心态很是平静，无论在什么场合，给人一种感觉，就是浑身上下充满着一种军人的气质。这也是诸多女孩子喜欢他的主要因素。他才到省厅没多长时间，处室的同事们，对他都很友好，也没挤兑自己，这是令梁伟麒没想到。刚开始从市局来，他还忐忑不安的，几天下来，自信一下子就上来了，就如站在队列里，值班员喊立正时，突然腰身一挺，精神一下子就提起来了，进入了状态。

冯筱敏还是盯着梁伟麒，说："以后再这样，我可不管谌芯印喜欢不喜欢了，我得好好地惩罚你！"冯筱敏在说这句话时，口中满是火药味儿。

"行。我不让你惩罚到不就可以了？"梁伟麒回道。

"咱们走着瞧！"冯筱敏说着，先一步跨进了电梯。

在电梯里，冯筱敏见只有他俩在，没了刚才的情景，嘴撅起来了，说："看你那样，一天到晚就像躺在蜜罐里一样。"说着，用那双漂亮的眼睛看着梁伟麒。

"怎么，我躺在蜜罐里？"梁伟麒惊讶地问道。

"就是！你是躺在蜜罐里出不来了。"冯筱敏说着竟然有点伤感起来，眼眶都红了，"我也想给你个蜜罐，可你不需要！"

"你别这样子冯筱敏，你年纪还小，不太懂什么叫爱情。我和谌芯印是……是……"

"你真的爱她吗？"冯筱敏仰起头问梁伟麒。

"是的。"梁伟麒干脆利落地说。

然而，就这一说，激到了冯筱敏的神经，只见她刚才积在眼眶里的泪就再也控制不住了，瞬间就在稚嫩的脸上狂奔。

梁伟麒见状，连忙安慰道："冯筱敏，这是在电梯里，马上就要下电梯了，你这样让我怎么办？"

冯筱敏也就连忙从衣袋里拿出餐巾纸，看了眼梁伟麒就在脸上擦拭着。正好到了十五层，电梯门开了，冉博文站在电梯口准备下去。他看了眼冯筱敏有点红的眼眶，忙说："小冯，你怎么了？是谁欺负你了？"说着，还看了梁伟麒一眼。

梁伟麒怕他怀疑，急忙说："刚才在做广播体操时，被风沙吹了眼吧？没事的。"

"谢谢你，没事的。"冯筱敏连忙也说着。听到梁伟麒在为自己打掩护，她的内心里就有一种说不出来的激动。她真的不希望梁伟麒受半点委屈。她和梁伟麒双双出了电梯。

"没事就好。"冉博文说着，进了电梯。

梁伟麒到了白主任那里，白主任说："你马上写一篇关于当前我们这个行业的文章，厅宣传处明天就要。我想来想去，还是由你来写。标题就先用《省厅在十九大召开前大力锤炼班子气节》，主题平实含蓄。"白主任将文章的要点都向梁伟麒交待了，然后说，"小梁啊，晚上加个夜班就行了。"

"是。"梁伟麒点头领到任务后，转身出了白主任的办公室。在向自己办公室慢慢走去时，梁伟麒的脑海里就浮现出这篇文章的主题结构。一会儿,整篇的框架结构就在自己的大脑里出现,越来越清晰。就这么短短的分把钟时间,梁伟麒整个人就沉浸在了那篇文章里。他开门进自己办公室的时候,也是轻轻的,生怕打扰了办公室里的同事们。不,实际上,他是怕打扰了自己那已形成的文章。办公室的三位同事,看到梁伟麒突然这样,处在深思中,也就没去打扰他。

中午吃饭前,梁伟麒的文章大体已写好并储存在了自己的电脑里了。他和谌芯印边吃饭边聊着白主任让写的文章,并把白主任的要求和自己基本形成的文章格局,大概和谌芯印讲了。谌芯印一听,心里很是激动,脸上带着欢快的表情,深情地说:"好!你呀真是快枪手,白主任他们没有白喜欢你。"

"好了,你就别夸我了,我的一切全是你的!你夸也这样,不夸也这样了。"梁伟麒说着,也深情地回了谌芯印一眼。

谌芯印一听梁伟麒这一说,满脸通红地看着梁伟麒,说:"我高兴我所爱的人有这样的正能量。"说着,低头吃饭了。

梁伟麒看着谌芯印说出这个"爱"字时,那张如王晓棠的漂亮的脸上红扑扑的,真如把自己映在了桃花里一样,纯情、美丽。梁伟麒突然想起来沈剑波请吃晚饭的事,说:"芯印,剑波晚上请我俩吃晚饭。"

"你去不去?你去我也去!"谌芯印说着,看着梁伟麒。

"你去我也去!"梁伟麒也跟着谌芯印说着。俩人"扑哧"一笑,开心得头差点碰到了一起。

下午,梁伟麒又把文章重新修改了一遍,就把文章送到了白主任那里。白主任一看,这个小梁竟然那么快就把上午交给他的任务完成了,特意看了眼梁伟麒,说:"你先坐,我先看看。"

梁伟麒觉得站在领导这儿不太好,就说:"白主任,我先回办公室,有事您再打电话吧,我在这儿会影响您的。"

"也好。"白主任看了一眼梁伟麒回道。

晚上,答应了在沈剑波那儿吃饭的,所以一下班,梁伟麒就把谌芯印带来了。谌芯印一来,这个菜也就上了点档次。什么海鲜啊、江鲜啊,还有什么河鲜啊,样样有。只是每一个菜也就一两份,这全是沈剑波的老婆去买的。四个人两瓶白酒,再加上几瓶啤酒,喝得热热闹闹,不亦乐乎。两个女同志也聊得很投机。实际上,谌芯印这个姑娘没有一点架子,她的人缘很好,走到哪儿都讨人喜欢。

沈剑波说:"伟麒,你我都是普通科员,咱们只要努力干好本职工作就行了,至于那些人与人之间争斗的事,我们就超凡脱俗点。你说对吗?还有,你今天又给政治处写了篇文章是吧?据白主任说,你的这篇文章写得很老道,质朴。白主任还说,看到你的文章,就有一种轻松向上,令人振奋的感觉。我虽是学中文的,但我就不如你呀,你教教我吧!"

梁伟麒被沈剑波这样一说,很不好意思地说:"老兄,你也过奖了。但我觉得,写东西一定要得要领。不得要领的东西,怎么可能写得好呢?你是学中文的,你说呢?"梁伟麒顿了顿说,"至于与人争斗的事,在这一点上,谌芯印也和我有同感。人嘛,要生活得有意义,不是和别人争啊夺啊斗啊的,而是要靠自乐。就拿我来说吧,如果没有白主任、孙处长和谌芯印同志下去了解情况,我这辈子也就是在市局里了。"梁伟麒感慨万千地说。

"伟麒,我有时也看不懂,当前这个世界怎么好像又回到了解放前去了呢?什么嫖赌毒黑都有了。唉!"沈剑波说完很沉痛地看着梁伟麒。

"这些现象已经成了公开的秘密了,这也不是我们能解决的了的。老兄，我们也不能杞人忧天啊！"梁伟麒停了一下，转换了话题说，"哎，老兄，我今天上午看到像黄副厅长这样的官儿，一检查回来就参加广播体操，还真不错。"

"我也和你有同感。"沈剑波见梁伟麒岔开话题，想到今天才开始喝酒，就杞人忧天，有点不好意思地接着说，"是啊，当大官和小官就是不一样。我们村的主任也不知道是几级芝麻官，走到哪里都有几个像黑社会样子的人跟着。他双手喜欢往后一背，脚上迈着官步，嘴里拖着官腔，满脸都是官容，说话还喜欢用食指点着对方，比黄副厅长的架子要大了不知多少倍，好多人都看不惯他颐指气使的架势。有一次，他手指着村里的一少妇直骂，少妇抓住村主任的手指就是一口，疼得村主任在那蹦跳着。跟在后面的人要上来揍这少妇，被疼得直叫的村主任唬住了。后来才晓得，这村主任仗势欺人，一直想霸占这少妇，可这少妇就是不答应。这下惹怒了村主任，不管人多人少，只要碰上少妇，总会找出些话来对着少妇说呀骂呀的。少妇忍无可忍，才下口咬了他。"

梁伟麒也很气愤地说："我们老家的村干部几乎都是黑白两道通吃，村里的大小娃娃们看到他们，就像看到了青面獠牙的僵尸似的。"

沈剑波看了梁伟麒一眼点点头醒悟道："我明白了，习副主任今天的感慨可能是看到我俩三十岁不到，就混进了正副主任级岗位，他的心里有点不平衡吧。当然，这个社会也委实令人看不懂、读不懂了。你梁伟麒真是幸运，一没后台二没钱财，就突然被调到了省厅，肯定就有人羡慕嫉妒恨。"

梁伟麒感慨道："现在的这羡慕嫉妒恨最容易让人走向极端。"

"想走极端的是没修养的人，我也常常这样安慰自己。咱遇事要学会换位思考，一切问题就不会成为问题了。"沈剑波拍了拍梁伟麒的肩膀说。

"是的。从前有位七十多岁的领导人演讲时说过，七十岁至八十岁的人应该定为中年人。按这样的推理，习副主任正是在工作的旺盛时期，最起码还没步入中年嘛。"梁伟麒也含蓄地回道。

"可话又得说回来，人家要上，才把年龄定性，他习副主任哪有这权力呀？只得亲眼看着自己行将就木，发点感叹或是牢骚也是在常理之中的。"沈剑波不无感慨地说。

"要不，我们把这位领导对年龄的定位告诉他听听？"梁伟麒碰了一下沈剑波的胳膊说。

"哎呀，你真傻还是假傻，像他在部队干了几十年的人，难道不知道领导对年龄的定位？"沈剑波看了眼梁伟麒，那眼神里透着对他的好奇。

"也是呀。"梁伟麒被他一看反而不好意思了。

谌芯印和沈剑波的老婆，只是坐在那儿，边吃边听着俩人的聊天，也不插一句话，这也令梁伟麒和沈剑波俩人刮目相看了。整个饭席上充斥着夫唱妇随的和谐场面。

两天后，下午一下班，梁伟麒就和谌芯印到了食堂，他俩挑选了十几道菜，一同打到了梁伟麒的房间，然后，梁伟麒把沈剑波夫妇请到了宿舍里。梁伟麒本想和谌芯印一起去食堂吃饭的，但一想，今天正好也没事儿，就请沈剑波小夫妇俩，晚上喝点小酒。谌芯印也同意了。

三十一

梁伟麒和谌芯印的家人见面后,再加上这几天的接触,感到她这个姑娘还真是不错的,就打电话告诉了自己的爷爷奶奶和爸爸妈妈,他们听说后既激动又担忧。他们说:"麒儿,我们做家长的支持你,也不会干涉你,更不会阻挠你!但有一点你得给我记好了,做一个有头脑的年轻人好做,但做一辈子有头脑的人就难。你如果想好了,那你就去做吧!想想这日子过得也真快,转眼你都二十七岁了。爸爸妈妈常想,自从你离开我们,步入军营,就证明你已长大了。爸爸妈妈想起你刚入伍的第二年,你就走上了抗震救灾的第一线。爸爸妈妈也曾为你担忧过。可是,你不是照样回来了吗?现如今,你也没找人,我们也没有权没有势没有钱的,你不一样被调到了省厅?所以,爸爸妈妈只是担忧你,并没有担心你。如果,你不到抗震救灾的第一线,你也不会是现在的你了,更不会被省厅调去。爸爸妈妈是相信儿子的……"

听了爸爸妈妈的心声,梁伟麒再也克制不住了,激动的泪水在脸上流着。自他记事起,除了在入伍那天和爷爷奶奶、爸爸妈妈送别时偷偷摸摸地流过泪,就是在汶川大地震时也没流过泪。他心想,只要以后能用实际行动去做,那比千言万语要好无数倍。

梁伟麒也不好意思去问，半夜三更隔壁房间传来床铺撞击墙壁发出的"嘭嘭"声是什么意思。后来是在下去检查工作，吃完午饭休息聊天时，听被检查单位的陪同领导讲了一个段子，段子里讲一对夫妇在做爱时，发出"嘭嘭"的声音，梁伟麒才明白了沈剑波家经常发出的这个"嘭嘭"的声音的意味了。这以后该咋办呢？这令梁伟麒不得不纠结起来。但人家那样，他又不好去阻止他们呀。

梁伟麒知道这个"嘭嘭"声的来历后，每每听到了，就令他浑身不自在。每天早上，只要和沈剑波遇到，沈剑波就会脸红一下，尴尬地打声招呼。时间一长，沈剑波就没了脸红和尴尬了，神情自然地和梁伟麒说"早上好"之类的话。

时间一长，梁伟麒和沈剑波夫妇就熟悉起来了。小沈也是个老实人，说话办事很得梁伟麒的心。再说北方人性情豪爽，也不会拐弯抹角的，虽没当过兵，倒很有点军人的味道。有时，俩人一起跟领导下去检查，晚上回来，食堂没饭菜了，就顺便带点熟菜回来，在沈剑波家喝个几两。小沈的老婆也一起参加，倒也很有趣。

时间过得很快，转眼梁伟麒已被调到省厅近三个月了。一天傍晚，梁伟麒吃好晚饭要回自己宿舍，没想到屁股后面紧跟着冯筱敏。

"梁大作家，准备回宿舍？"冯筱敏屁颠屁颠地跟在后面问，脸上还挂着一丝笑。

"是啊，不回去在这干吗？哦，对了，你有没有吃饭呢？"梁伟麒很自然地问道。

"我就是想来蹭饭的，可你已吃好了。"冯筱敏说着，脸上的笑要比先前开了点。

"那我为你去打？"说着就要去为冯筱敏打饭菜。

"不劳你大驾了。我刚在这儿已吃好了。"冯筱敏爽快地说。

"我怎么没看到你呀？"梁伟麒疑问道。

"我当你下班就来的，没想到你先回去了才来。"冯筱敏说着，还留下了些让人遐想的空间。

"你真诚心要来蹭饭的话，为啥不打我电话？或者，在办公室里就说了？"梁伟麒问。

"你别以为芯印不在，你就可以随便接打电话了？办公室里的人多，我也不好意思说。"冯筱敏说完，脸上露出了一些不愉快。

"你呀你，这张美嘴就是不饶人的。"梁伟麒幽默地回道。

"嘿！不带你这样的呀。"冯筱敏脸上有点不太高兴了。

冯筱敏嘴里的"嘿"字出来后，又说出来那么一句话，知道她心里边可能不太舒服，梁伟麒也就岔开话题说："好了，冯筱敏，你有什么……"梁伟麒连"事吗"还没说出口，就见几个同事从门口进来，就急忙说，"要不，咱们到外面去说？"

"行，听你的。"这声音很是甜美但又有点委屈。

俩人一走出这栋大楼，不觉同时长长地吸了一口气。仲夏的夕阳也没那么毒辣，街上的树婆娑起舞，在这都市的夜晚，空气、人流和车流混杂在一起，牵扯出不少温情和烦躁来。

冯筱敏那双大眼睛像会说话似的，从她的灵动的眼里，也能看到冯筱敏的内心。眼波宛如浪头，一眨就扑过来了，一眨又缩回去了，看着特讨人喜欢。冯筱敏走起路来特铿锵有力，只要听到了她的鞋底敲击地砖的声音，就知道是冯筱敏来了。其实，冯筱敏心灵深处也对寻找另一半是有点想法的。在上大学时,她和谌芯印好得就像一锅里的菜,俩人就如一人一样。冯筱敏私下里曾跟谌芯印说过:我以后就跟着你了,你到哪里我就在哪里。谌芯印被冯筱敏吓一跳,以为她对自己图谋不轨。过了一会儿,谌芯印才明白,这不过是冯筱敏的一股心劲儿。冯筱敏说话时轻声低语,很少有大声的时候。

在上高中时,谌芯印已跟随老爸从部队转业到省厅。那时,她俩双双考入南大,又双双入了同一系,还双双住在一个屋檐下。俩人高兴得手舞足蹈。冯筱敏上下课时,总会牵着谌芯印的手。这样一来,谌芯印的同学、好朋友们都成了她的了。在这俩人中,所接触的那些个男性,对于谌芯印和冯筱敏来说,都是如此的,没有什么秘密可言。再者说,俩人的老爸都是在一个厅,又在同一个层面上,就是有点高低之分,也是难免的。

冯筱敏不管她老爸是什么职位,只是和自己的闺蜜谌芯印在一块玩。俩人虽是同龄,但谌芯印岁数比冯筱敏大了近一岁。到后来,冯筱敏的老爸滞后了,谌芯印的老爸升任正厅,在职务上有了一点差别,但冯筱敏还是依然如故,好在也就半年多的时光,冯筱敏的老爸也就上来了。这样一来,两家还是走得很近的。但是,这次谌芯印一下子就把梁伟麒定位到她的专属,这令冯筱敏大大没想到。她心里想,自打梁伟麒进省厅,自己就对他感到格外的亲切,就有种相识恨晚的感觉。但她怎么也没想到,本是近水楼台先得月的,反到成了近水救不了近火,冯筱敏心里那个憋屈就甭提了。但几个月下来,她心里越来越那个,总是要向梁伟麒说点什么,有百分之一的希望就要向百之百去努力!今天,谌芯印到外面出差,要到明天下午才能回来,她便选了今晚上。

梁伟麒并没把不愉快放在脸上,顺着绕城河向前走去。他在想,冯筱敏有什么事今天要找我呢?而且又在谌芯卬不在的情况下来找我?真想不到这个淘气的小丫头冯筱敏,会有什么事。梁伟麒这样边想着,边向前走着,只等着冯筱敏先开口。

这才没走几步,就听冯筱敏开口说道:"伟麒,你能不能脚下也留点情?我只想和你说说话,不是想和你散步的。我想和你说说,心里也会痛快些。"说着,停在那里看着前面的梁伟麒。

梁伟麒停下脚步,问:"小冯,你真会说话,让我脚下也留点情。你我是同事,又在一个办公室,谈什么情不情的?我们的同事情比什么都深你知道吗。你是不是遇到什么不愉快的事情了?"

"是的。我心里边是憋屈,是不愉快,总有好多话要对你说。可我又不懂从哪儿说起。因为,因为我也是第一次心中装了一个人,装了一个我心里特别特别喜欢的人!"冯筱敏有点气呼呼地说。

"找我来解气的吗?"梁伟麒故意岔开冯筱敏的话题,还轻松地笑了笑。

"你还在故意岔开我的话题?你这样说我心里就舒服了?你……你……就是你给我堵的气。"冯筱敏说完,双眼里就如同一潭清泉,把梁伟麒照得清清楚楚。

"是我?"梁伟麒故意装着不知道,也不敢看她的双眼,反问道。

"是的,就是你。"冯筱敏的语气已突破了俩人正常的关系。此刻,她已经把梁伟麒当成自己生命中的唯一,还有什么不好说的。

梁伟麒仍不敢看着冯筱敏的双眼,轻轻地说:"小冯,你别激动,我承认全是我的错,好吧?"

"是你！就是你！"说着，抬起脸看着梁伟麒，双眸里那潭水在夕阳下倏地冲出了眼眶。

梁伟麒一看冯筱敏的眼泪，知道这个小美女是动了感情了，连忙说："小冯，你好好说，不能……不能这样的，要被人看到了会误会的。"

"误会就误会！"冯筱敏说着盯着梁伟麒看。

"是那种误会，你懂吗？"梁伟麒心里特别焦急，生怕被来往的人看到。

"我不管是什么误会，反正，我今天要你给我个准确答案。否则，你也别想回去，或者……或者，我就跟你回去。"冯筱敏说完，双眼死死地盯着梁伟麒不放。

"这个答案两个多月前谌芯印就已经宣布了，你今天还要什么准确答案？"梁伟麒看看前后左右，匆匆而过的人，心里非常焦急，嘴里却很平静地问。

"你和谌芯印是真的吗？这些日子天天在一起吃饭，秀恩爱，还常到她家去吃饭。你可知道，每次看到你俩一起进出这个大楼，看到你俩一起进出芯印家的门，我的心里就有种说不来的滋味儿。"冯筱敏气呼呼地说着，"可你知道吗？你们哪怕很自然，没有一点做作，和其他恋人一样，我也感到自己的心里，像插进了一根针一样难受！"

梁伟麒听冯筱敏一说，想想自己是不是做得太过分了。但想来想去，没感到自己和谌芯印在大众场合有一点过分的地方呀。梁伟麒想了想说："小冯，那不叫秀恩爱，那是我俩正常的交往。那天晚上，谌芯印不是和你们大家都说了我和她的关系了吗？"

"那是她说的，没从你嘴里说出来，我不承认的。"冯筱敏的眼泪已在漂亮的脸上流淌下来。

"我不也当着你们大家伙的面说过？你别这样好吗？那天我不是也说了。你再这样，真的会……会……"

梁伟麒的话还没说完，就被冯筱敏打断了，说："我刚才已经说了，我不怕，你怕什么呀？真有人误会了那才叫好哩。"

"我也不怕！但那是假的。关键是怕给你今后带来不必要的麻烦。"梁伟麒看着冯筱敏说着。

"谢谢你为我担心了！但我今天必须要你回答我。要不，我们打个赌，如果明天谌芯印回来，你和她不往来，看看会不会和我现在一样，心里边是个什么滋味儿？是不是有种说不出的痛苦？"冯筱敏坚定地说。

梁伟麒看着冯筱敏的坚定，说："小冯，你和我之间，为何偏要扯到谌芯印身上去呢？你说让我今天非要有个选择，那我的选择已经很明确了。"

"明确什么呢？"冯筱敏问道。

"那天晚上，谌芯印请你们吃饭喝酒时，不是很明确地宣布了这事吗？怎么，小冯，你忘记了？"梁伟麒越是这样和小冯说，小冯越是不想听。

"那是谌芯印自己说的，和我现在在你面前说一遍不是一回事吗？"冯筱敏气呼呼地说。

梁伟麒心里不觉有点咯噔。他怎么也没想到，整天和自己在一个办公室，除了不上班，进出门都能看到的彬彬有礼的冯筱敏，竟然会在感情问题上与她平时的为人处事截然相反。平时是多么好的姑娘啊，那么善解人意，那么心胸开阔，那么温文尔雅，那么落落大方。只是有时，只有冯筱敏和自己时，冯筱敏总是回头很认真地看着自己。而今天，怎么像换了一个人似的。要说有什么代沟，我们之间不应该存在呀。梁伟麒的心里在思忖着，说："不是没关系，而是关系大着哩。"

"什么关系那么大？"冯筱敏的泪水仍在流淌着。

梁伟麒平静地说："小冯，看把你自己弄得痛苦万分的，真要让你苦到绝处，你的爸爸妈妈也不会让自己的宝贝丫头这个样子的，更不要说你了。咱们再换位思考一下，会得出什么样的结论？其实，我们现在，特别是你们女同志，心里最缺少什么，嘴里头就会呼唤什么。但你唤也唤不来的。在我俩的聊天中，你经常问我爱她哪儿？难道你还不优秀吗？我觉得，爱一个人的感觉很难用语言形容的，也许讨厌一个人可以抱怨出许多，但爱怎么形容呢？每个人都有自己爱的人，每个人都有优点和缺点，当你爱一个人时会包容她的缺点，而真的要我用语言来说的话，我只能说我真的很爱谌芯印！你想啊，当你走到大街上，那么多男的和女的，你真正想和他（她）成为情侣的只有一个。但你总认为我想要认识谁就去认识谁，我想和谁相爱就和谁相爱，你会不会对每个人的感觉都很好，都一样呢？不是吧，不同的人感觉是不同的，有些人在你印象中可能像流星一样一闪而过，而有些人可能在你的脑海里永远都忘不了。你能说出忘不了什么吗？在你看来，我身上的优点也许是大多人感觉的缺点。你爱我，我在你心中永远是最美的，这也就是所谓的'情人眼里出西施'嘛。我说小冯啊，我们之间现在谈的这种事情，可是人生中的一件大事，你说只有自己来做主，其他人你会让他做主吗？"

"我的幸福和爱情就由我自己来掌握。"冯筱敏说完，心里就在不停地想着谌芯印和梁伟麒之间的事，心里很是不痛快。再加上刚才梁伟麒左一个小冯右一个小冯的，叫得她心里已经在发毛了。但再一想，他梁伟麒说的每一句话都在理上，自己是不是被气糊涂了。

梁伟麒看着冯筱敏愣在那儿惹人疼爱的傻样儿，说："你这就对了。自己掌握该多好啊！"

冯筱敏看着梁伟麒，也感到意外，但她还是在那儿说："可自己心里已经掌握了，还是被人夺走了，你说谁的心里好受啊？还谈什么对不对呀？"

梁伟麒看着她回答，说："你自己掌握了是不错，但要引起共鸣才对呀！"

"共鸣，就是这个共鸣，使我走向了被动！"冯筱敏很无奈地说。

梁伟麒笑笑，说："你呀，就像一个没长大成人的小姑娘。"说到这儿梁伟麒顿了顿，继续说，"我曾在博客里看到过这样一段话，你追求的是什么样的爱情呢？而我追求的是一种信守承诺、热情洋溢、享受生活、开怀大笑、独立坚强、快人快语、脾气相对的爱情。但我也有多愁善感、沉默寡言的时候。我喜欢做自己喜欢做的事，喜欢自己真正喜欢的人和真心诚意喜欢我的人。我还希望我的人生坚实、平淡、从容、快乐、殷实、温馨，我也更希望我的爱人能宽厚、仁爱。小冯啊，我年龄虽也只长你几岁，但对于爱情而言，我也是一瓶尘封二十七年的酒，没有冷漠与伤痛，而是充满着期待和向往。我也相信谌芯印对爱是诚挚的。"冯筱敏就这样仰着头静静地听着梁伟麒的论述，张了几次口，被梁伟麒用更有感染力的手势挡了回去，"你看我这样比喻爱情更加形象化吧？爱情就像海滩上五彩缤纷的贝壳，不要捡最大的，也不要捡最漂亮的，要捡自己最喜欢的！捡到了就永远不要再去海滩了，因为你所拥有的就是最好的。"

"你呀，少给我在那咄咄逼人、喋喋不休了。我怎么是个没长大成人的小姑娘了？我现在心里被你这样一说乱得一塌糊涂，你还开怀说这些，你这是在要我的命！"冯筱敏刚刚停下的泪水，又流了下来。

梁伟麒提心吊胆地看着她，生怕她一哭起来没完没了，在加上这夕阳也已坠落西山，河边的人也比先前多了。他便说："小冯，你现在也不要太激动，搞得我心里也过意不去。我在想，你在向我说这些时，你有没想过说出来的结果会是什么呢？如没有一点结果，那不是还等于零吗？我只是想说，我们都冷静冷静。你在感情的极端，说出来的话和做出来的事，都与平时是有区别的，所以，我不会计较的，当然，以后更不会计较的。因为，没有谌芯印，你可能就是我唯一的选择。但现在，谌芯印成了我唯一的选择，请你原谅好吗？从另一方面来看，结果如能随你的意愿走，那还有什么似是而非呢？"

冯筱敏恨恨地用两只小拳头，不停地在梁伟麒的胸前捶着，一面捶着一面说："你到底想说什么呀？绕来绕去的，我都被你绕糊涂了。"

梁伟麒笑着说："这一点就把你绕糊涂了？嘿嘿，那这样下去，你我之间还怎么交流？"

冯筱敏看着梁伟麒笑着说，但语言里面还带有一点那个味道，心里就感到有点自卑。她说："你在笑我？"

"我笑你？我有什么好笑你的呀，小冯。"梁伟麒还是笑着说，"爱是双方面的，不是单方面的。一个单相思的人的爱根本就没开始。我自己很清楚，有很多人都很喜欢我，追求我，但谁是爱我的呢？也许我给人的感觉是特别，那是因为我有个很大的优点就是我的性格。我受家庭环境和爷爷奶奶、爸爸妈妈的教育，和我自己的修养，使自己的心态变好了。尽管自己也有抱怨，但一时的气过了之后便又是快乐的开始，我是个脸上常挂着笑容的小伙子，其实心里也装着许多的不愉快。但我只想朋友和我分享我的快乐。"

"那你和谌芯印谈恋爱，干吗不告诉我？起码可以向我了解一些她的情况，让我帮你参谋参谋。我和谌芯印在大学里，就曾是同宿舍的室友。那时，我俩吃住在一起，对她我可是熟悉透了。"冯筱敏看着梁伟麒说。

"这，我早就听谌芯印说了，当然说早也才只有两个月多点。早知道你会对我和谌芯印的事有想法，那我还不如让谌芯印早点和你说。"梁伟麒说完，双手一摊做无可奈何状。

"看你真会说话。我今天本想和你说点儿什么，但没想到你对谌芯印爱得那样深，我也只好不说了。"说着，冯筱敏低下了头，什么话也不说了。

"不说好啊，免得说出来后，伤自己又伤别人。"梁伟麒看着匆忙的人们，深深地叹了口气。

冯筱敏对梁伟麒这句简单的回答，既敬佩又愣了。但话还是要说的："你很爱她，是吗？"

"是的！我感到谌芯印待人特别真诚、坦率，不会像有的姑娘使性子。在人生当中，不乏生活中的美。我相信每一粒种子，都是在享受着阳光雨露的滋润中追求着自己的果实。"梁伟麒说。

"你是说我会使性子喽？"冯筱敏脸上显出了痛苦的表情。

"不是，不是的。我是说谌芯印的，你怎么会呢？"梁伟麒听出冯筱敏话中的深意，连忙为自己辩解。"但作为姑娘也好，老婆也罢，使点性子很好。我就喜欢使点性子，撒点娇的人。"

"有时，伟麒，我真想在你面前毫无顾忌地撒个娇，使点性子。可是，我真想这样做的时候，你却和谌芯印好上了。我的心里就特难受。"说到这儿，冯筱敏看着梁伟麒说，"我先祝你俩幸福！"冯筱敏说完，突然傻愣在那儿，双眼里空洞洞的，脚下也漫无目的地向前走着。她的眼前全是那天晚上吃饭时，谌芯印当众宣布的事。看到谌芯印脸上笑开了花儿一样的表情，心里就有点不痛快。但从梁伟麒的口中，她已经得出了结论，她再说什么又能怎么样呢？

"谢谢你，小冯！"梁伟麒由衷地说着，"我相信，一切都会变好的！"刚才的唐突差点儿出事，梁伟麒为此庆幸。

冯筱敏看了看梁伟麒，说："你说的不错，在人生当中，不乏生活中的美。我相信每一粒种子，都是在享受着阳光雨露的滋润中追求着自己的果实。让我俩共勉！"说完，冯筱敏站在那儿，看着梁伟麒说，"我本想今天能出现奇迹的，没想到，不但没有奇迹，反而还失败了，我这心里特别难过。但我从你的言谈举止中学到了很多，看到你的完美和诚实，更让我知道了你的心里是那么地爱着芯印。我也真为芯印能拥有你感到欣慰。谢谢你伟麒！"说完，她仍看着梁伟麒，突然对他说，"给我一个拥抱好吗？我长这么大，还从未被男性拥抱过。"说完，那双美丽的双眼中，生出许多期盼的星星。

梁伟麒知道，这许多星星也就是双眼中往外溢出的泪花儿。梁伟麒本想说：你不介意我的怀中曾拥抱过谌芯印吗？可没说出来，生怕这个小丫头会有误会，便说："谢谢你对我的信任！"说完，伸开双手，把冯筱敏紧紧地拥抱在怀中。冯筱敏也是紧紧地拥抱着他，那心激动得像是要跳出胸口。这是多么厚实坚硬的胸膛啊，能听清他"咚咚"的心跳声，她多想俩人永远这样啊！可是……可是，越是这样越让她不愿离开他了。

怎么办呢？冯筱敏的心里在流血，双眼里的泪已像断了线的珍珠似的。可是，梁伟麒在轻轻地松开自己，自己仍是那样紧紧地抱着他，泪也流到梁伟麒的衣服上。只听梁伟麒说："小冯，我真的特别感谢你，让我一下子拥抱了两位这么优秀的姑娘。我相信会有一个真正的白马王子在那儿等着你！"说着，仍轻轻地推着已浑身颤抖的冯筱敏。"呜呜"的哭泣声从冯筱敏的喉咙里发出，这个声音，引来了经过这儿的所有人的目光。梁伟麒便轻轻地拍着冯筱敏的后背，说："别这样了，经过的人都在看着哩。"谁知，梁伟麒越说，冯筱敏就越哭得厉害，抱得就越紧。就这样足有几分钟，冯筱敏才不得不松开双手，那张脸上满是泪水，仰着头看着梁伟麒，好像祈求他给予希望似的。梁伟麒没带餐巾纸，就用衣袖轻轻地为她擦去了热泪。这一举动，再一次煽动了冯筱敏，两只小手紧紧地抱住梁伟麒的腰，不愿离去，就这样仰起头盯着梁伟麒。梁伟麒说："傻丫头，你以后就是我的亲妹妹，只有我俩时才能这样称呼。"

冯筱敏点了点头，轻轻地叫了一声："哥哥！"但最后说，"只要你和谌芯卬没有领证，我就有权利追求我的幸福！"

梁伟麒定神看着她，本想说：你没有机会了小妹妹！但转而一想，千万不能再刺激她了，就轻声地说："行，好的。"

冯筱敏脸上这才映出了笑容。俩人走到路边，梁伟麒抬手招了辆的士，冯筱敏便很不情愿地上了车，回头看了看梁伟麒，说了声："别忘了你刚才说的话！"

梁伟麒点了点头。当车驶远后，他突然想起自己刚才讲了那么多话，到底是哪句话呢？

坐在车上的冯筱敏还沉浸在刚才的激动之中，她也和谌芯卬一样，从来没拥抱过男性。冯筱敏不为自己的言行举止而后悔，她反而感到了一种从未有过的感觉，在她的胸腔里翻腾。这是一种多么美好的感觉！虽今天他不是我的梁伟麒，但以后还不知道是谁的。她思来想去，总觉得今天没好好地向梁伟麒讲清楚。她没讲清今天找梁伟麒的目的，也没问清谌芯卯为什么会对他有这么深的爱。想到这些，冯筱敏真是后悔，后悔好不容易等到今晚谌芯卯出差，她竟然没和梁伟麒说到这话头上。但他今天没有给自己留下遗憾和后悔，有的只是兴奋。下了车，她抬头看到一轮弯月不知何时已登上了天空，夜色的氤氲洒在人间，在弯月的近旁，无数颗若隐若现、熠熠生辉的星星，在寂寞中展示魅力。

梁伟麒回宿舍家洗好澡，坐在写字台前，打开电脑想改改稿子，但感到自己有点儿疲惫，就躺到床上。可又睡不着，翻来覆去想着自己同冯筱敏说的那些说教式的话，现在想来真是感到自己很空洞，都是不疼不痒不着边际的废话。然后又一想，把今晚上说的这些写到自己的小说里，也是很好的。梁伟麒本不是个芝麻小事都会搁在心上的人，这回却为自己的冲动而后悔不迭。醒来时，脑袋有些胀痛，大脑里仍想着昨晚和冯筱敏说的一些话。梁伟麒抬头看了看外面，但窗户被窗帘遮严了，什么也看不见。他只好把手抬起来看看手表，已经是早晨五点了。又该晨跑了。

第八章

三十二

这栋办公楼造得很人性化，每一层的每一个窗台前面都有一个可以养花的空间。梁伟麒每天都是第一个到办公室的，有时，谌芯印没事儿，也一起到办公室。此时他站在办公室的窗前，看着窗外的几盆花啊草啊的，心情颇为激动，就是少了些小鸟的啾啾声。

梁伟麒在想着到省厅来以后所遇到的事，特别是同一办公室的冉博文。梁伟麒也已明确地感到，这个冉博文有点小聪明，但他的这个小聪明反而误了自己。

冉博文心中早有汪洋了，在整个厅机关里大家都知道。但他追求了近一年了，就是没追上，心里特别的苦闷。再加上梁伟麒的到来，又增加了他的压力。他知道，梁伟麒在生活上已不会影响到他了，但梁伟麒这么优秀，对自己来说是个很大的威胁。如果，汪洋要以梁伟麒这样的优秀男性为标准去选择另一半，那自己该怎么办呢？一天，冉博文上午一上班，就沾沾自喜地将自己刚发表在晚报上的一首散文诗拿出来给汪洋看，想在梁伟麒面前找点成就感。因为，在文字上他怎么也找不到梁伟麒的麻烦，但从其他方面他是绞尽脑汁地想，最后还是想着从自己最拿手的诗歌方面去敲打梁伟麒。在办公室里，冉博文阴阳怪气地说着发表这首诗的感想。

冯筱敏看到诗后,很是惊讶地说:"是我们的大诗人冉博士(这是两个美女对他的称呼)发表的诗啊,我得好好拜读拜读。"说着就将晚报拿到梁伟麒面前随手翻了起来。汪洋也跟着冯筱敏到了梁伟麒的面前。她俩看着看着就笑了起来,说:"小梁啊,你得努力啊。你看,我们的冉博士的大作在晚报上发表了。"

"我们冉博文发表的诗,我得好好拜读拜读。"梁伟麒说着,就认真地看了起来。

这是一首名叫《忠诚的记忆》的散文诗,诗中写道:我是不会变心的,就是不会变!大理石雕成塑像,铜铸成钟,而我这个人就是用忠诚铸造的!即使是破了、碎了,我片片都是忠诚!"这是一段对感情的表白呀冉博士,你这是在向谁表白呢?"

"你这样理解也行。"冉博文满脸通红地说着,两只眼睛直盯着汪洋不放。

汪洋却无动于衷。

"这首诗写得真好!你们看'即使是破了、碎了,我片片都是忠诚!'表达了诗人心里对爱情的忠诚。这是诗的精华,是首好诗。小冯说的一点也不错,我真得要好好地向冉博文学习学习。"梁伟麒充满情感地说。

冯筱敏却像个小孩似的,用眼看着大气的梁伟麒,说:"我们大家都要好好学习。"

正在这时,沈剑波突然来到了梁伟麒的办公室。梁伟麒问:"沈剑波同志,你亲自来有什么事吗?"

沈剑波说:"没事就不能来了?"

"你没事?鬼才相信呢!"梁伟麒说。

"怎么,我来看看你都不行啊?"沈剑波说。

梁伟麒笑着说:"你怎么突然这么客气了呀?我可有点不

适应。"

"别说我们梁主任不能适应,我也不能适应。"冯筱敏说。

"就是嘛,我也觉得你们俩说的都对,这叫无事不登三宝殿哈。"汪洋说。

"对,无事不登三宝殿。"冉博文也跟着汪洋说。

"怎么我一来,你们就这么不待见我呀?那我可走了。"沈剑波说完,转身就走。

俩姑娘连忙说:"沈主任,您可别走。"说着就要向前去拉他。

梁伟麒看了说:"你俩别去拉他,他没事还会上我们这个办公室来呀?毛主席说过一句经典:天要下雨,娘要嫁人。随他去吧随他去吧。"

"知我者伟麒也!你咋那么神呢?"沈剑波问。

"就你那样我还不知道?"梁伟麒说着,办公室的其他人都很佩服梁伟麒。但冉博文只是嘴里哼了哼。

沈剑波忙说:"我的梁大作家,哪敢有指示给你呀?我只是来向你学习学习的。"

梁伟麒的心里莫名其妙地打起鼓来,却故作从容地说:"我这就给你泡茶去。"边说边站起来看着沈剑波。

沈剑波连忙说:"别那样,像在下逐客令似的。"说着便往办公室的沙发上一坐。

梁伟麒见状,知道沈剑波必有事来找他,便也放下手上的活儿,看着他说:"沈主任有何指示就直说,免得我感到压抑。"

"我奉白主任的指示,请你参加厅里组织的演讲比赛。这演讲的内容就是迎接十九大的召开。你的任务就是既要创作也要演讲。"沈剑波说着脸上挂着笑。

"沈主任,我们办公室的人都在呢,你不怕假传圣旨被公安局逮起来？"梁伟麒对着冯筱敏、汪洋还有冉博文说。

这一说可激起了她们两个姑娘的情绪，连忙应和着梁伟麒的话说起来，"没想到，你这个平时蛮好的沈主任，这时也会假传圣旨。我们打110了。"

"哎，哎，哎，你们说我是假传圣旨，好的，我就算假传了。你们等着，要白主任亲自来啊？放心，我们的白主任马上就会来的，你们等着吧。"沈剑波说着，屁股还是坐在沙发上，满脸是笑的一动也不动地坐在那里，看着梁伟麒和俩姑娘。

"我们处里有了梁伟麒一切都能摆平。"坐在那儿的冉博文冷不丁地说了这句话。

这句话一出口，就遭来两个美女的攻击。首先是冯筱敏说："你也争取一下呀，冉博士？"

"对呀，冉博士，你也争取一下不就好了吗？也能为梁伟麒分点忧啊！"汪洋接着冯筱敏后面的话说。

"你们两位美女也真行，我哪有梁大作家有本事呀？"冉博文见俩美女一上来就对着自己，心里老不痛快，一双眼里塞满了愤怒。

"小冉，你有这样的想法我也有啊，可再回头想想，我们有啥用啊？不就是自己没本事吗？所以，人要想开点，不能什么好的全由你一个人占啊。比如说，你老爸是个副厅长，你怎么就没想想梁伟麒的老爸也是个副厅长该多好啊？"兴许这最后一句话说得太厉害了，一下子就把冉博文说得憋了气。他只好瞪着眼看着自己面前的电脑，脸涨得通红，嘴唇在不停地抖动，却一个字也说不出来。

刚才沈剑波来之前的那个氛围没有了。

听了沈剑波的话，梁伟麒不知怎么的，心里舒服多了。梁伟麒干脆不参与了，眼睛盯着电脑，思想却在顺着局势的变化而起着变化。他是想不到万不得已的情况，他是不会说话的。但说话就得一句话把他顶死，让他以后再也不要仗势欺人。没想到，要说的话竟然全被沈剑波说了。他的心里无比痛快，不知不觉看了眼沈剑波，正好沈剑波也拿眼看着自己，俩人会意地一笑。这些动作也没能逃过汪洋和冯筱敏的眼睛。只见她们俩马上跑到梁伟麒面前，做做鬼脸，好像在说：好一个梁伟麒啊，原来你俩串通一气在整他呀！梁伟麒只是微笑地看着她俩，说了句："到时，请你们吃饭好吧？"

"好啊。"

"饭店由我们挑！"

"好的，由你们挑！"

坐在那儿的沈剑波可不答应了，连忙跳起来说："就没我的份儿了？"

梁伟麒说："都有，好了吧？"

坐在一旁的冉博文脸色红红的，突然站起来，走出办公室。汪洋和冯筱敏都用一种很怕的眼神看着彼此。沈剑波想说什么，被梁伟麒制止了，"人不在，不要说。"

他们一个个面面相觑，都做着鬼脸回到了自己的座位上，但沈剑波又折回来，说："我说的可不是开玩笑的，白主任亲自交待的。"

"知道了，沈剑波同志。"梁伟麒说。

"那我走了，算我通知你了。"沈剑波感到自己的任务已完成了。

"放心吧！"梁伟麒说着。

"等你拿奖后好好地宰你一顿！"冯筱敏说。

"对，是要让这个伟麒放点血了！可就怕我们的芯印小姐要心疼了。"汪洋说着，脸上明显地有种不愉快。

"就是要让她不愉快,哼！"冯筱敏也是嘴尖鼻子翘地说着。冯筱敏自从昨晚和梁伟麒一聊，虽平静了，但上班时，冯筱敏还是不停地在梁伟麒面前转悠。

沈剑波一看这架势感觉有点蒙，就随口说了句："你俩也真奇怪啊，这与谌芯印有什么关系吗？"说着，还用疑问的眼神看着她俩。她俩也不吭声了，只是看着什么在发呆。梁伟麒便使了个眼色给沈剑波，沈剑波便带着懵懂的表情走出了办公室。

下午一回来，谌芯印就打电话给梁伟麒，说晚上一起到食堂吃饭。实际上，谌芯印上午在微信里就约好了梁伟麒。

吃好饭，梁伟麒被谌芯印拽着出去散步。

谌芯印不语，只一个劲地看梁伟麒，忽然气愤地说："据说昨天晚上，你和冯筱敏一起散步了？是不是她在追你？"

梁伟麒马上争辩说："她追她的，我过我的，更何况，她早就已知道你和我之间的关系了。"

"原来是真的！我先前还不相信哩。好你个'为奇'，还真和她散步了，我，我不允许你们俩出去散步，听到吗？"谌芯印越说越气愤地看着梁伟麒。

梁伟麒一听谌芯印这样说，心里边"咯噔"了一下，心想，昨晚上散步的事儿，这么快就给这个千金知道了，看来以后还真要注意。但申辩还是要申辩的，便说："芯印，昨晚吃好饭，我从食堂出来，也不知道这个小冯是从哪里冒出来的，紧跟在我的后面，站在食堂的大门口就说话，我一看来去的人比较多，又都是些熟悉的，我就说有什么话就到外面去说吧，小冯就和我一同下楼了。"

"就这么简单？"谌芯卬疑问道。

"你不信，可以把小冯喊来对对呀？"梁伟麒轻言细语地含着笑对她说。

谌芯卬见梁伟麒在申辩时也是那么从容镇定，心想，看来是真的了，就看着梁伟麒说："原来是这样。好了，和你开个玩笑。但我不允许有人从我手里抢走你！"

"你呀，开这玩笑有点吓到我了。"梁伟麒脸上的表情严肃中透着温柔，"那不允许别人从你的手上抢，就可以从你别的地方抢啊？比如嘴里抢。"

"你，好你个'为奇'，你还想从我手上、嘴上还是别的地方走了？"谌芯卬抬起脸气呼呼地问梁伟麒。

梁伟麒一看谌芯卬被自己逗得生气了，那生气的样子真像个小姑娘，很是惹人怜爱，便马上把脸上那层严肃收起，说："不带你这样的，我还没像你那样生气呢，你反倒生气啦。"说到这儿，梁伟麒看着谌芯卬还是气呼呼的样子，便笑着说，"好了，都是我的错好吗？不过，你这样生气还别有一番风味儿。"

谌芯卬被梁伟麒这一说，脸上笑开了花儿，本来她就是说着玩的，没想到他却很认真地回答，再这样下去，也太不给他台阶下了。想到这儿，谌芯卬便岔开话题问："不和你开玩笑了，伟麒，你还记得我当时在你们局里选调你时，我说你什么吗？"

"记得呀。"梁伟麒见谌芯卬不说昨天晚上的事了，脸上露出的笑容比刚才灿烂了。这女孩啊，真是好也在这张嘴上，差也在这张嘴上。

"你笑什么？你说来我听听。"谌芯卬连忙拉住梁伟麒的手，很亲昵地摇摆着说。

315

"还真要说？我多不好意思说哩。"梁伟麒看着她说。

"这有啥不好意思说的？是怕我说话太直了还是什么呀？"谌芯印很开心地说着。

"你说'白主任，孙处长，这个梁伟麒呀还真行！用奇谈怪论把我们忽悠得好惨啊！我们就这样被他忽悠了'？"梁伟麒憋了好长时间，今天终于将谌芯印那天说的原话说出来了。

谌芯印悄悄一笑，并且不管梁伟麒的反应，反复地说着："当时我说的是假话，只是想引起你的注意。实际上打你一进书记的办公室，我就盯上你了。"

"你今天承认了你是说的假话？可当时你知道我说你什么了吗？"梁伟麒笑嘻嘻地反问道。

"你说'忽悠与被忽悠就相差一个被字，如果谌领导以为我是在忽悠你们，那就权当我是在忽悠我自己好吧？不管您是什么样的意思，我还是想对您说一句，反正，我前面的话已出口了，再也收不回来了！'是不是？"谌芯印就这样打趣地说。

"是啊，在你们省领导们面前，我只敢说低点儿。"梁伟麒脸上红了红回道。

"你当他们没听到？他们听得一清二楚。"谌芯印说完又看了看梁伟麒，好像身旁有许多人似的，靠近了梁伟麒的耳边，说："你呀，就是不敢大声说！"说完，拿眼向梁伟麒挑逗了一下。

梁伟麒被谌芯印这样一挑逗，明显地处于劣势了，只好打肿脸充胖子，说："我，我是怕被人听到了会生气。到时，把我生吞活剥了。"说完，梁伟麒拿双目瞪了谌芯印一下。

谌芯印叹口气，说："没想到伟麒，也有你不'为奇'的地方啊？"边说边笑出声来。

梁伟麒等谌芯印笑完后，开始说话了。"你是我的芯印，我还会跑到哪里去呀？我俩的幸福完全建立在我俩信任的基础上。这次你出差，一天没见，我的心中就有思念和牵挂。我在想你的时侯，你的名字很轻易地就紧紧地束缚缠绵着我的心。我要用一生的爱去呵护你，去爱你，你懂吗芯印？"梁伟麒停顿了一下，看看夏日的晚风说，"这夏日的风儿会告诉你，每一丝微风都是我对你绵绵不尽的思恋。我会对着高高的月亮、满天的星星、悄悄地告诉远方的你，你是我今生相守的人，是我一生唯一的爱！"梁伟麒深情地望着谌芯印说。

谌芯印被梁伟麒这样一说，再这样一看，似感到喜从天降。要知道，要让这些话从梁伟麒的嘴里说出来，那是多么的难啊？想想，自那次他和爸爸妈妈见面后，自己几乎天天在和他吃饭，特别是他第一次到自己家里去时，那天，当爷爷奶奶，外公外婆，这四位老人家也在时，那个气氛，让长辈们一个个都笑乐了，没有一个对梁伟麒不好的。谌芯印知道梁伟麒是一个宁愿为你挡风遮雨，也不会去诱骗别人，更不会轻易地将这些肉麻的话说出来的人。今天，梁伟麒说出来了，也是谌芯印长这么大，第一次听到从自己心中爱着的人的嘴里说出来。就这一说，激到了谌芯印的泪腺，双眼里激动的泪花在滚动，她盯着梁伟麒高声地大叫起来："'为奇，'我此刻，真的很幸福！我真的是全世界最幸福的人了！"说着，眼里的泪花再也控制不住了，像闸门被打开了一样，"哗"地一声冲出了眼窝。

梁伟麒看着谌芯印那激动的满脸通红的样子，一股热流涌出了自己的心怀，两只手紧紧地抓住了谌芯印的双手，久久地凝望着，凝望着。此刻的夜色也降了下来，仿佛给他俩拉上一层厚厚的帷幕。

三十三

进入六月,气温已到了三十七摄氏度以上。好在宿舍装有空调,清凉的风吹得房间如春天一样。

晚上,和谌芯印在食堂一起吃好饭后,梁伟麒将谌芯印送回到家,自己也回到宿舍,照例洗漱完毕后坐到写字台前,打开电脑,点出还没写好的长篇小说《别了,我蓝色的海洋》,将思路调整到小说的创作里去。除了谌芯印在旁边,他都要坚持每天晚上创作几千字。为了避免沈剑波两口子的"骚扰",梁伟麒把耳机一插,大脑里清静多了。梁伟麒又从与昨晚衔接的地方开始写:

初春的阳光尽情地洒在苏晓偲他们的七号码头,微风吹皱江面,江面在冉冉升起的阳光下泛着七色光芒。

苏晓偲从新兵团下部队后,才真正体会到身为潜水员的不易。可以想象,地处东海之滨的上海水域,浑黄一片,潜水员下到水底,四处都是漆黑的,东南西北怎么能摸清?

吃好早饭,两条潜水工作艇拉开距离,做好训练前的准备工作。

指导员和分队长都很重视新兵第一次下潜训练。指导员将两条艇的新老潜水员都集中在苏晓偲所在艇上。指导员在东海舰队很有名气的,曾参加过打捞"阿波丸"的行动并荣立过一等功。指导员正讲着下潜时的主要事项,最后强调:"你们必须严格按照潜水大纲的要求实施水下训练。前几天,"指导员一脸威严地继续说,"在测试你们潜水理论时,同志们都答得很好。今天,就是你们实际操作的时候。不过,"指导员顿了顿,目光从每个新兵脸上掠过说,"今天参加下潜训练的同志必须做好以下几点。一、这个码头水深不超过十米,也就是说一个大气压不到,所以大家不要担心放漂。二、虽然水不深,但下潜时要顺入水砣的绳索慢慢下潜,注意鼓好耳膜,预防下水过快压破耳膜。三、下潜后,在水下一定要注意头部不能低于膝盖,否则将会出现倒立,造成危险。由于这儿是黄浦江,水色比较混浊,所以你们就是睁眼瞎子,东南西北完全靠信号绳来辨别。四、水面人员一定要注意水下动静,皮管员、信号员和电话员,必须严格坚守岗位,丝毫不能麻痹大意,水下人员的生命全掌握在你们手上。大家听清楚没有?"

"听清楚了!"

今天轮到扬州新兵周军下水训练。周军长得浓眉大眼,国字脸,身高一米八,英俊伟岸、风流倜傥,可是一到水下,完全像个熊包。

"周军准备着装下潜。"指导员下达命令。

"是。"周军回答。

新老兵搭配,围着周军穿重潜水服。苏晓偲一面帮周军拧紧螺栓,一面注意观察着周军的脸色。只见周军的脸上流露出紧张,说话也有些颤抖。苏晓偲真担心他会出事,还担心轮到自己了,也会这样。当周军站在扶梯上,等待最后一道程序,也就是拧上潜水头盔等待下潜命令时,潜水电话中传出周军紧张的询问:"徐潜水长,我怎么透不过气来了?"周军话中有着明显的焦急,声音也有着明显的颤抖。

"周军,不要紧张,是你的潜水服中氧气不足,将你的腰间阀门稍开大些。"徐潜水长亲自在潜水电话旁指挥。

"是。"穿在周军身上的潜水服渐渐地在往外鼓。

"周军,请注意排去潜水服中多余的气。对,自己要注意掌握好气体。好,准备下潜。"潜水长见周军能够控制好潜水服中的气体后,命令他下潜。

周军顺着潜水梯一级一级地往下,当他大半截身体淹在水中后,徐潜水长对着潜水电话下令:"周军,放弃潜水梯,看到你左手旁的入水铊的绳了吗?对,抓住它,慢慢排气,下潜。"

"是,下潜。"周军的回答仍在抖动。

"咕嘟嘟,咕嘟嘟",一串串气泡从水下冒起,就像黄埔江的水面上长出来的蘑菇,委实好看。

"周军,下潜情况怎样?"徐潜水长问道。

"下潜情况良好,就是怎么到不了底?"周军紧张地问道,颤抖的声音比刚才更加厉害。

"不要紧张,注意排气。"徐潜水长边指挥,边走到船舷旁看着水下的动态。

"明白,注意排气。"周军在水下用颤抖的声音回答。

艇上的新老兵屏着气,一双双眼睛紧盯着水面,而一双双耳朵紧竖着,静听着潜水电话里的声音。

"报告潜水长,我已下潜到水底,请指示。"此时,听到周军报告的声音也没刚才颤抖了。

"好,先趴在原地休息。"徐潜水长命令道。

"是。"周军的底气也比刚才足了。

听到周军已到水底,大家的心比刚才放松了许多。苏晓偲跑到班长面前问:"班长,为什么到底后要让潜水员在原地休息呢?"

"一是休整体力,二是放松心态,三是做好下步训练前的准备。当然这仅仅是对新兵,老兵就不需要这样了。"班长如实回答。

"哎呀,这底下是些什么东西?捏在手里硬硬的,像……像……"突然潜水电话中传来周军在水下的自语。

陈建国听到后脸上露出滑稽地一笑,"那是软黄金。"

"什么软黄金?"苏晓偲就问陈建国。

"这你都不知道?这里面也有你一份呢。"陈建国说着诡秘地一笑。

"怎么有我一份?"苏晓偲傻呵呵地问。

"怎么没有?"李应柏插话说,"你每天吃到肚子里的,最后又从肚里到哪里了?"说完露出一种揶揄的神情。

苏晓偲这才恍然大悟。

"周军,请你拉紧入水砣的行动绳往右走。"潜水长下令。

"明白。"周军迅速回答。

然而,周军却把信号绳当成了行动绳,信号绳在不断地被周军往下拽,可周军却在原地丝毫未动。一串串气泡围着入水砣的绳直往上窜。徐潜水长也看到了这一切。苏晓偲心想,周军在搞什么名堂,让你拉紧行动绳往右走,怎么在拼命地把信号绳往下拽,而人就是原地不动呢?

"停止前进。"徐水长突然下令,"在原地休息待命。"

"明白,原地休息待命。"周军回答完后,信号绳也不往下拽了。

"周军,现在水下情况如何?"徐潜水长突然对着潜水电话问。

"报告潜水长,水下一切良好。"周军说完,从潜水电话里传出运动后的喘气声。

"周军,你不要把信号绳和行动绳搞错了。首先要分清信号绳是在你身上,行动绳是在入水砣那儿。你先把行动绳找到,然后在你的右手边有一个被螺旋桨绞起的深坑,有一米深左右。"潜水长说。

"是,先分清信号绳和行动绳。报告,我已找到行动绳了。对,是有一个深坑,约一米。"周军回道。

"你经过时有什么感觉?"潜水长突然问。

"报告潜水长,有一种掉下陷阱的感觉。"周军说。

"吓一跳吗?"潜水长问。

"还好。"周军回。

"好,请你做好准备,拉紧行动绳向左走。"徐潜水长下令道。

"明白,拉紧行动绳向左走。"周军回道。

但这次和前一次有点不同了,信号绳不往下拽了,一串串气泡还是在原地往上翻。

"周军,请注意,就在你的左手边二米远,也同样有个一米左右的深坑,要注意掌握气体,听清楚没有?"徐潜水长说。

"听清楚了,潜水长。"周军也立即回道。

"到了没有?对,再往左一点。"潜水长指挥着。

"报告潜水长,到了。"周军突然在电话中喊道。

潜水长听到周军的报告后,脸上掠过一丝笑。

苏晓偲没有体会出来,徐潜水长刚才脸上闪过的一丝笑容,这时指导员来了,问了问水下的情况,潜水长把刚才的情况如实一说,指导员的脸上也掠过一种笑。嘴里还骂了一句:"这小子。"

"周军，请你趴在原地休息，待命。"潜水长下令道。

"是。"周军回道。

"看来是有些紧张。"指导员对潜水长说。"这小子还有两下子。"说完拿过潜水电话说，"周军，我是指导员，现在休息得如何？"

"报告指导员，体力已恢复。"周军立即回答。

指导员笑着问："在水下紧张不紧张？累不累啊？"

"不紧张，也不累。"周军斩钉截铁地回答。

"那你顺着入水绳出水。注意，衣服里的气体要有，不能太快，控制速度。"指导员指挥着。

"明白，指导员。"周军很快活地回答。

等到周军一出水，卸掉潜水装备后，指导员来到周军面前，面带微笑问："第一次下水能这样不错。不过，你在水下大约走了有多少米？"

"我也不知道爬了有多少米。"周军看着指导员回答。

"你知道入水绳的水下行动绳有几米吗？"指导员问。

"大约有十米。"周军回道。

"你有没有爬到入水绳的末端？"指导员问。

"爬到了。"周军回。

指导员的眉头皱了皱，又继续问，"潜水长命令你在水下拉紧行动绳左右移动，你却在原地不动,往下拽信号绳干吗呢？"

"这……靠、靠信号绳往左右移动来……"周军的回答有些吞吞吐吐，似乎发现今天在水下的小聪明要露馅了。但又一想，怎么可能呢？我在水下收了多长的信号绳，不是明显就向左右爬了多少米吗？"对，是靠信号绳收放多少来判断。"

323

他突然又加一句。

"是吗?"指导员挂在脸上的笑消失了,取而代之的是一种严厉,"那么,我想请问周军同志一个问题,你从排气阀排出的气泡是不是跟着你运动而运动呢?"

"这……"周军突然傻了,他没想到,自己以为只有把信号绳往下拽,水面上就会认为他是在水下运动,没想到这气泡……

"指导员,中队长请你马上到队部。"通信员突然气喘吁吁地飞奔而来。

由于分队部在岸上,离七号码头至少有三百米远。指导员连忙站起来,对周军说:"好好休息,下次下水可要注意气泡的方向哟。"说完拍了拍了周军的肩大步流星地走了……

写到这儿,梁伟麒的思绪又回到了部队。他虽然是陆军,但他有个海军战友是潜水员,也是他的老乡,就离他驻地不远,俩人有时间就在一起小聚。就在他入伍的第四个年头,这个海军战友在抢救一起水下突发事件时,英勇献身了。

每每想起,梁伟麒的双眼就会流下热泪。梁伟麒抬手看看手表,已近十二点了,便决定睡觉。只一小会儿,梁伟麒便已进入了梦乡。

三十四

一天下午，大概在一点钟左右，梁伟麒收到了张逸民的微信，说是晚上和周副局长、工会主席还有王明珺要来省厅报到开会。张逸民发来的微信还没看完，王明珺的微信进来了，说："我和分管工会的周副局长，还有局工会主席和张逸民，马上到省厅报到，参加明天上午关于省厅表彰的大会。晚上，你就别安排别的活动了。"梁伟麒一收到王明珺的信息，心里就有点七上八下的。是告诉谌芯印好呢还是不告诉她好呢？不告诉她吧，她早晚肯定会知道，告诉她吧，又生怕谌芯印会吃醋。毕竟自己个把月没和王明珺好好联系了。不联系的主要目的，也是为了不让谌芯印有疑问。目前，自己和谌芯印发展得相当不错，冯筱敏、陆桦桦、黄心雨、汪洋，还有沈芯她们，那天被谌芯印请吃饭时，宣布了她和梁伟麒的事后，心里面都有想法。但想法总归是想法呀，事实归事实，正如冯筱敏说的那样：只要你一天没领证，我就有权利追求你！所以，她们几位还是如以前一样，没有丝毫地改变，该怎样还是怎样，一点也没有因谌芯印的宣布而失去了什么信心，也只有远道的王明珺不知道了。但好事坏事都是会传播得比较快的，他和谌芯印的事，这几个月肯定已经传到了市局了。

一见面，王明珺就试探地问："你怎么没把谌芯印带过来呢？"

"她一会儿就到。"梁伟麒本不想带谌芯印的,但王明珺这样一问,他突然决定告诉谌芯印。

"哦。"王明珺深深地叹了口气接着说,"还是厅长家的千金,我真得提前向你祝福。"说着苦笑了笑。

"谢谢你了王明珺。我当初如不来省厅,也不知道有谁愿意理我或者和我相处了。"梁伟麒不知怎么回答,只有这样说。

等他们的住宿已被安排妥当后,梁伟麒说:"各位领导,今晚我请客,尽一下我的地主之谊,大家一醉方休。"

"今天由我老周请客,你就别客气了。"周副局长直言不讳地说。

"对,今天就由我们周局长请你这位厅领导了。你也就别操心了。"张逸民接着说。

梁伟麒正在左右为难之际,听到张逸民说话,突然想起了他还欠我一顿酒哩,便说:"今晚的酒菜全由张逸民来请了。"

张逸民一惊,突然醒悟过来说:"好你个梁大主任,还在惦记着我啊?"张逸民说完,开心地笑了起来。

"好了,既然周局长说话了,我们应该尊重领导的意思。"局工会主席说话,转脸看着梁伟麒说,"可别忘了,把我们王厅长的女儿一起带来。"市局工会主席是五十岁的中年妇女了,她笑嘻嘻地对梁伟麒说。

"对,把我们王厅长的千金带来。"周副局长说着,还特意朝着梁伟麒投去会意的一笑。

梁伟麒看看工会主席和周副局长俩人都是善意的笑,也只好说:"那我这'地主之谊'何时来尽啊?"梁伟麒很真诚地问。

"咱们来日方长,你有的是机会尽的。"周副局长一面说着,一面做了个打电话的手势给梁伟麒。

梁伟麒知道周副局长的意思,便拿起手机打了个电话给谌芯印。电话一通,梁伟麒就说:"芯印,我们市局的周局长和工会主席他们来了,是为了参加明天上午厅里的表彰大会的。领导说了,请你务必赏光,来参加今天晚上的小聚。"

"你在哪儿我就在哪儿。哦,对了,等会儿把那个地址发给我。"谌芯印开心地说着。

"我马上到他们住的宾馆那里了,一会儿我把地址发给你。"梁伟麒回道。

"好的。"谌芯印开心地回道。

站在一旁的王明珺一声没吭,看着他们的言行,看到梁伟麒和谌芯印通话时脸上显出的喜悦,有一种伤感袭上心头。她今天本不想和周局长和工会主席在一起吃饭的,只是想和梁伟麒在一起,最多加个张逸民。可没想到一下子增加这么多人,而且还有王厅长的女儿。你们要和王厅长挂钩那你们自己去,怎么还要这么"曲线救国"呢?要不就是张逸民?不会的,张逸民要上还不如和梁伟麒单独一说,不就什么都摆平了。再说,就是晚上大家在一起吃饭,吃好饭之后可以自由活动的,到那时俩人再出去走一走,聊聊天什么的,不也是很好的。谁知,他们非要把王厅长的女儿叫来,这样就把自己心里想的事情全部否定了。你再看他们的脸上,是一种安慰,不,是一种欣慰,这从周局长和主席的脸上看得出来。现在,大家都往周局长他们住下的宾馆旁边的酒店走去,王明珺几次想走过去和梁伟麒说话,但梁伟麒被周副局长和工会主席夹在中间,边走边聊着,也没机会和自己说话。

到了酒店,梁伟麒看看表,谌芯印还有半小时才能来。他被他们拉着进了包厢，说是"掼蛋"。这是眼下大家都喜欢的饭前打牌游戏。这掼蛋一掼起来，就会忘记时间。正在开心头上，谌芯印的电话来了，问在哪里。梁伟麒说在掼蛋，马上下来接你，你站在那儿别走。梁伟麒说着，把手上的牌往身旁的王明珺手上一放，说："王美女，请帮忙辛苦一下，我下去接她一下就来。"

王明珺说："我不会打牌。你快点。"

梁伟麒连忙说："就一会儿。"

等到王明珺从梁伟麒手上接过牌去后，梁伟麒才离开牌桌。这也是人的一种修养。

到了楼下，梁伟麒没看到谌芯印，就在大厅里待了会儿。一会儿，谌芯印风尘仆仆地进来了。谌芯印一看到梁伟麒在等她，心里说不出来的高兴，紧紧地挽着梁伟麒的手，好像生怕梁伟麒会跑了一样。谌芯印边走边说："你不在上面陪他们打牌，还下来接我，不会被人家说啊？"

"你是谁呀，你现在可比国家主席还要伟大哩！"梁伟麒看着谌芯印含蓄地说。

"那是。我比谁都大，但在你面前我就变小了。以后请你不要笑话我！"谌芯印说着停下了，抬头很认真地看着梁伟麒。

"放心吧芯印，我是不会这样的！"梁伟麒也看着谌芯印这样说着。

谌芯印一听这话，连忙把梁伟麒的手臂抱在自己的怀里，吊着梁伟麒的手，含情脉脉地说："你要是这样的话，那就算我的家人看错了你。"

"反正我在你和家里人面前，还有白主任面前没有秘密了。"梁伟麒一说，手还一摊，好像是很无奈的样子。

"哈哈，看你这样子，真可爱！"谌芯印说着，歪着头吊着梁伟麒的手臂往楼上走去。

进了包厢的门,梁伟麒把大家一一介绍给了谌芯印,当介绍到张逸民时,张逸民的双眼还紧盯着谌芯印看着。这个眼神也只有梁伟麒知道。梁伟麒碰了碰张逸民,张逸民才急忙从尴尬中出来,说:"我和伟麒可是称兄道弟的,你也别客气了。"说着笑哈哈地看着谌芯印。

谌芯印听张逸民这样一说,连忙大方地伸出手来和张逸民握手,说:"你是伟麒的兄弟?你好。"

在介绍到王明珺时,谌芯印仍然很大方地伸出右手和王明珺握,但王明珺却盯着谌芯印没有伸出手,当工会主席从侧面碰了碰王明珺的手时,王明珺才匆忙中伸出了手,和谌芯印握了握,嘴里说着:"认识你真高兴!"

"我也一样!"谌芯印很愉快地回道。

谌芯印的到来,预示着掼蛋的结束。大家就围着周副局长互相谦让地入席。接着张逸民让服务员开酒,并将所有人的杯子,就连驾驶员的杯子都倒满。

周副局长见各位的酒已倒好,端起酒对着梁伟麒和谌芯印,说:"首先祝你俩幸福、健康,永葆青春!其次是祝我们王厅长更上一层楼!第三祝我们大家健康快乐、心想事成!"周副局长说着向所有人员碰着杯,一仰头喝掉了杯中的酒。

大家都站起来举杯喝了。梁伟麒却听出来了周副局长站起来祝福的话中有话。他看了眼谌芯印,谌芯印也回看了梁伟麒一眼,脸上没有显出什么,只是和平常一样地看着自己,心里才安定下来。梁伟麒担心厅长的官再升上去,和自己的差距就会越来越大,自己有种自卑感。但人家能上当然要上的,哪会为了自己而放弃哩?如真的是升了,我该怎么办哩?是放弃谌芯印还是不放弃呢？这令梁伟麒无比的困惑。那就不想了。梁伟麒把小酒杯加满，也给谌芯印加了半杯酒，给谌芯印做了个眼色，俩人便站了起来。梁伟麒说："谢谢周局长的真心祝愿，我和芯印喝了，您就随意。"

周局长也站起来，端起酒杯一口干了，说："这还得要谢？见外了伟麒和芯印。"

"这是应该的。"梁伟麒和谌芯印说着，又倒满酒杯一一和他们敬了酒后坐了下来。

谌芯印见梁伟麒一口气干了五小杯，连忙把菜夹到他的碗里，心痛地看着梁伟麒。梁伟麒只是深情地看着谌芯印，嘴里说："没关系，放心吧。"

"我知道你没事，但身体是自己的。"谌芯印说。

"哦！"梁伟麒看着谌芯印对他如此的关心，心里涌起一股暖流，用手肘抵了抵谌芯印的肘部，会心地一笑。

轮到王明珺向梁伟麒敬酒了，她站起来说："我想敬三杯酒。这第一杯呢先敬梁伟麒，因我们俩曾在一起工作过。"说完一口喝了。"这第二杯我得敬谌芯印，祝你心想事成！"说完碰杯又一口喝光。"这第三杯敬梁伟麒和谌芯印俩人，祝你们幸福健康，吉祥如意！"说完又是一口喝光了。

这三杯酒下了肚，明显看出王明珺洁白的脸上，红晕密布，特别在和谌芯印碰杯说话时，满脸就已红扑扑了，煞是惹人疼爱。

实际上这段时间，不知从哪里传来了有关梁伟麒和厅长千金的事，王明珺听到后心里特别难过，始终像有块石头压着。本来明天的会议基本上没她和张逸民的事儿，但她听说了此事后，一定要来。特别是近一个多月来，梁伟麒不要说电话了，就是在微信上也很少搭理自己了。所以，王明珺一直想到省厅来与梁伟麒见个面，让他亲口说出来。如梁伟麒和厅长千金没有点什么，那她就想和梁伟麒确立一下恋爱关系，这样也就去了自己的这块心病。没想到，梁伟麒和厅长的女儿竟是真的，这是她当时无法接受的。王明珺没想到，梁伟麒才到省厅几个月，就把厅长的千金握在了手里。像梁伟麒这么优秀的小伙子到哪里去找啊？可是，现在我王明珺却在自己的眼皮底下，白白地放走了这么一位优秀的男人。再说这个谌芯印，怎么也不像是厅长家的千金，并不是她长得不好看，也不是她没气质，而是她既漂亮又有气质，就像著名电影演员王晓棠年轻的时候。真像，真的太像了，一点儿也不做作、不张扬、不轻浮，只是坐在那里，如小鸟依人般地紧靠着梁伟麒，不是给他夹菜就是给他盛汤，照顾得无微不至，从来也不会因为自己的爸爸是厅长，就另眼看人。王明珺心想，如果我也像她那样，不去考虑家庭的得失和人们的说法，哪能有她谌芯印的今天啊！如今，自己只好打落了牙齿往肚里咽。王明珺想到这儿，偷偷地看了眼梁伟麒，一股心酸在胸里流淌，双目中隐隐地含着泪花儿。她多么想趁势离去，但再一想，自己这样离去，有点太小家子气了，哪里还像个市政府副秘书长家的女儿啊。她只好强忍着，自己酿的苦酒自己喝，就如同现在连喝了三杯一样。自己长这么大，真的还没这样连干三杯过。就是去年的除夕夜在饭店吃饭，老爸看到市长在另一个包厢后，带着老妈和自己去敬了一次酒。因市长家的双方老人都在，老爸就分批敬他们的酒。那天，她记得很清楚，也是三杯酒，和今天的杯子一样大。但那天有老爸老妈在，自己只喝了一杯多一点儿，其余的全被老爸喝了。谁想到今天自己会这样喝呢？王明珺越想心里越觉得不是滋味儿。

这时，张逸民过来敬酒了。他走到梁伟麒和谌芯印的身旁，说:"伟麒和谌主任,我来敬你俩酒,有个小小的要求,你们该答应吧?"

"什么小小的要求呢?你先说出来,否则随便答应那就要出笑话的。"梁伟麒看了眼谌芯印这样回道。

"你不答应我就不说。"张逸民像绷紧的弓一丝不放。

"好的,我俩全答应。"没想到,谌芯印却说话了。谌芯印心里想的是,最多就让我俩喝个交杯酒吧。我虽没喝过,但今天我不能为这点事而丢了梁伟麒的面子。

"你看你呀伟麒,还没弟妹爽快。好,这小小的要求就是我们俩把酒壶加满干了,弟妹就是杯中酒,如何?"张逸民笑看着梁伟麒说。

"就这小小的要求?我俩同意!"梁伟麒高兴地说。张逸民这时来这一套,梁伟麒当然知道他的用意,他有话要说。便笑着说:"那就听你的呗。"

俩人把酒壶里的酒倒满后,分别和谌芯印碰了一下杯就一口下了肚。谌芯印杯中的酒也已喝完。

梁伟麒看到谌芯印这样喝,心里边特别心疼,就说:"你慢点儿喝!"

张逸民满脸笑着对梁伟麒说:"你就这样怜香惜玉啊?"

"老哥,你是过来人,该比我要懂点吧?"梁伟麒解嘲说。

"看你这话说的。要说我比你懂,但我可从来没这样在酒桌上,当着大家的面像你这样吧?"张逸民见梁伟麒用疑问的眼光看着自己,连忙接着说,"我的意思是你太OK了,我得向你学习。"他在说OK时说得很轻,最多只有梁伟麒和谌芯印听到,双眼还对着谌芯印逗了逗。

谌芯印看到张逸民对着梁伟麒和自己说着,心里头洋溢着欢乐，脸上也溢满笑看看梁伟麒和张逸民，说："该学习的地方还是要学习的。"说完，坐下来拿起筷子夹了一块海鲜，放到了梁伟麒的碗里。

"芯印说的不错，该学习的地方还得要好好学习。"梁伟麒心里无比幸福地说，说完就准备坐下了，但被张逸民用手给拽住了，并用拽住的手稍用了两下力，眼睛瞪得特大，在暗示着梁伟麒，不要坐下，我有话要对你说。梁伟麒懂了，就对着张逸民说，"要不我俩谁也不带，再干一小杯如何？"

"好啊，只要你老弟说了，我这个老哥舍命陪君子。"张逸民边说边拿起酒瓶给俩人倒上。

梁伟麒便端起酒杯和张逸民碰了碰，装着要喝的那样，然后头靠着张逸民的头说："是关于邵剑冢的事吧？今天不谈其他事。"梁伟麒挂起了"免战牌"。

"什么邵剑冢的事啊，是关于王明珺的事儿。"张逸民轻轻地说完，便看了一眼谌芯印说。

这时，周副局长见张逸民和梁伟麒俩人在喝酒，把谌芯印晾到了一边，便对她说："谌芯印，这杯酒我单独敬你。你喝半杯，我喝光如何？"

"不，周局长敬我的酒，我必须要亮杯的，否则，你原来的手下要不高兴的。"说完，还看了一眼梁伟麒。

梁伟麒正在和张逸民喝酒，被谌芯印这一说，感到浑身特别舒坦，递给她一个深情的微笑。

"谢谢你！"周副局长对谌芯印说。

"看您，局长太客气了。"谌芯印回道。

这时，梁伟麒才转过头对张逸民说："王明珺的事？什么事呢？"梁伟麒也轻声地问道。梁伟麒感到奇怪了，自己和王明珺没有说过一个爱字,他怎么会有这样的想法呢?在市局时,我有这样的心她却没有这样的意啊。但是彼此间的印象都是很好的。

"对啊。你别说没事,还真有点儿事呢。她这次来,我看得出来,是奔着你来的。"张逸民对梁伟麒说。

"没有,我和王明珺只是好同事罢了。"梁伟麒回道。

"没事儿?那王明珺怎么会奔着你来呢?"张逸民不相信地看着他问。

"老兄,你这一说,让我想起了去年秋天的时候,我到局图书室去借书,正巧就王明珺一人在办公室,我想把自己的想法和她说,她却总是岔开话题,我就没好意思说。"梁伟麒简单地把自己当时的心情和张逸民说了一遍。

"原来是这么回事。那今天王明珺来这里,是想亡羊补牢啊?"张逸民了解到以后这样说。

"不仅仅是这些,还有她的家庭也不会同意的。"梁伟麒不无遗憾地说。

"现在还有家庭的事吗?"张逸民很惊讶地问。

"怎么没有?她家就是这样的,这是我在去年冬天的时候知道的。有天下午约二点多钟,她突然打电话给我,让我到她那儿去一下。我心想,她这时候叫我去可能是同意了我们之间相处的事,便丢下手上的活儿去了。到她办公室就见她一人在,脸上没有一点光彩地说:'你先坐,我帮你泡杯茶。'说着就站起来为我去泡茶。我一看到她的样子,猜到了八九分,就说不用泡了,你有事先说事,放心,我没关系的。她便把昨天晚上和她爸爸妈妈谈了我的事一五一十地说给了我听。总的就一句话,门不当户不对,还是个农村的,就别想了。好在我的心理素质好,可以时刻调整好自己的心态。我马上谢谢王明珺,说:

'有你这份心意我满足了。放心,我还是那句话,我们仍然是好同事好朋友!'当时,我说这话时面部表情很诚实,但我的心里却在翻滚,那种被心中有意思的人拒之千里之外,特别是从部队回来的我,有谁会有我那样的体会呢?从那以后,我再也没有这个念头了,只是以好同事相处。"

"原来是这回事啊!那她今天来是为了什么呢?我是来看你的,明天上午的会议又没她的事儿。难道她是来最后确定一下的吗?如今天谌芯印不来,她肯定会有好多话对你说,可今天你也听不到了。"张逸民不无遗憾地说着。

"这有什么呀?不听不是更好啊,省得给自己带来烦恼。"梁伟麒说着朝张逸民笑了笑,张逸民也就笑了笑。

大家都处在兴奋状态中,就连王明珺也处在兴奋之中。她又找周副局长和工会主席喝,又找张逸民和驾驶员喝,最后又和谌芯印干了一杯。王明珺说:"我真的很羡慕你!这么优秀的人被你给逮着了!可是,他家的背景你知道吗?父母亲都在农村,只有他只身一人当兵才走出来的。他真的是位很好很好的人!我们局里认识他的人,对他评价很高的。他性格直爽,眼里揉不进沙子的,除了个别领导或者是和他合不来不喜欢的,其他人都喜欢他。谌主任,你千万别步我的后尘!"说完,双眼已经模糊了。

谌芯印看着王明珺,心里猜到了八九分。王明珺肯定是心里边暗恋过梁伟麒的,否则,怎么会如此这般地说这些呢。谌芯印看见梁伟麒正在和周局长说着什么,满脸都是笑。谌芯印心里也说不出来的开心,说:"放心吧王明珺,现在就是十匹马来拉,他也不会离开我的,我也不会让他被拉走的。如果爱情以对方的家庭和权势来衡量,那这样的爱情就不是真正的爱情!我也没谈过恋爱,他也没谈过。但我们有好多共同语言。

你别看他性格很直爽,但他很有修养,就如你说的,他眼睛里揉不进沙子的。我知道他的脾气和性格就行,我也不会欺负他的。梁伟麒从不占人家便宜的,就连在食堂吃饭后,一人一瓶牛奶一份水果,同事们不吃,要给他他都是不会要的,更不要说是人家花钱买的了。"谌芯卬不时看到王明珺在用眼看着梁伟麒,眼里有笑容又有遗憾。她知道,好在厅里把这个"为奇"调上来了,否则,眼前的这位美女肯定要把他抢走的。她看着眼前的梁伟麒,露出了胜利者的笑容。

兴许是借了点酒劲儿,今天的王明珺根本不像先前的王明珺了。一个二十多岁的姑娘,哪敢在这样的一种场合说出这样的话呢?而且还是在她心里深爱着的人面前说的。她现在到了省城,有谁会把她当成什么市政府副秘书长的女儿?她只恨自己和自己的这个家庭。这次来省厅的前一天晚上,王明珺和自己的妈妈摊牌了,她把心中的想法告诉给了自己的妈妈,但被妈妈一口否决了。妈妈说:"什么样的小伙子找不到?你偏要找一个门不当,户不对的!"

"妈妈,你现在还有这样的思想啊?什么门不当户不对的?现在只要看对方有没有能力,有没有本事,你那种观点早就老掉牙了。"

"什么?我的观点老掉牙了,这、这怎么可能呢?女儿呀,我、我们做父母的会害你吗?你千万不能因为他的帅气和能力而上当受骗!"王明珺的妈妈急得语无伦次了,那脸色急得红一块紫一块的非常难看。

"我上当受骗?妈妈,你真是现在不关心事物的发展了。现在的人特别是我们年轻一代,在选择今后的一半时,既不是鼠目寸光,也不是用长远的眼光,而是用一种明辨是非的眼光去看待的。"

"那你这样说，我倒想问问女儿，你到底爱他什么呢？爱他的明辨是非？"她妈妈激动得话也不知如何说了。

"妈妈，你真让我说我还真说不出来。我只是凭感觉。"

"感觉？"她妈妈惊讶地问道，"女儿，你就凭感觉，就把自己的一生感觉走了？而我和你爸爸呢？就没有你所谓的感觉了吗？"妈妈的泪在眼眶里打转，头在不停地摇着，瘫坐在沙发上，双手也在不停地颤抖着。那双眼开始模糊起来了，看不清自己身上掉下来的这块肉，怎么长着长着就不认识自己了呢？

王明珺今天是想把心里话说出来，是想让妈妈知道自己心里已经有人了。至于妈妈是否同意也不管了，反正自己再不争取，那他梁伟麒真被厅长的女儿抢走了，那自己会后悔一辈子的。她对妈妈说："妈妈，是的，是感觉！我发现离开他之后，我越来越感到他的重要，这些天我连做梦也能梦见他。我再也不能欺骗自己了，我的心中是有他的。他虽被调到省厅工作，但自他走了以后，我的心仿佛也随着他飞走了。妈妈，您如果想为我的今后好，想让我今后幸福的话，那您就随了我吧。我知道你和爸爸是为了我好，可好的目的是什么呢？不就是不让我受苦受累吗？那我现在已找到了自己的幸福，你们还有什么好担心的呢？"王明珺看了看妈妈继续说，"妈妈，我知道您是为我好，您恨我太感情用事了。可是您知道吗妈妈？您也不要被门当户对束缚了。我也不知道现在梁伟麒的境况如何，我听说，我们厅长家的女儿在追他。您知道吗妈妈？当我听说了以后，我的心里既对您和爸爸用老眼光来处理问题而遗憾，又因自己没有主见而悲痛！如果我开始什么也不听你们的，梁伟麒肯定是我的了。可是现在呢？我也不知道会是什么样的结果在等着我。妈妈，我在想，只要我的感情是真诚的，我为什么要去违背自己的感情呢？我现在也不管了，我明天就要到省厅去找他去，让自己的情感带着我去找他，随您愿意不愿意。我决定了，哪怕碰得我头破血流我也心甘情愿！别人怎么去看我我也不去管了，我也管不着，因为嘴长在人家的脸上。"

妈妈看着自己对感情如此执着的女儿，两行热泪不觉从眼眶里滚落下来，有气无力地说："地位是给人以尊严和舒适的生活条件，如果脱离这一生活条件，那这样的生活还有什么幸福可言呢？而家庭的诞生却像无情的烈日，把缀在爱情之花上的饰物全烤化了，剩下的只有一句平庸而又实在的内容，过日子呗还有啥？记着，女儿啊，靠理智的婚姻是幸福的，靠感觉的婚姻是不幸的！"

想到这儿，王明珺的眼睛已被泪水侵占了。谌芯印见状，急忙拿起餐巾纸递给她，王明珺接过谌芯印递来的餐巾纸，扭着头擦，嘴里不时地对着谌芯印说着："对不起！对不起！"

谌芯印说："没关系，咱们以后就是姐妹，如你有事，就来找我和伟麒，我俩会尽力的。"

不知怎么的，王明珺最后抱着谌芯印抽泣起来，兴许是酒劲儿上来。周副局长见状，连忙站起来对梁伟麒和谌芯印说："今天相聚大家都很开心。但愿梁伟麒和谌芯印能给我们创造更多这样的机会，也谢谢你们俩能参加今天的小聚！"

三十五

黄昏带着淡淡的泥土气息,白天人世间一切的躁动都渐渐地趋于平静、安详,夕阳的余晖披在匆匆过往行人的肩上,给人一种美好的向往。

回家的路上,梁伟麒想让谌芯印轻松些,边走边讲了一个段子,说的是第一次见面的男女,他们有车也不乘,只是走着。走了好久了,男的说:"我饿了。你呢?"

"有一点。"女的回。

"该吃饭了,你回家吗?"男的问。

"今天我家没人,我在外面吃好了。"女的说。

"哦,我知道有一家面馆还不错,我们一起去吧?"男的说。

然后一起走了两站路多一点,来到一家大排挡。

"老板,来两碗三鲜面,素三鲜。"男的对老板说。"我不要鸡蛋,你呢?也不要吧?老板,两碗都不要加鸡蛋。"

"我有事,先走了。"女的说。

"哎,不是说一起吃饭的吗?怎么就走呀?我送你,等等,老板,只要一碗就好了!"

这一说,把谌芯印逗得直笑,说:"你也想做那个男的?"

"你愿意做那个女的吗?"梁伟麒问。

"你愿意做,我也愿意做。但我是不会像那个女的不吃就跑的。我反倒认为这样的男人虽小气了点，但在做人方面还是像我们家伟麒好了。"谌芯印欢快地说着。

梁伟麒听着谌芯印说话，又看到她那么开心，心里也特开心。梁伟麒突然想起了周副局长开始说的一句话，问谌芯印："哎，芯印，听周副局长刚才的话里好像你爸爸要荣升？你听说没有？"

"我没听爸妈说过呀。"谌芯印很惊疑地说。

"那周副局长怎么会祝贺呢？"梁伟麒也疑问道。

"也许是祝福的话吧。"谌芯印说。

"我看不像。我在想，是不是你和你爸爸在一个单位，而且你爸爸又是厅长，为了避嫌？"梁伟麒疑问道。

"也有可能是为了避嫌。爸爸曾为这事也在家说过。好在我是跟妈妈姓的，要不然我连省厅都不好进。但我也知道只是暂时的，反正到时不是我走就是爸爸走。看现在这架势，有了你我是肯定走不了了。我今晚上回去问问，看看到底是怎么回事。"谌芯印也很认真地说。

梁伟麒也看着谌芯印，很认真地回答道："会不会因为我而影响你爸爸的工作？那这样我也太不应该了。"

谌芯印看着梁伟麒说："如果是因为你，你该怎么办呢？"

"如果说是因为我而影响了你爸爸的工作，我的意思是说，如果是荣升我就还在厅里，如果说平调，那我就要求调回市局。"梁伟麒很认真地说。

"没你的事，要有就是我的事，哪有你们翁婿之间的事呢？"谌芯印突然回过神来，对着梁伟麒说，"你是不是脚底下抹了油，想走了？没门儿！你是我的，这是爸爸妈妈都已经通过了的。哼！"

"你别误会,我不是这个意思。"一向很有主见、成熟、稳重的梁伟麒,此时像是变了一个人,"如你爸爸这次荣升了,你和你家里对我还是这样吗?"

"我告诉你'为奇',我们家如果因为这个非得让我和你断了,那你到哪儿我也到哪里!如果是你的原因,比如说,是见异思迁、违反原则什么的而让我俩断了,那我就死给你看!"谌芯印对着梁伟麒狠狠地说着。

"请你放心,如果是我的因素,我随你怎么处罚,我说到做到,否则,我也不会转业了。"梁伟麒很是坚定地说。

"怎么,看来你在部队也有啊?你老实交待,否则我不让你回去。"谌芯印说着,往路边上一站,双眼瞪着梁伟麒。

梁伟麒一看自己一激动说漏了嘴,恨不得抬起手抽自己的耳光。但看着谌芯印一脸的不高兴,只好把别离部队时遇到师长女儿的事说了一遍。

梁伟麒在部队时,曾深受师长的女儿周洁敏的喜欢。在汶川大地震后,当时她还在上初中呢。一天,她到她爸爸那儿去玩。那时,她爸爸还是梁伟麒的团长,在汶川大地震后被提升为副师长。梁伟麒从军校回来的第二年,他被提拔为师长,也就把梁伟麒调到了师宣传处。周洁敏看到她爸爸办公桌上放着一张军报,便随手拿起一看。周洁敏看到了梁伟麒的照片和英雄事迹。没想到,一晃七年,周洁敏已从部队高校毕业,被分配到某集团军。现在的周洁敏已出落成水灵灵的大姑娘了。2015年,周洁敏刚好二十二岁,在家休假,她到爸爸的部队来玩,走到大楼的门口时,突然与梁伟麒撞了个满怀。周洁敏正想发火,一看似曾相识,她马上在大脑里面搜寻着。很快,也就在一秒钟之内,那个英模就显现在了她的眼前。她连忙说:"你就是在汶川大地震时连续奋战十几天，救出近三十名群众，还荣获一等功的梁伟麒吧？"英雄！周洁敏显出淘气的样子，侧着脸歪着头问还有点呆愣在那儿的梁伟麒。

梁伟麒不觉一愣。他认真地看了眼站在面前的小姑娘，问："你怎么知道的？再说那是老黄历了。"

"这才几年呀就成了老黄历了？"周洁敏急忙双眼盯着梁伟麒看着，生怕他会跑了似的，心里可是在翻江倒海。梁伟麒，这么英俊伟岸的"一毛三"（上尉军衔）现在就站在自己眼前，有一种姑娘的冲动在驱使着她。但周洁敏克制着，自己也是名军人，再怎样也不能这样吧？难道自己的心里真的对他有点那个了吗？"不好意思，我太冒昧了！"

梁伟麒被周洁敏这一看很不自在。心想，这位小美女肯定有什么话要对自己说："没什么，有什么话你就说。"

"是有事想请你帮忙。"周洁敏顽皮地笑着说。

"那你说呀，我还有事要去办。"梁伟麒听到周洁敏有事要帮忙却又不说，心里就有点不舒服了，语气也有了明显的变化。

"是去会女朋友吗？这么不耐烦。"周洁敏说着脸上有种失望。

"不是，你说的那些都是老黄历了。"梁伟麒回道。

"不是就好，你只要给我五秒钟。"周洁敏说完竟"咯咯"地笑了起来。把个梁伟麒笑得云里雾里。

"你是干啥的？"梁伟麒看到这小美女没个正形，也就没了刚才的礼数，再说现在也没心思和她磨嘴皮子，想岔开话题。

可这个周洁敏知道梁伟麒想岔开话题，她偏不让，便接着说："你是不是救灾回来就被选送到军校，三年前回来的是吗？这几年，你还在军报和地方报纸杂志发表好些文章和文学作品？"

梁伟麒见眼前这位姑娘对他了如指掌，便从上到下看了她一眼，仍然想岔开话题。梁伟麒刚刚从政治部主任办公室出来，满肚子的怨气不知道向哪儿出呢，这一来，正找到了出气筒，说："你是干什么的？"

"我是干什么的并不重要，而你现在是师宣传处的笔杆子，副营职干事梁伟麒这不会错吧？"周洁敏看着梁伟麒的胸牌和火急火燎的样子很是好玩儿，很骄傲地歪着头看着他问。

"你到底是干什么的？再不回答我，我……"梁伟麒本想糊弄一下她就行了，说我就派人把你给抓起来。可想想站在眼前的这位姑娘可不是什么等闲之辈，定有来头，只好把这话给收回去了。

"我，我怎么了？你说呀！是不是想派人把我给抓起来呀？"没想到这姑娘不但不生气，反过来还和梁伟麒心有灵犀一点通了，声音突然喊得很高，"来呀，你叫人来抓我呀！来抓我呀！"

梁伟麒见这样糊弄这姑娘也糊弄不了，只好偃旗息鼓。他重新看了一眼这位姑娘，这脸庞长得特别像师长，突然想起了什么似的问："你是我们周师长家的女儿吧？"

"怎么了？不像吗？"周洁敏把脸伸过来，几乎要贴在梁伟麒的脸上问。

"不像我还能这样问吗？"梁伟麒脸上没有一点儿欢愉的表情，幽幽地说。

这时，正好周师长下来，问："敏敏，我站在楼上看到你来了，怎么那么长时间也不上来？我有点不放心了。"

"爸爸，我在这儿正好遇到几年前的老黄历了。"周洁敏说完看着梁伟麒笑着。

343

"师长。"梁伟麒见周师长下来，便叫了声师长，并敬了个军礼。

师长回了军礼，脸上有点惊讶地说："怎么，是小梁？"

"爸爸，不是叫小梁，而是叫老黄历。"说完，周洁敏站在梁伟麒眼前很愉快地笑了起来。

这一次周洁敏说"老黄历"周师长听出来了，但不知道什么意思，便问道："什么老黄历的，好好说话。"

周洁敏便一五一十地把刚才的话说了一遍，边说边不时地拿眼看着梁伟麒。梁伟麒被周洁敏这样一说，满脸通红，再加上刚才在政治部主任那儿受了气，现在又当着师长的面这样一说，哪有不红脸的呢？

"原来是这么回事。"师长感悟到了便接着说，"要不到上面去坐坐？"

"对，上去坐坐。"还没等梁伟麒说话，周洁敏便插上来说。说着，双眼里升起许多的希望。

"谢谢师长，等下回吧。"梁伟麒连忙回答，并向周师长敬礼道别。

周师长也回礼，但周洁敏却很不乐意了，拉着她爸爸的手，看着梁伟麒，嘴里不停地说着："不行，就今天。"

周师长看着自己可爱的女儿，又看看自己手下的兵，心里面已有点数了，但强迫不是好事，便对周洁敏说："那就下回吧。"说着，硬是拉着女儿往电梯里走去，周洁敏还一步三回头依依不舍的。

之后，在周洁敏没回部队前，总是来宣传处。有一天，梁伟麒正在赶写一篇文章，周洁敏来到了梁伟麒的面前，说："我明天要去部队了，今晚我想请你吃顿饭，行吗？"

"今晚我还真没时间。你看我手上有许多的东西还没弄完。"梁伟麒边说边在电脑上打着字。

没想到,就这一句话,一下子刺痛了周洁敏。她心里在流着泪。她本想今晚把梁伟麒叫上,再加上爸爸妈妈,一共四人,开开心心地吃顿饭,再把自己和梁伟麒的事定一下。可没想到,梁伟麒的回答却是那么的坚决。她的脸上马上红红地说,"我明天就要去部队了,你,你就不能陪我吃顿饭?"周洁敏用激动的语气对梁伟麒说着,眼睛已经湿润了。

"不是,我今晚真没时间。再说,你明天就要去部队了,还不回去和你的家人在一起吃吃饭,唠唠家常什么的,还有这心思请人到外面吃饭去?你爸爸妈妈心里怎么想啊?"梁伟麒说完,便抬头看了眼周洁敏,她脸上和眼里所表现出来的一切,令梁伟麒的心忐忑不安。梁伟麒急忙停了他手上的工作,看见她的热泪已从眼眶里涌出,他的心里还真有点不好受。他连忙在桌子上抽出几张餐巾纸递过去,周洁敏没接,他只好用手碰了碰周洁敏的手说,"别这样,这儿进出的人多,别被人误会我欺负你了。"

"有人误会倒好了。"周洁敏气呼呼地说,"谁说我不和爸爸妈妈道别的。今晚,我就是和爸爸妈妈在家里吃饭,还有你。"周洁敏说着心里的委屈再也控制不了了,眼里的泪水奔涌而出。

梁伟麒被周洁敏这突如其来的情景惊呆了,急忙又抽出餐巾纸递过去,说:"周洁敏,你别这样,我今天晚上到你家里去是不合适的,希望你也能站在我的角度去想想。我和你这才认识几天啊,既没处为朋友,又没谈过恋爱,就突然到你家里见你的爸妈,这样也太草率了吧?"

"你认为草率,但我不认为。我已经跟家里说过了,他们都没意见，但我妈妈就是想见你一下。"周洁敏很真诚地说。

"这你真让我为难了。我，这，你让我怎么办好呢？"梁伟麒这下真为难了。

"实际上，自从七年前我在军报上看到你的人物通讯后，我就下决心定下自己的奋斗目标——当一名解放军战士。如今，我实现了，我可以这样说，没有你也没有我的目标，我得谢谢你！"周洁敏看着梁伟麒说，情绪慢慢平静下来。她想，如果这样还是请不动他，是不是搬自己的救兵呢？

"你选准了目标，为你庆贺！但我已要求转业了。"梁伟麒说。

"什么，什么，你要求转业了？这……"周洁敏百思不得其解。

"是的，不信你回去问你爸爸。"梁伟麒说完低头又忙着自己手头上的事，至于周洁敏何时走的他也不知道，他也不想知道。他不想这么快就考虑个人问题。但是，这个周洁敏这几年一直在和梁伟麒通电话或者微信聊天，一直在追梁伟麒，但梁伟麒一直没答应她。他告诉周洁敏，如果自己现在还在部队，还有可能走到一起，但现在他已不是一个兵，是一个地方上的人了，怎么可能呢？周洁敏说，那我转业回来行吗？梁伟麒知道这丫头说不定就能说到做到的，便在微信中说死了，告诉她，自己已经有了，是自己的爸爸妈妈给做主的。这才没有再闹。安顿好之后的几日，微信里还有她。梁伟麒想删除她，但没好意思。总之，周洁敏那边应该没事了，梁伟麒才会这么大胆地去爱的。

"好你个梁伟麒，你还有什么秘密全部倒出来，我今晚哪怕不回去也要听完。"谌芯印的声音突然颤抖起来，眼睛不知什么时候被泪水糊住了。她用牙咬着下唇，眼前的一切都变得稠厚了，白茫茫的像撕不开的雾团。

梁伟麒一见谌芯印哭了起来，连忙在身上到处找着什么，可到最后也没找到，只好拉起自己衣服的下摆，去为她擦。谌芯印不要，仰起泪眼婆娑的脸，瞪着双眼看着梁伟麒。梁伟麒不知如何是好了，便上去做了个他这辈子没做过的事，用自己的嘴去吮吸着那张仰起的漂亮纯洁的脸蛋上的泪水。谌芯印也被梁伟麒的这一举动惊呆了，她双手紧紧地抱着梁伟麒，梁伟麒双手也抱着她。梁伟麒吮吸着，嘴里不停地说着："我没有任何一点秘密了，相信我芯印，就连今天这样子，也是我第一次！"

谌芯印被梁伟麒的吮吸和窃窃私语感动了，眼里的泪水不断地朝外涌着，嘴里喃喃地说："就这样伟麒，就这样伟麒！我好幸福好幸福啊！你知道吗，你说这样子是你的第一次，也是我的第一次。我真的不能没有你，知道吗？我为了你，把我自己的矜持也抛弃了，只有你才是我的一切，你懂吗？没有你我也不知道怎么办了，我不要你离开我知道吗？你是我的初恋，你懂吗？"

"知道，知道！没有你我也不知道怎么活下去，你也是我的初恋！"梁伟麒急切地回应着，这时他感到自己的胸前拥抱着自己所爱的人真的很幸福！他愿就样，永远像个雕塑似的。

突然，谌芯印把梁伟麒轻轻推开，说："好了伟麒，我们现在不谈这些了。现在，我最想知道的是如果你不调来，就会和王明珺走在一起了是不是啊？我看出来了，她看你的那种眼神就不一样，双眼里像有一团火，有几个男人不会被这火燃起呀？不过这个王明珺还真不错，"谌芯印这一说说得梁伟麒心里不是滋味儿。谌芯印想：冯筱敏和自己无论从表面，还是在心底里，俩人都是谈得来了，何况，还有她们老爸间的那点儿破事呢？

"是你看到有火了，我是没看到。"谌芯印正想说什么，被梁伟麒制止了，"如果我真不来省厅，也不一定能和她走到一起。因去年底，还没听说省厅招人，我在一次借书时和她聊过天，也想探探她对我的意思。谁知她对我说：'你我都还年轻，不要过早地去考虑个人的事。再说，我的家里肯定也不会同意的。'我被她这样一说好尴尬。原来，王明珺在去年的十月长假里和她的妈妈聊起过我，但她妈妈毫不留情地反对。那天，王明珺说完，脸上显出一些愧疚。我尴尬过后也就坦然了。我知道我配不上她，她的爸爸是我们市政府的副秘书长，虽然只是正处，但权力还是相当大的。从此以后，我和王明珺也就是真正的同事了，只有同事之间的情谊了。今天她突然来了，我也不知道她是什么意思。直到今年初，你和白主任还有孙处长来局里找我谈话，我也莫名其妙的。你当时也在现场，我回答的问题和自己的想法都是开诚布公的，没有一点隐瞒的。你当时最后还突然冒出来那句话，令我心里很不舒服。但是后来，在接到你们的通知后，我感到很是突然。我在南方培训时，市局对我的任用公示就已经张贴了，可公示结束了迟迟也不发任用我的通知，我心里就有点发毛了，感到好像自己被人家给耍了。好在我的心态比较平和，没有就没了，我反正经历过，无所谓的。在我接到省厅通知的当天下午，王明珺就到我办公室来为我祝贺，并想请我吃饭。当时我已被局里和其他部门安排了，就回绝了她。从她当时的面部表情来看，心里还有点遗憾、不舒服。"梁伟麒一口气说到这儿，长长地舒了一口气，好像如释重负了。

梁伟麒心里想,这事迟早要和谌芯印说的,晚说不如早说。

谌芯印听得直点头,当看到梁伟麒长长地舒了口气,她美丽的脸上绽开了笑容,故意问道:"怎么了?说累了?还是嘴渴了?我去买饮料给你喝?哎,你相信一见钟情吗?在我读大学的时候,我们班有位女同学在一次全校组织的文化艺术节时认识了一位中文系的男同学,他俩正是一见钟情。晚会结束后,她和我们说,他的那种眼神让她一直都忘不了,那时她就觉得要和他谈恋爱。那天晚上她谈得特别欢。可是过了没几天,她垂头丧气地说,看来,还得通过自己对自己内心素质的提高,觉得爱不是自私的,而是伟大的。以前认为她爱他,跟他恋爱就要嫁给他,可现在觉得想法可以存在,但现实中,嫁与娶也要取决于双方。爱他,也要尊重他的选择,不能自私地捆着他,他会难受的。每个人都有自己的愿望,都有自己的想法,有的人甚至想嫁给某某明星,但实际上会吗?他不爱你会娶你吗?你真正爱他的话,应该是他快乐你才快乐。你说对吗,伟麒?今晚王明珺对你的评价还是相当高的。"

"你可要自己选好啊,别到时后悔了!"梁伟麒看了看谌芯印笑着说。"我没听到她对我的评价,再说了,我觉得我讲出来才如释重负哩。否则,我这心里好像有种在骗人的感觉。我真不愿意有这种感觉!"梁伟麒看着谌芯印笑嘻嘻地说着。

"我才不会后悔呢!我也不允许你后悔!"谌芯印说着,像个小孩子似的,仰着脸看着梁伟麒说,"你呀,可真是的,以后不允许你再这样了,这样对你身体也不好,还会影响到我知道吗?"谌芯印说着,还亲昵地瞪了梁伟麒一眼,挽起他的手拖着就走。

梁伟麒看着谌芯印说:"我也在想,如没有你陪伴的时间,我会怎样。我也不知道是什么时候开始喜欢你、爱上你的。是那天在书记办公室？还是在我报到的那一天？"说到这儿梁伟麒对着谌芯印一笑接着说，"爱情真的让我琢磨不透，来的时候不知不觉，可当我知道你的家庭情况后，心里想要赶走你，已经来不及了，就感到越是想把你从我的心里赶走，越是感觉到心里有一种难以承受的痛！我今天向你坦白地交待，那天，我来报道的那天下午，我睡了会儿午觉，在梦中见到你了，见到你在台阶上拾级而下，朝我走来，那美丽的笑容令我终身难忘！你知道吗芯印？你我都是第一次恋爱，第一次手挽着手，第一次紧紧地拥抱自己所爱的人，第一次为所爱的人吮吸泪水，第一次……反正许多第一次全被你打破。我想，我从心里面想，这就是爱情，这才是真正的爱情。现在，我俩深有体会，这份爱是多么的幸福和美好，我们只有将心交给对方，去感受那里面的温暖。知道吗芯印？我们的爱情是多么的纯洁！我要把这美好的爱情写下来，让我俩的子孙们，都知道他们的爸爸妈妈、爷爷奶奶是在怎样的一种环境、背景下滋生爱情的。这里面有着我俩美好的相遇，有着我俩的幸福相爱，有着我俩苦苦的思念，有着我俩甜甜的泪水。我要将那种相爱不能相守的想法给予剖析。芯印，许多人因为寂寞而错爱了一人，但更多的人，因为错爱一人，而寂寞一生。爱她，就不要给她乱想的机会，因为，为你乱想的人是多么的爱你。"梁伟麒看着谌芯印说出这诗一般的语言。

三十六

　　谌芯印回去打听到的结果是王厅长还真要被提副省长。这个消息王厅长回来也没说，没想到就这么几天的时间，消息就传遍了全省厅。当时，芯印的妈妈也不知道。后来确定了以后，也就是谌芯印回来问妈妈，妈妈再去问爸爸才知道的，而且过几天就要上任。

　　这几天，省厅机关的人事也有了些变动，冯书记暂时主持全体工作，黄副厅长退二线，白主任、孙处长拟提副厅长，习副主任拟提政治处主任，沈剑波提主任科员。

　　为做好"国庆""中秋"和"十九大"三个重大节日和会议的各项工作，省厅在迎接上级督查的同时，还相继组织督查组下去督查。省厅分为五个组，梁伟麒和谌芯印被编入了第三组，而且督查黄海市局也是第三小组。梁伟麒和谌芯印商量，趁着到黄海市局督查的机会，一起回去看看爷爷奶奶、爸爸妈妈。

　　谌芯印说："你就不用操心了，爸爸妈妈已叮嘱我要跟你回去看看爷爷奶奶和爸爸妈妈哩。"

　　梁伟麒一听说，急忙把谌芯印拥入怀中，让谌芯印静静地听着自己那激动的心跳，嘴里不停地说："芯印，你真好！爸爸妈妈真好！能为我去想，我真的感到很幸福！"

　　谌芯印就这样静静地听着，听着，而后抬起头，定神地看着梁伟麒,双眸里一片模糊,说:"这是爱情的力量!是我俩爱情的力量!"

"是啊,是我俩真挚的爱情!"梁伟麒激动万分地说。

为了便于梁伟麒和谌芯印能顺道回去,督查组定在周五为最后一站到黄海市局督查,然后趁周六周日,让他俩回去两天。黄海市局督查结束后,梁伟麒和谌芯印就乘公交,回去看望爷爷奶奶。市局周局长本想派车子送梁伟麒和谌芯印两人回去的,被他俩拒绝了,就让张逸民送他俩到车站。车上,张逸民说:"这次阮处长的案件,真是大塌方,不仅仅将想进省厅机关的儿子、女婿和父亲、岳父都牵进去了,还把朱局长也牵进去了。所以,这段时间,全局上下都在整顿。周副局长被提拔为局长,就连吴晗也被提了正处长。原来航政处除你我还有位老同志之外,几乎全军覆没。这次你们来督查,你们也看到了,周局长在各方面还真行,这人还真是有能力!"

谌芯印看着梁伟麒说:"这些人该抓,再不抓那就完了。"

梁伟麒咬着她的耳朵说:"现在你说话也不能随便说了,爸爸现在已走马上任了,再加上还有个驾驶员在,一定要注意影响。"

谌芯印听了特别感动,回眸深情地看着自己深爱着的梁伟麒点了点头,并将头像一只小鸟儿似的,很幸福地窝在了梁伟麒的胸前。

"还有没有人事变动?如送我走的那几个。"梁伟麒问。

"现在还没有,不知道以后会不会动。"张逸民回答。

"这次真没想到,局党委一下子进去了四个,真没想到。"梁伟麒不无遗憾地说。

"是啊,谁也没想到。有的干部真会隐藏!"张逸民也是忧心忡忡。

"算了,该进去的还是要进去的,我们不为他们惋惜了。"梁伟麒长长地叹了口气说。

"对,我们没有必要为他们惋惜。"张逸民说完又接着说,"伟麒,你现在真是在全省出了名了,写的调研报告厅长一个字也没改,给宣传处写的稿子还获得了全省大奖,还有,在省厅的演讲比赛中,又获得了演讲作品和演讲第一名。你再这样下去,哪座庙会容得下你啊?"张逸民很敬佩地说着。

"什么庙不庙的?这些都是过去了的,不要再提了。"梁伟麒笑着说道。

"你这样会给我们压力的。再说,谌主任的爸爸又当了副省长,你以后前途一片光明。"张逸民很羡慕地说着。

"芯印的爸爸当了副省长是大喜事,但我想,芯印家的人,也不会希望我靠她爸爸来提高我的知名度的,否则,他们在为芯印选择时,不会选择我这个门不当户不对的了。我在想,一切事物都是靠家里人去争取,那就会出现N个李刚式的小丑。"梁伟麒很有点感慨地说。

张逸民正要说,车已到了车站了。谌芯印和梁伟麒与张逸民告别后上了公交车。谌芯印看着窗外绿油油的油菜和黄橙橙的麦子,特别高兴,像个小孩似的指这儿指那儿,欢快不已。

谌芯印:"你不说,我也知道。我的爷爷奶奶,外公外婆们也住在乡下。我虽没有长在农村,但我对农村有着很深的感情。你也放心,我会和你爷爷奶奶还有爸爸妈妈处好关系的。我会做一个让你放心的孙媳妇和儿媳妇的!"

梁伟麒听谌芯印这样一说,脸上的笑容绽放得如花般,嘴里说着:"我相信你就像相信我自己一样!你别说,芯印,这次回去,爷爷奶奶和爸爸妈妈看到你,肯定开心得嘴都合不拢,你信不信?"

"为什么呀?"谌芯卬好奇地问。

"因为你太善良,没有一点架子,长得又那么漂亮,就像爸爸妈妈喜欢的王晓棠。"梁伟麒很自豪地说。

"你这样一说,我太高兴了。但我也担心,他们会嫌弃我。"谌芯卬说着,刚才脸上的兴奋劲儿没了,忧虑爬满了那张漂亮的脸。

"放心,我们家呀和你们家一样,肯定不会让你这样忧虑的。到时,让你开心都来不及呢。"梁伟麒说着,抬手在她的漂亮的鼻尖上刮了刮,从心底里涌起欢笑。

"反正不管你们家人怎么看待我,我都要尽心尽力完成我的使命,做一个人人都喜欢的好媳妇!"谌芯卬从心底里说出了这句话,就好像是早就在心里的话一样。

"会的会的,你会成为我们家的好媳妇的。"梁伟麒安慰道。

转眼到站了,一下车,梁伟麒的表弟就站在外面喊起来了。梁伟麒挥着手和谌芯卬往表弟那儿跑,等上了表弟的车后,梁伟麒就向表弟介绍谌芯卬。表弟很客气地说了一声"嫂子好",便发动车子向家里开去。要到家了,梁伟麒就看到,自己家的门口,站着好多人,有爷爷奶奶,爸爸妈妈,还有姑姑姑夫,大伯大妈,二伯二妈等。梁伟麒向谌芯卬说:"你看,他们都出来欢迎你了。"

谌芯卬也看到了,但两只手却把梁伟麒的手抓得紧紧的,生怕他把她扔了似的。两只水汪汪的大眼,显出一些不安,嘴里却在不停地轻声说着:"我不怕,是激动!伟麒,你不要把我扔掉!"

"放心，我保护你还来不及哩，哪舍得把你扔掉。"说着，双手紧紧抓了抓谌芯印的手。

谌芯印一听梁伟麒这样一说，马上用双眼含情脉脉地看着他，然后，头就靠到了他的肩头。

谌芯印跟在梁伟麒的身后下车了。梁伟麒挽着谌芯印的手，带着满脸红红扑扑的谌芯印，来到了爷爷奶奶和爸爸妈妈面前，介绍道："这是我爷爷奶奶，爸爸妈妈。"谌芯印一一跟着梁伟麒叫着："爷爷奶奶，伯伯伯母。"梁伟麒的爷爷奶奶和爸爸妈妈笑得嘴真的合不拢。奶奶和妈妈抓住谌芯印的手，不停地说着"好好好！"谌芯印的心里像倒了蜜一样的甜。红扑扑的脸上越发娇嫩红润，真像是出水芙蓉一样，令人疼爱！

吃饭时，全家人老的少的围着一张十六人的大圆桌坐下，谌芯印端起红酒，跟着梁伟麒一起敬酒，那个乐啊欢笑啊，也是她从来没有见识过的，全家人朴实无华。谌芯印从这场面知道了，什么叫爱情，什么叫幸福，什么叫欢乐。都是因为有了真正的爱情，才会有这许多的美好。吃饭时，就一会儿工夫，谌芯印的饭碗里什么菜都有，堆得满满的，吃也不方便。但谌芯印没有嫌弃，而是激动地慢慢地吃着，吃得既斯文又感激。

大伯说："今天的菜，可是伟麒的爷爷奶奶和爸爸妈妈为你们俩准备的正宗的绿色食品，都是今天刚出海的海鲜，就连这肉也是正宗的草猪肉。你不信夹了吃吃就知道不一样。"

这个菜虽不像饭店里那样五花八门的，但吃到嘴里时，就有一股清香，很是可口，谌芯印真是好久没吃到这么可口的饭菜了。她不时地看着梁伟麒笑，还和桌上所有的人笑，看那样，正是开心地发自肺腑的笑。梁伟麒一看谌芯印一点儿也没摆谱，就如家人一样，大大方方的，对着她也是脉脉含情地笑。

吃好晚饭，大家都坐在院子里，对着月亮一起聊天，瞎侃，阵阵笑声从院子里飞出，在夜间的上空荡漾着。晚上睡觉，谌芯印真想让梁伟麒和自己一起睡，梁伟麒也想陪陪她。但最后俩人决定，把这一美好放到结婚那一天。

"放心，我今天就睡在你的门外，保护你。"梁伟麒说。

"我一辈子都需要你保护！"谌芯印双目凝视着梁伟麒说。

"我会保护你的芯印！"梁伟麒也凝视着她说。

谌芯印笑得很甜蜜，她躺在床上，看着想走又不情愿走的梁伟麒，就推了他一把，让他睡觉去。梁伟麒这才依依不舍地离开了谌芯印的房间。

梁伟麒一走，谌芯印心里无比激动，若今天梁伟麒不答应她，今天自己也许就被迫同意了，虽自己心里也想着早点能成为他的媳妇，但不能突破的还是不要突破的好。她也为梁伟麒有这样的姿态深感高兴。谌芯印就这样想着，不知不觉就睡着了。等她一觉醒来，睁开眼睛时，竟看到梁伟麒坐在床前定神地看着她。她伸了个懒腰，两只手勾着梁伟麒的脖子，很嗲地问："你不会没睡吧？现在几点了？"

"现在已经是早上六点五十分了，太阳都在晒你了。"梁伟麒说着，站起来，拉开窗帘。

窗外，仲夏的阳光已亮闪闪地升了很高了。那空旷的天空碧蓝碧蓝的，好不美丽！

"伟麒，我没想到，今天会睡得如此之香，一觉睡到天亮，我是从来也没有过的。是你和家里给了我这么香甜的梦。我不说谢，等我起来，我给你一个吻。哦，忘了，爷爷奶奶和爸爸妈妈对我是什么印象？"谌芯印说着，很舒服地又伸了个懒腰。

"是你自己给自己的香甜，他们啊，就怕把你含在嘴里化了，捧在手上又碎了，喜欢得不得了。"梁伟麒也很开心地说着。

"真的吗？可不允许你在这个问题上玩幽默。"谌芯印很严肃地说。

"放心吧，我是那种天花乱坠的人吗？你就一百个，一万个放心吧。"梁伟麒说。

"这样就好。好了，我们俩也不在这儿互吹了，你赶紧帮爸爸妈妈他们干活去，我自己起来洗漱。放心，你爱的人可不是娇生惯养的千金。"谌芯印说着，轻轻地推了一把梁伟麒。梁伟麒又是一步三回头地向他的爸爸妈妈那儿报到去了。

星期天上午，谌芯印和梁伟麒俩人，吃好早饭，就要乘车回去了，一大家子人都站在门口送行，奶奶和妈妈还拉着谌芯印的手不放。谌芯印也激动得双眼红红的，和她们说着道别的话，直到上了火车也没能回过神来。谌芯印就把头靠在梁伟麒的肩上，一声也不吭，梁伟麒问："怎么了？是心里不舒服要晕车还是什么？"谌芯印在他的肩头摇着头。谌芯印的眼前闪现出到梁伟麒家来的前前后后，有时想哭有时又想笑，直到下了火车，要到自己家门口，她才定了定神，看着梁伟麒问："我这样回去没事吧？"

"还可以，只要开心一点就好了。否则，你这样的神情回去，爸爸妈妈还以为是我欺负你哩。"梁伟麒不无忧虑地说。

"哦，我知道了。你，你吻我一下好吗？"

谌芯印突然说出这话，令梁伟麒一愣，这是他俩从相识到相恋，还从来没有过的。梁伟麒看了眼谌芯印说，"这儿人进人出的，给人看到了不好。要不先进电梯再说？"

"先进电梯吧。"谌芯印有气无力地说着。

俩人进了电梯就亲吻起来,连出电梯都忘了。当俩人吻得精神振奋了,电梯又到了楼下,一对年轻的恋人上来了。那俩人旁若无人地拥抱在一起。

俩人一进家门,谌芯印的爸爸妈妈看到女儿回来了,就如久别了一样,上下打量着谌芯印。谌芯印被妈妈看得不好意思了,就说:"爸爸妈妈,我完好无损,请你们放心吧!"说完,还走到梁伟麒面前,挽着他的手臂,又摆出一个Pose,惹得爸爸妈妈开心地笑了。然后,拿出从梁伟麒家带来的土特产说着,"这海鲜特好吃,是今天早晨他爸爸到集上去买的,是刚出海的,特新鲜,今晚拿点出来煮煮,我还没吃够哩。"

"好的,今晚煮点我们大家吃,咱们一家再来点酒好吧?"妈妈也开心地说着。

王副省长则坐在那儿看着这娘儿俩说着话,不停地笑。他见梁伟麒站在旁边只是干笑,也就用手招了招,说:"小梁,你也来坐坐,让她们娘俩去折腾吧。"

谌芯印便对梁伟麒说:"快去呀,爸爸在喊你哩。"说着还用手推了一把梁伟麒。

"那我到你爸爸那儿了?"梁伟麒说着,脚已到了沙发前,坐了下来。

"去吧,去吧,这儿有我们娘俩。"谌阿姨也满脸开心地笑着说。

到吃饭时,谌芯印的妈妈不知为何,对梁伟麒特别好,嘴里还不时地说:"芯印跟你回去真是长了见识,你们家真是不错,全家人都好,特别是对我们家芯印。芯印一面说还一面哭哩。"

梁伟麒心里特感动地说:"主要是你们和芯印好,带了那么多礼物去,大人小孩都有份,这可把我们家老少给怔住了。

说实在的，我们家真的特别喜欢芯印。芯印，我们俩来敬敬你爸爸妈妈，敬他们培养了你这么优秀的姑娘！"

谌芯印站起来，端起酒杯说着感谢爸爸妈妈的话，说着说着，两行热泪就滚了下来。梁伟麒见状，连忙抽出餐巾纸给她擦泪，谌芯印也不自己擦，就如三岁小孩似的，仰起脸随便梁伟麒怎么去擦。谌芯印说："这是高兴的泪。我突然想宣布两件大事，爸爸妈妈还有伟麒，你们一定要支持我！"三人都点了头，问什么大事呀？谌芯印看着他们三人，一字一句的说："第一件，从今天开始，伟麒应该改口了，叫爸爸妈妈，不要再叫叔叔阿姨，多别扭。你们三人答应不答应？"

梁伟麒先看着谌芯印，然后再看看王副省长二人。王副省长也看着自己的女儿，再看着梁伟麒说："只要女儿想好了，我和你妈坚决同意。至于小梁同意不同意就不是我和你妈妈的事了。"

梁伟麒看见副省长都表达了，急忙说："我同意我同意！"

"第二件，就是明天一上班，我和梁伟麒去领结婚证，你们同意吗？"谌芯印很认真地说。

三人满脸开心地同时回答："同意！"

这一下可真把谌芯印乐坏了，马上奔到妈妈爸爸那儿，一人一个吻，然后才跑到梁伟麒那儿，深情地说："我们俩除还有一样到结婚那天，还有的我全部给你了，你愿意吗？"

"我愿意！愿意！"梁伟麒急忙说着，当着爸爸妈妈的面，深情地亲吻了谌芯印的额头。然后对着谌芯印说："你这名字起得太好了——芯印，你真是信仰者，为了爱情的信仰！为了理想的信仰！"

这时，从客厅的电视里突然传来了华欣欣的声音："下面，我们采访一下副省长王志阳同志。"

……

　　谌芯印和梁伟麒看着爸爸，只见爸爸正在喝梁伟麒敬的酒，脸上很温情地夹了一口菜放入嘴里。妈妈也看着爸爸，脸上露出幸福的笑。

　　谌芯印和梁伟麒马上站起来，说："我俩敬敬爸爸妈妈，祝你们身体健康，永远幸福、快乐！"